Corações Quebrados

SOFIA SILVA

Corações Quebrados

Voa Emília, eu espero por ti

Rio de Janeiro, 2018
1ª Edição

Copyright © 2018 *by* Sofia Silva

CAPA
Silvana Mattievich

FOTO DE CAPA E 4ª CAPA
Blake Cheek/Karl Fredrickson/Unsplash Photos

DIAGRAMAÇÃO
Kátia Regina Silva | editoríârte

Impresso no Brasil
Printed in Brazil
2018

CIP-BRASIL. CATALOGAÇÃO NA PUBLICAÇÃO
SINDICATO NACIONAL DOS EDITORES DE LIVROS, RJ
LEANDRA FELIX DA CRUZ – BIBLIOTECÁRIA – CRB-7/6135

S576c

Silva, Sofia
Corações quebrados / Sofia Silva. – 1. ed. – Rio de Janeiro: Valentina, 2018.
344p. ; 23 cm.

ISBN 978-85-5889-078-6

1. Romance português. I. Título.

CDD: P869.3
18-53266 | CDU: 82-31(469)

Todos os livros da Editora Valentina estão em conformidade com
o novo Acordo Ortográfico da Língua Portuguesa.

Todos os direitos desta edição reservados à

EDITORA VALENTINA
Rua Santa Clara 50/1107 – Copacabana
Rio de Janeiro – 22041-012
Tel/Fax: (21) 3208-8777
www.editoravalentina.com.br

Para a verdadeira Emília, a pessoa que me ensinou que a riqueza de cada um não está naquilo que possui, mas no que oferece.

Obrigada por me teres dado o privilégio de ser tua neta e o poder de mostrar ao mundo o lado belo de quem é diferente.

Minha *Miquinhas*, as saudades são muitas e as lágrimas ainda não secaram.

Com amor,

Sofia Silva

DEPRESSÃO (latim *depressio, -onis*)

1. DEPRESSÃO MENTAL
   Perturbação mental caracterizada pela ansiedade e pela melancolia.
2. DEPRESSÃO NERVOSA
   Estado patológico de sofrimento psíquico assinalado por um abaixamento do sentimento de valor pessoal, por pessimismo e por uma inapetência face à vida.

in *Dicionário Priberam da Língua Portuguesa*

Pela sua tristeza
eu me interessei.
Pela sua dor
eu me preocupei.
Pela sua força
eu me apaixonei.
Mas foi
nas suas respostas curtas,
secas
e sem desejo,
que eu percebi
o quanto queria
fazê-la sorrir.

PRÓLOGO

Emília

— Vocês sabiam que o cérebro não dói? — A voz da minha irmã quebra o silêncio que já se fazia sentir dentro do carro.

— Como assim?! — O questionamento sai em uníssono de todos os passageiros.

Feliz por ter atraído a nossa atenção, Eva ergue a postura com confiança até dar um grito quando um peteleco do meu irmão atinge a sua cabeça com força.

— O que está fazendo, seu idiota? — resmunga ela, esfregando rapidamente o local da pancada.

— Comprovando que dói — diz o meu irmão, todo convencido por ter aniquilado o conhecimento da Eva.

— O que me dói é a cabeça, o cérebro está protegido. Ai, Rafinha, às vezes me pergunto se a gente é gêmeo ou se você foi trocado na maternidade. Não é possível!

Rapidamente ambos discutem até a mamãe dar um basta, obrigando-os a se abraçarem e dizerem que se amam.

— Como assim, o cérebro não dói? — pergunta o papai quando o carro volta a ficar silencioso.

Ao contrário da minha mãe, que não gosta de ver discussões, o meu pai diz que são normais e nunca eleva a voz quando os gêmeos discutem por coisas banais. Para ele as discussões dos meus irmãos são produtivas, pois cada um tenta dar o seu melhor no quesito argumentação.

— Porque não possui nociceptores, por isso nunca dói.

— E o que são nociceptores? — pergunta o Rafinha, agora interessado.

— Ainda bem que pergunta — fala Eva toda feliz, começando a explicação.

Durante mais de vinte minutos viajamos com a voz dela em ação. Para cada informação nova, mais perguntas vão surgindo e ela tem sempre a resposta na ponta da língua e sem consultar a internet. Por que faria isso quando a sua mente é uma verdadeira enciclopédia? E ela adora dar este tipo de informação que, embora não mude a nossa vida, é sempre agradável obter.

Enquanto todos conversam animadamente sobre partes do corpo e dores, vou pensando sobre a novidade que contarei e que só uma pessoa dentro do carro já sabe.

Como será que vão reagir?

Pego o celular e leio uma mensagem do Lucas. Eu queria tanto que ele tivesse vindo, mas não foi possível por causa do trabalho e porque acredito que preciso conversar com os meus pais mais calmamente, afinal tenho apenas vinte e um anos e sei que para eles ainda sou um bebê.

Lucas: Já contou?

Emília: Não, só quando chegarmos em casa. Estou ansiosa pelo nosso futuro.

Lucas: Eu também.

Emília: Vai sentir saudades minhas?

Lucas: Que pergunta, Emília. Claro.

Emília: Estou muito feliz.

Lucas: Eu também.

Despeço-me rapidamente, guardando o celular no bolso. O Lucas nunca gostou de trocar mensagens e eu enjoo se estiver lendo em viagem.

— Como você pode falar mal desse filme? Não sabe o que está dizendo.

Mais uma vez os gêmeos estão brigando.

CORAÇÕES QUEBRADOS

— O que foi agora? — pergunto, mas já achando graça. Estes dois não têm cura. São ambos extremamente inteligentes, mas com visões de mundo quase opostas. Com quinze anos, tudo é motivo para discussão.

— Sua irmã. Essa aí! — Rafinha aponta para Eva, mas sorrindo. — Tá dizendo que não pode considerar os filmes do Indiana Jones bons.

O rosto da Eva fica vermelho.

— Eles falharam em algo simples, Emília. Veja bem. — Roda o corpo no banco para fixar o olhar no meu. Tento não rir com a expressão séria dela. — O Sean Connery é apenas doze anos mais velho que o Harrison Ford, mas interpreta o pai dele. Como assim, gente do meu país? Não consigo assistir ao filme sem ficar pensando como ele teve um filho com doze anos. Não tem lógica na história! Ele foi pai com doze anos! Doze anos, Emília!

— É um filme, Eva. E o Sean Connery na época que filmou parecia muito mais velho que o Harrison Ford. — O tom contemporizador do meu irmão só piora a situação.

— Não interessa, Rafinha. Quando estão rodando um filme precisam pensar que há pessoas, como eu, que vão prestar atenção nos *mínimos* detalhes.

— Você é chata, isso sim.

Num ato bem diferente do usual, Eva mostra a língua para o nosso irmão, que apenas balança a cabeça.

Subitamente, o papai começa a rir e ficamos calados escutando o som das suas gargalhadas.

— O que foi? — pergunto.

— Quando descobrimos que íamos ter gêmeos, *alguém* disse que seria maravilhoso. Passou os nove meses falando que irmãos gêmeos têm uma ligação única e especial. Que iriam ser sempre melhores amigos e conquistar o mundo. — O papai aperta a mão da nossa mãe, que em todas as viagens vai pousada na perna dele. — Quinze anos depois, eu ainda estou à procura de algo que vocês tenham em comum.

— A Emília e vocês — ambos falam de novo em uníssono de uma forma que só gêmeos conseguem. Daquela forma que, por vezes, até assusta.

Apesar destas pequenas brigas, todos sabemos que um não consegue viver sem o outro. Os dois têm uma ligação especial que nunca invejei, talvez por ser mais velha que eles quase exatos seis anos.

— Muito bem! Já chega. Agora fiquem quietos, porque ainda temos uma longa viagem até em casa e hoje vem uma carga especial conosco.

Nesse momento, os nossos olhos se encontram no retrovisor e eu sorrio para o meu pai com carinho. Quero muito conversar com ele e explicar tudo. Pedir conselhos e um pouco de colo, sabendo que vou alçar voo do ninho.

— Não mudei de opinião. — A voz serena da minha mãe preenche o espaço. — Eu sei que os gêmeos irão mudar o mundo.

Olho para os meus irmãos com muito orgulho. Ambos são pequenos gênios e estou ansiosa para ver o que irão conquistar.

Eva encosta a cabeça no meu ombro como faz desde pequena, e relaxamos no conforto do silêncio.

Horas depois estamos conversando sobre o avanço da inteligência artificial, com o meu irmão explicando as vantagens e a Eva, claro, o oposto. Mamãe é contra porque acha que tudo de bom que a ciência dá ao homem, ele acaba por manipular para o mal.

— Stephen Hawking acredita que a inteligência artificial vai destruir a humanidade, além dos milhões de postos de trabalho que em dez anos serão aniquilados, provocando um colapso social. Quem sou eu para discordar de um dos mais consagrados cientistas do mundo — diz ela, e ficamos todos pensando nisso.

— Mas o avanço científico é necessário. A quantidade de doenças erradicadas nos últimos séculos... — argumenta papai.

— Eu continuo a acreditar que por trás de uma boa intenção há sempre uma pessoa que vai encontrar utilidade para o mal. Basta ver a robótica. O que poderia ajudar milhões de pessoas com problemas de locomoção tem sido entregue a soldados para torná-los máquinas de guerra.

Os gêmeos vão enumerando pontos válidos, e o ambiente descontraído começa a me dar sono. Fecho os olhos a pensar que não podemos ser pessimistas sobre o futuro da humanidade, muito menos eu. Internamente sorrio quando reflito sobre as coisas boas que estão por acontecer na minha vida e como tudo dará certo, pois estou preenchida de amor.

Nunca fui pessimista como a minha mãe, pois acredito que felicidade atrai felicidade e eu não poderia estar mais feliz. Não consigo enxergar no meu futuro nada além de felicidade. Tudo que vai mudar na minha vida traz um sorriso ao meu rosto.

Nunca imaginei que eu poderia ser tão feliz e...

— Meu Deus!!! — grita minha mãe como nunca ouvi e rapidamente abro os olhos, perdendo o sorriso, mas não tenho tempo para perguntar nada porque um caminhão desgovernado vem na nossa direção a toda a velocidade.

— Segurem-se! — grita papai.

O choque é tão forte que o carro capota e estamos caindo por uma ribanceira.

— Ah!

— Não!

— Mamãe! Papai!

— Nããããão!

O meu coração acelera.

A minha cabeça se choca com força na da Eva várias vezes e choramos de dor.

Giramos... caímos... batemos e batemos uns contra os outros.

Eu choro mais, e o pânico toma conta de mim.

Vamos morrer!

Vidros partidos entram na minha boca a cada volta que o carro dá e sinto que estou sendo dilacerada.

Dói tanto! Meu Deus, que sofrimento.

O Rafinha não para de gritar, e uma dor enorme atravessa o meu corpo, como se estivesse rasgando as minhas entranhas, mas não consigo pensar porque acontece muito rápido. Só sei que tudo dói.

Os berros continuam. Os meus, dos meus pais e dos gêmeos.

O terror se instala.

O medo se apodera.

E o carro continua caindo, rodando, virando, esmagando... Matando.

E nós continuamos gritando, sofrendo...

Morrendo.

1ª PARTE

Metade de mim é a lembrança do que fui. A outra metade eu não sei.

OSWALDO MONTENEGRO

Diogo
1

Portugal

Estou cansado.
Com dores.
O meu corpo queima.
Menos o braço.
Não o sinto.
Na minha mente explodem
Sangue
Gritos
Súplicas.
"Ó mãe!"
"Por favor..."
"Alguém me ajude!"
"Salvem-me!"
"Diogo, ajuda-me."
"Diogo, ajuda-me..."

— Bom dia, Diogo.

Pela hora sei que é o Dr. Leonardo Tavares. Acompanha os meus progressos há meses, num trabalho doloroso para mim, pois precisei relembrar e contar tudo que eu vivi no Afeganistão e como vi os corpos dos meus irmãos de armas cobertos por sangue. Como segurei todos sem vida e tentei trazê-los para casa, até não aguentar mais e ficar deitado junto com os cadáveres. Esperei pela morte, mas quando acordei estava deitado numa cama de hospital.

Guardo o meu caderno para depois voltar, pois sei que ele irá ler o que desabafo nas linhas. Para mim sempre foi mais fácil escrever o que sinto. A escrita é uma parte essencial da minha vida e a que utilizo para melhor exprimir o que está dentro de mim. As vozes deles que ecoam entre a realidade e os pesadelos de imagens vívidas.

Tudo que escrevo e converso será estudado e apresentado num simpósio de psicologia no qual ele irá explicar as consequências da morte na mente de um soldado. Acredito que poucas pessoas imaginem o que é realmente a guerra. Não quero desalentar ninguém, mas desejo que compreendam que, depois de ver certas coisas, é difícil acreditar que um dia o mundo estará em paz.

— Bom dia, doutor.

— Tenho novidades — diz, ao sentar-se na sua cadeira habitual. — Mas peço que escute tudo que tenho para falar. — Coloca o tornozelo sobre um joelho, do modo como todos os profissionais fazem por aqui. Acredito que deva ser parte do protocolo de como estar com pacientes.

Aceno com a cabeça para que continue.

— Conversei com uma colega e ambos queremos experimentar algo um pouco controverso, mas acredito que será produtivo e, o mais importante, poderá ser um começo para outros pacientes como você.

O Dr. Leonardo não é um psicólogo qualquer. A sua clínica é famosa por ter métodos que são contestados por outros profissionais da área; contudo, ele é um dos melhores do país. O seu nome é como uma marca. Trabalha muitas vezes com casos famosos de pessoas públicas. Eu o conheci quando ele aceitou pacientes de um caso polêmico que envolvia tráfico humano para fins sexuais. Não só os jornalistas, mas todas as pessoas, queriam saber de tudo, até porque envolvia celebridades e políticos, mas ele, em frente às câmeras, disse que todos deveriam ter vergonha por quererem ver fotos e vídeos comprometedores.

CORAÇÕES QUEBRADOS

O desejo popular não era fazer justiça, mas expor rostos conhecidos sem o cuidado de salvaguardar os de quem nunca tivera culpa. Poucos questionavam o que iria acontecer a todas as vítimas. Ninguém pensava nelas, pois estavam mais interessados em descobrir que famoso estava inserido na rede sexual. Qual a imagem e vídeo mais sórdido. E ele foi a voz da razão no meio do circo midiático.

— O que têm em mente?

— Eu e a Dra. Rafaela Petra, a tal colega a quem me referi, pensamos numa nova abordagem para ajudá-lo e à Emília, o nome da paciente dela que também luta contra o transtorno do estresse pós-traumático e...

— Continuo sem perceber.

— Conseguirei explicar se não me interromper. — A ponta das suas orelhas fica rosada quando está nervoso.

Aceno-lhe novamente para que continue e caminho para perto da janela, a esticar as pernas.

— A nova abordagem é simples: terá de se comunicar por escrito com a Emília uma vez por semana.

Minha recusa é quase imediata.

— Nem pensar! Não quero conversar com alguém com quem depois tenha que estar.

— É só esse o receio, cruzar-se com ela? — pergunta calmamente.

— Sim. Não. Sei lá. Talvez. — Olho perdido para as paredes brancas que não suporto. O azul sempre foi a minha cor favorita.

— Sendo assim, não haverá problemas.

— Não? — Estou confuso.

— A Emília está internada numa clínica no Brasil. Além disso, vocês terão um guia de perguntas para facilitar a vossa comunicação.

— Vou participar numa novela brasileira? — Tento brincar com a situação que é tudo menos cômica.

— Não é muito bom ator. Tem as emoções muito visíveis e acabaria por viver o papel com bastante realismo — afirma com o seu jeito seco.

— Como referiu um guia de perguntas...

— Sim, um guia, porque duvido que inicialmente saibam por onde começar. Tanto você como a Emília perderam pessoas muito importantes na vossa vida, mas enquanto você está na fase de dar o salto para a rotina e a vida real, ela não, por isso vocês são ótimos para esta forma de tratamento.

— Mas eu já tive sessões com colegas e, como referiu, ela e eu estamos em fases diferentes. Qual a vantagem?

— Um ajudar o outro.

Uma das técnicas mais utilizadas é a sessão entre soldados que relatam experiências e como conseguiram superar os traumas.

— Como será possível? Isto é um hospital militar, e duvido que existam ordens para um tratamento desse gênero. Conversar com uma civil sobre assuntos que ela não deve saber é desrespeitar o Código — argumento, com isso a relembrar-lhe que não sou um cidadão comum, mas um soldado.

— Eu sei sobre todas as regras estabelecidas e respeito-as, mas, e enquanto profissional, acho que o que tenho em mente vai ser perfeito. Além do mais, não terá de contar nada que seja proibido, mas os seus sentimentos... isso é seu e de mais ninguém, portanto não existem proibições desse gênero. — Expõe a ideia com seriedade.

— Terei de conversar com os meus superiores — digo, enquanto vejo dezenas de pássaros saírem sincronizadamente da copa das árvores.

Invejo os que, mesmo com ninho, voam todos os dias para o desconhecido. Apesar do risco de queda, caso as asas falhem, eles preferem viver a vida a estarem somente protegidos pelas árvores.

— Sei que pediu dispensa das funções e quer cessar a participação em mais missões, então pensei que o melhor seria você ficar na minha clínica, na cidade do Porto. Lá também praticamos fisioterapia e reabilitação, e, o mais importante, poderei agir como penso ser melhor.

Percebo que está a tentar ajudar-me, ouço tudo com atenção, embora acredite que conversar com essa tal Emília não mudará coisa alguma na minha vida.

— Tenho só mais uma pergunta.

— Natural. O que precisa saber? Sabe que está à vontade para perguntar tudo.

— Se eu conversar com essa Emília, o que ambos ganharemos com isso?

Ele fica uns segundos a olhar para mim, até caminhar na minha direção. Ficamos a observar os pássaros que continuam a voar.

— Asas e raízes.

— Como assim?

— Converse com ela e, talvez, um dia compreenderá.

Despede-se com um encosto de mãos nas minhas costas, e prefiro observar os pássaros e as árvores a tentar encontrar uma lógica para a sua resposta.

Hoje faz uma semana que estou na clínica do Dr. Leonardo Tavares. Primeiro tive que resolver tudo com o Exército e encerrar a minha vida antiga. Colocá-la no passado.

Nestes últimos meses, o meu corpo melhorou bastante, mas ainda sou uma pequena parte daquilo que já fui. Anos de exercícios diários e rigor físico moldam a mente e o corpo de qualquer militar. E eu sempre fui muito dedicado e ativo.

O Dr. Leonardo diz que preciso concentrar-me na parte mental, pois a física fez mais progresso, e segundo ele "não posso permitir que um paciente apenas se cure pela metade", por isso aceitei esta nova abordagem — quero ser inteiro! Quero caminhar sem escutar os vidros quebrados dentro de mim a cada passo que dou.

Hoje é o *Dia D*. Enquanto militares, utilizamos este termo para anunciar o dia em que um ataque ou uma operação de combate devem ser iniciados. E isto é um ataque — a quê, não sei. Talvez aos meus pesadelos ensanguentados.

Nas conversas com ele, percebi que eu e a tal Emília vamos entrar em contato por meio de um chat criado pela clínica com essa finalidade.

Faço login e reparo que é daqueles bem rudimentares. Começo a escrever com base nos tópicos do guia fornecido e sei que no final a conversa será lida por ambos os terapeutas. O Dr. Leonardo explicou-me que inicialmente ele e a Dra. Rafaela irão monitorar as conversas, mas, e se resultar, depois serão apenas entre mim e a Emília, sem interferências ou mediadores. Igualmente, referiu que no começo não estaremos simultaneamente on-line, para não haver pressão por conversar.

Pequenos passos. E um de cada vez.

Durante vários dias dei por mim a pensar sobre essa Emília e os seus traumas. Ela tem que ter alguns bem grandes, ou não estaria internada. A única informação que tenho é que ela se nega a conversar sobre o que lhe aconteceu, e algo em mim, talvez curiosidade ou forma de ser, anseia por perceber o que de fato ocorreu para ela não querer avançar com a vida.

É com este pensamento que começo.

Diogo: Olá, Emília.

O meu nome é Diogo, tenho 26 anos e sou português (certamente não é novidade).

Fui internado há quase um ano, após ter sofrido uma emboscada enquanto completava mais uma patrulha no Afeganistão.

Eu era um dos militares que fazia parte da missão da Força Internacional de Apoio à Segurança quando o pesadelo aconteceu.

Nesse dia perdi tudo.

Perdi os meus irmãos de luta, perdi a fé no mundo.

Perdi-me.

O meu corpo não responde aos meus pedidos como sempre fez e precisei de muita paciência para hoje estar aqui. É difícil.

Já não existe o Diogo alegre que acordava para ir surfar nas águas geladas sempre com um sorriso, a aproveitar a vida. Não gosto de quem me tornei e quero o antigo de volta, por isso estou aqui a escrever-te. Desejo encontrar um novo objetivo na vida.

Por hoje é tudo.

Aguardo resposta.

Diogo Valente

Nervosamente espero que o chat abra. Fiquei a semana inteira a relembrar o que escrevi e no que a Emília deve ter pensado sobre mim. Revi mentalmente as frases escritas com a ideia de que não deveria ter referido o quão mal estou. Parte de mim deseja que ela não tenha escrito, assim poderei voltar para a minha vida e esperar que um dia a luz surja, mas quando vejo o ícone de mensagem percebo que respondeu.

Emília: Tenho 23 anos e estou internada há tempo demais.

Compreendo tudo que você está vivendo porque também perdi a vontade de viver.

Eu era uma garota normal, hoje não sei quem sou.

Passo os meus dias contando segundos e minutos para que este sofrimento termine.

Ao reler pela quinta vez, sinto-me como se relembrasse quem eu era antes das sessões com o Dr. Leonardo. Por mais que hoje me custe admitir, houve uma época na vida em que o suicídio me pareceu muito convidativo.

CORAÇÕES QUEBRADOS

Quando acordei e relembrei que deixei para trás quatro corpos, eu quis ser o quinto deitado no próprio sangue. O desejo da morte foi uma forma de eliminar a dor que me rodeava. Hoje compreendo que há sempre esperança de que amanhã tudo seja melhor e o passado seja só isso, algo que ficou para trás. Pelo menos é no que creio.

Embora eu não saiba o que fazer nesta nova fase da minha vida, uma coisa é certa, quero viver. Quero ser feliz.

Imediatamente recordo um poema que escrevi quando percebi que precisava melhorar e respondo sem olhar para o guia. Sem me preocupar com ele.

A escrita foi o que me salvou da loucura, e preciso partilhar com alguém que compreende. Assim espero.

Diogo:

Na escuridão da noite vejo sombras

e assusto-me.

Tudo é negro e medonho.

Mas é na escuridão que surge a luz.

A Lua ilumina e acalma os meus medos.

Depois virá o Sol

E eu sorrirei por já não ter medo.

Emília, enquanto não vem o Sol, observa a Lua. Eu também estarei a olhar. Até o dia em que sorriremos ao Sol.

Passadas horas, adormeço sem nunca pensar por que motivo fomos escolhidos. A resposta virá meses depois, quando não poderei negar o impacto que a Emília teve na minha vida e nem que, afinal, o meu coração ainda bate...

Por ela.

Emília

2

Estou cansada de acordar chorando porque eles surgem em meus sonhos ou pesadelos. Sempre que aparecem sou feliz, e por isso é que tentei partir, pois sem eles nunca mais sorrirei, ao contrário das palavras que leio. É impossível sorrir quando não temos um único motivo sequer.

Ele não sabe o que é perder tudo.

Hoje, ao ler o poema que escreveu, fico mais revoltada. Imediatamente, e sem pensar, digito tudo que a minha alma grita.

Emília: Vá à merda com o seu estúpido poema.

Se quer ser poeta, escreva um livro de poesias, mas não mande para mim.

Sorrir? Sério que escreveu o verbo sorrir?!

Então, me diga como eu posso sorrir se no mesmo dia perdi mãe, pai, irmãos e...

Leia bem: Vá à merda com o seu poema.

CORAÇÕES QUEBRADOS

Aproximadamente dez minutos depois...

Emília: Mil desculpas pela mensagem anterior. Eu não costumava ser assim. Perdão.

Nessa noite não sonhei com eles por castigo. O que ele não sabe é que também desejo sorrir, mas não sei se um dia serei capaz; afinal, a escuridão é muito convidativa.

Diogo
3

Caminho pelos corredores da clínica com a lembrança da conversa que tive com o Dr. Leonardo. Saio para o jardim voltado para o rio Douro e respiro o ar calmo, tão diferente do tumulto da minha mente.

Escrevo no caderno e observo as gaivotas que voam entre as pontes que emolduram a separação de duas cidades. Quando a luz do sol dá lugar à artificial, a verdadeira beleza do Porto mostra-se.

E é nessa penumbra e melancolia da cidade que eu recordo o que a Emília escreveu. Ler aquela resposta ríspida, mesmo que curta, foi como um reflexo do que eu era há meses. Em parte, ajudou-me a perceber como evoluí, mas, por outro lado, senti pena dela por tudo que passou e consigo compreendê-la. Eu perdi todos os meus melhores amigos naquele dia, mas ainda tenho os meus pais. Ela, pelo que parece, não tem mais ninguém. Eu sempre soube dos riscos que a minha profissão acarretava, e ela ficou sem ninguém quando menos esperava. Sem ter tempo para se preparar.

Conversei com o Dr. Leonardo, mas ele disse que é a Emília quem deve me contar o que aconteceu, e fiquei admirado quando ele afirmou que não devo mudar a minha abordagem.

"Diogo, as emoções são o sinal da vida que há em nós, e a Emília mostrou que ainda vive."

Percebi que o objetivo é simples: teremos de ser nós a decidir o que queremos que o outro saiba. E algo em mim quer que a Emília mostre quem realmente é. Necessito sentir que há esperança para traumatizados como nós. É difícil conversar sobre pesadelos e morte com as pessoas, afinal não é o tema mais alegre que existe, por isso há a tendência de nos fecharmos dentro de um casulo, e, passado algum tempo, sentimos que é o lugar mais confortável. O problema é que só cabe uma pessoa, e, quando percebemos, estamos sozinhos naquele casulo apertado demais, mas o medo do exterior não nos permite sair.

Sinto-me sozinho e odeio isso.

Enquanto soldados, somos treinados para sermos duros na forma física e emocional. Exercitamos a contenção de emoções e sentimentos, e, quando tudo desmorona, não sabemos como lidar com o que sentimos. Eu vivo nesse limbo de querer explodir tudo que tenho dentro de mim... ou guardar, na esperança de que um dia não magoe tanto.

Relaxo a mente e começo a pensar na melhor abordagem que uma pessoa com traumas de guerra pode fazer a alguém que perdeu tudo, sem que a conversa seja apenas sobre quem nos tornamos após a tragédia, mas sobre quem ainda somos sob a dor.

Recordo o Paulo, o meu melhor amigo que morreu nos meus braços naquele maldito dia — quanta saudade, irmão —, e como ele dizia que nos momentos em que estava cansado ou irritado gostava de conversar comigo, pois sabia que terminaria a rir. E, na tentativa de mostrar um pouco de mim, começo a escrever com o pensamento de que, às vezes, é no riso que deixamos cair as lágrimas que guardávamos na dor.

Diogo: Vejo que não és fã de poesia, o que é lastimável.

Segundo as minhas antigas professoras, sou um excelente poeta! Até ganhei um concurso com o poema "Porquinho Voador".

Reparei que não terminaste de escrever o que perdeste naquele dia. Deixaste um "e" solto.

O que mais perdeste? Podes desabafar. Vou compreender-te sem nunca te julgar. Sabes por que motivo? Porque eu também preciso de um amigo que me escute sem julgamentos, e é muito difícil encontrar alguém quando todos que me ouviam morreram e quando aqueles que querem ouvir o que tenho para falar nunca viveram o mesmo que eu.

Se não quiseres mais conversar, muito bem. Para te falar a verdade, no começo eu também não queria, mas o que mais temos a perder? Pelo menos, enquanto conversamos ficamos distraídos e não sofremos sozinhos.

Emília: Perdi tudo que me fazia inteira.

Eu não disse que não gosto de poesia, pelo contrário, adoro ler. É complicado. Tudo na minha vida é complicado.

Complicado é esperar tantos dias por uma resposta.

Quando percebo que a Emília, ao contrário de mim, não fala muito, opto por diminuir o texto.

Diogo: E o que te fazia inteira, Emília?

Emília: Ter as pessoas que eu amava comigo.

Poder fazer tudo aquilo que o acidente tirou de mim e que nunca mais fará parte da minha vida.

Diogo: Algo que tenho escutado nas sessões de terapia é que, mesmo após perdermos tudo que amávamos, existe sempre um sonho, uma aventura, novas pessoas que nos vão ajudar.

Emília: Acredita nisso?

Diogo: Quero acreditar. Preciso acreditar. Não posso deixar que aquelas horas me roubem toda uma vida. Existem muitas pessoas no mundo que sofreram perdas como as nossas e estão a tentar viver, por isso creio que nós também poderemos encontrar um rumo.

Emília: Mas e se aquelas horas tiverem tirado mais ainda do que pessoas? Se tiverem tirado tudo?

O que mais ela perdeu?

Diogo: Se não nos tirou a vida, então não tirou tudo. Talvez exista algo mais para nós.

Emília: Posso te pedir um favor?

Diogo: Claro!

Emília: Quando você descobrir o que ainda existe, compartilhe comigo.

Diogo: Podes deixar. Serás a primeira pessoa a quem contarei.

Emília: Obrigada. Irei aguardar.

Ao longo de semanas, o ritmo das conversas aumenta e passamos a estar juntos on-line por uma hora. Nesse tempo, expomos as nossas feridas e como é complicado perceber que o mundo continua igual sem as pessoas que nos fazem tanta falta. Compreendemos o quão insignificantes somos para o planeta e para milhões de pessoas, porém a nossa dor é a maior que existe e para nós as lembranças são tudo que nos resta de quem o tempo acabará por eliminar de vez.

Quando conversamos sobre termos sobrevivido, ela perguntou se me sinto culpado por estar aqui e entendeu de imediato que é algo que nos une, essa culpa e questionamento do motivo para estarmos vivos quando todos que estavam conosco já não estão. Por que, quando todos os outros morreram, nós fomos poupados?

No caso da Emília, é pior. Ela acredita que o acidente foi por sua culpa. O motivo ainda não descobri, mas pouco a pouco sinto que começamos a confiar mais um no outro.

Hoje conversamos sobre tudo de que sentimos falta.

Emília: Passaríamos horas conversando.

Diogo: Eu tenho tempo.

Emília: Ser normal. Sinto falta disso.

Diogo: Ser normal é aborrecido.

Emília: E quem não é normal é o quê?

Diogo: Extraordinário.

Emília: Acredita nisso ou está falando por falar?

Diogo: Acredito.

Emília: E você é normal ou extraordinário?

Diogo: Como disse há semanas, todas as minhas professoras falavam que eu era maravilhoso.

Emília: Maravilhoso e extraordinário não são a mesma coisa.

Diogo: Isso porque nunca leste os meus poemas.

Emília: Já entendi. Você quer porque quer que eu leia o tal do seu poema vencedor. Ok. Envie.

Não sei como a conversa acabou direcionada para algo mais leve, mas vou aproveitar a oportunidade por saber quão rara é.

Começo a escrever na esperança de que a Emília compreenda que é uma brincadeira; entretanto, por algum motivo, fico nervoso e preferia enviar-lhe algo mais, digamos, adulto. Queria que lesse alguns dos meus textos, mas ela não precisa ler sobre amor. Precisa rir.

Diogo:

Porquinho voador

Voa, voa

Não tens asas mas tens rabinho

Porquinho Voador

Voa um bocadinho.

— Diogo, o poeta extraordinário.

Emília: ...

Diogo: ?

Emília: Quer a verdade?

Diogo: Sempre.

Emília: É terrível.

Diogo: Eu tinha seis anos.

Emília: Continua sendo péssimo.

Se esse poema foi o vencedor, não quero nem imaginar os piores.

Como conseguiu vencer uma competição com isso?

Sempre pensei que o ensino em Portugal fosse mais rigoroso. Estava enganada. Muito enganada. Muiiiitoooo enganada.

PS: foque no muito enganada!

Dou uma gargalhada enquanto escrevo a resposta.

Diogo: O meu ego ficou ferido. Estou a sofrer com a tua mensagem. O objetivo da conversa era ambos ficarmos melhor, não sofrermos ainda mais. Tinha seis anos quando escrevi esse poema. Os meus colegas ainda estavam a aprender a ler, e eu já sabia construir frases completas! Frases completas! Um pequeno prodígio da escrita.

Como disse: extraordinário.

Emília: Só o simples fato de você ter me feito rir com esta conversa me fez chorar. Chorei porque não deveria rir.

Sei que não estou sendo lógica, mas como posso rir quando não tenho motivos? Como posso rir por causa de um porquinho? Mas eu ri. Ri como fazia antes de tudo ter sido roubado de mim. Ri pela primeira vez por algo tão simples.

Obrigada, Diogo.

Fico feliz por saber que finalmente algo mudou nas conversas.

Continuamos a *conversar*, e as horas transformam-se em dias. Passam-se algumas semanas, até que, subitamente, a Emília para de responder quando pergunto o que mais ela perdeu naquele acidente, pois desde o começo sei que existe algo que ela não contou.

Emília

4

Duas semanas depois.

— A culpa é sua! — grito.
— Por que a culpa é minha? — A voz serena me enerva ainda mais.
— Primeiro, pare com esse tom de voz! Odeio quando fala comigo como se eu fosse sua paciente.
— Mas você é.
— Se é assim que quer então, *Doutora* Rafaela Petra, a culpa é sua porque a ideia de eu e o Diogo conversarmos não foi minha e precisei deixar de falar com ele porque não quero contar tudo, mas também não quero mentir.
— É normal, quando duas pessoas conversam, quererem saber mais uma sobre a outra — diz calmamente.
— Mas nós não somos dois jovens normais que se conhecem virtualmente. Pelo menos, eu não sou.
— Não, não são, porém são duas pessoas que conseguem compreender perfeitamente o que vai no coração uma da outra.

— Pode parar com essas conversas filosóficas. Você entendeu exatamente o que eu quis dizer.

— Qual o motivo para não contar ao Diogo sobre o que aconteceu depois do acidente?

— Você sabe muito bem o motivo.

— Ok, mas quero que me diga.

Não respondo, pois sei que é verdade o que acabou de dizer. Permaneço sentada, com as mãos entrelaçadas, até que, sem me dar conta, começo:

— O Diogo foi a única pessoa que me tratou como igual em muito tempo. Senti que podia ser a Emília que está internada e a Emília antes do pesadelo. Como se ele tivesse me aceitado da mesma forma como eu o aceitei, com as feridas abertas, os pesadelos vivos e os sonhos de algo melhor. Num momento conversávamos sobre o quanto dói viver e, na frase seguinte, já sorríamos, agindo como duas pessoas cuja vida é normal. A ideia de começar a conversar com um desconhecido não foi minha, mas aceitei e comecei a gostar de conversar com alguém que sabe que perdi todos, mas não *toda* a minha história.

Lágrimas caem rapidamente sem que eu as possa controlar. Não entendo como ainda consigo chorar.

— Com ele, eu ri quando li o poema.

— A vida vai além daquilo que os nossos olhos e a nossa mente conseguem enxergar, e o poema pode ter sido um sinal.

— As únicas certezas que tenho são dolorosas e reais. Às vezes, penso que o meu coração vai parar por não aguentar tanta dor. Não consigo ver além do hoje. Apenas sei que fui espancada pela vida. — Olho para mim. — Mesmo que eu quisesse me recuperar, o espelho me relembra dia após dia tudo que aconteceu.

Tremo e saem soluços de dor cobertos por lágrimas.

Ela se senta ao meu lado, segurando a minha mão.

— Por que você não contou a verdade sobre a poesia?

— Inicialmente, não quis dividir algo meu, e depois gostei quando ele brincou comigo. Soube bem fazer de conta que não tínhamos preocupações. — Sorrio ao relembrar. — Acho que, se contasse, teria que falar como papai escrevia para nós quando estávamos tristes, dizendo sempre que a poesia tocava a alma. E foi isso que senti quando o Diogo escreveu, como se ele soubesse que eu precisava rir com algo tão simples. E isso me assustou.

— Isso é bom, Emília.

— Mas ele tinha que estragar tudo e querer saber mais e mais e mais... Por que não podíamos continuar brincando sobre poemas?

— É por isso que não conversa com ele há semanas? Ele só pediu para você dizer o que mais perdeu. Naquela sua primeira resposta deixou o "e" em aberto. Acredito que ficou curioso e sentiu necessidade de saber. Talvez, se lhe contar o que perdeu... Se lhe contar que no acidente, além da família, você...

— Por favor, não termine.

Dois braços cheios de ternura envolvem o meu corpo, uma mão acaricia o meu cabelo e palavras meigas suavizam as feridas.

— Não quer que ele saiba porque ainda não consegue admitir o que perdeu.

— Eu sei bem o que perdi — murmuro no seu peito.

— Pode não ter conseguido dizer há duas semanas e talvez não consiga dizer hoje, mas, um dia desses, tente.

— Tenho medo — confesso.

— Medo?

— De que ele compreenda que eu nunca me recuperarei e veja que sofro com a mesma intensidade tanto pela morte da minha família como por todo o resto. Que ele ache que sou egoísta.

— Olhe para mim com atenção e ouça o que vou dizer. — Mãos seguram o meu rosto delicadamente. — Você é a pessoa mais forte que eu conheço. Infelizmente sofreu algo que nem o ser humano mais resistente conseguiria aguentar e, ainda assim, está aqui com energia para gritar comigo ou mandar um soldado à merda. — Sorrimos, recordando o que fiz, e quase me escondo de vergonha. — Já disse que você pode chorar a perda da família com a mesma intensidade com que chora a perda da Lana e de tudo que ficou preso naquele dia. De todos que já não estão mais aqui.

— Como posso sofrer por tudo que perdi, se foram eles que morreram? Como posso sofrer de igual maneira por todos? — Os polegares dela secam o meu rosto enquanto as suas próprias lágrimas escorrem pelas bochechas.

— Independentemente da singular importância que cada parte perdida tinha, você perdeu tudo naquele dia.

Ficamos abraçadas sussurrando palavras de carinho, até que levanto o rosto e digo:

— Não perdi tudo.

— Não? — Ela me *força* a falar.

Balanço a cabeça.
— Ainda tenho você.
— E terá para sempre.
— Promete?
— Farei por merecer tamanha consideração.

Apesar de exausta, faço login de acesso ao chat e, para o meu espanto, ele escreveu durante as duas últimas semanas.

O meu coração bate desenfreadamente com medo do que irei ler, e sinto uma felicidade estranha por não ter sido a única sofrendo com a ausência do outro, mesmo sendo eu a culpada.

Diogo:
18 de Junho
Se não queres responder, não faz mal. Nem sempre estamos preparados.
20 de Junho
Eu sei qual foi o teu pior dia, pois já contaste. Não precisas dizer mais nada. É a maldita curiosidade que atrapalha tudo, porém desde o começo eu sempre quis saber o que realmente aconteceu contigo naquele dia.
22 de Junho
O Dr. Leonardo acha que devo continuar a escrever mesmo que não respondas.
A verdade é que eu continuaria a escrever mesmo se ele nada dissesse, porque preciso de falar com alguém.
24 de Junho
Hoje vou sair da clínica para festejar o meu aniversário. A palavra festejar tem um sabor amargo quando as pessoas que costumavam passar o dia contigo já não fazem parte da tua vida.

Vou almoçar com os meus pais, mas preferia não o fazer, pois sinto que os deixo tristes por eu não ser igual ao que era; contudo, depois de saber da tua história, valorizo cada vez mais os momentos com eles. E eles, Emília, são pais maravilhosos. Tenho certeza de que tu e a minha mãe, se houvesse possibilidade, iriam dar-se lindamente, pois ambas gostam de infligir danos ao meu ego. Se pudesse, enviaria para ti os abraços que ela tem sempre guardados.

26 de Junho

A pedido do meu psicólogo, e para o projeto em que estamos a trabalhar em conjunto, tenho que escrever uma lista de dez coisas de que sinto falta. Resolvi partilhar contigo.

Sinto falta:

1 — Dos que partiram. — Todos os dias. Mal acordo, recordo-os um a um e sinto saudades deles. Para mim, acordar são sempre os melhores e piores cinco segundos. Os melhores, porque é um dia novo, e os piores porque no sexto segundo eu me lembro novamente de tudo e desejo que nunca tivesse acontecido.

2 — De correr até os pulmões queimarem. — Ainda não consigo correr como antes, mas não vou desistir.

3 — Das noites em que dormia mais do que duas horas.

4 — De rir sem motivo. — Contigo consegui voltar a rir. Obrigado.

5 — Das ondas do mar. — Se um dia decidires conversar, conto-te sobre o melhor dia da minha vida numa praia australiana. Só eu, o mar e uma prancha.

6 — De sexo.

7 — De beijar. — Ok, acima refiro-me ao sexo, mas não é a mesma coisa. O beijo é mais íntimo. Beijar durante horas os mesmos lábios, pois esse simples ato sacia a "fome" ao mesmo tempo que a aumenta. O beijo que leva ao toque e à respiração acelerada. Acho que já percebeste e nem devia ter escrito estes dois pontos, mas sinceridade é tudo.

8 — De assistir a um jogo de futebol com amigos como se não tivesse preocupações no mundo.

9 — De ser livre. — Estou preso a um dia que não me deixa avançar.

10 — De ti.

1º de Julho

Acho que nunca responderás. Desejo que sejas muito feliz. Não conversamos muito, mas sinto que uma parte minha encontrou algo de semelhante em ti. Talvez o facto de ambos sabermos o que é perder alguém. Contigo nunca tive receio de que me fizesses uma pergunta típica de quem não entende, sem imaginar que seria eu a questionar-te sobre algo que não estás pronta para responder.

Não desistas, Emília, porque, se eu e tu estamos vivos, por algum motivo é. Só temos que perceber qual.

CORAÇÕES QUEBRADOS

Termino a leitura dividida entre emoções conflitantes. Ele é, simultaneamente, um desconhecido e a única pessoa que me conhece.

"De ti". Releio muitas vezes o 10, não querendo acreditar que me colocou na lista.

Diogo
5

A parte da manhã é a mais difícil do dia. Inicialmente eu pensava que era a noite, quando toda a luz se apagava e as memórias invadiam os pensamentos, mas, desde que a Emília sumiu, tudo mudou.

O meu lado racional percebe que nos comunicamos por pouco tempo; contudo, o lado emocional ficou viciado nas pequenas conversas que tivemos, como se ambos tivéssemos encontrado no outro aquele lugar de conforto, aquela alma igual.

Estalada. Fragmentada. Quebrada.

Fico a pensar nas razões para a ausência dela e nos seus verdadeiros receios para não se abrir. Outras vezes penso que fiquei nesta agonia devido à falta de amigos. Sinto-me sozinho o tempo inteiro. Os amigos do Exército ficaram para trás, e os restantes seguiram as suas vidas mundanas e inocentes.

Talvez essa estranha ligação com ela seja consequência da minha solidão autoimposta quando me neguei a visitar a minha família e os meus amigos nos dias em que os médicos aconselharam.

Quando entreguei a lista sobre tudo de que sinto falta, tanto o Dr. Leonardo como o meu fisioterapeuta disseram que eu estava apto para correr até a exaustão.

CORAÇÕES QUEBRADOS   39

Desde então a corrida matinal voltou a fazer parte dos meus hábitos e trouxe de volta um pouco de quem já fui.

O Dr. Leonardo também disse que eu tinha como meta riscar todos os itens da lista como forma de atingir alguma paz de espírito e uma sensação boa de vitória. Isso fez-me relembrar que eu a enviara para a Emília. Por que razão enviei uma lista onde escrevo que sinto falta de sexo? Não compreendo, mas a verdade é que sinto muita falta desse alívio físico no qual o cérebro para de pensar e deixa todo o trabalho ao corpo. Em que os corpos se fundem em sons e batidas que são únicos desse ato. Contudo, e por mais saudade que eu sinta, não me consigo imaginar a ter relações sexuais com uma mulher qualquer. Tenho consciência de que fisicamente sou atraente. Sou alto e musculoso devido aos anos de surfe e treino intensivo, porém, o meu corpo está marcado como um mapa. A perna direita tem uma cicatriz causada pelos estilhaços da explosão; a orelha esquerda foi reconstruída, e, mesmo a estar perfeita, ao toque é perceptível que foi operada. A minha lombar é tomada de pequenas linhas brancas das horas em que me arrastei na zona de destroços. Sei que as marcas não impedem a atração física, pelo contrário. Durante muitos anos ouvi colegas meus contarem histórias de como as mulheres adoram consertar um homem quebrado como se fosse herói de romance atormentado. Mas eu não quero isso.

Ligo o Ipod, começo a correr ao som de Pearl Jam e repito a letra sobre estar vivo. *Eu ainda estou vivo!* Quando os músculos já queimam, a respiração está mais sonora, o coração bate como se cantasse comigo e quisesse gritar o quão vivo está. Sorrio e continuo, a saber que estou preparado para voltar à minha vida, mesmo que isso implique deixar a Emília para trás sem chegar a saber o que mais ela perdeu.

Após um banho relaxante, preparo-me para mais uma sessão com o Dr. Leonardo, que será a minha última enquanto residente da clínica. Nas sessões seguintes irei apenas uma vez por semana conversar com ele sobre mim e sobre o estudo em que estamos a trabalhar.

— Tranquilo, Diogo? Preparado pra voltar à normalidade? — pergunta com informalidade. Ao longo destes meses sei que as linhas se estreitaram e nem sempre a sua relação comigo foi distante como deveria ser entre psicólogo e paciente, e eu agradeço por isso. Muitas foram as noites em que ficamos a conversar ou a jogar cartas. Sempre soube que ficava comigo porque sabia que as minhas noites eram de insônia. Outras vezes ele ficou porque aparecia alguma questão que achava importante ser mencionada no projeto.

Ele me confidenciou que há muitos anos conheceu alguém que acreditava que as clínicas deveriam ser um lugar onde os pacientes se sentissem à vontade e, embora não praticasse isso, às vezes era preciso abrir exceções.

— Tranquilo! Sim, estou preparado e tenho uma novidade. Decidi continuar a viver no Porto. — Nestes últimos meses acolhi esta cidade como se nela tivesse crescido.

— Muito bem. Se for como eu, não vai querer sair daqui, a não ser que seja por uma mulher. Um novo amor.

— O último pensamento na minha mente é o amor.

Na verdade, acho que nunca amei. Sim, tive namoradas, mas nunca aquele sentimento que faz mudar tudo na vida. Nem acredito que eu venha a ter isso em mim.

— Diz isso agora, mas quando conhecer a pessoa certa mudará de ideia.

— Fala como alguém apaixonado, mas pelo que sei não é casado.

— É verdade. Por isso, e enquanto amigo, não psicólogo, dou-lhe um conselho gratuito: se um dia se apaixonar, não deixe a pessoa fugir, mesmo que ela corra para o outro lado do mundo.

— Fala isso por experiência própria?

Aparenta nervosismo.

— Bem, deixemos as nossas vidas amorosas de fora. Foi só um conselho hipotético. Além do mais, estamos a falar sobre o seu futuro, não sobre os meus erros de juventude.

— Ok.

Eis a verdade: os homens são básicos, contrariamente às mulheres, por isso só há duas formas de nós vivermos os sentimentos: amarmos ou não. Muitas vezes somos capazes de estar num relacionamento por pura luxúria. Sim, é verdade, se houver sexo regularmente, ficamos saciados e podemos viver anos com essa pessoa mesmo sem a amar. Contudo, e como o meu pai diz, quando amamos não conhecemos o meio-termo e amamos com toda a força e intensidade. Vivemos inteiramente para ver o sorriso dela, e dá-nos mais prazer passar as mãos no seu corpo despido do que o ato em si. Ato esse que muda, por não ser só pelo prazer, mas pelo sentimento. Porém, eu nunca experimentei esse sentimento, nem sei se algum dia terei mais prazer num sorriso do que em sexo. Duvido muito.

— Tem alguma ideia do que quer fazer? — Retira-me dos meus devaneios.

CORAÇÕES QUEBRADOS

— Pensei em voltar para a área das traduções, onde posso aproveitar o meu conhecimento em várias línguas e a formação universitária.

— Mais algum motivo para essa escolha?

— Sim. Liberdade! Autonomia de horários e de espaço. Não me imagino fechado num escritório com alguém a dar-me ordens. Muito menos uma pessoa que não conhece o mundo como eu.

— Mas respeitar ordens superiores é um hábito militar que fez parte de sua vida durante sete anos.

— É verdade e sempre as respeitei, mas não é isso que quero para o meu futuro. Além do mais, com uma ocupação como esta terei independência para trabalhar em qualquer parte do mundo.

— Vê mais viagens na sua vida?

— Sim. Viajar é uma paixão. Conheço inúmeros países como se lá tivesse vivido anos. Quero voltar a surfar pelos diferentes mares, escalar montanhas desafiadoras e mergulhar nos rios mais revoltos. A adrenalina sempre comandou a minha vida, e nunca mais fiz isso. Vocês aqui sempre me ajudaram a compreender que a melhor forma de ultrapassar limites é voltar a fazer o que amamos.

— Vejo que traçou um mapa do seu futuro. Estou imensamente feliz.

— Obrigado. Ultimamente tenho pensado que ficar preso ao passado é isso mesmo: viver numa prisão, quando se tem a chave na mão para abrir a porta.

— Muito bem. Posso saber qual o motivo para tal mudança?

— A Emília — digo sem tempo para reflexão.

— Explique-me melhor.

— Ela não vive, não partilha inteiramente o que sente. Nela vi aquilo que não me quero tornar. Parte de mim queria continuar a conversar com ela, pois sinto que ainda existe alguém com a chama da vida dentro de si. Vi isso quando respondeu ao meu poema. Não foi uma reação apenas de raiva, mas de alguém que tem espírito.

— Então, quer viver pelos dois? Viver por todos que partiram?

Nego com a cabeça.

— Quero viver por mim.

— Compreendo. Se pudesse ajudar a Emília, estaria disposto a abrir mão de algumas das suas aventuras?

— Não sei, ela simplesmente sumiu.

— Compreendo — comenta, e continuamos a sessão até que olha o relógio e refere que terminou.

Levanto-me e estendo o braço.
— Até para a semana — despeço-me.
Quando estou a abrir a porta, ele fala:
— Antes de ir embora, peço-lhe que veja o seu e-mail e decida o que fazer. Por mim não há problemas com qualquer decisão que tomar, e pela Dra. Petra também não.

Minutos depois de ler o que a Emília escreveu, percebo que a decisão é minha, pois no texto ela mostrou-me quem era. Como se dissesse: *Esta sou eu. Estou a mostrar quem fui e quem sou. Vou levar-te à minha vida. À minha dor. E vais compreender tudo que tive e perdi.*

O e-mail

6

Era uma vez uma garotinha chamada Emília, que morava numa cidade com muito crime e violência. Certo dia, a sua mãe foi vítima de uma bala perdida, ficando internada muito tempo. Quando voltou para casa estava diferente, mais introvertida. Foi então que o pai da garotinha decidiu que a família iria morar bem longe da cidade dos vilões.

A nova casa da Emília já não era mais no alto de um prédio, mas rente ao chão. Não havia o barulho das pessoas, apenas os sons da natureza, principalmente do riacho atrás da casa. Os caminhos por onde os seus pés passeavam não eram cinzentos nem duros, mas verdejantes. E à noite ela conseguia ver mais luzinhas no céu do que alguma vez pensou existirem, pedindo ao seu papai que dissesse o nome de cada pontinho brilhante. Os meses avançaram e a família adaptou-se à pacata vida do interior. O pai, que continuava a escrever crônicas semanais para os jornais mais conceituados do país, dizia que a inspiração como poeta voltara após anos de ausência, e a mãe, que decidira abandonar a bem-sucedida carreira de advogada para se dedicar à educação dos três filhos — a Emília e os gêmeos Rafael e Eva —, dizia que nunca tinha sido tão feliz. "Às vezes, é preciso tocarmos nas portas do inferno para percebermos que viver é uma dádiva, principalmente rodeados por quem amamos", dizia muitas vezes aos filhos.

Com o passar do tempo, a Emília começou a se sentir sozinha naquele espaço enorme. As poucas amigas da escolinha moravam longe e não podiam brincar com ela todos os dias. As brincadeiras com os irmãos rapidamente perdiam o interesse, afinal a Emília tinha quase dez anos e eles seis a menos — eram praticamente bebês!

A tristeza terminou quando, no seu décimo aniversário, os pais deram-lhe um cavalo de presente. Não um qualquer, mas sim o cavalo branco que ela sempre pedira.

A Emília sonhava em ter um cavalo igual aos que os príncipes tinham. Ela acreditava que, se tivesse um, não precisaria ser resgatada como as princesas e, ao descobrir que, na realidade, era uma égua, soube que as duas formariam a melhor dupla do mundo. Ela seria a heroína da sua própria história.

Esse foi o melhor dia da sua vida.

O dia em que conheceu a Lana. A sua melhor amiga.

Os dias da Emília viraram uma corrida contra a lentidão dos ponteiros. Olhava mil e uma vezes para o relógio na esperança de que o tempo acelerasse. Tudo que queria era sair da escola para ir aprender mais sobre cavalos. O pai lhe disse que teria de praticar com um instrutor até o dia em que tivesse permissão para montar sozinha.

Diariamente, após o seu instrutor ir embora, a garotinha ficava sentada num banquinho, lendo, enquanto trocava meiguices com a amiga. Ela sabia que o toque era muito importante na ligação entre ambas.

Ao longo dos anos, os colegas de escola continuavam sem compreender o seu fascínio pelos animais, principalmente pelos cavalos, quando o melhor para fazer nos fins de semana era namorar e ir ao cinema, mas ela não se importava com isso e, aos dezessete anos, tudo que queria era saber mais sobre os animais. Sonhava em ser veterinária, e para isso precisava estudar bastante.

Não tinha curiosidade em conhecer garotos, ir a festas regadas a álcool ou vestir roupas de grife, porque sempre achara a moda desconfortável e inadequada. Se ninguém se interessava pelo que ela era no dia a dia, não valia o esforço fingir ser alguém diferente só para ter um namorado.

Aprendeu com os pais que o amor é aceitar a outra pessoa pelo seu todo, não por metades mostradas. Cresceu vendo os pais se beijando, trocando carinho, chamego e olhares nada discretos. Aviso: com dez anos ela já havia sacado o que significa "Hoje é dia de dormir mais cedo porque os pais precisam conversar".

Sempre achou lindo esse amor, mesmo nos momentos em que brigavam e a sua mãe dizia: "Seu pai é uma criança mimada. Os homens são todos idiotas, Emília. Todos!"

Nos fins de semana ia passear pelos infindáveis terrenos, galopando contra o vento quente. Por vezes, a Eva a seguia. A irmã também montava lindamente, era uma paixão partilhada por ambas. Dizem sempre que irmãs costumam brigar, mas a verdade é que raramente discutiam, preferindo passar os dias conversando.

A Eva era sonhadora, queria salvar o mundo das injustiças. Lia diariamente os mesmos jornais que o pai, como se fosse a sua miniatura. Conhecia as ativistas políticas, querendo saber sobre todos os atos de bravura ocorridos em países sem liberdade de expressão. Uma feminista convicta de que iria transformar o mundo num lugar onde todos teriam as mesmas oportunidades. Os seus quase quinze anos eram apenas físicos, intelectualmente era uma senhora culta. O Rafa era o oposto, um geek viciado em videogames e informática. Era capaz de desmontar e montar um laptop sem que ninguém se desse conta. Seu mundo era o seu quarto. Seu apelido era Gasparzinho devido à cor pálida pela falta de sol. Na família todos percebiam que o Rafa era um nerd, e ele sabia disso.

A Emília amava os irmãos do fundo do coração.

Após ter sido admitida na USP, foi morar em São Paulo, capital. Sempre que podia passava dias na casa da tia, em Campinas. Ambas tinham personalidades semelhantes, conviviam bem. Não foi fácil a adaptação à vida de universitária, pois estava habituada à calma e à tranquilidade de casa, e os colegas não compreendiam que era reservada e que passara nove anos da sua vida na companhia da Lana (muitas vezes, falava dela como se fosse uma pessoa, por vergonha de assumir que a sua adolescência fora bem peculiar e que considerava uma égua a sua melhor amiga). Por isso, pouco a pouco, foi se afastando, vivendo apenas entre os estudos e o trabalho voluntário proporcionado pela tia. Cada dia com mais saudades da família...

Da Lana.

De cavalgar.

Do cheiro de mato e do verde das folhas.

Dos sons do riacho.

Da liberdade de viver ao ser quem era.

Durante o terceiro ano de voluntariado, conheceu o Lucas, um homem de vinte e quatro anos que compreendia quem ela era. A amizade virou namoro, e com ele experienciou a vida. Aprendeu muito. Descobriu-se mulher.

Foi durante o relacionamento com ele que os pais e os irmãos a surpreenderam ao dizerem que iriam passar um mês de férias em Campinas. Para a sua euforia, levaram a Lana.

Foi um dos melhores meses da sua vida! Porém, nem tudo que começa com "Era uma vez" termina com "E viveram felizes para sempre".

A Emília aceitou o convite para passar dez dias num haras magnífico, no sul de Minas Gerais, com a família. Deu um tempo nos estudos para poder partilhar uma grande novidade com eles. Estava tão feliz...

E foi quando tudo aconteceu:

Um estrondo.

Seguido por medo e gritos.

Voltas e mais voltas em que a pele se rasga e os ossos se partem.

Corpos batem uns nos outros violentamente.

Vidros se estilhaçam, cortando. Dilacerando a pele.

Dor.

Tanta dor.

A Eva grita demais e o corpo do Rafa está sendo esmagado.

O papai e a mamãe chamam por eles... por nós a cada capotada, e vamos ficando quebrados entre metal e vidro.

Os gritos misturados com dor aumentam...

Até que o pior acontece.

O carro para de girar e...

faz-se silêncio.

A escuridão chegou.

Fim.

Esse foi o pior momento da minha vida. Tudo o mais que me foi retirado não teria importância se quem perdi naquele dia voltasse para mim.

Eu daria tudo na minha vida — mil vezes — por mais um minuto com cada um deles.

E mil e uma vezes eu daria — repetidamente —, se isso os salvasse.

Diogo, não importaria o que mais perdi com o acidente, e digo isso de coração aberto, se hoje eles voltassem para mim.

Diogo
7

*A*inda bem que decidiste vir passar uns dias com a tua mãe. Já tinha tantas saudades tuas... Minha mãe estica o corpo para me dar aquele abraço cheio de amor que só ela consegue. Sei o quanto sofre por mim. Quando aos dezoito anos disse que queria seguir a carreira militar, ficou dias sem falar comigo, magoada por ter tomado a decisão sem ter conversado com ela ou com o meu pai. Mais do que isso, temeu desde o início perder o seu único filho. Dias depois, sem eu esperar, deitou-se na minha cama como fazia quando eu era miúdo e tinha pesadelos. Abraçou-me e disse que, apesar de já não conseguir aconchegar o meu corpo enorme ao seu franzino, eu teria nele sempre o melhor abrigo.

— Também tinha saudades, Pequenina. Vossas e deste cheiro de mar que só Nazaré tem — falei, feliz da vida ao tratá-la carinhosamente pela alcunha dada pelo meu pai devido à diferença de altura entre ambos. Por sorte, a minha altura é semelhante à dele, um metro e oitenta e oito. Ela diz sempre que o que lhe falta em centímetros é compensado com personalidade. Eu concordo.

— Quantos dias tencionas ficar?
— Uma semana. Preciso ver material de surfe.

— Mas... Bem, tens certeza de que estás preparado para praticar? Já não sentes dores? — pergunta, a passar os seus singelos dedos pelos meus num gesto de conforto.

Dói-me a alma saber que sou culpado pelas rugas prematuras que tem, mas, se eu não voltar para o mar, dou em louco a pensar nos que perdi, na vida que se alterou... e nela, principalmente nela. Passaram-se dias desde que li o que a Emília escreveu. Horas intermináveis de corrida. Horas inacabáveis sentado a pensar em palavras de conforto.

— Preciso voltar a fazer o que me trazia felicidade. Quanto às dores, o meu corpo já se recuperou noventa por cento. Sinto apenas algum formigueiro em certas partes, mas é consequência de fragmentos da explosão que não foram retirados. Já expliquei que estou ótimo. — Beijo-lhe a testa.

— Ok. — Passa os dedos pelo meu rosto carinhosamente, para assegurar-se de que estou vivo.

— Vou ficar aqui os dias em que o pai não estará. Vamos passear por Nazaré, e estarei vinte e quatro horas disponível para receber toda a tua atenção. Serei a tua companhia nestes dias em que ele vai estar com a outra. — Pisco-lhe o olho, e ela dá-me um pequeno empurrão de ombros.

— Deixa de ser parvo, Diogo!

Imaginar o meu pai com outra mulher é tão real como crer que amanhã o mundo inteiro estará em paz.

O meu pai foi abandonado quando era pequeno e cresceu num orfanato com dezenas de outras crianças. Aos dezoito anos ficou encarregado da própria vida, sem dinheiro, família ou casa para o apoiar. Após dois anos de pequenos serviços e luta diária, viu um anúncio para trabalhar numa pastelaria e aceitou imediatamente todas as condições. Na semana seguinte, conheceu a filha dos donos, a minha mãe, e diz que se apaixonou a distância, apenas por ter observado o seu sorriso e o carinho com que tratava todos ao seu redor. *As pessoas nem sempre entram na nossa vida quando estamos bem, mas a sua presença torna-a melhor. Foi assim com ela. Senti que tinha uma bela razão para ser mais do que alguma vez fui.*

Durante meses ele só a observava e sorria quando ela o cumprimentava, sempre a achar que nunca o iria ver como alguém de valor, mas sim um funcionário que limpava os fornos e as mesas cheias de massa de bolo. Só no futuro é que ele descobriu o quanto ela o admirava pela sua integridade e trabalho árduo. Que a sua falta de estudos nunca fora algo que a incomodasse.

CORAÇÕES QUEBRADOS

Tentou descobrir tudo que podia sobre ela, até que ganhou coragem e iniciou uma conversa. Diz sempre que foi a melhor decisão que alguma vez tomou. O relacionamento deles teve muita luta, muitas pessoas contra e lágrimas derramadas, mas ambos lutaram simplesmente porque se amavam. O meu pai diz que nenhum amor real acontece sem que existam batalhas a travar, pois só assim compreendemos a imensidão dos sentimentos.

— Filho, ao contrário do teu pai, que só tem a mim, já encontraste alguém especial na tua vida? — Essa é a pergunta habitual sempre que conversamos.

Será que faz parte de algum código secreto das mães?

— Não, dona Isabel. Nada mudou desde a nossa última conversa.

Indico-lhe que se sente à mesinha da pequena varanda, enquanto preparo um chá.

— Talvez seja essa a aventura que te falte — diz alto.

— Que aventura? — pergunto da cozinha.

— Amor. Amares alguém mais do que amas a aventura. E não há nada que contenha mais perigo do que colocarmos o nosso coração nas mãos de outra pessoa.

— Não existe essa pessoa.

— Mas...

— Mas o quê? — Sento-me com ela, a sentir-me um gigante na pequena mesa.

— Sinto que existe algo mais aí dentro dessa cabeça. Sabes perfeitamente que só vens a Nazaré quando algo está a ocupar os teus pensamentos. Só te arriscas loucamente nestas ondas gigantes quando os teus problemas são maiores do que elas.

— Primeiro, eu não surfo as ondas gigantes, afinal não sou profissional, surfo as normais. Segundo, é complicado.

— Explica, então. — Inclina-se na mesa, curiosa.

E é isso que faço. Preciso conversar com alguém que não interprete tudo que digo como o Dr. Leonardo faz, ou simplesmente porque sinto necessidade da opinião de uma pessoa cuja sensibilidade é maior do que a minha.

Reconto tudo: os pesadelos e a sensação de incapacidade ao ver que não consegui livrar os meus melhores amigos de um destino trágico, mas como bastou uma completa desconhecida escrever meia dúzia de linhas para tudo mudar. Para eu compreender tanta coisa. Durante essas horas em que falo ininterruptamente com a minha mãe, questiono-lhe como é possível alguém que não conhecemos ter tamanho impacto na nossa vida, a ponto de mudá-la em semanas e com pouca conversa.

— Não tenho palavras para a dor e o alívio que eu sinto neste momento. — Lágrimas escorrem pelo seu rostinho. — Dor ao saber tudo que sentiste sem nunca nos deixares ajudar. Sinto que falhei enquanto mãe protetora. Era o meu dever estar lá em todos os momentos que precisaste.

— Não te sintas assim. Eu nunca poderia pedir melhores pais. Tenho pena por talvez só ter compreendido o quanto preciso dos dois após perceber que a Emília não tem ninguém no mundo a quem chamar de seu. — Beijo-lhe o rosto, a secar em seguida as provas do choro.

— Essa menina precisa muito de ti. Mesmo que não compreendas agora, ou não acredites, ela foi colocada no teu caminho porque tens mente de salvador. Está em ti. Sempre viveste em missões de ajudar as pessoas. Ela é a tua missão, filho. É a tua aventura.

— Mãe...

Meu Deus, o que é que eu fui fazer?

— Ouve-me, Diogo. — Apanha as minhas mãos com força e obriga-me a olhá-la nos olhos. — Sei que não acreditas, mas eu sim. Acredito que existe alguém para nós. A nossa outra metade, de que Platão falava. Aquela parte que foi cortada. Eu encontrei a minha no teu pai.

— Estou tão confuso. Nunca a vi, entretanto poderia reconhecê-la entre milhares, mas não é nada disso que dizes.

— Isso tem um nome, Diogo.

— Qual?

— Terás de ser tu a descobrir. Só te peço que lutes, mesmo quando parecer que perdeste a batalha, porque o maior prêmio é sempre aquele conquistado com mais esforço.

— Mas eu nem a conheço.

— Até podes não ter tocado nela, visto o rosto ou escutado a voz, porém conheceste-lhe a alma. Não há nada mais difícil de conhecer do que o espírito humano — diz de forma tão natural como se tivesse certeza de tudo.

Fico calado a pensar, enquanto vemos a escuridão chegar.

— Sabes o que acho? Que os teus colegas e os pais dela vos uniram lá em cima. Eles perceberam que vocês estavam perdidos e sem rumo.

— Mãe...

— Eu sei que desde que tudo aconteceu não crês em Deus, mas, Diogo, eu acredito por nós dois que alguém lá em cima nunca se esqueceu de ti. Não interessa quem, mas existe sempre uma razão para tudo neste mundo. Por isso, escreve-lhe não o que julgas ser o melhor, mas aquilo de que neste momento ela mais precisa.

— E do que achas que ela precisa neste momento?
— Simples: de ti.

Depois da conversa com a minha mãe e umas horas no mar, encontro-me sentado e pronto para escrever.

Diogo: Olá, Emília! Desculpa a demora, é que não sabia o que escrever, mas alguém ajudou-me.

Terei de discordar quando referiste que nem todos os contos terminam com "E viveram felizes para sempre" ou com o fato de teres escrito "Fim" na história. Para mim não foi tudo contado, por isso não pode ser esse o final.

Ao reler, percebi que terminaste no momento dramático, e todos os contos de fadas têm um. Na Branca de Neve foi quando ela mordeu a maçã; na Bela Adormecida foi o picar de um dedo. Parece que já não haverá continuação, mas na realidade ambas apenas ficaram adormecidas, a necessitar de alguém que as acordasse do sono profundo.

Eu sei, eu sei. Neste momento deves estar a rir ao imaginar um homem como eu a falar em contos de fadas, mas fui obrigado a ver os filmes quando era criança, ou teria escolhido algo extremamente másculo.

Como a Emília é a protagonista, a sua jornada é sempre a mais complicada. Terá de vencer muitos obstáculos para no final encontrar a felicidade. Mesmo que ela pense que tal não acontecerá.

A única certeza que tenho é de que a heroína dessa história é a pessoa mais corajosa e forte que existe. Uma pessoa que amou com todo o seu coração todos que a rodearam e sentiu-se culpada por chorar a perda da Lana com a mesma intensidade com que chorou a perda da própria família, mas não tem razões para isso, porque a Lana era uma extensão da sua família; era a sua melhor amiga.

Como leitor que sou, preciso saber como a história da Emília acabará, portanto estou pronto para ler os próximos capítulos. Talvez até te ajude a escrever alguns, pois quero fazer parte da jornada dessa bela menina até a felicidade.

Imediatamente recebo a resposta. É como se ela estivesse sentada durante todos estes dias à espera de que eu escrevesse algo, e sinto-me culpado.

Será que ela sentiu falta das nossas conversas tanto quanto eu?

Emília: Quero acreditar que talvez exista mais história e que a Emília encontrará essa tal felicidade de que falou, mas, para isso, ela precisa de um amigo.

Imagino o esforço que ela fez para pedir um amigo. A solidão enorme que a assombra. Mas parte de mim não poderia estar mais feliz.

Diogo: Olá, o meu nome é Diogo, um fiel amigo.

Emília: Obrigada.

Nem tenho tempo de responder, porque entra mais uma mensagem.

Emília: Senti saudades.

Diogo: Eu também.

Que a jornada continue.

Emília: Que recomece!

O sorriso fica no meu rosto como se soubesse que algo extraordinário acontecerá. E assim recomeçamos algo que nenhum dos dois consegue explicar, mas que precisamos.

Quando, num futuro que ainda está por vir, eu olhar para trás, vou compreender as palavras da minha mãe: *O maior prêmio é sempre aquele conquistado com mais esforço.*

Diogo
8

Dois meses depois.

Cada vez acredito mais que a mudança acontece quando não estamos à espera. Nem sempre ela parte de nós, mas cabe a cada um que ela continue. Foi assim comigo e com a Emília quando aceitamos nos comunicar um com o outro de forma cega, sem imaginar o quanto iríamos ficar presos à escuridão e ao brilho que temos em nós. Mas, se bastaram segundos para que caíssemos nas trevas, não é de estranhar que a esperança pudesse surgir tão repentinamente.

Sei que não dá para quantificar a dor que cada vítima carrega, mas conhecer a Emília fez-me perceber que às vezes a nossa cura se dá através da regeneração de uma alma ainda mais sofredora. É como se eu e ela fôssemos parte de um grupo de apoio apenas com dois elementos, onde eu me curo ao ajudá-la na sua recuperação e vice-versa.

Desde que ela referiu que precisava de um amigo, temos trocado imensas mensagens como forma de nos conhecermos. Passamos manhãs, tardes e noites a escrever um ao outro como se estivéssemos viciados.

Optamos por conversar noutra ferramenta de comunicação para nos distanciarmos do mundo que nos rodeia. Terapias, hospitais e acidentes ficaram para trás. Somos apenas duas pessoas que se querem conhecer.

Embora perceba que estamos a adiar o inevitável, não consigo deixar de gostar desta fase de normalidade nas nossas conversas, onde estamos a conhecer as pequenas coisas que nos tornam únicos, antes de nos aprofundarmos naquilo que nos transformou no que somos agora. Igualmente, depois de ler tudo que a Emília escreveu, sei que ela nunca teve um verdadeiro amigo com quem conversasse sobre os aspectos mais banais da vida, a não ser o tal Lucas, o primeiro namorado.

Muitas vezes fico a pensar no que aconteceu. Se ele não estava no carro com a família dela, que fim levou? Qual a novidade que ela ia contar aos pais? Será que era sobre ele? E, se fosse sobre ele, qual seria? Perguntas, perguntas e mais perguntas que não faço, mas que me consomem. Contudo, a pior questão que me ronda a mente é sobre que sentimentos ela tem por ele, e isso incomoda-me porque eu não gosto da sensação que experimento ao imaginar que ela ainda o ama.

Respiro fundo e tento agir como amigo. Apenas amigo. Repito como um mantra até que um dia acreditarei nisso, afinal não sei o que sinto em relação à Emília, mas quero acreditar que é apenas empatia por tudo que ela passou.

Nesses dois meses em que fingimos ser adultos normais e conversamos sobre temas simples, tenho gostado de ver quem ela já foi antes de tudo: tímida, honesta, simples, com uma veia irônica que me cativa. Um poço de contradições, como todas as mulheres são.

Empurro os pensamentos para o fundo de um baú já pesado com tantos pontos de interrogação e continuo a conversa com ela.

Diogo: Os velhinhos escrevem mais rápido do que tu.

Emília: Eu estava tomando sol enquanto comia um caqui. Ficou complicado escrever com uma mão só.

Diogo: Caqui? Tens a noção de que preciso ter a internet sempre disponível quando conversamos?

Emília: Eu também preciso. Muitas vezes.

Diogo: Mas eu sou português. A Língua começou aqui! E já agora, caqui é dióspiro. Não gosto do sabor. Um ponto contra ti: péssimo gosto em fruta.

Emília: E daí que a língua começou aí! O nosso sotaque é bem mais bonito. Nós falamos cantando, vocês falam chorando.

Corações Quebrados

Diogo: Fica a pensar o que quiseres, mas a verdade é que vocês aí inventam novos nomes para tudo quando é desnecessário PORQUE JÁ EXISTE AQUI!

Emília: Português convencido de que é o melhor, é isso o que você é!

Diogo: Mas eu sou o melhor.

Emília: É parvo! Viu só, estou usando uma palavra portuguesa porque não me importo em descobrir e aprender coisas novas, ao contrário de um certo portuga que fica se achando.

Diogo: Bunda. Vês, também uso uma palavra daí.

Emília: De tantas palavras diferentes tinha que escolher logo essa?

Diogo: É uma palavra linda sobre uma parte ainda mais bela da mulher.

Emília: Você é nojento.

Diogo: Não me digas que não tens uma bunda?

Emília: Para de escrever bunda! E não vou falar sobre a minha.

Diogo: Uma pena, porque eu já imaginei a tua b-u-n-d-a.

Ela demora a responder e compreendo o que acabei de dizer. Mas a verdade é que todos os dias imagino como ela é fisicamente. E sim, acabei de imaginar como será essa parte do corpo dela.

Emília: É uma bunda normal. Mas não vamos falar mais sobre isso, ok?

Diogo: Ok.

Infelizmente sou como as crianças, quanto mais ouço a palavra *não* mais vontade tenho de fazer o oposto.

Enquanto filho único, fui sempre muito protegido pelos meus pais. Creio que, se pudesse, a minha mãe passava os seus dias a embrulhar-me em plástico-bolha para assim ficar mais descansada com a minha segurança.

Uma vez fomos ao circo e eu vi algo que me fascinou, um palhaço a atirar-se do cimo de uma prancha para uma piscina. Fiquei tão encantado que durante o percurso para casa pedi aos meus pais para encherem a minha pequena piscina de plástico para repetir a proeza do artista. Claro que disseram *não* todas as mil vezes que pedi, fazendo com que eu acordasse de madrugada e arrastasse a piscina para perto de uma árvore. Demorei horas a carregar baldes de água para a encher sem que o barulho da torneira os acordasse. Subi até o tronco mais alto, fiz a vênia igual à que vi no circo e... 3,2,1 atirei-me. Parti um braço, fraturei algumas costelas, perdi os dois dentes da frente e fiquei internado uma semana no hospital. Ah, que aventura maravilhosa!

Os meus pais aprenderam que não devem negar algo sem explicarem o motivo, e eu aprendi que, às vezes, quando ouvimos um *não,* é a maneira que a outra pessoa tem de evitar que fiquemos magoados. Contudo, não vejo como poderei sair magoado por imaginar como ela será. Alta ou baixa, magra ou gorda. Se o seu cabelo será curtinho ou longo e rebelde. Mas a característica que mais quero descobrir é o seu sorriso. Imagino-o doce e raro. O tipo de sorriso ao qual não estou habituado.

Enquanto adolescente, passava os meus dias com uma prancha de surfe no braço, uma bola de futebol nos pés e um violão ao colo. Nunca fui tímido e sabia que estas três paixões atraíam o sexo feminino. Claro que aproveitava sempre ao máximo tudo que elas tinham para oferecer, afinal, com quinze anos, os rapazes só têm duas formas de viver — a pensar em sexo ou a fazê-lo — e eu não era diferente.

Vivi assim durante toda a minha adolescência, e, quando fui para a Academia Militar, o meu tempo livre diminuiu, por isso todas as mulheres com quem me envolvia eram como eu, sem expectativas de compromisso. Nessa época o meu objetivo era ser o melhor militar e deixar orgulhosos todos aqueles que acreditavam em mim. Os anos foram se passando sem que surgisse alguém que me fizesse pensar que na vida há mais.

O som vindo do chat retira-me dos meus sonhos. Sonhos esses que cada vez ocupam mais horas.

Emília: Voltando à conversa anterior, tive uma ideia. Quer descobrir?

Diogo: Saída dessa cabecinha em forma de caqui não deve ser boa coisa.

Emília: Não teve graça. Fique sabendo que a minha cabeça é bem proporcional. Mas, como disse, não vamos falar sobre mim. A minha ideia é a seguinte: vamos tentar aprender uma expressão ou a forma como o outro diz o nome de algo. Concorda?

Diogo: Tinha que sair uma ideia bem pobrezinha.

Emília: Pobrezinha?

Diogo: Ok, estava a brincar. Gostei da ideia. É uma maneira de eu aprender "brasileiro" para quando for aí.

Emília: Vir aqui? Vir aqui como? Pretende vir ao Brasil? Quando?

Embora tenha escrito sem realmente pensar em visitar o Brasil, fico confuso com o possível pânico instalado nas palavras que li. Certamente acha que é cedo para nos conhecermos, ou que estarmos frente a frente causará constrangimento. Deve ser isso. Além do mais, ela já me tinha dito que nunca conversou tanto com alguém como comigo. A segurança da distância de um oceano ajuda-a a ficar mais desinibida.

Diogo: Foi uma maneira de falar. Não tenciono visitar o Brasil a não ser que um dia me convides.

Emília: Ah, tudo bem.

Diogo: Fica descansada, não aparecerei à tua frente. Primeiro, não sei onde fica a Clínica e estou a gostar desta maneira de te conhecer. Nunca te apanharei de surpresa. Se um dia nos conhecermos, será algo combinado entre os dois.

A promessa foi sincera. Mas sinto que num futuro não muito distante irei quebrá-la, contudo serei eu a ser surpreendido com a realidade do que nunca foi dito.

Emília: Sim. Entendi. Terei de sair da conversa, tenho sessão.

Diogo: Boa sessão. Conversamos depois?

Emília: Hoje não vai dar. Amanhã.

Emília
9

Desligo o meu notebook apressadamente e com alguma agressividade. Encosto-me à parede e respiro fundo, contando de forma decrescente como aprendi há anos, enquanto as minhas mãos ficam imóveis sobre as pernas.

Cem... noventa e nove... noventa e oito... noventa e sete... noventa e seis...

As malditas lágrimas que teimam em cair pesadamente sobre as minhas mãos, mas não paro de contar...

noventa e cinco... noventa e quatro... noventa e três...

Vou contando e chorando. Contando e soluçando. Contando e apertando as coxas com tanta força nas mãos que a dor física se torna maior que a dor que me levou a chorar.

noventa e dois... noventa e um... noventa...

Choro, respiro ainda mais profundamente e recordo as conversas, as vezes em que sorri ao longo desses dois meses. Mas hoje foi difícil conversar, sabendo que um dia terei que dizer a verdade. Sei que para qualquer mulher é normal falar sobre o corpo, mas eu não soube o que dizer. Talvez tenha sido uma brincadeira, pois ele tem um senso de humor ao qual não estou habituada. Nestas conversas percebo que não tenho conhecimento sobre como falar com pessoas, principalmente homens. Inevitavelmente penso no Lucas e quão diferentes eles são um do outro. Sacudo meus pensamentos do passado, pois não consigo relembrá-lo sem chorar tudo que perdi e como o perdi. Como ele se foi quando eu mais precisei.

Será que todos os homens são como o Lucas, ou são como o Diogo?

Ele tem sido o melhor que me aconteceu, tratando-me como uma pessoa deve ser tratada, e não como um vaso partido que perdeu a função, e em fantasias fico imaginando que isto é real.

As nossas conversas são normais como se fôssemos apenas dois adultos que se conheceram on-line.

Também fico imaginando que um dia nos conheceremos pessoalmente, sorrindo para essa ideia, até o momento em que compreendo que, para isso acontecer, terei que contar tudo e não tenho coragem. Terei que contar que a razão não é a depressão causada pela ausência de todos — pais, irmãos e Lana —, mas sim como mudei quando ouvi as palavras "Infelizmente não conseguimos. Fizemos tudo que estava ao nosso alcance".

Tantas coisas que eu precisaria contar...

Como quando eu estava naquela cama de hospital e o Lucas olhou para mim como se eu já não valesse nada, mostrando que talvez a minha decisão de querer me casar com ele fosse errada, levada pela emoção do que estava para acontecer no nosso futuro, e não pelos sentimentos reais que ele tinha por mim. Na verdade, acho que nunca foi amor.

Fantasio tanto sobre o Diogo e o futuro, que até penso se um dia tudo que hoje é impossível poderá deixar de ser se eu conseguir superar o passado.

Gostaria de ser aquela mulher que sabe ser engraçada e flertar quando um homem fala do seu corpo. Não sou assim, nem nunca serei. Durante o meu crescimento, nunca pensei muito na minha beleza ou corpo. Se sou atraente. Nunca me vesti para agradar aos garotos, preferindo sempre algo confortável. Contudo, sempre fui elogiada por ter herdado a beleza da minha mãe. Hoje em dia essas pessoas não diriam isso. Meus olhos verdes não têm o mesmo brilho, nem meu sorriso o calor que o rosto dela emanava. Meus longos cabelos loiros estão diariamente presos, pois soltá-los é relembrar as vezes em que montava a Lana durante horas com o vento penteando meus fios, tornando-os parte da natureza.

Levanto o corpo exausto da quantidade de vezes que choro e penso como seria a sensação de ser vista pelo Diogo. Qual a parte que primeiro seria observada por ele?

Volto a ligar o notebook para reler as nossas conversas. É um segredo que nunca lhe confessarei, talvez com receio de que ele perceba que a sua presença na minha vida se transformou no ar que respiro, e que passo horas relendo tudo que escrevemos, sorrindo para tudo que ele escreve, pois cada palavra dele me traz um mundo de felicidade e esperança, de um jeito que nunca pensei que pudesse me fazer sorrir de novo.

Subitamente o som de mensagem recebida preenche o quarto quando ligo o aparelho e percebo que ele escreveu após eu ter desligado, e, como já estou ficando viciada nele, ansiosamente corro para ler.

Diogo: Desculpa.

Honestamente não sei bem o motivo para pedir que me desculpes, mas algo que aprendi ao observar o casamento dos meus pais é que um pedido de desculpa resolve tudo, mesmo quando a razão não está no lado feminino. Acho que o meu pai sempre temeu mais dormir no sofá do que ferir o orgulho. Ele dizia que o sofá lhe causava dores nas costas. A realidade é diferente, ele odeia dormir longe dela. Durante vários anos de casamento, meu pai acordou cedo demais para ir trabalhar na pastelaria, deixando-a sozinha. Sempre lhe prometeu que, se um dia não precisasse de trabalhar naquele horário, iria dormir a noite todinha agarrado a ela. E ainda hoje, quando por algum motivo estão longe, ele conversa com ela quando sabe que está deitada, simplesmente para ficar descansado.

Continuo lendo com atenção o que o Diogo escreveu como se ele estivesse descrevendo toda a sua vida, mostrando que não quer conversar apenas sobre assuntos bobos, como temos feito. Em cada letra, sílaba e palavra gravada, eu descubro mais sobre quem esse homem é.

Ele narra toda a história, mesmo antes da sua existência, o relacionamento dos pais, os obstáculos à felicidade que enfrentaram e as aventuras que viveu enquanto criança e adolescente. O problema? Eu gosto de saber tudo isto mais do que deveria. Fico pensando que pode ser a carência causada pela ausência dos que eu amava, mas parte de mim sabe que é muito, muito mais do que isso. É como se estivéssemos divididos por um espelho, onde ele é o reflexo daquilo que quero me tornar e que uma vez já fui: livre.

CORAÇÕES QUEBRADOS

(...) Enfim, tudo o que eu queria era pedir desculpas por ter feito com que te sentisses desconfortável. Não era esse o meu objetivo, mas aviso que tenho o dom de dizer o que não devo. Haverá mais vezes em que isso acontecerá, tenho certeza. Só não sei se devo pedir desculpas antecipadas ou após errar. Contudo, quero pedir-te que nunca fujas. Se não te sentires confortável com o que digo e achares que ultrapassei barreiras, NÃO FUJAS. Fica e conversa. Diz-me imediatamente o que sentes. É isso o que os amigos fazem, e eu sou teu amigo. Talvez neste momento eu e tu sejamos os únicos amigos que verdadeiramente se compreendem, mesmo sem saber tudo um sobre o outro. Ainda não descobri o motivo para esta nossa ligação, mas ela existe e não podes negar ou correr quando por algum motivo eu escrever algo errado. Se fugires, eu corro atrás. É assim que funciona a amizade, não viramos as costas mesmo que o nosso amigo nos empurre.

Como nunca tive que pedir desculpas a distância, não posso oferecer-te chocolate, flores ou um abraço, técnicas utilizadas com a minha mãe e que tão bem resultam. Por isso, em modo de desculpas, escrevi-te algo, mesmo que não me aches extraordinário.

Vejo-te,
mas nunca te olhei.
Sinto-te,
mas nunca te toquei.
Sorrio contigo,
mas nunca te vi os lábios.
Escuto as tuas palavras,
mas nunca te ouvi.

Com borboletas agarradas a teu corpo,
tu que vives ainda em teu casulo,
abre as asas e junta-te a elas.
Mostra essa beleza...
essa pureza
pela qual estou enfeitiçado,
entontecido e
completamente rendido.

Um sorriso enorme preenche o meu rosto. É tão grande e real que penetra a minha alma.

Leio o poema pensando se ele também sente mais do que amizade. Isso alegra e amedronta o meu ser num só sentimento.

Rapidamente escrevo algo, na esperança de que ele esteja aguardando uma resposta. De que esteja à minha espera.

Emília: Vivemos pedindo desculpas. Não quero que você se desculpe por ser quem é ou dizer o que pensa. É por você que — sinto algo inexplicável, penso comigo mesma — sinto uma forte amizade. Não mude comigo, por favor.

Olho para o monitor, notando pela marca que ele leu. Nos momentos seguintes, a nossa conversa continua como se aquele poema não tivesse despertado algo em mim. O que mais tarde aprenderei é que o Diogo viu em mim o que nunca reparei ter: *asas.*

Diogo
10

Os meus dias são passados a olhar para o monitor do computador. Sei que estou viciado nela. Acreditem, eu sei. É impossível não ficar a cada conversa em que descubro um pouco mais sobre o que a faz ser assim, perfeita. Claro que não lhe digo isso, mas ela é especial sem fazer por isso, apenas por ser quem é.

A sua timidez foge e aflora um lado brincalhão que conta anedotas e pede mais poemas da minha infância para depois me torturar: "Esses poemas são como aquelas canções horríveis que não saem da nossa cabeça. Não conseguimos parar de ouvir e até cantamos quando não queremos. Tão ruim que vira bom."

Recordo quando ela perguntou se eu tinha mais poesia da minha infância, e a primeira reação que tive foi telefonar à minha mãe e perguntar-lhe se ela havia guardado os meus cadernos. Após a sua resposta afirmativa, corri para o carro e conduzi novamente até Nazaré.

"Fico imensamente feliz de te ver aqui outra vez. Mas por que queres reler os poemas?", pergunta ela.

"Deu-me vontade de ver como começou o meu prazer na escrita", falei rapidamente, por não querer que ela soubesse a verdade.

"E eu a pensar que essa súbita vontade estava relacionada com uma certa Emília que riu imenso com o teu poema vencedor. Como estava enganada, e olha que raramente me engano!

Estou rodeado de mulheres sarcásticas.

"Mas era impossível teres feito mais de duzentos quilômetros por uma mulher. Logo tu que nunca fizeste esforço por uma namorada. Eram as pobrezinhas que corriam atrás de ti como se tivesses mel espalhado no corpo."

Colocou os cadernos nas minhas mãos e deu uma palmadinha nelas. Fiquei parado enquanto compreendia que ela sempre soubera o verdadeiro motivo. Superpoderes, essa mulher só pode ter poderes especiais para saber tudo.

Sorrio face à lembrança desse dia e como fiz a viagem de ida e volta sem nunca contar à Emília. Se lhe contasse tudo isso teria de explicar que para a sentir sorrir eu faria qualquer coisa. Sei que pareço patético. Bem, sinto-me patético noventa por cento das vezes que converso com ela. Como se não fosse o mesmo que a minha mãe referiu, aquele que os amigos diziam que não valorizava as relações. Não que alguma vez tratasse mal o sexo feminino, apenas não me esforçava porque sabia que não tinha tempo ou interesse em investir em algo sólido e duradouro. Uma relação precisa de duas pessoas de mãos dadas. Se uma saltar, a outra não pergunta se a queda irá doer, apenas diz: *Se tu saltares, eu salto contigo, a mergulhar no desconhecido.* Nunca tive essa vontade, porém sinto que com a Emília eu já saltei, mesmo que sozinho.

Apesar da diferença de fuso horário entre Portugal e Brasil, estabelecemos uma rotina de conversa que organizamos com base nos nossos hábitos diários. Como acordo sempre primeiro, começo o dia por enviar-lhe a palavra portuguesa e a concordante de lá. Já demos boas risadas com algumas bem engraçadas. Como uma vez em que a chamei de rapariga e ela explicou-me, ligeiramente ofendida e a rir, que nunca dissesse essa palavra, pois onde ela cresceu não significa garota, mas algo bem insultuoso. Ou quando eu disse que ia a um sítio tratar de documentação, para, numa conversa confusa, explicar que em Portugal "ir a um sítio" é "ir a um lugar" e que nada tem a ver com fazenda, como no Brasil.

Enfim, a língua portuguesa pode ser bem traiçoeira.

Junto com o *Bom Dia*, acrescento sempre o título de uma música que me ajude na corrida.

Bem, a realidade não é essa. Eu escolho sempre com muito cuidado a canção que lhe envio, passando horas à procura de uma cuja letra seja importante

CORAÇÕES QUEBRADOS

e transmita algumas palavras que ainda não lhe consigo dizer. Traduzo sempre a parte interessante para ela se concentrar.

Hoje não é diferente.

Diogo: Bom Dia, Sra. Preguiçosa!

Palavra: Fino = chopp.

Palavra do dia porque hoje vou beber com uns colegas enquanto vemos um jogo de futebol.

Música: Read All About It, da Emeli Sandé: "Tu tens a luz para combater as sombras, então para de escondê-la."

Começo a correr e deixo para trás muitos pensamentos, a fixar a mente apenas nas palavras *"Come on, come on"* cantadas repetidamente, como se fossem a minha forma de dizer *"Vamos lá. Luta, Emília. Vamos lá, luta".*

Após a corrida, preparo-me para mais uma consulta na clínica. Nestes últimos meses tenho compreendido melhor que não podia ter feito nada para impedir o ataque no Afeganistão. Eu não tinha esse poder. Acho que desde o início a questão principal foi a minha incapacidade de aceitar que, por mais controle que tenhamos sobre nós, não podemos controlar a vida ou mesmo as decisões dos outros. O máximo que podemos fazer é aceitar que a nossa existência não depende unicamente da forma como agimos, mas das ações que nos rodeiam.

Hoje sei que a morte (ou a vida) dos meus irmãos militares nunca esteve nas minhas mãos, muito menos a integridade física esteve inteiramente dependente de mim. Cada vida que se perdeu não foi culpa minha, mas das circunstâncias da nossa profissão. Claro que se eu pudesse voltar atrás e avisá-los, faria sem pensar duas vezes, mas não posso. Protegi a nossa segurança o melhor que sabia e pude. Os únicos que culpo são os que fabricam as guerras, não os que lutam nelas. São os governantes, não o povo que se defende. Os ricos exploradores e manipuladores, não os pobres que fazem o que podem para sobreviver.

Esse reconhecimento libertou-me.

Começo a pensar que às vezes, na vida, é mesmo necessário caminhar na escuridão da noite para aprender a correr durante a luz do dia.

Respiro fundo e preparo-me para mais uma conversa com alguém que sabe mais do que eu sobre o que aconteceu à Emília, contudo um sorriso forma--se nos meus lábios porque ele até pode conhecer todos os acontecimentos que a levaram a quebrar, mas eu sou o único que conhece a alma dela, com exceção do tal do Lucas. *Maldito Lucas.*

Sempre que penso em quem ele foi, ou como ele deve ser, sinto algo estranho que não sei identificar.

Faço pausa nessas vozes, entro, sento-me e começo a falar sobre todas as evoluções, até que sinto meu telemóvel vibrar. Acho que sei quem é.

— Desapareceu outra vez. — O Dr. Leonardo retira-me dos meus pensamentos. — Tem acontecido muito hoje. É como se eu me encontrasse a conversar com alguém que está com imensa vontade de estar em outro lugar. Está com algum problema ou existe algo importante que o esteja a perturbar?

— Desculpe. Estava a pensar em algo — digo, enquanto sinto mais vibrações.

— Quer falar sobre o que tem estado a roubar os seus pensamentos?

— A verdade é que tenho conversado imenso com a Emília. Sei que já deveria ter falado sobre isso, mas é como se a nossa nova forma de nos comunicarmos fosse um recomeço longe deste drama e dos traumas que nos acompanham. — Levanto-me e encaminho-me à janela para observar o horizonte. — Como se fossem só o Diogo e a Emília, sem pressões ou prisões. Somos dois adultos que se estão a conhecer. — Viro-me, pois quero ver a sua expressão ao ouvir o que direi a seguir. — E em parte tive receio de que me dissesse que isso não é saudável. Que o objetivo da nossa ligação era falarmos sobre aquilo que nenhum de nós expressava nas sessões. Contudo, entre o tempo que conversei com ela e as nossas sessões de terapia, sinto que, apesar da dor, o passado já não está tão presente no meu presente, porque o meu hoje é ocupado por ela e pela noção de que fiz tudo que estava ao meu alcance. — Encaro-o para ele perceber que, mesmo que se oponha, eu e ela somos amigos, e nada que ele possa dizer irá mudar isso.

— Estou feliz que vocês estão a se comunicar. Foi um passo arriscado, mas que está a resultar, principalmente para a Emília.

Com esta eu não contava.

— Como assim, principalmente para a Emília? — pergunto, curioso.

— A extensão do trauma da Emília tem uma profundidade que alcança a tenebrosidade. Não posso dizer os motivos, mas quero pedir que não desista dela. Não deveria estar a pedir-lhe isto, és meu paciente, porém ultrapasso os meus limites éticos para assim proceder. Não é a primeira vez com vocês dois.

CORAÇÕES QUEBRADOS

Talvez eu devesse dizer que para mim é impossível desistir dela, mas prefiro não o fazer.

— Infelizmente na vida nada é preto ou branco, e neste momento não há alguém melhor para compreender um pássaro ferido do que outro que já teve as asas quebradas.

— Virou poeta, Doutor? Analogia com pássaros. Muito bem, estou impressionado! — Brinco com a situação, mas na realidade estou é bastante abalado com o que acabei de ouvir. Principalmente porque, desde a primeira conversa com ela, eu já decidira que nunca a abandonaria, muito menos agora.

— Não tenho os seus dons literários. Mas ficou bom, não ficou? — diz, a rir de si próprio como forma de aliviar o ambiente pesado que se instalou.

— Não tenciono desistir da Emília, mas compreenda que somos apenas conhecidos. Duas pessoas unidas por incidentes trágicos, nada mais.

E o prêmio Mentiroso do Ano vai para Diogo, grita uma voz na minha mente.

— Não acredito.

— Por que não? — Arrependo-me imediatamente da pergunta.

— Se a Emília fosse só uma conhecida, você não teria passado as últimas três sessões distraído com as vibrações. — E eu a pensar que tinha sido só hoje. — Não andava com um sorriso no rosto durante estes meses e aceitava os convites dos amigos para se divertir. Acredito que já não queira estar tanto com eles, pois a altura do dia em que mais conversa com a Emília é à noite. Estou errado?

— Sabe perfeitamente que está certo — digo, enquanto sorrimos. — Não compreendo por que não me alerta ou diz algo que me faça pensar nesta relação com ela. O tal discurso de que duas pessoas com problemas devem afastar-se e tudo mais. Que somos uma receita para o desastre.

— O único pedido que eu tinha já foi feito, mesmo sabendo que para si desistir dela não é opção. Sei que viu nela algo que as outras pessoas não conseguem enxergar por saberem tudo que aconteceu na sua vida. Por vezes quem nos conhece melhor não é a pessoa que convive conosco desde sempre, mas aquela a quem apresentamos o que somos no hoje, não no ontem. Se quer que lhe diga, a Emília está igual. Ela sorri mais, passa os dias a olhar para o ecrã do computador ou para o telemóvel, sempre à espera de uma mensagem. Quando, por algum motivo, a vossa conversa toma rumos mais controversos, ela fica triste, não se alimenta e fica fechada no quarto. Sei que eu não devia partilhar informações sobre ela, porém vocês não têm noção de que são a cura um do outro. Mais do que isso, vocês são o encaixe perfeito das partes quebradas. Como um quebra-cabeça, os seus cacos encaixam-se nos dela, formando um todo.

Nem consigo proferir uma palavra enquanto ele fala, apenas escuto tudo.

— Vou dar-lhe um último conselho. Vai haver um dia em que terá que tomar uma decisão, haverá outro dia em que descobrirá algo que o abalará como nunca antes, mas lembre-se que, se a Emília se transformar em mais do que uma amiga para si, ela valerá toda a dor que poderá atingi-lo. Às vezes, as pessoas não dizem a verdade, mas não porque esconder é mais fácil, e sim porque admitir é doloroso demais.

Fico parado à espera de que continue, porém percebo que tudo foi dito. Saio da clínica, pego no telemóvel, começo a ler a mensagem dela e sorrio. Pela Emília, sei que toda a dor da queda valerá a pena.

Diogo
11

Há três dias que não temos feito mais nada a não ser conversar sobre a infância, os momentos em que mais felizes fomos e aquelas lições duras que aprendemos na adolescência. Indubitavelmente a Emília ri a maior parte do tempo com as minhas aventuras e os ataques de pânico dos meus pais.

Diogo: Então, quais são os teus maiores arrependimentos de adolescente?

Emília: Você quase não teve arrependimentos, e os que teve foi por ter aproveitado muito. A minha adolescência foi o oposto, passei a maior parte das minhas horas com a Lana. Não me arrependo de nenhum momento com ela.

Diogo: Fala-me sobre ela.

Emília: Sério?

Diogo: Claro. Compreendo que a Lana foi para ti como as ondas do mar são para mim: felicidade.

Emília: Sim. A maior parte dos meus coleguinhas de escola não compreendia o relacionamento que eu tinha com ela. Eu mesma não consigo explicar bem, era como se estivéssemos ligadas por algo mais forte. Acredita nisso?

Diogo: Acredito. Há relações que não se conseguem explicar, apenas sentir. *Como a nossa,* penso.

Emília: A Lana era dócil e aventureira. Nisso éramos iguais. Depois dos meus pais terem decidido se mudar para longe do Rio, para onde eu não tinha os meus amigos por perto, conversar com as pessoas foi mais complicado, porque a minha mãe não confiava em ninguém. No começo foi difícil, e eu sentia um vazio enorme no peito, mas, quando a Lana veio, foi como se preenchesse tudo que faltava. Ficava horas lendo com ela, sabendo que ela não entendia nada. Cavalgar é a melhor sensação do mundo.

Diogo: Nunca montei, mas acredito, pois é isso que sinto no mar, como se ali, naquelas ondas, eu me encontrasse pleno. Para uns é montar, para outros surfar, cantar ou simplesmente ficar a ler um livro.

Enquanto ela descreve toda a relação, compreendo a profundidade dos sentimentos. A Lana era mais do que um animal ou uma amiga, era parte da família. Ao longo de linhas recheadas de informações, compreendo que a Emília acha errado sofrer a perda da Lana como a perda da restante família, e isso corrói a sua mente. Não acho errado que o sentimento de perda seja o mesmo. Contudo, penso que ela sente que perdeu muitos acontecimentos normais na vida de qualquer adolescente.

Emília: Mas às vezes queria estar conversando com pessoas sem nunca sentir que a minha vida é um grande número de acontecimentos que não vivenciei.

Diogo: Quais? Diz alguns que gostarias de ter vivido.

Emília: Não, você vai rir de mim.

Diogo: Rir contigo, sim. Rir de ti, nunca. Não há problema nenhum. Todos nós temos uma lista daquilo que nunca conseguimos realizar.

Emília: Sim, mas raramente são tão simples quanto as minhas.

Diogo: Simples ou não, são tuas e de mais ninguém. Faz uma espécie de top 10 como eu fiz.

Aguardo alguns minutos e eis que ela responde.

Emília: Ok. Lá vou eu. Vai achar que sou mesmo idiota, mas esta era aquela listinha típica de garota adolescente que ficava assistindo a filmes nas tardes de sábado.

1 — Passar a noite com um garoto sem ninguém saber.

2 — Nadar (sem roupa). [Não faça gracinha sobre este item.]

3 — Roubar um beijo de um garoto.

4 — Ir a um show.

5 — Pintar o cabelo de rosa-choque.

CORAÇÕES QUEBRADOS 71

6 — Cantar em público.

7 — Dançar com um garoto.

8 — Viajar.

9 — Cometer uma loucura.

10 — Ser amada pelo que sou.

Viu, uma lista bem básica, que quase todas as meninas da minha idade já viveram.

Diogo: Já podes dar essa lista por realizada. Não vejo um único item que não possas cumprir.

Emília: A Emília que escreveu isso não é a mesma que agora conversa com você. Além disso, é apenas uma bobagem minha.

Pego no meu caderno, que me acompanha diariamente, e anoto a lista que ela acabou de enviar. Não sei o motivo, mas escrevi com o desejo de que ela risque algumas linhas *comigo*.

Eu sei, patético.

Emília: E você? Tem uma lista? Não das coisas de que sente falta. Essa você já me mandou. Das que gostaria de ter feito.

Diogo: Tenho. Mas não está tão organizada quanto a tua. Um dia destes mostro-te.

Emília: Tem receio de mostrar que lá está escrito o sonho de ter uma tatuagem de borboleta no pulso? Não tenha. Não julgarei, até ajudarei a escolher o desenho.

Diogo: Na verdade, será de um porquinho voador. Acho que ele já merece o reconhecimento necessário. E tu também deverias fazer um, para termos uma tatuagem igual, como de melhores amigos.

Emília: KKKKKK. Alguém pensa que é engraçado.

Diogo: Eu sei que sou divertido.

Emília: Verdade.

Diogo: E também sei que gosto de ti.

Não resisti.

Emília: Mas esta não é a verdadeira Emília. Esta é a que finge.

Diogo: Não. Esta é a verdadeira, a outra é passageira. Um reflexo das circunstâncias. A verdadeira Emília é divertida, carinhosa, meiga, inocente, pura, amiga e apaixonada pela simplicidade da vida. Alguém que vive sem querer impressionar os outros.

Emília: Queria tanto ser isso tudo que você vê em mim. E obrigada. É bom ler tanta coisa boa sobre nós. Não vou negar.

Diogo: És. Acredita em mim. É como se eu conseguisse ouvir a tua voz sempre que conversamos. A realidade é que gostaria de conversar contigo, ouvir-te realmente.

Emília: Não acho que seja uma boa ideia.

Diogo: Por que motivo? Não estamos a "fingir" que somos dois adultos normais que se estão a conhecer? Então, se é para fingir, que seja tudo. As pessoas ouvem a voz uma da outra.

Emília: O que estamos realmente fazendo, Diogo? Eu sou menos experiente nisto tudo, mas percebo que algo está acontecendo e não sei como agir.

Diogo: Não sei. A única certeza que tenho é a de que quero conhecer-te melhor.

Emília: E quando pararmos de fingir?

Diogo: Viveremos a realidade.

Emília: E se a realidade não for boa? E se a realidade for alguém que nunca poderá estar completa?

Diogo: Eu já vi a realidade e não fugi.

Emília: Não. Você leu parte da realidade, mas nunca a viu.

Diogo: Então mostra-me.

Emília: Não sei.

Diogo: Não precisa ser tudo, mas mostra-me mais de ti.

Emília: Estou nervosa.

A verdade é que eu também estou nervoso. Já surfei ondas enormes, escalei montanhas e defendi a paz com uma metralhadora nas mãos, mas pensar em conversar com ela deixa-me mais agitado do que todo o resto.

Respiro fundo e ligo pelo aplicativo de chamada do chat.

Emília
12

Estou nervosa. O que fui fazer? Como posso continuar isto sem contar a verdade? Sei que tenho que contar, mas não hoje. Agora, só quero ouvir a voz com que tenho sonhado. Nunca um homem preencheu os meus pensamentos como ele faz, nem mesmo o Lucas. Como é possível sentir algo mais forte pelo Diogo do que pelo homem que pediu a minha mão em casamento e com quem eu pensei em passar o resto da minha vida?

Ouço o som da chamada, respiro fundo e atendo.

— Oi, Diogo — cumprimento, apreensiva.

— Boa noite, Emília. — Ouço o som mais profundo, rouco e forte que já ouvi, misturado com um sotaque que me conquistou num sopro. Toda a força que eu tinha desapareceu. É melhor do que imaginei. Sinto a voz dele na minha pele, que, na hora, fica toda arrepiada.

Em apenas três pequenas palavras o meu coração rasgou o peito com a força dos batimentos.

— Obrigado por aceitares, mas estava a dar em louco sempre a imaginar a tua voz.

— Eu também fiquei imaginando esse sotaque mais do que deveria. — Permaneço falando num tom baixo como se tivesse receio, porque continuo questionando a presença do Diogo na minha vida, e o meu maior medo é que ele desapareça, como todos fizeram até agora. É tão triste não ter quem amamos...

— E que tal? Da tua eu só posso dizer que é infinitas vezes melhor do que alguma vez imaginei. É mais doce e meiga. — Tum-tum... tum-tum... bate aceleradamente meu coração como se fosse as asas de um colibri.

— Também é melhor. Esse sotaque é lindo, e sua voz transmite paz, conforto... segurança.

— Emília... — Pausa respirando, e até esse som arrepia meus pelos, passando uma sensação pela minha coluna — eu quero que seja real, que me vejas como um porto seguro. Mais do que amigo, quero ser teu companheiro. Porque é assim que eu também te vejo.

— Diogo, eu gostaria de te dizer tanta coisa.

— Hoje vamos fingir. Amanhã fingimos novamente. E continuaremos a fingir até o dia em que possamos dizer aquilo que não dá mais para fingir.

— E o que não dá para fingir?

— O que sinto por ti e que sei que também sentes por mim. Mas fingiremos até achares que podes confiar em mim e contar tudo. Não paramos de fingir até acreditares que não há nada que digas que me fará desistir de ti.

Enquanto fala, percebo que ele realmente me conhece e aos meus limites.

— Pois eu não conheço o motivo, só sei que tu e eu estávamos destinados. Tu acalmas as minhas noites quando entras nos meus sonhos e fazes-me acreditar em tanto que nunca pensei ser possível. Entraste na minha vida por um motivo, Emília, e eu na tua.

— E se eu nunca puder acompanhar esses sonhos? E se a minha verdade não for igual à dos seus sonhos?

— Impossível — diz rapidamente como se tivesse certeza da afirmação.

— Impossível? — questiono.

— Fácil, Emília. — Até a maneira como diz o meu nome abala todas as muralhas que construí. — Porque os meus sonhos são todos contigo. E a tua realidade, seja ela qual for, será a minha. Mas vamos fingir. Fingir até...

— Diogo... — Suspiro sem saber o que dizer.

Diogo
13

E foi isso que eu e a Emília fizemos no restante do telefonema — fingimos.
Voltamos a ser dois adultos a conhecerem-se, a descobrirem o gosto em comum por bandas e a prometerem mais... conversas.

Não sei o que se passou comigo para lhe dizer tudo aquilo, mas quando ouvi a sua voz foi como se o meu coração reconhecesse o timbre dela. No momento em que a Emília mostrou-se e vi-me a cair...

cair...

cair...

cair por ela.

Diogo
14

Já se passaram horas desde que terminamos a conversa e continuo a recordá-la como se existisse um botão de replay na minha memória. Fecho os olhos, respiro fundo e tento recordar cada sopro da sua apreensão. Sim, os homens também ficam a relembrar os momentos. Se a pessoa for importante, ocupará os pensamentos; a única diferença é que não enviamos mensagens aos amigos ou pulamos a bater palmas de alegria e apertar o telemóvel contra o peito, mesmo que dentro de nós esteja uma pequena festa a acontecer.

Reviro-me na cama mais uma vez na esperança de que o sono venha, mas, e principalmente, de que o amanhã traga mais Emília.

Fico a imaginar o que o Paulo diria se me visse assim. Ele estava prestes a casar-se com a sua primeira e única namorada antes de morrer naquele dia, naquele maldito dia, de forma tão cruel. Quando me concentro, consigo ver o seu cabelo loiro e o sorriso simples de quem encontra contentamento nas pequenas coisas.

Uma conversa dele surge na minha mente, e talvez hoje eu consiga entender melhor o que ele tentava mostrar, mas eu não tinha a maturidade emocional necessária para acreditar: *"Se um dia vocês tiverem a sorte de esbarrarem com a vossa outra metade, irão perceber que todas as outras mulheres são apenas isso, 'outras', e nenhuma vos irá captar a atenção ou o interesse porque o vosso coração estará completo".*

Talvez a tal questão das almas gêmeas não seja um puro mito de mentes ociosas.

Muitas pessoas têm vários relacionamentos não porque se cansam rapidamente da rotina, mas porque é difícil encontrares no outro o reflexo de quem tu és. Não precisa ser alguém com os mesmos gostos, sonhos ou desejos, mas sim aquela pessoa que vê em ti aquilo que nunca reparaste que faltava.

Não quer dizer que viver sem encontrar essa pessoa seja uma existência desperdiçada, já que não se pode sentir falta daquilo que nunca tivemos.

É com esta ideia de metades que se preenchem que começo a adormecer.

Após acordar e cumprir a rotina — corrida, mensagens à Emília e sorriso idiota no rosto —, aproveito o mar gelado de inverno para me perder na aventura e escapar à força arrebatadora das ondas. Apesar de ter crescido em Nazaré — cidade da água, cheia de pescadores e de gente que vive do que colhe do mar, marcada por ondas fortes e pelo cheiro da maresia —, o Porto conquistou-me com a sua vida mais citadina, seu povo alegre e atarefado. Uma cidade tipicamente europeia nos seus edifícios antigos e ruas estreitas. Aquele lugar que podes chamar de *casa* porque as pessoas tratam cada um como se fosse o melhor amigo de anos.

Finco a prancha na areia e fico sentado a observar o mar e os pequenos raios de sol que escapam dentre as nuvens cinzentas. Pego no telemóvel e começo a captar fotografias, enviando as melhores para a Emília, juntamente com um vídeo da praia que diariamente visito, apesar de eu estar a percorrer todo o litoral, à procura das melhores ondas.

A sua resposta não demora.

Emília: Você é louco, só pode! Como se mete num mar desses com esse vento e essas ondas gigantes? Não tem medo? Louco, leia bem, LOUCO!

Diogo: Estas ondas não são grandes comparadas com as ondas da minha Nazaré.

Pela demora da resposta, sei que ela está a pesquisar sobre as ondas e as praias aqui do Porto. Se há algo que adoro na Emília é a sua curiosidade de saber sempre mais sobre tudo que a rodeia. Definitivamente, Portugal já a conquistou, pois sempre que conversamos ela fala sobre algo que descobriu.

Apesar de nós, homens, termos — e com razão — fama de sermos mais visuais, a verdade é que fico impressionado quando consigo conversar com uma mulher sobre assuntos importantes. Nenhuma relação é só a aparência física. Não vou negar e dizer que isso não é importante. É, e muito, mas no rol das contas, alguém que seja apenas bonito é só isso, alguém que é apenas aquilo que mostra e nada mais.

Emília: Não acredito que seus pais tenham permitido que você surfasse naquelas ondas. Loucura completa. Por favor, tenha cuidado.

Consigo sentir preocupação nas suas palavras e talvez receio. Será? Imediatamente carrego no botão para fazer a chamada.

— Oi, Diogo — cumprimenta com aquela voz que ainda há pouco ouvi, mas que já era capaz de identificar entre inúmeras outras.

— Olá, Emília. Desculpa, mas tinha que voltar a ouvir a tua voz. Escrever perdeu metade do encanto após ter-te ouvido. Para mais senti que ficaste preocupada. É verdade?

— Sim — sussurra como se tivesse receio de afirmar que se preocupa comigo. — Não quero te imaginar dentro de um mar tão perigoso. Vi aquelas ondas e fiquei assustada. São perigosas e... e... se cuida, por favor.

— Já pratico há muitos anos.

— Promete?

Este pedido feito por qualquer outra mulher seria rapidamente negado. Nunca permiti que alguém me pedisse para fazer promessas relacionadas com as minhas atividades, mas esta súplica não foi feita por uma pessoa qualquer.

— Promete? — repete, angustiada.

— Prometo — digo, e é verdade. — Tens receio de que eu fique magoado? — questiono porque algo em mim quer que ela diga que sim.

— Tenho. Eu não quero que você se machuque. — Novamente aquele sussurro tão próprio dela.

— Emília, surfo para sentir a vida a bater de frente em mim, mas não me exponho ao perigo. Aquelas ondas de Nazaré são para profissionais de ondas gigantes. Não são nem para todos os surfistas profissionais, quanto mais alguém como eu, que, embora ame o mar, não passa horas e horas dentro dele.

— Eu sei, mas é que... — O silêncio prolonga-se. — Eu já não me lembrava o que era sentir medo pela segurança de alguém de quem gosto. Perdi todos e com eles também foi esse sentimento de proteção.

— Explica melhor — peço-lhe cuidadosamente.

Percebi perfeitamente o que ela disse, mas quero ouvi-la. Preciso aproveitar esta ocasião em que ela fala sobre a família para descobrir mais da sua alma.

— Sempre senti a obrigação de proteger os meus irmãos gêmeos. Eles eram muito diferentes, mas a preocupação era a mesma. Como já te disse, a Eva era bem madura para a idade dela. Uma pequena revolucionária. — Ri, relembrando-a. — Um dia chegou em casa chorando porque os coleguinhas tinham implicado com ela por causa das suas ideias. Não é normal uma criança ter a capacidade intelectual dela e saber se exprimir com tanta facilidade. Claro que ela não ficou parada e deu o troco no dia seguinte. Um grupinho se vingou da humilhação com as mãos e os pés, e eu não aguentei ver como ela ficou marcada.

— O que fizeste?

— Bati neles com um pau de vassoura! Eu me arrependi depois porque sei o que a violência acarreta, mas quando vi o rosto e o corpo da Eva depois de terem feito aquilo, simplesmente não aguentei. Nenhuma crian... pessoa deve ser vítima por ser diferente. Muito menos uma criança com a mente brilhante da Eva. — Fica em silêncio, respirando profundamente. — Nem quero imaginar o que está pensando de mim neste momento. Sei que foi errado, mas eram tantos e a Eva só uma... ela era uma criança. Covardes!

— Estou a pensar que a Eva foi a criança mais sortuda do mundo ao ter-te como irmã. Estou a pensar no quão maravilhosa tu és e o quanto eu, dia após dia, estou a gostar de te conhecer, mesmo que tudo isto não passe de fingimento. Na verdade, acredito que estamos a fingir que fingimos.

— Como assim? — inquire num som rouco de quem está emocionada com o que eu lhe disse.

— Porque, se estivéssemos a fingir, eu nunca saberia quem realmente és. E eu sei quem és, tanto quanto tu sabes quem eu sou.

— E quem eu sou? — A voz revela apreensão.

— Tímida, mas irônica. Forte, mesmo quando achas que és fraca. Humana. Sabes que foi errado atacar os miúdos com o pau da vassoura, mas foste defender a tua irmã de uma covardia. Hoje tu não farias isso, mas também eras jovem quando aconteceu. Sei que és a pessoa mais doce e bela que existe.

Respiro fundo e penso bem no que vou dizer antes que saia algo que a assuste, tal como a enormidade dos sentimentos que tenho por ela.

— És uma guerreira, uma sobrevivente. Bem, tu... tu até podes estar um pouco quebrada, mas mesmo assim eu acho-te perfeita.

— Eu...

— Não precisas dizer nada. Eu apenas queria que te visses da mesma maneira como eu te vejo. Queria que soubesses que não estás só, tens-me a mim.

— Você me faz querer sorrir a todo momento. Me faz rir. Eu sou mais feliz com você.

— Um dia sorriremos juntos, lembra-te disso.

— Por isso é que eu tenho que contar tudo, para que essas palavras todas que você disse possam ser reais para mim. E eu quero contar, realmente quero dizer tudo que aquele acidente causou em mim, mas estou gostando tanto da forma como me vê que...

— Conta quando te sentires pronta. Se quero saber qual o motivo de tanto medo? Sim. Quero muito que me contes, que tenhas confiança suficiente em mim para que não exista essa barreira, mas nunca te irei forçar.

— Obrigada por compreender.

— Se ainda não reparaste, não tenho opção.

— Eu também não. Há dias em que penso se tudo isso é real, se não é um sonho. Se for, não quero acordar. Porque sempre que falo com você eu sorrio, e isso é muito difícil para mim.

— Não é um sonho. Somos reais, tudo que estamos a viver é real. Talvez pouco lógico, mas verdadeiro.

— Um dia te conto tudo, mas, enquanto isso não acontecer, quero mostrar que estou nesta relação estranha... com força.

— O quê?

— Estou te dando todas as partes da minha alma: a inteira, a quebrada e a perdida em algum lugar dentro de mim, mas só peço um favor.

— Qual?

— Nunca as jogue fora, pois eu não iria aguentar. Se um dia não quiser mais, devolva-as, mas não as destrua mais do que já estão.

— Prometo. Cuidarei de cada uma delas com a minha vida.

Sim, ela poderia ter contado o segredo e eu ouviria sem julgar, mas compreendi que neste momento ela entregou-se a mim da melhor forma.

— E o que você vai fazer hoje, além de tomar caldo no frio? — brinca. — Aqui está fazendo uns quarenta graus — tenta mudar de assunto.

— Tenho um encontro com o Dr. Leonardo para lermos parte do ensaio que ele escreveu sobre TEPT em soldados. Quis participar, pois acredito que o que senti, e ainda sinto, pode ajudar outros soldados — respondo enquanto me levanto da areia e me dirijo ao carro.

— Eu acredito que escutarmos alguém que nos compreende ajuda muito. Conversar com você tem sido a melhor terapia para mim.

— Obrigado. Mas, Emília, eu não tenho conhecimento profissional, por isso conversa com alguém que te possa ajudar. Fica melhor por ti e para ti.

— Estou tentando. E o que vai fazer depois? — Mais uma vez muda de assunto.

— Tenciono ir visitar algumas pessoas, por isso não estarei tão disponível, visto ter que conduzir para diferentes cidades. Preciso conversar uma última vez com uns conhecidos meus. Despedir-me deles.

— Se eu pudesse, iria com você.

— Obrigado.

Continuamos a conversar durante horas, e paramos apenas quando tenho que tomar um banho antes de dirigir-me à clínica. Estamos completamente viciados na voz um do outro.

Diogo
15

*E*ntro na clínica e vou direto à sala do Dr. Leonardo, porém paro quando ouço brados e percebo que ele está a conversar exaltadamente com alguém.

"Porque não, Rafaela!", ouço-o gritar num tom destemperado.

Minutos depois bato de leve na porta e entro. O seu rosto está completamente vermelho e a gravata, solta como se precisasse sentir o ar a bater no corpo para arrefecer.

— Se quiser remarcamos para outro dia... ou volto mais tarde — aviso, reparando que a cadeira está virada como se tivesse sido pontapeada.

— Não precisa. Dê-me só um minuto para organizar tudo. Perdão — desculpa-se enquanto ajeita a visível desordem.

— Se precisar desabafar, basta dizer — falo, percebendo a ironia da situação na inversão de papéis.

— Sabe que mais, é isso mesmo. Vamos despedir-nos deste trabalho com uma ida a um bar, porque preciso mesmo, e já há muito tempo que a nossa relação é maior do que a de paciente e psicólogo ou a de duas pessoas que estão

CORAÇÕES QUEBRADOS   83

a escrever algo sobre traumas e depressões — refere enquanto sai pela porta afora como se o escritório estivesse a pegar fogo.

Durante a viagem, retira a gravata e despenteia o cabelo. Acho que é a primeira vez que o vejo sem estar completamente alinhado.

Já no bar, sentamo-nos a uma mesa distante, como se ele soubesse ser o melhor neste momento. Minha água chega, e ele vira um fino de um gole só!

— Não foi assim que imaginei a evolução da nossa relação — brinco.

— Que falta de profissionalismo. Em qualquer lado do mundo e, independentemente de minhas técnicas e abordagens serem diferentes, nunca cortei a linha como estou a fazer — lamenta-se.

— É um profissional excelente. O melhor que conheci. — Bato nas suas costas para animá-lo.

— Um psicólogo que deixa de cumprir as ordens que sempre seguiu apenas porque ela apareceu passados dez anos. Dez anos! Uma década sem ver ou ouvi-la. Dez anos a tentar esquecer tudo de errado que fiz. Que ambos fizemos.

— E por que motivo estiveram dez anos longe um do outro? — pergunto, curioso, pois logo percebo que existe uma ligação com a Dra. Rafaela.

— Porque, às vezes, é mais fácil acreditar no que parece ser verdade.

Fixa o olhar no copo vazio.

Há um alívio em saber que até aqueles que ajudam os outros com seus demônios também andam de mãos dadas com alguns.

— Ser reconhecido como um dos melhores tornou-se o meu objetivo quando tudo aconteceu. Como se eu quisesse mostrar que tomei a decisão certa ao terminar tudo. — Continua a falar como se precisasse dar satisfações. — Eles sempre me disseram que eu fiz a escolha certa.

— Eles quem? — pergunto, na esperança de encontrar respostas.

— Os meus pais... e outras pessoas.

Endireita-se na cadeira e estende a mão com um sorriso forçado.

— Se vou contar a minha vida, primeiro vamo-nos tratar pelo nome.

— Leonardo, conta-me tudo. — E sorrio, a apertar a mão dele.

— Há doze anos conheci a Rafaela, uma estudante brasileira...

E assim começa a narrar algo que tinha tudo para ser maravilhoso, mas terminou tragicamente com ela a partir sozinha para o Brasil. Depois disso, nunca mais estiveram juntos.

— E a vida continuou. Dediquei-me exclusivamente ao trabalho e só tive relações supérfluas, porque nenhuma mulher era a Rafaela. Nenhuma tinha o mesmo cheiro, o mesmo toque. Nenhuma me fazia rir. Pode não parecer, mas eu sei rir e ela era muito divertida. Quando partiu para criar do zero uma clínica diferente de tudo que eu tinha visto, ninguém acreditou nela, mas eu, mesmo com tudo que aconteceu entre nós, sempre soube que ela, por ser assim tão diferente, iria conseguir realizar o seu sonho — revela com expressão de pura tristeza. — Foi com ela que percebi a parte humana que faltava em mim nesta profissão.

— Por que nunca abandonaste tudo e foste atrás dela? O trabalho que praticas aqui também podes exercer no Brasil! Afinal, vocês são da mesma área — argumento, pois não consigo entender como ele aguentou viver sem ela.

— A vida não é assim tão simples. — Sei que existe algo mais, mas não o pressiono.

— Mas, se não conversavam há tantos anos, por que motivo agora?

— Queres saber a verdade? — Aceno que sim. — Foste o causador. É verdade! Há uns meses escrevi aquele artigo intitulado *A Culpa do Sobrevivente*, pois apresentavas tais sinais. Isto antes de trabalharmos juntos neste ensaio sobre a vida dos soldados que passam pelo que passaste.

"Vivias nessa ideia de que também devias ter morrido naquele dia. A Rafaela leu e contactou-me. Diogo, ela ligou-me! Passados dez anos! Não me contactou para perguntar sobre o que realmente aconteceu. Não, nada disso. Ligou-me e conversou comigo como se eu fosse um colega de profissão. Dez anos, Diogo. Malditos dez anos!" Para, fica imóvel e a olhar para o vazio.

— Então, ela ligou porque queria a tua opinião, visto a Emília apresentar os mesmos sinais? — pergunto na esperança de que ele continue.

— Sim. Conversamos apenas sobre vocês durante horas. Nada de pessoal sobre o que falam nas sessões, mas os avanços e recuos de tratamentos. E a depressão da Emília é uma doença que meio mundo desvaloriza. Tentamos unir as duas coisas, mas eu nunca deveria ter dito que sim.

— Como assim?

— Porque eu nunca deveria ter aceitado a ideia de tu e a Emília se comunicarem.

— Independentemente das razões principais, eu sei que nunca concordarias com algo que não me ajudasse.

— É verdade. Embora eu não concorde com muitas das abordagens terapêuticas da Rafaela, a ideia foi perfeita. E antes de conversarmos convosco estudamos exaustivamente os vossos casos para ver se poderíamos seguir em frente. Ela sabe sobre ti e eu sobre a Emília. Nós sabíamos que iria dar certo. Eu tinha certeza de que vocês iriam ajudar-se mutuamente. Só espero que nunca mudes de opinião sobre tudo que não te disse quando souberes de toda a verdade.

— Os segredos que a Emília ainda não me contou, é sobre isso que estás a falar?

— Sim. Mas penso que tem de ser a Emília a dar esse passo porque, pelos meus estudos, isso será fundamental para ela melhorar.

— Parabéns, Diogo, pela recuperação fantástica. Fisicamente estás apto, mas nunca te esqueças de relembrar os bons momentos com eles. Se sentires que a tristeza volta, ou os pensamentos depressivos, conversa imediatamente com alguém.

Enquanto conduzo, ele continua a falar, até que algo me chama a atenção e peço-lhe para repetir.

— Eu disse que quando vi a fotografia da Emília no ficheiro foi como ver a Rafaela com aquela idade — diz novamente, e eu fico confuso.

— Como assim, ver a Rafaela? — Abrando a velocidade.

— Porque a Emília é sobrinha da Rafaela — revela, como se não tivesse acabado de me contar algo importante.

— E a Emília sempre esteve internada na Clínica da tia?

— Não. Ela esteve internada durante meses num hospital e só depois foi para a Clínica da Rafaela.

Quando paro para ele sair, lembro-me de algo que queria perguntar desde o começo da nossa conversa.

— Leonardo, esqueci-me de perguntar algo.

— O quê? — diz enquanto sai um pouco afetado pela bebida.

— A Dra. Petra, quer dizer, a Rafaela conseguiu criar e manter sozinha essa "Clínica diferente"? — pergunto, a fazer aspas com os dedos.

— Sim, e de forma magnífica. Brilhante!

— Que bom. Ao menos profissionalmente atingiram o melhor que podiam.

Ele acena com a cabeça e começa a subir as escadas em direção à clínica. No último momento para e olha para trás como se tivesse se esquecido de algo.

— Não, não só magnífica e brilhante. Ela fez muito melhor do que eu.

— Como assim?

— Todos os dias ela ajuda dezenas de pessoas que não possuem as armas necessárias para se defenderem das injustiças do mundo.

— Mas tu também fazes isso.

— Em parte sim, mas nunca como ela o faz. Ela traz felicidade à vida não só dos pacientes como das famílias. Ela abriu a Clínica para todas as pessoas com qualquer tipo de problema mental ou físico. É mais do que um centro de cura. É um refúgio. Uma casa para quem perdeu tudo. Um lugar onde quem não tem dinheiro é tratado com a mesma atenção dada a quem tem milhões no banco.

Fico a rebobinar as palavras, enquanto penso que, sem ter intenção, descobri o segredo da Emília. Conduzo como um louco, a refletir que talvez seja isso. A Emília deve ter ficado com algum problema do acidente e tem receio de que eu descubra. De que a veja.

Chego em casa, ligo o computador e abro o programa imediatamente, sem saber bem o que lhe dizer. Desligo, paro e começo a arquitetar um plano. Talvez não seja o mais correto da minha parte, mas quero que ela saiba que não vou desistir dela, mesmo se a extensão das suas marcas for gigantesca.

Começo a conversa.

Diogo: Olá. Estava a pensar e... vou querer sempre mais de ti.

Emília: Mais?

Diogo: Primeiro quis as tuas palavras, depois a tua voz, agora quero ver-te. Estou a ficar maluco ao imaginar-te.

Emília: Não sei.

Diogo: Qual é o mal? Já te disse que NADA que mostres vai mudar o que sinto.

Emília: E se eu não for como você me imagina?

Diogo: A não ser que sejas um homem, não tenho problemas. Não és um homem, pois não? Seria muito constrangedor para mim depois de tudo que tenho fantasiado diariamente.

Emília: Já ouviu a minha voz!

Diogo: Então, não tenhas receio.

Emília: Ok, a verdade é que eu também fico imaginando como você é.

Corações Quebrados

Diogo: Imagina um homem lindo, sensual, charmoso, com um corpo de fazer corar até freiras e completamente viciado em ti. Acho que é a descrição perfeita, mas poderás ver por ti.

Emília: Só isso? Nossa, se esqueceu de humilde nessa lista.

Diogo: Achei que já eram muitas características e deixei a humildade de lado. Anda, aceita.

Emília: Estou nervosa.

Diogo: Não é preciso. Sou apenas eu.

Após ela aceitar, começo a duvidar se o problema dela será físico. Não teria aceitado tão rapidamente se fosse.

Demora um pouco porque teve que atender à porta. Tenho certeza que foi uma desculpa para se embelezar, e acho graça disso. De repente, o som da chamada começa e sinto o meu coração a saltar do peito.

Fico a pensar se isto acontece com os milhões de casais que se conhecem on-line. Se os homens ficam nervosos como eu estou.

Quando a imagem surge, diante de mim tenho a mulher mais linda que alguma vez já vi, e todo o oxigênio evapora-se.

— És linda! — Honestamente, nenhum homem tem discursos enormes quando vê uma bela mulher. Apenas constatamos a realidade.

Mesmo com pouca luz, reparo que ficou envergonhada. Um tom rosado preenche-lhe o rosto branco, que é marcado por olhos verde-claros e uma boca que foi desenhada para ser beijada. E o quanto a quero beijar neste momento.

— E você é ainda mais lindo do que imaginei — diz de forma tímida. Instantaneamente começamos os dois a rir porque a situação tornou-se constrangedora. Estamos os dois parados a memorizar os traços um do outro, como se neste exato momento tudo se tornasse ainda mais real.

— Não consigo parar de olhar para ti sem pensar em como és bonita. Sei que vou parecer um neanderthal, mas neste momento só me apetece pegar em ti e esconder-te de todos os homens. Como se essa beleza fosse apenas para o meu proveito.

Ela ri do absurdo.

— E se a recíproca for verdadeira? — Sua pergunta retira-me dos pensamentos. — E se eu achar que é muito bonito para ser visto por tantas portuguesas?

— Primeiro: fico feliz por quereres esconder-me e vivermos só os dois.

— Levanto a sobrancelha e pisco-lhe. — Segundo: não precisas ficar preocupada com as portuguesas, porque eu só tenho olhos para uma certa brasileira que acabei de ver pela primeira vez.

— Uma certa brasileira?

— Sim. Loira, olhos verdes, pele rosada... não sei se pelo calor ou por estar a conversar comigo. Muito, muito gira.

— Gira? O que é isso?

— É um elogio que significa "bonita".

— Ah! Obrigada.

Continuamos a conversar, enquanto tentamos ignorar o fato de estarmos sempre a observar o rosto um do outro.

— Quero ver-te completa. Não sei se és alta ou baixa.

— Não quero me levantar, Diogo. Tenho um metro e sessenta e um, ou seja, não sou alta — diz enquanto o seu rosto fica marcado por linhas de preocupação.

— Qual é o mal de eu querer ver-te? — Levanto-me e afasto-me do computador para ela me ver todo o corpo. — Vês, não custa nada.

— Não tô com vontade de me levantar — diz rapidamente, e desaparece a Emília brincalhona.

— Emília, há algum motivo para que não te queiras mostrar? — pergunto e penso que afinal esse é o problema dela.

— Por que a pergunta?

— Porque não entendo não quereres. Já te disse que nada em ti, nada, me vai alterar o que sinto.

E, nesse momento, ela levanta-se e mostra-se a mim.

Primeiro ela parece ter dificuldade em levantar-se, mas rapidamente compreendo que é o nervosismo. Talvez não devesse ter sido tão insistente em pedir para vê-la quando é claro que ela não queria, mas a curiosidade de saber foi maior. Diante de mim está uma Emília com uma expressão nervosa, insegura e, talvez, magoada. Fui um idiota.

— Satisfeito com o que vê? — pergunta numa espécie de desafio e receio enquanto as mãos alisam a saia, a mostrar ainda mais que a minha atitude foi errada.

— Muito. És linda... e não tão baixinha assim — digo com um sorriso na expectativa de aliviar o clima pesado que se instalou.

CORAÇÕES QUEBRADOS 89

Penso que nunca devia me ter deixado levar pela curiosidade. Pior, sinto-me o maior imbecil por ter pedido tanto para vê-la quando o motivo era descobrir se ela tinha alguma incapacidade. Perdi uma oportunidade de transformar o momento em que a vi pela primeira vez em algo maravilhoso. Em vez disso, fiquei mais preocupado em descobrir a extensão das suas feridas.

— Desculpa, não devia ter pedido quando, claramente, não te sentias à vontade. Não fiques assim, mas queria tanto ver-te. Acho que me entusiasmei.

Calmamente e sem se mover, Emília puxa a cadeira para si e senta-se num movimento brusco, como se se deixasse cair sobre ela. Claramente magoada com a situação. Alisa novamente a saia e aproxima-se naquele deslocamento típico de quem está sentado numa cadeira que tem rodas, onde basta dar um empurrão e somos enviados para frente. A expressão continua o oposto da que eu imaginava quando pensava como seria a primeira vez que a visse. Estraguei tudo.

— Prometo que não volto a insistir contigo para fazeres algo que não queres; apenas não cumprirei essa promessa se o que te pedir for bom para ti. Só o que te fizer sorrir.

— Não faz mal. Eu é que não estava preparada. Você pediu para ver meu rosto e fiquei nervosa como qualquer mulher fica — explica-se.

Claramente, não tem noção da enormidade da sua beleza.

— Eu não te queria colocar assim, muito menos que sentisses que eu te estava a observar que nem um depravado. Mas a verdade é que te observei assim, acho que era impossível não o fazer.

— Não diga isso. Você me faz sentir bonita. — Abaixa o olhar como se não quisesse mostrar o que realmente sente. — E neste momento eu sei que nunca serei digna de você. Porque, se fosse, eu contaria tudo. Tive a oportunidade e não contei.

— Não penses nisso agora. Já falamos que, quando tiveres certeza, tu contarás tudo. Eu espero — acalmo-a.

Depois do que aconteceu hoje, não irei mais questionar qualquer suspeita que possa ter em relação à Emília. Aprendi da pior maneira ao arruinar o nosso momento de descoberta. Porém, farei tudo para reparar o estrago.

— Vamos esquecer este momento e concentrar-nos no que interessa. E o que interessa é que eu não te vi a desmaiares quando observaste o meu rosto pela primeira vez, e isso magoou-me. — Levo as mãos ao peito e finjo sofrimento.

— Magoei esse seu ego do tamanho de um elefante? — pergunta a sorrir.

— Muito. Acho que neste momento está do tamanho de uma formiga e, se não tiver cuidado, tu o esmagas. — Sorrimos os dois numa troca de olhares que fala mais do que dizemos.

Ambos queremos trazer leveza ao momento.

— Tão dramático! Mas duvido que precise de elogios, você tem noção da sua aparência.

— E o que achas da minha aparência?

— Vejo músculos — diz ela a rir, enquanto eu faço aquele movimento que os viciados em exercício físico costumam fazer em frente ao espelho, e ainda beijo os bíceps. — Pare com isso ou ficarei calada. — Solta uma gargalhada e eu fico feliz porque nada me satisfaz mais do que vê-la dar risada.

"Vejo um homem de olhos escuros como as profundezas de uma floresta. Lábios que foram esculpidos para sorrir, mesmo quando a vontade é de chorar. Enfim, vejo aquilo que já sabia: um homem bonito por fora como reflexo do seu interior", continua enquanto os seus olhos estão presos aos meus e leem tudo aquilo que conversamos.

Ficamos a olhar um para o outro, o que parece uma eternidade. Somos como dois ímãs, tanto nos afastamos, como em seguida não nos conseguimos desprender um do outro. Prefiro a segunda opção.

Quando ela volta a queixar-se de cansaço no corpo por estar muitas horas sentada, decidimos desligar. Eu sabia que já não conseguiria mais dormir.

Passados alguns minutos, decidi ligar-lhe e estivemos mais um pouco a papear sobre tudo e sobre nada. Falei dos países que visitei enquanto soldado, as casas que construímos pelo mundo após catástrofes naturais, e os lugares que conheci com apenas uma mochila às costas. Narrei o respeito que tenho pelas pessoas que vivem em pobreza extrema e mesmo assim oferecem um pão e um copo d'água a quem precisa. As vezes que passava por aldeias pobres e as pessoas, sem saber quem eu era, ofereciam o pouco que tinham. Refiro como esse meu desejo de conhecer o mundo mostrou-me o melhor e o pior que nele está contido. Enquanto eu falava, ela questionava tudo como se realmente quisesse saber sobre aquilo que nunca viu ou viveu.

A conversa se prolongou de uma forma tão prazerosa que nem notamos a hora passar. Acho que numa só noite falei mais com uma mulher do que todos os anos juntos da minha vida. O que comprova o quão especial ela é.

Após nos despedirmos e decidirmos dormir, às cinco da madrugada em Portugal, ela ainda enviou uma mensagem.

CORAÇÕES QUEBRADOS

Emília: "Então de repente, vem aquela pessoa, quando você menos espera... e te deixa sorrindo à toa." — Renato Russo.

Boa madrugada! Beijinhos.

Esta nossa noite comprovou que a vida é o conjunto de consequências das nossas ações, e que nem tudo que acreditamos, vemos e ouvimos é real. Como é fácil sermos enganados.

Diogo
16

3 de janeiro.

— Tu sabes o que se passa! Eu sei! Eu sei que sabes, Leonardo! — grito, desesperado.

— Para com isso! Se respirares fundo e prometeres que te controlas, eu converso. Caso contrário, podes fazer o que quiseres que da minha boca não sai uma única palavra — avisa com aquela firmeza na voz, tão típica dele.

— Achas que me consigo acalmar?

— Senta-te e explica o que aconteceu. Eu realmente não sei o que se passa. — A sua expressão é de sinceridade.

— A Emília… — Só dizer o nome dela já dói. — A Emília há dias enviou-me uma mensagem a pedir que nunca mais me comunicasse com ela. Assim do nada, ela escreveu uma mensagem a colocar um fim em tudo que temos e, passados minutos, elimina a conta de e-mail, sem permitir nem a porra de uma resposta, e ainda bloqueou o meu número, por isso nem tenho como telefonar.

CORAÇÕES QUEBRADOS

93

Levanto-me, pego no meu telemóvel e mostro-lhe a mensagem.

Emília: Olá, Diogo.

Quero agradecer por todos estes meses de amizade e carinho, mas acho que é o momento de pararmos de fingir. Por isso peço que viva a sua vida ao máximo. Concretize todos os seus sonhos e aventuras. Pegue a sua mochila e conheça os lugares que deseja; os mares que querem a sua prancha e as montanhas que anseiam por essas mãos conquistadoras.

Não fique preso em um só lugar, quando é o mundo que quer descobrir.

Muito obrigada por ter sido o meu melhor amigo, o meu confidente... o meu tudo quando mais precisei. Mas a nossa vida real tem que começar, por isso me despeço deste nosso fingimento.

Seja feliz. Eu também serei.

Com todos os sentimentos contidos no meu coração,

Emília Petra de Andrade

— Não compreendo. Ainda há poucos dias encontrava-se radiante com o rumo que a vossa relação estava a seguir. — Passa a mão no cabelo preto, e os olhos azuis fortes mostram preocupação.

— Não entendo, Leonardo. Estávamos ótimos. Não compreendo como de um dia para o outro tudo mudou. — Sento-me como se pesasse toneladas.

— Disseste alguma coisa que a possa ter magoado? — Caminha na minha direção com um copo de uma bebida que me queima por dentro.

— Quando uma mulher vem com uma mensagem destas, o primeiro pensamento é que erramos em algo. Eu li e reli mil vezes as nossas conversas e nada surge para me dar algum tipo de pista — refiro, a beber mais, para sentir algum tipo de dor que silencie o barulho dos cacos quebrados no meu peito. — Além de ter feito um exercício mental de relembrar as nossas conversas à procura de algo que mostre onde errei.

— Como eu disse, não sei de nada e acho bem estranha essa mensagem. Talvez... — Para e olha seriamente para mim. — Já pensaste que ela realmente queira começar a viver?

— Impossível! Eu conheço-a, Leonardo, melhor do que ninguém, e sei que algo se passou para ela terminar tudo. Não sei é o motivo. Se ela realmente quisesse terminar por não sentir nada por mim, eu seria o primeiro a aceitar. Só quero que ela seja feliz.

— Lucas? — pergunta como se me quisesse dar outras opções para compreender a mensagem.

— Não, tenho certeza de que não é ele. Pelo que conversamos, eles não se falam há mais de um ano.

Menos uma preocupação na minha cabeça.

— Contudo, o único motivo que encontro é a porcaria do segredo que ela diz não estar preparada para contar — afirmo, enquanto passo as mãos no meu rosto, desesperado. — Diz-me que não há possibilidade de ser isso. — Suplico com o olhar que ele diga que não. — Porque, se estiver relacionado com o medo que ela tem de me contar, não sei o que fazer. Não posso melhorar algo se não souber o que se passa.

Ele abre uma gaveta, retira um dossiê e, em seguida, começa a escrever.

— Diogo, se for esse o motivo, vais ter que descobrir sozinho ou através dela. Talvez seja a altura ideal de te dizer que o mais certo é ela querer que nunca saibas a verdade, porque ambos ficarão magoados com a ideia de que tudo que viveram possa ter sido uma mentira. Não acredito nisso, e espero que mesmo quando souberes a verdade também não duvides que tudo que ela te disse foi sincero. Nem sempre a verdade ou a mentira são linhas retas.

Termina de falar e entrega-me uma folha.

— Obrigado, Leonardo. — Sinto a mão dele no meu ombro num gesto de conforto.

— Mesmo que ela te empurre ou mesmo que tu a queiras empurrar, lembra-te de que nunca foi uma mentira. Nunca — alerta-me com um abraço final.

Seguro o papel, saio da clínica e telefono para os meus pais, a quem conto tudo, para que fiquem informados sobre a minha decisão.

Sentado no avião, aproveito e olho para o horizonte coberto por nuvens enquanto recordo todos os nossos momentos, mas, principalmente, o mês de dezembro. Desde que vimos o rosto um do outro, a nossa relação ficou mais forte e real. Como se todas as pequenas dúvidas concernentes evaporassem assim que percebemos que, apesar de não ser um relacionamento, digamos, normal, como o da maior parte dos casais, era tão verdadeiro quanto os outros.

CORAÇÕES QUEBRADOS

Mesmo sem nunca a ter tocado, beijado ou coberto o seu corpo com o meu, tudo que sinto é forte.

Dia após dia, tive cada vez mais certeza de que ela também começava a ansiar pelo momento em que pudéssemos cumprir com o corpo aquilo que a mente já tinha recriado inúmeras vezes. *"Queria poder beijar-te como nunca beijei uma mulher"*, disse-lhe há poucos dias quando a nossa conversa escalou. O seu rosto ganhou aquela tonalidade avermelhada com que ela fica sempre que pensa em nós dois de forma íntima.

Ao longo das nossas longas noites de videochamada, comecei a ler todas as suas expressões e a decifrar as tonalidades da sua pele, e o vermelho que ruboriza o seu rosto e pescoço é o meu favorito.

Fecho os olhos e recordo o dia em que fui visitar os meus melhores amigos às suas sepulturas. Como ela esteve mais presente do que todas as pessoas que me rodeavam. Como a sua voz acalmou todos os demônios que quiseram voltar, e o seu poema fez-me perceber que ela sabia que eu precisava de conforto.

> *Sinta a minha mão na sua.*
> *Feche os olhos e sinta os meus dedos rodeando os seus.*
> *Dobre a sua mão sobre a minha.*
> *Agarre-a com força e sinta que os meus pequenos dedos*
> *Aguentam essa dor.*
>
> *Não vou largá-lo.*
> *Não vou deixá-lo desprender a sua mão da minha.*
> *Sinta.*
> *Sinta que não está só.*
> *Estou aqui dando a minha mão,*
> *Meu coração.*
> *Apenas sinta.*

Pensar nestes momentos deixa-me ainda mais confuso com a mensagem que recebi. Porque é impossível ela não sentir o mesmo que eu. Não conseguiria, em meia dúzia de linhas, resumir a importância do que temos. Não depois de tudo que vivemos.

Recordo o dia em que fui surfar com uns amigos e eles gravaram um vídeo meu no mar enquanto um avião passava a arrastar um anúncio: *Emília, podes ver que estou a surfar ondas pequeninas.* O riso dela valeu todo o sofrimento que passei com os meus colegas a insultarem a minha masculinidade quando lhes contei sobre a ideia. Nesse mesmo dia, na sua habitual mensagem de *Boa Noite,* escreveu aquilo que já sabíamos, mas ainda não tínhamos verbalizado.

Emília: Os meus sentimentos são maiores do que jamais senti por algum homem. Bem maiores.

Boa noite. Beijinhos.

Enquanto a minha mente vagueia, a idosa sentada ao meu lado toca-me no braço.

— Sim? — pergunto.

— Desculpe, mas estou aborrecida, e esta viagem é muito longa para estar sem fazer nada. Nem as malditas agulhas de bordar me deixaram trazer, como se uma mulher de noventa anos fosse virar ninja e começar a espetá-las nos passageiros — declara de forma séria, porém todas as suas rugas aprofundam-se numa expressão cômica. — Não se ria! — Bate na minha mão. — Estou cansada de ficar a olhar para frente ou para o lado. Na minha idade, se ficarmos muito tempo parados, é como se disséssemos à morte: *Estou pronta. Podes vir.*

— Nunca me iria rir de si.

— Pode conversar um pouco comigo, por favor? Para não me sentir tão enfadada.

— Claro. Quer falar sobre o quê?

— Quero falar sobre si, ora essa! — responde como se eu tivesse feito uma pergunta bem estranha. — Quero saber o que leva um homem tão bonito a fazer uma viagem para o paraíso com o ar de quem vai para o inferno.

Como sei que depois da viagem nunca mais a verei, conto um pouco sobre mim e a Emília, mas deixo de fora toda a carga de acidentes e pesadelos. Narro apenas a história de duas pessoas que se apaixonaram a distância.

— Vou dizer o seguinte, se ela continuar com a ideia de que vocês devem seguir rumos separados, ligue-me, pois eu nunca o largarei. — Bate as pestanas na tentativa de ser charmosa, para cair no riso uns segundos depois.

— Vou me lembrar disso. A senhora será a minha segunda opção — sussurro ao seu ouvido e seguro a mão enrugada, a vê-la namoriscar comigo.

— Agora, falemos a sério. Se sentir realmente tudo que me parece sentir por ela, mostre-lhe. Uma relação não é construída só com riso e bom sexo. Nem todos os problemas se resolvem com um ramo de flores ou um jantar à luz de velas. Às vezes, para uma relação durar uma vida, é preciso derramar sangue, dizer *Odeio-te* e sair porta afora. Nem sempre a vida é cor-de-rosa, mas, se as pessoas se amam, todos esses momentos menos bons são ultrapassados. Digo mais, se um dia pensar que a sua relação é perfeita demais, é porque, na realidade, vocês já não sentem nada um pelo outro. Os casais reais discutem, mas amam-se ainda mais.

Bate-me na mão com afeto.

— Agora que contei o segredo para a felicidade, faça um favor e levante-se do seu lugar porque eu quero ver as nuvens, e sabe-se lá se com a minha idade poderei andar novamente de avião.

Mudo de lugar, porque foi impossível resistir ao charme dela, e fico a recordar as minhas pequenas brigas com a Emília quando não concordávamos com algo, principalmente com as palavras inventadas no Brasil, que são mais complicadas do que as já existentes em Portugal. Ou os nomes que as pessoas dão aos filhos.

Sorrio face à recordação.

Lembranças. Será que é nisso que se tornarão todos os momentos com ela? Será que ela realmente quer seguir com a sua vida e não inclui a minha presença nesse futuro? Mas como é possível, com estes sentimentos? Como?

Dias antes do Natal, ela confidenciou que era a época festiva que lhe custava mais viver, pois os seus pais eram adeptos fervorosos desta data. Disse que sentia falta do amor da família, por isso conversei com a minha mãe e pedi para ela alterar detalhes. Liguei à Emília e, quando ela atendeu em modo videochamada, expliquei que iria jantar em família. Coloquei o telemóvel no lugar onde o seu prato ficaria posicionado e apresentei-a aos meus pais. Naquele momento fiquei em pânico, pois não sabia se ela iria gostar ou desligar na hora. Felizmente, a minha mãe, com aquele seu jeito extrovertido de ser, começou a conversar com a Emília como se a conhecesse há anos e não há dois minutos.

Foi um jantar diferente de todos, e a Emília chorou inicialmente de emoção, mas terminou a rir quando a minha mãe resolveu contar todos aqueles momentos que nunca deveriam ser relembrados. Porque quando temos seis anos e metemos o dedo no nariz sem saber que estamos a ser gravados, claro que depois vamos colocar o dedo na boca. *Quem nunca fez?* Pois, aposto que todos dizem que não. Eu também diria, se não houvesse provas em contrário.

No final, os meus pais despediram-se dela como se já fosse da família Valente, e eu fiquei sem saber o que lhes dizer quando a chamada terminou.

Fizemos de conta que nada mudou, até que a minha mãe parou de tirar a mesa e disse que já imaginava que iria ter netos bonitos, visto a Emília ser linda. Enquanto eu tentava não sufocar com o pedaço de bolo que ficara entalado, ela voltou da cozinha como se já não tivesse dito algo surreal e continuou: *"Isto é, se resolveres conhecê-la pessoalmente, porque aquela conversa que tive há anos contigo, quando me perguntaste como surgiam os bebés e eu disse-te que os pais rezavam juntos para a cegonha trazer um no bico, lembras-te? Bem, isso é mentira. Mas o teu pai explica-te melhor como eles são feitos"*, e volta logo para a cozinha enquanto o meu pai agarra-se à barriga de tanto rir.

Foi sem dúvida um Natal especial, principalmente quando a Emília agradeceu por lhe termos dado um pouco daquilo que pensava nunca mais ter.

Emília: Sua família tornou a minha noite mais bonita e especial, e o meu coração mais alegre.

Hoje sinto por você mais do que sentia ontem, mas muito menos do que sentirei amanhã. Feliz Natal.

Ouço que o avião está a chegar ao destino — finalmente — e recordo talvez o melhor momento que tivemos: a passagem de ano.

Para muitas pessoas é impossível acreditar que o meu melhor réveillon foi no quarto em frente ao monitor de um computador, mas foi. Decorei-o em tons de branco, visto ser tradição brasileira que a Emília confessara seguir, e escrevi na parede *Que este ano traga o que mais quero*. Ficamos a conversar e fizemos a contagem regressiva, segundo a hora portuguesa, até gritarmos "Feliz Ano-Novo" um ao outro, enquanto batíamos as nossas taças de champanhe virtualmente e comíamos as doze uvas-passas que detesto mas engulo, pois a minha mãe incutiu em mim desde pequeno que daria azar começar um ano sem comê-las.

No final, perguntei o que ela mais desejava.

"Ser feliz. Se possível com alguém que me ame como sou. E você? Qual é o seu desejo?"

"Acabou de ser concretizado", respondi.

"Não entendi. Qual é?", perguntou, claramente confusa.

"Que a pessoa que eu amo queira que eu a faça feliz."

Ficamos os dois imóveis como estátuas porque finalmente assumimos, mais precisamente eu, que o que sentimos um pelo outro é escrito apenas com quatro letrinhas: amor.

Quando a meia-noite chegou ao Brasil, voltei a perguntar-lhe o que ela mais desejava.

"Que o pedido feito há duas horas se realize."

Dou a morada anotada ao motorista e preparo-me para descobrir, de uma vez por todas, o segredo que a Emília guarda e tem tanto receio de que eu descubra.

Já em frente à Clínica pressinto que algo está para acontecer, o tal sentimento que tenho sempre, e que desta vez está a deixar-me ansiosíssimo. Entro e pergunto pela paciente, a fornecer o nome completo da Emília e alguns dados que sei sobre ela como comprovativo.

Avanço pelos corredores, e, cada vez que os meus pés tocam o chão, o coração salta um pouco mais alto, um pouco mais forte, um pouco mais doloroso. De repente, paro e bato à porta, ouço passos, e, ao rodar da maçaneta, preparo-me para vê-la.

3...

2...

1...

À minha frente, com a expressão assustada, está a Emília, e eu descubro que ela não disse a verdade quando teve oportunidade e que a saia longa que usou naquele dia que nos vimos pela primeira vez encobriu tudo.

— Agora você já sabe — diz com lágrimas nos olhos.

— Por que razão não me disseste a verdade? — pergunto sem nunca desviar o olhar do seu rosto. — Por que não confiaste em mim quando te mostraste? Nada mudaria.

— Se é isso que quer ouvir... — declara já com lágrimas nos olhos. — Olá, Diogo. O meu nome é Emília. Há pouco mais de dois anos, o meu pai, a minha mãe e os meus dois irmãos morreram esmagados dentro de um carro porque um motorista não respeitou as leis, bebeu e pegou o volante de um caminhão. Os corpos dos meus pais ficaram tão destroçados que os caixões não puderam ser abertos. Acordei dias depois sabendo que fui a única sobrevivente, pois nem a Lana sobreviveu, para então descobrir que não tinha podido ir ao velório da minha própria família, pois os meus intestinos haviam sido perfurados no acidente e eu precisara ser operada de urgência, ou morreria. Mais uma vez, isso não aconteceu e sobrevivi, mas, para dias depois, precisar de uma nova cirurgia, onde metade da minha perna foi cortada do meu corpo porque não tinha salvação. Quebrei a bacia, tive duas fraturas expostas e perdi um rim. Como se isso não fosse suficiente, o meu noivo, que tinha me pedido em casamento dias antes do acidente, terminou tudo comigo porque eu era um fardo muito pesado para ele.

As lágrimas descem por todo o seu rosto ao recordar tudo.

— Por isso, me desculpe se não te contei, mas eu não aguento mais ver pessoas fugindo da minha vida.

Com isto, bate a porta na minha cara. Retiro o telemóvel apressadamente do bolso, leio a última mensagem que lhe enviei antes de ela se despedir e compreendo tudo.

Diogo: Como vejo o meu futuro?

Bem, o pior que me poderá acontecer é ficar estagnado. Preso. Preciso de aventuras. Ser livre neste mundo.

Quero mergulhar contigo, ensinar-te a escalar e surfar. No começo pode ser complicado, mas sou excelente professor.

Quero poder caminhar de mãos dadas contigo pelo mundo. Vamos conhecer países de mochila às costas. Sem nos preocuparmos com mais nada.

É o meu sonho.

2ª PARTE

Metade de mim é o que eu grito. A outra metade é silêncio.

OSWALDO MONTENEGRO

Diogo
17

Passaram-se três dias e não sei o que fazer para resolver a situação.

Saber que ela amputou uma parte do corpo não me assusta, não me faz vê-la com sentimento de pena ou de modo diferente, muito menos correr. Não vou mentir e dizer que tudo é igual quando alguma parte do corpo está a faltar ou irreversivelmente marcada. Ver alguém com marcas eternas é saber de imediato que aquela pessoa já foi outra. Quando se é vítima de situações deste gênero, indubitavelmente existem duas pessoas: a que viveu antes do pesadelo e a que sobreviveu. E é essa forma de sobreviver que mostra o quanto a tragédia levou consigo.

Ver a prótese foi algo que me surpreendeu, eu não estava preparado, mas em nada diminuiu o que sinto por ela.

Olho para a escuridão do quarto enquanto tento unir as peças de um quebra-cabeça complicado de resolver, ciente de que tenho que agir. Afinal, o objetivo desta viagem não foi ficar deitado numa cama a pensar em todos os *"e se"* que a vida tem.

A nossa existência é uma sucessão de escolhas e consequências. Às vezes, tais consequências fazem-nos pensar que tudo poderia ser diferente se tivéssemos agido de outra forma. Posso optar por viver a punir-me por ter enviado aquela mensagem à Emília, mas esse sentimento em nada ajudaria a resolver os problemas atuais. A realidade é que muitas pessoas não evoluem por estarem presas ao passado, pois todos os *"e se"* são isso, linhas invisíveis que nos amarram a uma época, impedindo que caminhemos no presente em direção ao futuro.

No momento em que estou perdido em pensamentos, ouço alguém bater à porta. Finjo que não escuto para que a pessoa compreenda o que o silêncio significa. Infelizmente o bater é incessante. *Deixem-me em paz,* penso exasperadamente, e o ritmo da batida começa a enervar-me. Salto da cama e abro a porta bruscamente, mas fico paralisado com a imagem diante de mim.

— Já estava a arquitetar um plano para partir a porta — afirma, enquanto entra no quarto como se fosse seu.

— O que estás aqui a fazer? Como soubeste que eu estava hospedado aqui? — indago.

— Antes de mais: olá também para ti. Que bom ver-te novamente — ironiza.

— Deixa-te de tretas, Leonardo — sorrio, a trazer o seu corpo contra o meu num abraço sentido.

— Recebi um telefonema e aqui estou. — Retira a gravata e senta-se na cama com a postura de quem controla o universo.

— Um telefonema? — questiono.

— Sim, da Rafaela — responde. — Ela contou-me tudo que se passou.

— E resolveste entrar num avião...

— Sim, simplesmente isso. Estava a precisar de tirar uns dias de férias, tu estás a necessitar de um amigo, então... cá estou!

Como se uma viagem como essa fosse algo natural tipo ir ao bar da esquina.

— Não sei como me podes ajudar. Acho que o melhor é aproveitares as férias.

— Se queres que eu aproveite as férias, então vamos começar por resolver a situação, mas primeiro preciso de passar o corpo por água fria antes que a pele cole à roupa. Não entendo como estas pessoas conseguem aguentar este calor — murmura a última parte.

Não sei qual dos dois está mais nervoso com o que acontecerá. Estamos sentados no carro para ir ao encontro da Rafaela, eu para escutar tudo aquilo que ela tem para contar sobre a Emília, afinal ela tem conhecimento de tudo, e ele para ver a mulher que persegue os seus pensamentos há mais de dez anos. Claro que nenhum dos dois comenta sobre o nervosismo e prefere fixar os olhos na paisagem.

Aproveito para analisar a fragilidade das relações humanas. Como elas podem ser construídas e destruídas apenas com quatro letras — AMOR e MEDO. Duas palavras que carregam o peso de todas as decisões tomadas num relacionamento entre duas pessoas que nutrem sentimentos entre si.

Quando chegamos ao destino, ouço a respiração forte do homem ao meu lado e sinto que este momento não deveria ser assim para eles. Uma década e muitas lágrimas não deveriam ser reduzidas a um reencontro para conversar sobre outro casal. Mas a vida não é justa, não decorre numa linha reta ou como nós planejamos. Para uns ela é excessivamente castigadora, punindo com severidade pelas escolhas feitas, mesmo existindo arrependimento futuro.

Ao olhar para ele, vejo aquilo que não quero que aconteça entre mim e a Emília. Não tenciono viver mais de uma década consumido pelo arrependimento. Não quero acordar e pensar que poderia ter lutado mais. Se um dia eu e ela seguirmos caminhos opostos, não será por desistência, isso não faz parte do Diogo, mas sim compreensão de que as nossas vidas não estavam destinadas a se entrelaçarem.

— Preparado? — pergunto quando o motorista para.

— Isto é sobre ti, não sobre o meu passado.

Aperta a gravata, endireita-se e coloca a máscara de que tudo está sob controle.

— Não, isto é sobre nós. Leonardo, obrigado por teres vindo. Imagino que tenha sido uma decisão difícil. Sei que esta viagem não foi só por mim e pela Emília, mas obrigado na mesma — agradeço num estranho aperto de mãos que acontece sempre que dois homens ficam mais emotivos.

Como a Emília está internada na Clínica, embora seja um espaço enorme com bastante privacidade, o Leonardo optou por marcar o encontro num local neutro onde pudéssemos conversar à vontade. Foi escolhido o restaurante do hotel onde ele ficará instalado o restante do tempo até voltar para Portugal.

Após entregar as malas e fazer o check-in, pois saiu diretamente do aeroporto com destino ao meu hotel, é-nos informado que a Rafaela já está na mesa reservada. Percorremos o corredor, eu ansioso pela conversa e ele num estado de extrema apatia, como se tivesse desaparecido o homem que conheço há mais de um ano. Aproximamo-nos da mesa, e quando os olhos da Rafaela miram — pela primeira vez em muitos anos — o rosto do Leonardo, sinto-me como se estivesse a espiar algo que não devesse. Estou a entrar numa realidade que desconheço e que preferia não conhecer. Os sentimentos estão palpáveis no ar que nos rodeia e tenho certeza de que se eu não estivesse presente eles certamente estariam agarrados a relembrar o tempo perdido ou a desafogar todas as palavras que ficaram por dizer. De repente, Rafaela recorda-se que estou presente e apresenta-se.

— Desculpe. — Sorri delicadamente, a estender uma mão bastante trêmula na minha direção. — É um prazer enorme finalmente conhecê-lo.

— O prazer é todo meu, Dra. Petra — digo, enquanto seguro a sua mão com carinho, pois parece muito frágil neste momento.

— Nada disso. Pode me tratar por Rafaela, afinal estou aqui como tia da Emília — esclarece, com um sorriso caloroso.

"Oi, Leonardo", cumprimenta-o ainda mais nervosa. No momento em que eleva a sua pequena mão, ele dá um passo à frente e beija-lhe o rosto num toque leve e demorado.

— Oi, Flor — fala quando consegue afastar-se do rosto, mas continua a rodear o polegar sobre a pele dela. — Vou deixar-vos a sós para conversarem mais à vontade. Estarei no bar. — Indica com a mão o local enquanto dá as costas.

Flor?, questiona o meu cérebro.

Aproveito o momento em que ele se retira, seguido atentamente pelo olhar da Rafaela, e observo-a rapidamente. Perante mim tenho uma mulher bela e compreendo a comparação feita pelo Leonardo há algum tempo entre ela e a Emília. São parecidas em muitos traços.

A Rafaela é um mulherão na essência da palavra: embora o rosto apresente marcas de cansaço e o brilho no olhar esteja embaçado por tantos e tantos acontecimentos negativos, a sua beleza não deixa ninguém indiferente, muito menos o Leonardo.

— Sente-se, por favor — digo pausadamente, enquanto lhe dou tempo para se recompor após o momento anterior. — Deseja beber algo mais forte?

— Não, obrigada. Estou bem com isto — responde, a pegar um copo d'água e levá-lo tremulamente à boca. — Sei que, mesmo bebendo algo mais forte, há certas coisas que nem o álcool ajuda, acredite. Mas não foi esse o motivo que me trouxe aqui. — Acena com a mão num gesto a indicar que devemos mudar de assunto.

— Não, não foi, mas, se achar que não está à vontade, poderemos sempre remarcar — afirmo.

— Absolutamente. Já passei por momentos piores na vida. O que o traz aqui é algo de suma importância. Além do mais, quero agradecer por tudo que tem feito pela minha sobrinha.

— Não precisa. Pela Emília eu farei tudo que estiver ao meu alcance. Mas preciso que me conte, o que puder, claro, para eu saber como devo agir. Não quero que pense que estou a tentar usar a informação... bem, na realidade irei utilizá-la, mas para resolver esta situação.

Tiro algumas dúvidas de como agir e explico que pretendo ficar no Brasil na tentativa de esclarecer tudo, de continuar aquilo que iniciamos meses atrás. Menciono que ver a Emília à minha frente com uma prótese não alterou nenhum dos sentimentos que nutro por ela, talvez tenha aumentado o meu instinto de a proteger e acarinhar, não por sentir pena, mas porque é uma característica de quem ama querer ser aquele porto seguro que a outra pessoa usa como proteção.

— Diogo, pelo que temos conversado, posso garantir que nunca alguém conheceu a minha sobrinha como você. Eu sempre soube a extensão da ligação de vocês, porém não pensava que seria algo tão profundo, que a Emília realmente mostrasse quem é. Nem o Lucas a conheceu assim. Tenho a certeza de que ele não chegou a conhecer a verdadeira Emília, mas só aquilo que ela achava que ele poderia gostar nela.

Ao ouvir a referência ao Lucas, olho para ela na expectativa de que me explique um pouco mais a natureza da relação deles.

— Mas acho melhor te explicar tudo sobre ela para que entenda os reais motivos que a levaram a desistir de viver... até você surgir.

Fiquei mais de uma hora sentado com a Rafaela a explicar que a Emília nem sempre foi reservada e introvertida. Que tudo foi consequência da mudança de cidade e que a Joana, a mãe da Emília, não confiava muito nas pessoas — sempre foi assim —, o que acabou por influenciar o seu amadurecimento.

— Não quero que pense errado sobre a minha irmã, mas ela não teve o apoio psicológico ideal. E quando tudo aconteceu eu era jovem demais. Às vezes, até as melhores pessoas erram. — Expressa a sua preocupação sobre a opinião que poderei formar sobre a sua falecida irmã. — O problema é que os meus sobrinhos não tiveram a opção de viverem uma vida normal. Dos três, com certeza a Emília foi quem sofreu mais. Antes de tudo, ela tinha amigos, mas também tinha capacidade para compreender o que a mãe vivenciou.

— Mas eles eram felizes.

— Sim, muito. Eram muito próximos uns dos outros e adoravam estar sempre juntos, por isso foi uma batalha árdua trazer a Emília para São Paulo, mas insisti muito. Pela primeira vez na vida, minha irmã compreendeu que os filhos precisavam viver a vida e que ela não podia protegê-los de tudo.

De repente, e sem que nada fizesse prever, começa a chorar.

— Desculpe. Mas, às vezes, eu me questiono se a culpa não foi minha. Se eu não tivesse convencido a Emília a estudar lá... — para de falar, tapando o rosto — talvez eles ainda estivessem vivos.

— Rafaela, olhe para mim — peço com delicadeza. — Não pode pensar nisso. A culpa não é sua. Nem sempre somos os condutores da nossa vida; ela tem um rumo próprio — digo, a entregar-lhe um guardanapo de papel.

— Eu sei, mas tem dias em que olho para a Emília e me sinto culpada por tudo aquilo que ela perdeu. Por isso é que entrei em contato com o Leonardo. Eu li todas as suas respostas e textos, Diogo, sobre o que aconteceu. Li sobre a sua personalidade e até assisti àquele vídeo que você gravou com seus amigos quando aceitaram esses desafios de internet. Sabia que a Emília precisava de alguém que a compreendesse, mas tivesse vontade de voltar a viver.

— E eu agradeço, mas não pode acreditar, em momento algum, que a culpa é sua. Não pense nisso ou terei de contar ao Leonardo que você está precisando de umas sessões de terapia com ele — brinco, para sacudir a nuvem escura que paira sobre a mesa.

— Nossos métodos são diferentes.

— Talvez nem tanto, afinal ele está aqui como meu amigo.

CORAÇÕES QUEBRADOS 109

Imediatamente muda de assunto, talvez por não querer recordar momentos.

— Diogo, há algo que a minha sobrinha não sabe porque achamos melhor resguardá-la depois de tudo que aconteceu. A Eva sobreviveu ao impacto. Durante horas ela ficou presa às ferragens num sofrimento terrível, até que, cinco dias depois, o seu pequeno corpo não resistiu. A minha sobrinha sentiu dores inacreditáveis dentro daquele carro. — A sua voz treme ligeiramente. — E eu agradeço a Deus pelo fato de a Emília estar desacordada, pois seria ainda pior para ela ter assistido à agonia da irmã e às súplicas para que as dores cessassem. Ninguém merece morrer como a Eva morreu, por isso decidi nunca contar à minha sobrinha.

— Acho que foi o melhor que fez — comento, e sinto o alívio emanar do seu corpo. Como se ela necessitasse de apoio. — Quem mais sabe disso?

— Só os médicos, que compreenderam que era o melhor, devido ao estado suicida da Emília.

— O estado suicida dela já foi antes ou só depois da amputação?

— Depois. Foi terrível. A Emília estava constantemente medicada para aliviar as dores físicas e emocionais, mas lúcida o suficiente para perceber que algo errado estava acontecendo. Conversar com ela sobre a possível amputação foi como reviver o acidente. Quando ela ficou sem a perna foi como se percebesse que todos os dias teria a lembrança do que havia acontecido.

— E ela... como é que ela reagiu?

— Ela não falou uma única vez. Após a cirurgia, continuou sem fazer perguntas sobre o futuro, ficando o tempo todo deitada como se nada tivesse acontecido, como se estivesse morta por dentro.

— Mas quando é que ela começou a mostrar algum tipo de sentimento? — A minha cabeça começa a doer com tantas informações.

— No dia em que o noivo a visitou e terminaram. Não sei tudo que aconteceu, pois ela nunca me contou, mas naquele dia ela destruiu o quarto do hospital e então simplesmente desistiu de viver. Na semana seguinte, o Lucas deixou de ser voluntário na Clínica. Muitas das pessoas que sofrem acidentes graves, além de toda a dor física, são abandonadas por maridos e familiares, que passam a vê-los não mais como pessoas, mas como pesos diários. Não é fácil cuidar de alguém que, além de estar num processo de luto, fica dependente dos outros para as coisas mais simples, como ir ao banheiro.

— E eles nunca mais se viram?

— Acho que só mais uma vez, mas depois ele desapareceu. Naquele dia ela perdeu a última, teoricamente, pessoa que a amava, e vice-versa, por isso compreendo a depressão profunda na qual mergulhou. De repente, ela ficou sem ninguém e presa numa cama, com dores devastadoras.

— E quando é que ela começou a melhorar?

— No dia em que vocês iniciaram contato.

O meu peito enche-se de entusiasmo.

A conversa prolonga-se comigo a fazer mais perguntas e com a Rafaela a dizer que algumas só poderão ser respondidas pela Emília. Já no final, ela coloca a mão sobre a minha e diz:

— Creio que a Emília não tenha contado para você sobre a amputação porque ela queria acreditar que poderia viver todos os sonhos que você tem. Ela queria estar forte o suficiente para poder partir com você nessas aventuras. Não imagina a quantidade de exercícios e médicos que ela pesquisou para poder melhorar a forma como caminha com a prótese. Temos ótimos fisiote-rapeutas, mas ela não descansou até saber mais. Há pessoas que conseguem ter vidas ativas mesmo com próteses, mas a Emília teve, afora a fratura de bacia, infecções que afetaram o tecido, causando problemas no coto. Eu quero que você perceba que ela não desistiu e que sofre demais, porém acredita que está irremediavelmente quebrada. Ela não vê beleza nela mesma, não depois que o Lucas partiu.

Finalizada a conversa, levanta-se, agradece mais uma vez a minha presença e pousa um papel em cima da mesa.

— Leia isto, e vai entender melhor tudo que te falei sobre os medos dela. Peço encarecidamente que nunca comente o que leu com a Emília.

Pego o papel e guardo-o no bolso. No momento em que me despeço, reparo que o Leonardo continua sentado na mesma posição, com um copo de uísque na mão.

— Rafaela — chamo.

— Sim, quer perguntar mais alguma coisa? — Caminha novamente para mim.

— Não, não quero perguntar mais nada sobre a Emília.

— Diga.

— Lembra-se de que na conversa você mesma falou que às vezes até as melhores pessoas erram?

— Sim.

— Então, e se puder, vá conversar com o Leonardo. Ele sabe que errou, mas é uma das melhores pessoas que conheço. Sem ele, não estaríamos aqui a tentar ajudar a Emília.

— Diogo, obrigada pela sua preocupação, mas a minha história com ele é passado — diz um pouco exasperada.

— Então, ainda melhor, assim poderão conversar como duas pessoas que já não estão juntas há dez anos. Nem que seja um *Boa-Noite*, mas diga-lhe algo antes de ir embora. Ele é um amigo muito importante para mim.

Fica parada durante longos segundos até que começa a caminhar na direção do bar. No momento em que o Leonardo olha, aceno-lho a minha saída e aponto para a Rafaela. Ele estende o copo na minha direção e levanta-se para caminhar ao encontro da mulher que lhe povoa os pesadelos.

Exausto, chego ao quarto de hotel onde estou hospedado e deito-me, a relembrar toda a conversa, sentindo novamente aquele aperto doloroso no peito ao recordar tudo aquilo que a Emília viveu — e ainda vive —, ciente de que naquela folha há palavras que me rasgarão por dentro. Quando, há mais de um ano, toda a minha vida virou ao avesso, perdi a fé que me guiou durante todos os momentos. Não conseguia acreditar no seu poder depois de tanto sangue inocente derramado diariamente. Com a Emília, comecei a acreditar que talvez exista algo inexplicável que nos conduz pelos bons e maus momentos, porém como poderá esse algo deixar uma criança morrer ensanguentada e toda uma família desmantelada?

Coloco a mão no bolso, retiro a folha e desdobro-a com todo o cuidado. Reparo, pelas marcas, que ela foi amassada numa bola, como se tivesse sido descartada no lixo, e começo a ler.

Lucas, espero que um dia você ame alguém e que essa pessoa não te faça sofrer. Te desejo toda a sorte e amor que existe no mundo... Mentira! Te odeio com todas as minhas forças!

A verdade é que não te detesto por não ter continuado comigo. Te odeio por ter criado novos demônios em mim. Porque, se a pessoa que desejava casar comigo diz que não consegue conviver com os meus problemas, quem se apaixonará por mim? Quem poderá me amar o suficiente para imaginar uma vida comigo?

Sabia que não tenho espelho no quarto por sua culpa?

Você lembra aquele dia em que estava sentado, conversando comigo, e uma enfermeira entrou? Lembra que ela puxou o lençol que cobria o meu corpo, pensando que não havia nada de errado em o noivo ver o corpo da mulher com quem em breve se casaria, sem imaginar que naquele momento você quase passou mal quando viu as cicatrizes profundas? Mas o pior foi quando a enfermeira tirou o curativo do meu coto e você saiu do quarto sem olhar para trás. Meia hora depois, quando voltou, terminou tudo, como se eu não valesse nada.

Naquele momento, deixei de me sentir mulher.

Você levou isso quando saiu daquele quarto de hospital e nunca mais consegui resgatar, até que hoje alguém importante bateu à minha porta. Um homem novo na minha vida.

Eu sei que ele reparou que não tenho metade de uma perna e que possivelmente tenho mais problemas e inseguranças do que todas as mulheres que conheceu, mas olhou para mim como se eu fosse normal.

Eu quis acreditar que sim. Eu preciso acreditar. Quero pensar que ainda existe algo de bom para mim.

Mas sabe o que eu fiz? Bati a porta na cara dele quando tudo que eu queria era abraçá-lo e dizer que ele faz minha vida valer a pena. Mas tenho medo de que um dia ele corra como você correu se vir como pareço uma boneca desmontada quando estou nua. Afinal, não sou uma mulher. Sou metade de alguma coisa qualquer.

Lucas, espero que você apodreça no inferno, assim compreenderá como vivo desde aquele dia.

Com todo ódio,

Emília

Diogo
18

Saio do carro e observo com atenção o fabuloso empreendimento à minha frente. Ao entrar e percorrer a área externa, compreendo que a Rafaela investiu toda a sua vida nesta Clínica. Situada em Barão Geraldo, um bairro calmo e bucólico de Campinas, é constituída por inúmeros pequenos edifícios de dois ou três andares que ocupam um terreno enorme. Até onde os meus olhos conseguem alcançar — e é muito —, diferentes construções dividem a área, e, desta forma, consigo compreender a partida do Leonardo nesta manhã e a sua despedida apressada e derrotada. Certamente, ao acordar sem a Rafaela ao seu lado, como me confidenciou, o primeiro instinto foi correr atrás dela, mas vendo tudo que ela criou sozinha, algo nele quebrou.

A Clínica é bem diferente daquelas que conhecemos ou vemos em filmes. Rodeada de árvores, plantas e uma enorme variedade de flores que norteiam edifícios coloridos, parece mais um lugar de lazer familiar do que uma clínica que trata pessoas com problemas tão severos.

— Bom dia, Diogo. — Atrás de mim está a Rafaela com ar de cansaço. Cumprimento-a e continuo a observar. — Vejo que preferiu conhecer o nosso exterior. Sei que parece exagero de espaço, principalmente se compararmos com instituições do tipo em Portugal, mas ainda é pequeno para todas as pessoas que diariamente precisam de nós. Afinal, o estado de São Paulo tem muito mais habitantes do que o seu país, então a escala é bem diferente.

— Estou agradavelmente surpreendido! Não esperava que fosse assim. Acho que nunca conheci nada igual — declaro, fascinado só com o pouco que vi.

Começamos o percurso enquanto a Rafaela narra a história da Clínica e como foi difícil convencer o governo brasileiro a contribuir.

— Infelizmente, o nosso país gasta muito com aquilo que não ajuda no desenvolvimento. Crianças e adultos com deficiência não são vistos como elementos que contribuem para o aprimoramento da sociedade. Vivemos numa época onde é mais importante construir estádios que pouco serão utilizados do que investir em educação e saúde, os dois pilares mais importantes.

— Falou que muitas pessoas vêm de todo o país. Mas, se não têm condições financeiras, como conseguem sobreviver?

— Temos muitas mães que venderam tudo para poderem viajar do outro lado do Brasil, sabendo que aqui os seus filhos seriam devidamente tratados. Estudamos bem as pessoas, e muitos familiares acabam por trabalhar conosco. Oferecemos os tratamentos e um quartinho num dos edifícios. Algo pequeno e bem simples, e em troca as pessoas contribuem com o que é preciso. Temos desde faxineiras e jardineiros a familiares que contribuem com, por exemplo, material de construção. Temos parcerias com empresas. Não é muito, mas é o que conseguimos fazer.

— E como conseguem sobreviver financeiramente?

— Com muito esforço e solidariedade. Além disso, cinquenta por cento do nosso corpo médico são constituídos por voluntários em tempo parcial ou profissionais que estão em idade de se aposentar, mas preferem fazer a diferença a ficar em casa. Muitos profissionais da saúde precisam continuar com algumas funções para o cérebro não enferrujar, então nos ajudam. Também temos estagiários da melhor universidade do Brasil, que fica aqui pertinho e que todos os anos fazem fila para preencher as vagas. Sem eles seria mais complicado.

— Mas e este terreno todo? Como foi possível? Pois é imenso.

— Você sabia que Campinas foi a última cidade a abolir a escravatura? Pois bem, eu sabia e também tinha conhecimento de que o que estamos pisando hoje foi uma fazenda com trabalho escravo. Ficou abandonada pelo Estado depois de muitos conflitos que não vêm ao caso. A minha ideia foi encontrar um lugar para pessoas que não tiveram condições de decidir suas vidas e criar uma espécie de paraíso onde não lhes tiramos esse direito, mas o devolvemos. Talvez pelo peso na consciência, ou pelo fato de a imprensa ter me ajudado muito a divulgar o projeto, o Estado cedeu todo este terreno que está vendo.

Assim é fácil compreender por que o Leonardo nunca a esqueceu. Ela é uma força da natureza.

Explica que cada edifício tem o nome da cor da sua pintura. Entramos no Azul e, diante de mim, vejo uma sala equipada com materiais que me são desconhecidos.

— Aqui é a sala mais usada pelos pacientes com Síndrome de Down, Autismo, e temos quatro meninas bem pequeninas com Síndrome de Rett.

Fico atento a observar o terapeuta a colocar três objetos diferentes num canto da sala e no final pedir à criança para trazer a caixa. A menina fica indecisa, mas o terapeuta volta a se comunicar diretamente com ela, a repetir o nome do objeto pedido.

— Parece simples, mas não é; afinal, todas as coisas que mais valorizamos são as que mais custa alcançar.

Após conversar com a Rafaela e tomar uma decisão importante, dirijo-me ao destino.

Começo a sentir as mãos a transpirar e o coração a acelerar como se eu estivesse a correr intensamente. Continuo o trajeto, enquanto a observo.

Uma visão de brilho, causado pela luz do sol que se põe lá no fundo, contrapõe-se à pele pálida de quem não tem aproveitado o lado de fora. Uma realidade que dói, pois sei o quanto ela amava a liberdade. De todas as vezes que recordávamos o passado e as nossas aventuras, as dela eram sempre na natureza. Deitada no verde do chão, a nadar no azul do mar ou a galope entre o branco da Lana e o marrom da terra.

Está sentada num balanço duplo de alpendre, movendo-se num lento vaivém, vestida com uma longa saia verde, que combina perfeitamente com os seus olhos. Percorro o caminho sem que ela me perceba, até estar sentado ao seu lado.

O peso do meu corpo desperta-a do transe, e os seus olhos aumentam de tamanho quando percebe que sou eu. Não diz nada, apenas mantém o olhar preso em lanternas de vidro coloridas, penduradas nas árvores, que fazem barulho quando tocam umas nas outras, enquanto continuamos lentamente a nos balançar.

— O que está fazendo aqui?

— Além de estar sentado ao lado da mulher que amo? — A respiração dela para e os olhos fecham. — Estava a observar as crianças.

— Por quê?

— Por que razão te amo?

— Não, por que estava observando as crianças?

— Porque serei voluntário aqui. Porque gostei do que as pessoas criam nesta Clínica. Porque encontrei aqui outra forma de poder ajudá-las como sempre desejei.

Paro de falar, respiro e olho para ela, que continua com o rosto voltado para as árvores.

Vagarosamente, aproximo-me dela e pouso a mão perto dos seus dedos delicados.

— Mas o mais importante: estou aqui porque quero estar perto de ti.

Ela não desvia o olhar, mas consigo sentir que as minhas palavras a afetaram.

— Pensei que já tivesse voltado para Portugal.

— Como poderia voltar, se a principal razão de eu acordar pela manhã e querer conquistar o mundo está sentada ao meu lado, no Brasil?

Os dedos da Emília se flexionam.

— E até quando pretende ficar, sabendo que nunca haverá nada entre nós?

— Só partirei no dia em que acreditar que os teus sentimentos não são os mesmos que os meus. Se disseres que a minha presença não é bem-vinda, eu parto. Se disseres que não sentes nada por mim, eu vou.

— O amor nem sempre é o suficiente. Até podemos viver uma vida feliz sem ele.

— Ninguém é completamente feliz se já conheceu o amor verdadeiro e depois o perdeu. — Relembro-me do Leonardo e da Rafaela.

— Às vezes, quando as pessoas amam de verdade, têm que decidir o que é melhor para *o outro*. Já ouviu falar de um livro chamado *O casamento não é para você. É para a pessoa que você ama?* Deveria ler.

— Vou procurar. É exatamente o que eu penso.

CORAÇÕES QUEBRADOS

117

Os olhos da Emília descem até onde a minha mão está pousada, e quero estendê-la até nos tocarmos. Mas não o faço.

— É verdade, mas primeiro é preciso se comunicar com quem se ama e não escrever uma mensagem a dizer *Adeus* como se a pessoa não tivesse valor — digo com dor ao relembrar, e levanto as mãos para esfregar o rosto na tentativa de aliviar o desespero. — Não imaginas como fiquei, Emília. Não imaginas todas as ideias que tive quando li o que me escreveste.

Finalmente ela olha para mim.

— O que posso oferecer? Diga. O que posso *te* oferecer?

O desejo de caçar o Lucas é enorme, pois muitas das suas ideias foram consequência do que ele fez.

— Basta seres a mesma que sempre foste. Foi por essa Emília que eu me apaixonei.

— Tem certeza de que quer uma namorada com pesadelos, que chora com saudades da família? Porque é assim a minha vida. Não consigo deixar de pensar neles. Quer abandonar as aventuras pelo mundo... sabendo que nunca conseguirei caminhar tanto tempo quanto você está habituado e nem viver sem ter cuidados diários com a minha perna e os demais problemas causados pelo acidente? Que não posso partir para lugares onde haja a possibilidade de eu ficar doente?

— Emília... — começo a falar, mas ela interrompe-me.

— Já ouviu falar da Síndrome do Membro Fantasma? Às vezes, eu acordo com dores lancinantes, parecendo que está acontecendo tudo novamente, mas a realidade é que já não existe nada onde dói. Quer uma namorada que talvez nunca consiga mostrar tudo, porque não tem coragem? Além da amputação, o meu corpo está marcado por cicatrizes profundas, buracos, manchas... — Respira fundo como se estivesse a ganhar coragem. — Não quero te prender, Diogo, mas, o mais importante, não quero que um dia olhe para mim como se eu fosse um fardo. Não permito isso a nenhum de nós dois.

— Não penses naquilo que achas que me fará infeliz. Pensa em ti. No que sentes.

Suas pálpebras tremem de emoção.

— Metade do dia eu sinto que sou uma boneca com quem a vida brincou de maneira tão bruta que chegou a arrancar um pedaço, para depois me jogar num canto, imprestável.

— E a outra metade?

— Procuro peças para encaixar em mim.

— Vou perguntar-te algumas coisas e quero que sejas honesta, ok?

— Claro, sempre.

— Se eu não tivesse reconstruído a orelha e tivesse que viver sem ela, deixarias de me amar?

Ela olha para a orelha quase perfeita.

— Eu sei o que está tentando fazer. — Seca o rosto com a mão trêmula.

— Responde apenas sim ou não. — Pouso novamente a mão no espaço entre os nossos corpos, e ela olha como se também quisesse tocar em mim.

— Não, não deixaria de te amar.

— Se estivéssemos a dormir na mesma cama e eu tivesse pesadelos, sairias porta afora e me deixarias a sofrer no sono?

— Não, claro que não! — responde imediatamente num tom agudo.

— O meu corpo também está marcado por cicatrizes, e algumas profundas. Vais deixar de me desejar por isso?

— Não, mas é que...

— Só sim ou não, Emília.

— Não.

— Se eu não estivesse preparado para ter relações íntimas contigo, esperarias até eu estar pronto e confiar em ti?

— Sim.

— Então, se tu farias isso tudo por mim, como não acreditas que eu por ti também farei o mesmo?

— É diferente. Você já teve muita experiência com o mundo, as mulheres e as aventuras. Você é homem, Diogo. Tem necessidades e desejos. Vocês são seres visuais. A sociedade impõe de maneira tão implacável o ideal da beleza feminina perfeita... Eu me sinto inadequada.

— Sim, sou homem. Mas por ser homem não significa que somos todos iguais. Não vou negar o passado nem as relações que tive, mas contigo é diferente. Se tiver que esperar um ano, espero. O que temos nunca será definido por sexo, mas sim intimidade. O que mais desejo é que tenhas confiança em mim... em nós. Se não me amas, eu vou. Se um dia achares que te faço infeliz, eu desapareço da tua vida. Mas não me mandes embora porque tens medo ou pensas que longe de ti serei mais feliz. Ter medo faz parte de amar, de entregar a chave do coração a outra pessoa, e, Emília, saiba que tu tens a chave do meu. Deixa-me ter a do teu.

CORAÇÕES QUEBRADOS   119

Prometo guardá-la aqui. — Coloco a mão no lado esquerdo do peito. — Com cuidado e carinho. Com respeito e fidelidade.

Paramos o movimento do balanço. E a conversa.

Aproveito e aproximo-me dela com a máxima delicadeza que há em mim, pego na sua mão e coloco-a sobre a minha perna. Entrelaço seus pequenos dedos nos meus grandes. Sentados e em silêncio, vivemos um momento íntimo e profundo. É a primeira vez que nos tocamos. Após meses de conversas, semanas de desejo de algo mais do que palavras, estamos num sossego externo, ao mesmo tempo em que gritamos sentimentos únicos dentro de nós.

Sem pensar, o meu polegar começa, tão suave e lentamente quanto possível, a acariciar a pele macia da sua mão, e meus dedos a subir de forma terna e sinuosa pelo seu braço.

Sem nunca nos olharmos, as pontas dos meus dedos sopram leves toques desde a palma até o pulso dela e traçam círculos vagarosos sobre a pulsação.

Consigo sentir o coração dela a bater, e as nossas respirações alteram-se juntamente com os pelos do corpo, que ganham vida. O corpo dela vira e, pela primeira vez, os nossos olhos encontram-se. Um sorriso sutil, porém idêntico, desenha-se em nós.

Com delicadeza ela eleva a mão e toca o meu rosto, a despertar nervos que eu desconhecia. Acaricia com cuidado a minha bochecha até tocar na orelha reconstruída.

Nossos corpos movimentam-se sozinhos, numa aproximação demorada, até que nossas testas se tocam e o meu nariz acaricia o seu. As lágrimas dela caem sobre os meus lábios e dão-me a provar o seu sabor. A minha outra mão vai ao encontro do rosto da Emília e segura-o como se dissesse o quanto não me quero separar dela.

Estamos a respirar a vida um do outro durante o tempo em que as nossas mãos se apresentam num toque tímido e puro. Não resisto e toco a superfície dos lábios rosados com os meus para que ela sinta a vida que ambos respiramos.

O seu sopro entra em mim e o meu nela.

— Não faça isso. Ainda não.

— Por que motivo?

— Se me beijar e um dia decidir partir, vai quebrar ainda mais o meu coração.

Não aprofundo o beijo, mas falo baixinho na sua boca.

— Não te beijarei sem que me peças. E tu vais pedir. Quando não tiveres medo, vais pedir que eu te beije, te aqueça com o calor da minha boca e a umidade da minha língua. Vais pedir que puxe o teu corpo suave contra o meu rijo. Vais pedir que te segure no meu colo e te proteja, para amar-te vezes sem conta. Eu sei que pedirás, porque vais entender que nunca te abandonarei.

Ela continua em silêncio, mas os tremores do seu corpo revelam as emoções.

— Vou ficar e lutar por nós, enquanto tu batalhas para ficar bem, até o dia em que acreditares em tudo que te digo.

Continuo a falar na sua boca.

— Não desistas de melhorar. Um dia vais ficar bem.

Respiro fundo e pouso novamente os meus lábios sobre os dela.

Pego no seu rosto com ambas as mãos, beijo-lhe o nariz, os olhos e, finalmente, a testa, antes de me levantar e caminhar na direção oposta à que o meu corpo pede.

Diogo
19

*E*sfrego o rosto numa tentativa frustrada de acalmar os pensamentos que rodeiam a minha mente.
Quando imaginava o nosso encontro, nunca a imagem de estar sozinho, deitado numa cama, passou pela minha cabeça, mas aqui estou eu num quarto pequeno a pensar mais uma vez na mulher com quem quero partilhar mais do que um lado do colchão. Sempre nos visualizei consumidos um pelo outro quando nos encontrássemos, como se todas aquelas conversas nas quais confidenciávamos a vontade de nos tocar e beijar ficassem no passado, pois finalmente estaríamos perdidos um no outro. E nunca quis tanto estar perdido no corpo de alguém como no da Emília.

O som de chegada de mensagem desperta-me das minhas ideias. Olho o relógio e vejo que são cinco da madrugada. Certamente será alguém de Portugal, pois lá o dia está a começar. Abro e, para o meu espanto, é uma notificação do chat que eu e a Emília usamos. *Mensagem de Emília,* leio na tela. O meu coração imediatamente começa a bombear com rapidez. Sem dar mais tempo aos pensamentos sobre o que será que ela enviou, começo a ler.

Minhas sinceras desculpas.

Sei que há meses você pediu para que eu parasse de fugir e de me desculpar, mas aqui estou eu fazendo isso mais uma vez... e talvez não seja a última. Diogo, se ainda estiver interessado em mim, vai ter que me desculpar. Vou errar muito. Já errei muito. Parece que tudo que faço é magoar você.

Não consegui dormir porque estou absorta em pensamentos sobre nós... sobre tudo que você me disse naquele balanço. É verdade, Diogo? Tudo aquilo foi real?

Estou tão confusa...

Vivo num corpo quebrado e sou feita de metades. Uma metade sente algo forte, mais do que amor, muito mais. É como se existisse um fogo perpétuo dentro de mim. Uma chama que queima e aperta. Uma vontade de estar perdida com você dia e noite.

Essa metade queria continuar o que começamos há umas horas... ela ainda sente o seu cheiro, toque e calor em todos os pequenos lugares que a constroem. É uma mulher com desejos como todas as outras. Essa parte que tocou seu rosto e queria dizer o quanto você representa, que queria estar aí deitada nesse peito e rodeada por dois braços fortes, pois sabe que será o melhor lugar do mundo para estar. Essa metade que quer ser amada como você diz que ama.

Mas... há sempre um "mas".

A outra metade tem medo e, às vezes, é má. Ela já sofreu muito. Não quero que sinta pena dela, mas que a compreenda, mesmo quando ela fizer de tudo para que você fuja e a abandone.

Essa metade são cicatrizes. Algumas você já conheceu há meses, outras descobriu há dias... mas e as restantes? Ainda faltam muitas, talvez as piores.

É essa metade de mim que expulsa você e o ataca incontáveis vezes, mas acredite que ela sente o mesmo que a outra metade — amor.

E eu tenho medo.

Medo de que, por culpa de uma das minhas metades, você suma da minha vida tão rapidamente quanto entrou.

Infelizmente serei sempre feita de metades fragilmente coladas. Se tudo aquilo que ouvi foi verdade, peço, de antemão, desculpas por tudo que farei para que vá embora, mesmo sonhando com o oposto.

Por favor, não desista de mim. Mesmo quando eu não merecer que fique comigo, não vá embora sem resolvermos tudo.

Vou tentar ficar boa. Vou tentar encontrar uma saída desta escuridão.

Finalmente, grita uma voz dentro de mim. Imagino o quão difícil deve ter sido para a Emília expor-se desta maneira. Mostrar quem realmente somos é uma das coisas mais difíceis deste mundo. Quando conhecemos alguém, só mostramos aquilo que pensamos que irá agradar a essa pessoa. Nunca dizemos que temos mau feitio ou ataques de ciúmes, e que somos insuportáveis em algumas situações diárias: discutimos no trânsito e não cedemos lugar a pessoas mais velhas. Não, nada disso. Nós mostramos a melhor versão de nós mesmos. A melhor aparência, o sorriso mais bonito e as gargalhadas tão pouco frequentes no quotidiano, na esperança de que a pessoa goste de quem somos no nosso melhor, o que acaba por cegá-la àquilo que somos na totalidade.

Entre nós nunca foi assim. Desde o começo, apresentamo-nos como somos: quebrados. E foi por esses cacos de vidro espalhados dentro de nós que cada um se apaixonou. Talvez eu nunca sentisse tão fortemente as emoções se a tivesse conhecido *no seu melhor* ou apenas pela beleza. As cicatrizes que ela carrega mostram-me mais do que o seu sofrimento. Revelam quem realmente é. Talvez, se eu não tivesse vivido tudo de mau, não tivesse força para enfrentar o que tenho certeza de que estará no nosso futuro.

No dia em que descobri a verdade, não fiquei chocado por ela não ter metade de uma perna, mas por não ter confiado que os meus sentimentos por ela eram maiores do que todo o resto. Nesse dia liguei para os meus pais porque sabia que eles teriam melhores conselhos, visto estarem bem casados há tantos anos. Nesse dia ouvi duas das pessoas mais importantes da minha vida a dizerem que eu precisava lutar como nunca fizera. Por isso, hoje estou aqui com essa vontade de lutar por ela, por nós... por um futuro a dois. E, depois deste pedido, é impossível o contrário.

Fico sentado enquanto a vejo caminhar para mim. Ainda é estranho saber que estamos juntos. Após ler a mensagem dela, pedi para nos encontrarmos no mesmo lugar onde quis beijá-la.

Com uma longa saia azul, uma trança e um girassol no cabelo, ela está lindíssima. Se eu não soubesse que uma das pernas é uma prótese, jamais suspeitaria pela forma como ela caminha.

Quando se senta ao meu lado no balanço, pego na sua mão. Ficamos uns segundos a criar um ritmo, e depois falo.

— Li a mensagem e compreendi tudo, mas preciso que saibas que não te quero pela metade. — O rosto dela é tomado pela tristeza.

— Entendo — diz e tenta largar a minha mão, o que me leva a olhá-la nos olhos.

— Não te quero pela metade porque te quero por inteiro. Tudo que tens eu quero.

Os seus olhos brilham enquanto a boca fica estática numa expressão de espanto.

— Não te quero salvar. Quero estar aqui ao teu lado quando *tu* te salvares. E tu vais conseguir.

Ela abre um sorriso tão grande que eu não me controlo, agarro o seu rosto pronto para beijá-la, no mesmo momento em que, mais timidamente, Emília agarra o meu. No último instante recordo que ela tem que me pedir que a beije. É ela quem decidirá, quando se sentir pronta.

— Não imaginas o quanto te quero. Por inteiro. O que te quero fazer. — Respiro fortemente perto dos seus lábios. — Tu és ainda mais gira aqui do que em todas as nossas videochamadas. Tu és a minha miúda gira.

Ela parece não acreditar em mim.

— Não tens ideia das noites que passei a visualizar cada lugar onde eu te beijaria, e, agora que te vi, ainda descobri mais pequenos lugares para encostar os meus lábios.

— Quais? — pergunta tão baixinho que não tenho certeza se era para ouvir.

— Este aqui — digo, enquanto beijo a sua orelha. — Ou este — continuo o caminho, beijando-lhe agora a parte de trás.

Quero provar-lhe que sempre que a vejo sei que é uma mulher como as outras. E que a desejo como qualquer homem deseja a mulher amada.

— Mais? — pergunto, soprando atrás da sua orelha.

— Sim. Mais — responde, molhando os lábios e tremendo um pouco.

— Sonhei em beijar *esta* linha — murmuro, passando o dedo sobre a veia do seu pescoço, fazendo-a arrepiar-se. E, sem dar-lhe tempo para se preparar,

CORAÇÕES QUEBRADOS

125

passo os lábios para baixo e, como um viciado, volto a repetir o movimento várias vezes, até ela apertar mais as minhas pernas, o que faz o meu corpo enrijecer.

— Sonhei em beijar tantos outros lugares do teu corpo... — confesso, a traçar linhas no ombro dela. — Mas o teu rosto... o teu rosto eu imaginei tantas vezes coberto pela minha boca. — Beijo todos os cantos dele menos os lábios.

— Diogo... — expira o meu nome.

— Sorri para mim, por favor, Emília.

— Sorrir? — pergunta como se eu estivesse a quebrar o momento.

— Por favor — peço novamente, e ela faz isso, mostrando a suave covinha que surge. — Este lugar enlouquece-me. Tu enlouqueces-me, Emília.

Encosto as nossas testas para tentar controlar-me e não pegar nela e fazer tudo que o meu lado masculino implora, afinal sou homem e já não consigo mais esconder o efeito que ela tem em mim.

— Diogo... — chama-me, ao perceber que estou a concentrar-me para acalmar o corpo.

— *Hummm...* — É o único som que neste momento o meu cérebro consegue produzir, porque o sangue está todo concentrado noutro lugar.

— Quero que nos beijemos — diz, e um sorriso forma-se no meu rosto. — Quero que me beije sabendo que entre nós não há mais segredos.

E, nesse momento, recordo o que a Rafaela me confidenciou sobre a Eva e sei que preciso que ela confie em mim antes de acontecer algo mais, principalmente que acredite que o corpo dela não é repugnante. Com coragem e algum esforço, desencosto o meu rosto, quando o que só queria era encurtar o caminho que separa os nossos lábios.

— Então, um dia pedirás.

Finjo não ter ouvido que ela pretendia que a beijasse neste momento.

— Mas o real motivo para o nosso encontro foi a tua mensagem. Não quero que continues a acreditar que existem duas Emílias e que talvez eu prefira uma das metades.

— Mas...

— Como te disse, adoro-te por inteiro. Dá-me uma oportunidade de mostrar isso — peço-lhe.

— Estou confusa. Ainda agora parecia que queríamos a mesma coisa e de repente você parou. — Olha para os seus dedos como se tivesse vergonha de ter pedido o beijo.

— Olha para mim, Emília. — Coloco os meus dedos sob o seu queixo e forço o seu olhar a encontrar o meu. — Quero muito que os nossos corpos se conheçam. Muito! Mas, quando os nossos lábios se tocarem, quero que seja no dia em que olhes para mim e acredites que eu não vou fugir se vir o teu corpo por completo.

Uma brisa passa no ar, e as lanternas de vidro tocam umas nas outras produzindo um som reconfortante.

— Quero que nos beijemos quando te sentires preparada para tudo. Uma vez eu disse-te que sentia falta de beijar, lembra?

— Sim, me lembro — diz timidamente, e o seu rosto ruboriza naquela cor que me faz perceber que ela também se lembrou que eu escrevi que já não tinha relações sexuais há muito tempo.

— Acredite que também sinto falta disso. — Sorrio, e o seu rosto fica ainda mais colorido. — E quero muito.

Puxo o seu braço para ela ficar mais perto de mim e, nesse gesto, a blusa sobe e a minha mão toca a pele da sua cintura. Ambos ficamos presos no momento, até que os meus dedos começam mais uma dança sinuosa.

— Quero tudo isso contigo. Acordar, passear e deitar-me sempre ao teu lado. Preciso saber que, quando nos tocarmos, será em todos os lugares e sem reservas.

Quando os meus dedos começam a rumar noutras direções, ela coloca a mão na barriga num pedido silencioso para que eu não os passe naquela área.

— Mas eu não sei quando vai acontecer.

— Por isso é que vou esperar. Porque, no dia em que nos beijarmos, eu saberei que tu compreendes que amo cada cantinho do teu corpo. Os teus pesadelos e os teus sonhos. A maciez da tua pele e as cicatrizes da tua sobrevivência. Todos os pequenos detalhes que fazem de ti única.

— Pensei que tivesse se arrependido de querer me beijar ou que haja algo que não queira me contar.

— E se eu soubesse algo que não pode ser alterado e que em nada muda o que sinto por ti?

— Não sei como eu reagiria, mas já não tentaria fugir. Um dia você falou que eu faço isso quando estou assustada. Quero mudar.

— Que notícia maravilhosa!

Ela parece sentir que já falamos tudo, por isso muda de assunto.

— Então, o que você quer conhecer primeiro?

— O que quiseres me mostrar.

— É tão lindo! Há tanto tempo vivo aqui e ainda não me acostumei à beleza que nos rodeia.

— A Rafaela criou o que parecia ser impossível — afirmo.

— Rafaela? — pergunta, certamente a estranhar o tratamento informal.

— Sim. Conversei com ela quando estava perdido sobre o que fazer. Não te tinha dito por querer esconder, mas porque não tive oportunidade.

— Ok — diz curtamente, e percebo que está com ciúmes.

Um Diogo em miniatura festeja dentro de mim esta faceta da Emília.

— Estivemos os três juntos — comento para ela compreender que não foi um encontro.

— Os três?

Aproveito e narro um pouquinho da história do Leonardo e da Rafaela. Explico-lhe que as nossas vidas estão ligadas por duas pessoas com um passado em comum.

— Eu sei que a minha tia amou muito um homem, mas não fazia ideia dessa ligação. Eu era bem jovem quando tudo aconteceu, mas me lembro de que ficou com a gente durante semanas e chorava muito. E agora entendo a conversa que tivemos. Foi no mesmo dia em que você voltou.

— Que conversa? — pergunto.

— Ela estava agitada. Como irá descobrir, a minha tia é uma pessoa muito meiga e carinhosa com todos, mas, na sua vida íntima, é fria e distante. Nunca a vi com um namorado, mesmo tendo sempre pretendentes. Nessa manhã ela me abraçou com força. Disse que me amava e queria que eu fosse feliz. Agora compreendo o motivo.

— Emília, o que aconteceu com eles foi uma tragédia, mas eu encaro como um ensinamento. Tudo aquilo que não resultou com eles, eu não quero repetir. Não desejo acordar daqui a dez anos completamente infeliz e a remoer tudo que perdi sem ti ao meu lado. O Leonardo comprova que a vida sem amor é meia existência. Não imagino voltar a viver sem partilhar as minhas alegrias e tristezas contigo. Não quero isso! Sim, sei que vai ser difícil, iremos brigar e, por vezes, eu vou magoar-te e tu a mim, mas todos os momentos como este, em que te tenho nos meus braços, compensarão os menos bons.

— Espero que seja assim — confessa.

— É isso que acontece entre namorados.

— Namorados? — Olha para mim, surpresa.

— Sim. Aqui estou eu, um homem de vinte e sete anos, nervosamente a perguntar se queres ser a minha namorada. O que não faço por ti, mulher...

— Não sei. Terei que pensar muito bem no assunto. — Bate com dois dedos nos lábios como se estivesse a refletir longamente.

— Não sabes? Como não sabes? — Entro na brincadeira.

— Acho que não foi um pedido muito romântico, Diogo. — Sorri com aquele olhar brilhante.

Salto num gesto tão rápido que desequilibro o balanço. A Emília solta uma gargalhada e eu viro-me para observar o seu rosto. De olhos fechados, ela ri, e o seu cabelo fica despenteado com o movimento acelerado.

Neste momento tão fugaz de riso rápido, eu tenho a certeza de que não existe outra mulher no mundo para mim.

— O que está fazendo, seu louco? — pergunta ainda de sorriso rasgado nos lábios.

— A preparar um pedido romântico, não é isso que queres? — respondo, enquanto me dirijo às árvores. Retiro lanternas de vidro dos galhos e coloco-as no chão.

Homens! Tudo aquilo que criticamos em outros da nossa espécie acabamos por fazer.

Ligo as lanternas, pego no telemóvel e procuro uma música de que sei que ela gosta. Aproximo-me dela lentamente, abaixo-me e murmuro ao seu ouvido:

— Dança comigo.

— Mas...

— Por favor, dança comigo — peço novamente.

A sua mão pousa delicadamente na minha e ajudo-a a erguer-se. Coloco a mão nas suas costas e puxo-a para mim. Nem uma fina folha de papel cabe entre nós. Todos os nossos pontos encaixam-se perfeitamente. Ela está hirta, com os braços caídos ao longo do corpo como se não soubesse o que fazer. Pego num e coloco-o sobre o braço que a rodeia, enquanto o outro fica preso na minha mão, num aperto delicado.

Carrego no play e a música começa.

CORAÇÕES QUEBRADOS

129

— Ouve com atenção — peço antes da voz de Djavan, um dos cantores de que ela mais gosta, preencher o ambiente.

Começamos num ritmo lento. Num balanço vagaroso. Eu com o meu coração agitado e o dela a tremer. Os nossos olhos encontram-se e navegamos ao som das palavras de um amor puro. Levado pelas emoções, canto as palavras.

"O que há dentro do meu coração
Eu tenho guardado pra te dar
E todas as horas que o tempo
Tem pra me conceder
São tuas até morrer"

Os braços da Emília desprendem-se de onde estavam, e as mãos sobem ao meu rosto. Segura-o como se me quisesse consumir, com o mesmo apetite que tenho. A minha mão, agora liberta, passa a segurar de forma possessiva o seu pescoço. Após meses de distância, lágrimas e vários momentos de dor, finalmente não conseguimos mais negar que o único caminho existente é com os dois juntos.

Nesta melodia apaixonante, percebemos que o que há entre nós não é passageiro, não são sentimentos efêmeros que nos arrebatam nesta dança. Ambos sabemos que ainda existe um caminho longo no qual nos magoaremos mutuamente. Eu sei que ela vai me empurrar e fugir como já o fez. Também sei que vou forçá-la em momentos errados.

Vai doer.

Ainda vamos sofrer.

Mas vai valer a pena.

Perdidos um no outro, os nossos corpos movimentam-se naturalmente. De repente, ela ergue o meu rosto e canta baixinho só para os meus lábios.

"Te adoro em tudo, tudo, tudo
Quero mais que tudo, tudo, tudo
Te amar sem limites
Viver uma grande história"

Durante mais de cinco minutos, vivemos num mundo só de duas pessoas.

— Então, senhorita indecisa, aceita ser a minha namorada? — pergunto com humor.

— Sim. — Sorri abertamente, e isso faz-me crescer dez metros.

Permanecemos assim durante horas até decidirmos voltar para a realidade. Emília disse que ainda havia muito para mostrar e que seria necessário mais de um mês para eu ficar familiarizado com a quantidade de pessoas, os diferentes edifícios e as funções que cada um desempenha aqui na Clínica. Enquanto me explicava tudo, reparei que nunca falara tanto. Este é o mundo dela, não porque sente que aqui não é julgada, mas porque ama tudo que é feito neste éden. Ajudar os outros a se recuperarem é mais do que uma profissão, é a forma de viver de todos que estão neste mundo à parte.

Ao descobrir a sua rotina, imagino que um dia não será ela a partir num momento dramático, mas sim eu.

Emília
20

Nunca pensei que pudesse voltar a sorrir como tenho feito.

As pessoas da Clínica já sabem que somos um casal e parecem felizes por mim. Mesmo sem termos nos beijado *pra valer*, eu e o Diogo somos namorados! Cada dia fica mais complicado resistir, e sinto até que estou com mais vontade do que ele de eliminar qualquer barreira entre as nossas bocas.

"*Só quando estiveres disposta a mostrar-te toda é que nos beijaremos. Quando já não tiveres medo*", diz todos os dias quando nos despedimos e ele me beija a testa com ternura. E eu quero acreditar que um dia vou mostrar tudo.

Esse sorriso que se tornou permanente em meu rosto surge todas as manhãs, porque há sempre uma surpresa à minha espera na entrada do meu quarto.

Quando ele perguntou sobre o que mais gostei na nossa relação a distância, respondi que foi o seu poema de infância. A primeira coisa que faço quando acordo é pegar as muletas e abrir a porta. Hoje não foi diferente. Colada à porta está uma simples folha dobrada. Eu abro, já sabendo que me fará feliz.

Sonhei contigo
Deitada sob mim.
As minhas mãos percorriam a tua pele
E os meus dedos conheciam os teus arrepios.

Sonhei conosco
Perdidos e encontrados nos nossos corpos.
Ofegando sensações.

Acordei pensando em ti
Sorrindo para mim.
Ansiando o teu toque
Enquanto respiro a tua essência.

Escrevi sobre ti
Quando tudo que quero é desenhar em ti.
Traçar linhas com pincéis, lápis, dedos
e língua.

Pensei em nós
Descobrindo um ao outro
Pedindo mais um do outro
Num momento só nosso.

És tu
Somente tu.
Consomes os meus sonhos
A minha vida
E a minha cama é vazia sem ti.
Serás sempre tu
Somente tu.

Permaneço sentada na cama relendo o que ele escreveu. Todos os dias, ele mostra um lado completamente diferente, o brincalhão, o sério, e, bem, o que sonha comigo. Só de pensar sinto o meu rosto esquentando, talvez por causa do sotaque ou das palavras que usa; parecem mais cruas e despidas. Falou que queria

CORAÇÕES QUEBRADOS

133

me mostrar o quanto me deseja. Tento acreditar nas suas palavras, mas fica difícil sempre que olho a minha barriga e vejo marcas profundas e escurecidas. Como ele terá vontade de fazer tudo que escreveu quando vir o meu corpo nu e sem a prótese? Como conseguirá sentir desejo por uma mulher tão incompleta? Fecho os olhos, imaginando meu corpo despido como um corpo e não como algo tão quebrado.

Nua numa cama, sem uma perna, o meu coto flácido pela falta de músculos, uma cicatriz na parte inferior da barriga de um lado ao outro e um buraco cicatrizado, onde o ferro entrou, perfurou e rasgou tudo.

Tento afastar os pensamentos depressivos, concentrando-me novamente no *Serás sempre tu*, e fico sorrindo feito boba, brilhando como uma mulher que está apaixonada e tem borboletas dentro dela.

Nunca senti tão intensamente por alguém o que sinto por ele. Nem sabia que tais sentimentos existiam. É como se respirasse mais e, ao mesmo tempo, estivesse me sufocando. Tais sensações comprovam que o Lucas foi consequência da pressão que as meninas da minha faculdade passaram a fazer quando descobriram que eu nunca havia tido um namorado. Sentia-me um ET no meio delas, até o Lucas aparecer. Hoje percebo que nunca senti esta paixão. Nunca adormeci desejando a chegada da manhã para poder vê-lo. Com o Diogo é tudo diferente. É tudo melhor, mesmo que a minha vida esteja pior.

Coloco uma roupa bem especial, pois tenho mais cuidado com o cabelo e o modelo que visto, optando sempre por saias longas. O tempo todo penso no que ele disse sobre não me tratar como uma mulher normal porque não sou. Diz sempre que sou extraordinária. E ontem até disse que sou sensual. Rio, deixando escapar um som estranho pelo nariz, algo que papai dizia que era igual ao da mamãe e do Rafinha.

Saio do quarto e percorro o caminho sorrindo, ansiosa para estar com ele, mas reparo que não está sozinho. Ao longe consigo ver que a Liefde se encontra sentada ao seu lado, conversando e sorrindo como qualquer menina apaixonada. Sempre que o Diogo não está comigo, a Liefde é a sua companhia. Até o irmão já disse que ela só fala sobre o quão bonito o Diogo é. Eu tenho que concordar. Juntando tudo isso ao sotaque português... nunca tive dúvidas.

— Oi — falo, sentando-me junto com ele.

— Bom dia.

Inclino a cabeça, sorrindo.

— Oi, Liefde. Tudo bem?

Ela faz que sim com a cabeça, saltando do colo dele para o chão e saindo em disparada.

— Ela está completamente apaixonada por você e acho que não gosta muito de mim.

— É normal. Ela já sabe que estou comprometido com uma certa loira ciumenta. — Pisca o olho naquele seu hábito de que finjo não gostar.

Quando o Diogo não me abraça como todos os dias, compreendo que algo se passa, pois desde o dia em que nos tocamos pela primeira vez, não conseguimos mais parar. É como se quiséssemos comprovar que é real.

— Aconteceu alguma coisa?

— Soube o motivo de a Liefde estar aqui. A Rafaela falou comigo por causa do Cauê e como ele é desconfiado com todas as pessoas que se aproximam da irmã, principalmente homens.

A Liefde e o Cauê são dois irmãos que apareceram há quase três anos nas portas da Clínica. Por mais que a minha tia e todos os intervenientes tentem descobrir de onde vieram exatamente, até agora ainda restam dúvidas. O Cauê tinha catorze anos, mas parecia ter doze devido à magreza extrema causada pela desnutrição. Os pés estavam com frieiras e feridas profundas, mas nem por isso largava a irmã, que estava limpa e bem tratada. No momento em que os vimos, percebemos que ele vivera o que nenhuma criança jamais deveria experimentar, mas ele só dizia que precisávamos salvar a sua irmã.

A Liefde é uma garotinha linda de oito anos, portadora da Síndrome de Down, e que era sistematicamente abusada sexualmente pelo próprio pai. Isso deixou o interior do seu corpo para sempre marcado. Embora não haja conhecimento de quem sejam de fato os familiares dos dois, acreditamos na versão do Cauê de que a sua mãe faleceu quando ele tinha doze anos e de que o pai os violentava física e psicologicamente, por isso fugiu. Acreditamos também que por esse motivo as autoridades nunca tenham sido alertadas para o desaparecimento de duas crianças. Com todas as precariedades do país, o caso deles ficou esquecido e ambos estão aos cuidados da Clínica.

Após todo o processo médico pelo qual passaram, foi impossível desconfiar de algo mais.

Os médicos suspeitaram desde o começo de que, pelo caminho, ele deve ter feito coisas terríveis para comprar comida para a irmã, que, ao contrário dele, estava limpa e no peso correto para a idade. E essas suspeitas, infelizmente, foram comprovadas em exames, mostrando que o pobrezinho também foi abusado sexualmente, porém não pelo pai. O que aconteceu até chegarem aqui só ele sabe.

— A Liefde agora está a salvo — digo numa tentativa inútil de acalmá-lo. — E só recebe amor. Isso é o mais importante.

Sem avisar, pega em mim com força, e, ao mesmo tempo, com muito cuidado por causa da perna, sentando-me em seu colo. Tudo que faz comigo é uma mistura de possessividade e delicadeza.

Adoro.

— Seu louco! — Rio, batendo levemente num braço musculoso. Algo que sabia, mas não tinha visto, é o cuidado que ele tem com o corpo. Acorda todos os dias às seis para correr e fazer uma série de exercícios. Nunca falha. Não é de estranhar, depois de tantos anos no Exército.

— Leste o meu poema? — pergunta, beijando-me as costas da mão para, em seguida, colocar o meu cabelo atrás da orelha, beijando-me lá.

— Sim, li. — Escondo o olhar no pescoço dele, aproveitando para cheirá-lo.

Existe uma teoria que fala sobre o cheiro emocional, como quando cheiramos algo e nos remete à infância ou a um bom acontecimento. No caso do Diogo, o cheiro dele me traz paz. Não é perfume, mas a essência dele.

— Gostaste? — pergunta com aquele olhar de menino preocupado.

— Muito. É verdade? — Levanto a cabeça e olho para ele.

— O quê? Que eu te desejo como lá está escrito? — Passa as mãos por mim, acordando um corpo que eu pensava estar morto.

— Será?

— Emília, já devias saber que não minto. Impossível qualquer homem não te desejar, mas eu sou o sortudo que tu escolheste.

— Eu sei o que você está tentando fazer — comento, tocando nas plaquinhas de identificação que traz sempre com ele. O passado que ele quer manter.

— E o que estou a tentar fazer?

— Elevar a minha autoestima. Remover as minhas dúvidas e medos.

Apanha o meu rosto com as duas mãos, fazendo-me olhar nos seus olhos cor de terra.

— Não, Emília. Não estou a tentar isso. Apenas estou a falar a verdade. Se, por eu falar o que sinto, tudo isso acontecer, é apenas uma boa consequência. Não quero que penses que digo as coisas porque te quero curar, mas se conseguir isso apenas por ser sincero, ótimo.

— E está conseguindo.

Permanecemos assim durante muitos minutos. Será mesmo que eu sou a única que recebe este conforto?

— Tenho uma surpresa para ti, mas preciso que não faças perguntas. Pode ser?

— Pode! — Mesmo curiosa, não pergunto.

Como a Clínica abrange um espaço muito grande, nós temos carros elétricos semelhantes aos usados nos campos de golfe para nos deslocarmos.

Após algum tempo, percebo que vamos na direção de um pequeno lago que fica na parte de trás do terreno. Desde o acidente que nunca mais o visitei.

— Chegamos — diz com felicidade na voz.

Caminhamos pela grama e reparo que ele trouxe um banco para eu poder me sentar. Toda vez que ele decide algo, tem sempre o cuidado de pensar em mim. Se consigo ou não fazer determinado movimento ou se será desconfortável. Tenho certeza de que, além de conversar com a minha tia, ele tem se informado sobre a minha condição, e isso preenche algo em mim de forma inexplicável. A cada dia acredito mais que são os pequenos detalhes que constroem as relações.

— Soube que o lago era um dos teus lugares favoritos e quero que voltes a visitar todos os locais onde foste feliz.

— Obrigada. — Encosto mais meu corpo ao dele. — O que faremos?

— Vamos subir naquele barquinho que não parece muito seguro!

E é isso que fazemos.

Depois de navegarmos no lago — o mesmo onde eu adorava nadar com as crianças ou sozinha à noite —, estamos deitados numa manta, virados um para o outro, sentindo o sol quente, e com ele fazendo carinho no meu rosto.

Corações Quebrados

— Em que está pensando?

— No Paulo. — Ao perceber a minha reação, o Diogo continua: — Ele sabia que ia morrer, mas aguentou até falar tudo que eu deveria contar à namorada dele. Naquela hora não refleti sobre a importância, mas hoje compreendo por que ele quis dizer-me tudo.

Volta ao silêncio, continuando a tocar tão suavemente em mim como se fosse uma pluma.

— Nunca compreendi aquelas histórias de homens que guerrearam por uma mulher, que abandonaram tudo por estarem apaixonados. Sempre me questionei como era possível existirem tantos casais que mudaram tudo por amor. Para mim era inconcebível um homem alterar tudo por uma mulher. Não compreendia isso.

— E agora?

— Agora eu sou um deles.

Não comento nada, mas uma sutil felicidade invade o meu peito.

— Uma vez li em algum lugar que quem ama nunca sabe quando isso aconteceu, porque no momento em que percebemos que amamos alguém é sinal de que o sentimento já estava lá. No começo, pensei que tudo que estava a sentir poderia ser consequência de muitas horas de conversa, de solidão, mas a verdade é que não.

Continuo com as mãos debaixo do meu rosto, olhando para ele.

— Como descobriu?

— Quando tentei imaginar conversas com outras pessoas que fizeram parte da minha vida e soube que o que temos é real, pois gosto de tudo em ti.

— Como assim?

— Os traumas uniram-nos, mas foi tudo aquilo que és que me atraiu. Ambos gostamos de ajudar o próximo. Eu sempre tentei proteger quem era mais fraco e tu os teus irmãos. Ambos adoramos ler e, o que é importante, temos grande amor pela natureza. Tudo isso só encontrei contigo.

Os dedos dele passam por trás da minha orelha, descendo pelo pescoço.

— Se tivéssemos nos conhecido em outras circunstâncias, acha que estaríamos juntos? — pergunto algo que tenho pensado.

— Não sei. Mas eu seria um idiota se te deixasse escapar. A única certeza que tenho é de que tudo que me aconteceu, juntamente com as palavras do Paulo, fizeram-me compreender que, no final da vida, nenhum de nós está preocupado com o dinheiro que conquistou, mas com quem amou. E eu quero um dia partir a saber que amei e fui amado.

Inclino a cabeça, tocando testas, respirando-o e tentando fazer com que ele permita entrar em mim a forma como vê o mundo.

— Você me faz tão bem, Diogo. Eu sei que faz de tudo para que eu ria, mesmo caindo no ridículo, mas isso não te preocupa se alcança o seu objetivo. Eu sei que escreve poemas porque quer que eu volte a me olhar no espelho — continuo perto dos seus lábios. — Entretanto, é nestes momentos em que você não está pensando em mim, mas mostrando quem é, que eu penso que preciso muito sair da escuridão. O meu receio era puxá-lo para esse túnel sem luz onde passo muito tempo, mas todos os dias eu olho e consigo ver luz no fundo dele porque *você* está lá esperando por mim.

— Eu queria muito entrar e trazer-te cá para fora, mas é o teu caminho e sei que vais conseguir.

Ficamos quietos, só olhando um para o outro, até a mão dele pousar no meu rosto e o seu polegar rodeá-lo.

— Cada dia me apaixono mais por ti — diz de forma meiga, sem nunca desviar o olhar.

— Eu também.

Mamãe dizia sempre que amar outra pessoa não é difícil porque o amor acontece naturalmente, complicado é saber como se amar e se permitir ser amada.

O nosso amor não é como na ficção onde o casal descobre os sentimentos num momento importante da história. Conosco foi diferente, o sentimento foi crescendo a cada palavra escrita. Não me apaixonei por seus olhos castanhos e meigos, nem pelo seu rosto duro e, ao mesmo tempo, suave. Não fiquei encantada com os seus diferentes sorrisos ou com a forma carinhosa como ele trata as pessoas. Embora ele tenha tantas qualidades, foram as suas palavras que me conquistaram.

Ele vê em mim aquilo que um dia espero conseguir enxergar.

— Quero-te tanto, Emília.

Tomo a decisão sobre a qual tenho refletido nos últimos dias e digo aquilo que ele quer ouvir e para o qual finalmente ganhei coragem.

— Diogo... — Encosto o meu nariz no dele, enquanto o meu corpo tenta se aproximar ainda mais. — Estou preparada para ser beijada — digo as palavras com confiança. — Pra valer.

— Tens certeza?

Coloca a mão no meu quadril, puxando-me para si.

— Eu espero, Emília. Espero o tempo que for preciso. Por ti, eu espero.

— Absoluta. Eu quero mais. Quero ser beijada como me foi prometido.
— Olho para ele, mostrando que estou decidida.
— Não quero que te sintas pressionada. Infelizmente não consigo ler a tua mente, mas, se estás a pedir por teres receio de que me canse, por pensares que é isso que *eu* quero, tira essas ideias da cabeça. Sim, eu quero, nunca te mentirei sobre isso. Não sou um miúdo de dezesseis, mas um homem, e beijo como tal.
— Tenho certeza.
O seu rosto se aproxima ainda mais do meu e, quando fecho os olhos, quase sentindo os seus lábios, ele pede:
— Leva-me para o teu quarto. No momento em que nos beijarmos quero estar só contigo e sem receio de que mais pessoas vejam o que considero ser bem beijada.

É a primeira vez que ele entra no meu quarto. Apesar de já o ter visto inúmeras vezes quando conversávamos através da webcam, hoje é diferente.

Vagueia pelo espaço, observando tudo que o rodeia. As fotografias da minha família, da Lana, os meus CDs. O meu quarto não fica na ala dos pacientes, mas no edifício onde a minha tia tem um escritório e o seu próprio quarto particular para quando está cansada.

Há quem diga que esta Clínica é uma comunidade, e cada vez acredito mais que sim.

— Eva era linda! — comenta, pegando nas várias fotografias que tenho espalhadas pelo quarto. — Como vocês eram parecidas.

— Muito — concordo, olhando para uma de nós, as duas em cima da Lana. Tenho tantas saudades desses dias...

Continua o percurso como se quisesse saber mais sobre mim. O olhar para quando vê as muletas e a cadeira de rodas, que, apesar de praticamente não ser mais usada, continua no mesmo lugar. Talvez como lembrança dos meses em que foi a minha prisão e, ao mesmo tempo, a minha liberdade.

— Não vou mais perguntar se tens certeza, mas o teu corpo continua colado à porta desde que chegamos — comenta casualmente, virado de costas para mim ao mesmo tempo que observa a minha cama.

— Não sei nada sobre o protocolo do beijo com os portugueses — brinco, tentando não mostrar o quão nervosa estou.

Rapidamente ele percorre o quarto, ficando colado a mim. O seu corpo molda-se ao meu e fico presa entre a porta e ele. Tudo nele é força, músculo e ternura. Mãos capturam o meu rosto e, mesmo parecendo impossível, o seu corpo fica mais pressionado contra o meu.

A boca quase encosta na minha.

— Ainda bem.

Ficamos agarrados só com o som da nossa respiração. O rosto do Diogo está próximo demais, mas ele não me beija. Inclino a cabeça na sua direção e sussurro as palavras que ele quer ouvir.

— Quero ser beijada.

Sinto o seu sorriso tocar no meu antes de nos tocarmos onde desejamos.

As suas mãos se prendem mais entre o meu rosto e o meu cabelo e, finalmente, os nossos lábios se encontram num abrir de bocas. Mas não é um beijo meigo, suave ou delicado como a minha boca esperava. É de língua!

O meu corpo desperta automaticamente e os meus lábios tentam acompanhar os dele, enquanto as minhas mãos agarram os seus braços com toda força.

Podemos esquecer o tempo enquanto nos perdemos na boca de outra pessoa?

Sinto a minha respiração acelerar, e os únicos sons são das nossas bocas e línguas desesperadas. Nas pequenas pausas que damos para respirar, ele murmura palavras doces ao mesmo tempo em que beija o meu rosto com uma delicadeza contrastante.

Timidamente, mas com vontade de mostrar que estou aqui, as minhas mãos descem e puxam o corpo dele para mais perto do meu. Preciso senti-lo. Preciso ter a certeza de que este beijo está fazendo efeito no seu corpo, como tanto alardeia. Preciso acreditar que isto está mesmo acontecendo.

O seu corpo se cola completamente em mim e percebo que é verdade, que deseja o meu.

Seguro o seu rosto, fazendo-o olhar para mim. Imediatamente ele para, um pouco confuso, um pouco perplexo. Um pouco de tudo.

— Obrigada.

— Pelo quê?

— Por me fazer sentir completa.

Ele esboça um sorriso suave, encostando nossas testas lentamente.

— Amo-te, Emília.
— Te amo, Diogo.
Suavemente a sua boca encontra a minha e retomamos o beijo.
Durante muito tempo nós simplesmente somos:
Mãos curiosas...
Bocas esfomeadas...
Corpos perfeitamente ajustados...
Respiração frenética.
Dois apaixonados procurando prazer como qualquer outro casal.

Ele tira a camisa rapidamente e eu fico parada observando o que tantas vezes imaginei. O peito é forte, moreno e marcado por pequenas linhas brancas.

— Toca em mim, Emília. — Pega na minha mão, pousando-a sobre o coração que bate com força. — Vê quem sou. — Com a outra ele levanta o meu queixo para olhar para ele e perceber que também está com receio de expor as feridas do passado.

Começo a contornar todas as cicatrizes desenhadas na pele. Algumas são visíveis, outras só sinto debaixo dos dedos. E sei que as piores são aquelas que nunca conseguimos tocar.

— Passa uma das mãos nas minhas costas. Sente cada amostra que o meu corpo guarda da minha sobrevivência. É isso que elas representam para mim, que eu sobrevivi. E nunca posso ter vergonha de mostrar que estou aqui, vivo.

Os meus dedos vagueiam pelo corpo dele.

— Confias em mim, Emília?
— Sim. Completamente.

Com delicadeza, pega na minha perna amputada, onde a prótese começa, e a coloca ao redor do seu corpo. Em seguida faz o mesmo com a outra.

Os meus braços rodeiam o seu pescoço e, quando nos olhamos, eu sinto que não precisamos falar mais nada. Após novas carícias, toques e momentos de paixão que me deixam sem ar, ele começa a caminhar em direção à cama. O meu coração explode. *Sem medo. Sem vergonha,* repito as frases interiormente para ficar mais calma.

— Está tudo bem? — pergunta quando me coloca na cama e eu aceno com a cabeça que sim. — De certeza?

— Sim.

— Queres continuar? Sinto que algo mudou entre os poucos metros que separam a porta da cama.

— Estou apenas nervosa.

— Eu vou cuidar bem ti. Prometo.

A mão dele percorre o meu corpo nos lugares certos, trazendo arrepios a cada toque reverente.

— És tão linda. — Beija o meu pescoço. — Suave. — As mãos sobem e descem pelos meus braços, me arrepiando.

Não quero comparar o Lucas com o Diogo, pois imediatamente penso se o Diogo faz comparações entre mim e as mulheres com quem já esteve, e isso é terrível. Contudo, mesmo não querendo, eu comparo os dois e percebo que o Lucas criava em mim a chama de um fósforo, enquanto o Diogo cria um fogo capaz de queimar uma floresta inteira. Com ele, sinto que posso ser eu.

— Preciso sentir-te em mim, Emília.

O sotaque português e a sua voz rouca são a melhor mistura.

Calmamente beija o meu pescoço, os meus braços e o meu peito enquanto vai subindo a minha blusa. É a primeira vez que mostro as minhas cicatrizes, por isso coloco às mãos sobre elas na tentativa de escondê-las.

— Nunca te escondas de mim, por favor.

Retira as minhas mãos, colocando as dele, traçando com o dedo a cicatriz que ocupa um grande espaço na região da barriga e que tem profundidade. Não me recordo de como retiraram o ferro, nem como ele entrou em mim.

— Elas são o reflexo do que viveste, enfrentaste e venceste. — Continua acariciando. — Amo tudo em ti. *Tudo* — enfatiza, beijando a área com cuidado.

Quando começa a levantar a saia e toca no limite entre a prótese e a minha perna, algo estranho acontece.

Não consigo respirar.

Meu Deus, não estou conseguindo respirar.

Imagens do passado surgem. Eu no espelho. Eu despida. Eu deitada sem roupa com pessoas mexendo no meu corpo.

Coloco a mão no peito, mas o ar não entra. Estou aflita.

Ai, meu Deus, o que está acontecendo?

Cem... noventa e nove... noventa e oito... noventa e sete... noventa e seis... noventa e cinco... tento contar como aprendi, mas não está funcionando.

— Emília, o que se passa?

Nesse momento faço algo sem pensar: empurro-o de cima de mim.
— Não me toque, não me toque, não me toque... — repito incontáveis vezes. — Por favor, não me toque mais.

Por instantes, ele não me toca, ficando imóvel e com expressão de dor no rosto. Tento respirar e, finalmente, quando ele não me toca mais na perna, o ar invade os meus pulmões.

— Vá embora, Diogo. Não consigo mostrar mais — peço, humilhada, revoltada, triste e confusa.

— *Shhh*, está tudo bem. Não chores, Emília. Por favor, não chores. — Rapidamente pega em mim e me embala em seus braços na tentativa de me acalmar, e eu nem tinha percebido que ele estava chorando.

— Preciso ficar sozinha, Diogo — peço novamente, mas ele não me larga.
— Vá embora. — Retiro os seus braços de mim e ele sai da cama caminhando em direção à porta. Porém, pega uma manta e volta novamente para a cama. Veste-me a blusa e cobre o meu corpo, agarrando-me em seguida.

— Vou quando estiveres bem. Não te consigo deixar assim.

Acordo desorientada e suando. Pela escuridão que vejo nas janelas, sei que se passaram horas desde que adormeci. Os braços do Diogo continuam prendendo o meu corpo ao dele, como se estivesse com medo de que eu desaparecesse, e sinto os seus dedos desenhando círculos em mim. Quando levanto a cabeça e vejo os seus olhos vermelhos, percebo que, ao contrário de mim, ele não dormiu.

— Melhor? — O tom de preocupação é enorme, e me sinto mal por tudo que aconteceu.

— Não sei.

— Já passou, Emília. — Beija a minha testa.

— Pensei que eu tivesse coragem. — Encosto o rosto no seu peito.

— Emília, não precisas de coragem para estar comigo intimamente. Quero que aconteça porque o teu corpo pede o meu, não porque queres que eu fique feliz.

— Mas você faz tanto por mim...

Levanta o meu queixo para me encarar.

— E tu por mim. Foi contigo que ri pela primeira vez em meses. Tornaste-te o meu tudo, Emília. Deste-me a capacidade de amar que eu pensava já não possuir.

— Estraguei tudo agora.

— Não. Tiveste um ataque de pânico e deixaste-me preocupado. Apenas isso.

— Eu pensei que talvez conseguisse mostrar, mas ainda não.

Ele não diz nada, preferindo beijar a minha testa.

— Deves estar desconfortável por teres adormecido com a prótese.

Mesmo com uma nuvem cinzenta sobre as nossas cabeças, a preocupação com o meu bem-estar é uma constante.

— Sim, estou um pouco dolorida. — Estendo a perna, massageando-a.

— Vou deixar que te vistas, e, quando estiveres pronta, volto a entrar. Preciso estar contigo.

— É melhor não, Diogo — peço, e a expressão de tristeza é inescondível.

— Está bem. — Ele nunca aceita os meus pedidos sem *lutar* primeiro, mas isso não acontece. Consegui esmagar o seu espírito em poucas horas.

— Até amanhã, Emília.

Não digo nada, olho para o teto e me odeio um pouco mais.

Fecho os olhos e recordo tudo.

Duas enfermeiras estão tratando de mim. Não desvio o rosto do que estão fazendo, mesmo que assustada.

O que aconteceu com o meu corpo?

A sutura na barriga ainda está muito vermelha e passo dias deitada na mesma posição porque qualquer esforço pode fazer romper os pontos. A comichão é tanta que tem horas que chega a queimar.

— Está infeccionado. — Uma das enfermeiras conversa com a outra, apontando para o que restou da minha perna. Quando olho para ela fecho as pálpebras com força, tentando fazer com que, como por milagre, apareça o que me foi tirado.

Se me concentro, parece que eu ainda sinto que consigo mexer os dedos do pé, quando eles já não existem mais.

E as dores. As dores são horripilantes. Tem dias que não quero mais continuar deitada em sofrimento, apenas partir de vez.

Um leve bater na porta faz uma das enfermeiras ir abri-la. Estou tão dopada que tenho dificuldade em compreender tudo o que se passa, até o rosto do Lucas surgir. Neste último mês ele tem vindo me visitar até mais, porém raramente consigo estar bem para conversarmos, e os encontros terminam comigo sempre aos prantos.

CORAÇÕES QUEBRADOS

145

— Lucas — chamo o seu nome, estendendo a mão.

— Estou aqui. — Os seus lábios encostam nos meus rapidamente e sinto que ele é a minha única esperança na vida.

Fico olhando para ele com tanta coisa que quero falar, mas nada sai a não ser um pequeno grito quando uma das enfermeiras retira toda a gaze do meu coto.

— Vai doer um pouco, porque você fez uma infecção e a pele ficou mais sensível.

Ouço um som estranho saindo da boca do Lucas e, quando olho para ele, vejo que está com uma expressão de nojo.

As enfermeiras continuam tratando de mim, e a assepsia, assim como os antibióticos tópicos, produz cada vez mais dores, portanto fecho os olhos, apertando com força a mão do Lucas até senti-la querer se livrar da minha.

— O que foi?

Ele olha para mim como se estivesse passando mal. Os lábios brancos.

— Eu... eu acho melhor deixar as enfermeiras cuidarem de você... volto depois.

Fico sem reação, mas tento não mostrar a desilusão.

— Está bem.

Solta de vez a minha mão e sai do quarto sem olhar para trás.

— Os homens nunca são tão fortes quanto nós, querida. Eu avisei a ele, mas insistiu em entrar. Não se preocupe, depois ele se acostuma, afinal vocês têm um futuro pela frente.

Elas ficam tratando de mim e no final até penteiam o meu cabelo com cuidado. Quando saem, o Lucas volta a entrar, mas desta vez não fica próximo de mim, optando por colocar ambas as mãos sobre a armação da cama.

— Já pensou para onde vai quando sair do hospital?

— A minha tia falou que eu posso ir para a Clínica dela para começar o processo de reaprender a caminhar.

— Já sabe quando?

— Ainda não. Meses... talvez um ano. Os médicos explicaram que eu preciso me recuperar da cirurgia do intestino, além do buraco na minha barriga precisar de mais tempo para cicatrizar todos os tecidos, e que durante esse processo não posso fazer esforço.

Ficamos em silêncio e odeio isso, pois sinto que há muito a ser dito.

— O que foi, Lucas? — O cabelo claro como o meu brilha com a luz que entra no quarto, porém os olhos cristalinos estão estranhamente enevoados.

— Eu... eu talvez esteja sendo um merda neste momento. Sei que não é a melhor hora, mas...

A minha respiração começa a se alterar quando pressinto o que vai acontecer.

— O quê? — pergunto, já com lágrimas nos olhos.

— Eu não consigo. Não sou forte o suficiente para este momento.

— Não consegue o quê?

Ele caminha pelo quarto, passando várias vezes a mão no cabelo.

— Fala, Lucas. O quê?

— Continuar, Emília.

— Como assim? — Começo a chorar. — A gente ia se casar. Já tava tudo planejado! E o nosso futuro? E os nossos planos?

Ai, meu deus, estou morrendo novamente. Dói tudo.

— Você acabou de falar que não vai poder caminhar durante muito tempo. Como vamos... é...

— É o quê?

— Eu não vou conseguir fazer com você o que as enfermeiras estavam fazendo. Eu... olhar pra você assim...

Continuo chorando.

— Aonde você quer chegar, Lucas? — Um rio de lágrimas desce por mim.

Ele caminha na minha direção, pegando novamente a minha mão.

— Não é você, sou eu. Não tenho a mínima capacidade de cuidar de alguém, e não vai ser a mesma coisa.

A ficha finalmente cai.

— É o meu corpo, Lucas? É por isso que você não quer continuar?

Ele não responde.

— Olhe para mim, por favor — imploro, mas ele não olha. — Por favor — repito.

Quando não responde nem olha, eu sei o motivo.

— Temos casamento marcado, Lucas. Você me pediu em casamento e disse que queria passar toda a vida comigo. Por que está tentando me matar de vez, logo agora?

Não consigo parar de chorar.

— Fala alguma coisa, porra!!! — exijo, desesperada.

— Não vai ser igual, Emília. Eu não quero me casar com alguém que eu tenha que cuidar. Não foi isso que imaginei pra mim quando pensei em casar. Eu não consigo...

— Um casamento é para a saúde e a doença, Lucas.

— Eu sei... eu sei. Eu pensei que conseguiria, mas não tenho forças pra isso.

Com uma gana e uma coragem que eu não sabia ter, levanto a roupa de cama, expondo o meu corpo, que, embora coberto por curativos, está ainda muito ferido.

— *Olha pra mim, Lucas!!!* — *Choro, grito, imploro e ordeno.*

Ele me ignora.

— *Olhe. Para. Mim!!!*

Finalmente ele enfrenta o meu rosto.

— *Por que você ia se casar comigo?*

— *Porque eu te amava.*

"Amava", passado.

— *O que mudou?*

— *Emília...*

— *O que mudou?*

— *Emília...*

— *Fala! O que mudou? O que mudou? O que mudou?* — *Consigo sentir as minhas lágrimas entrando na boca, queimando tudo dentro de mim.*

Respiro e, com firmeza, grito uma última vez:

— *O QUE MUDOU?*

— *Você! Você mudou. Como vamos continuar a cavalgar, se você não vai conseguir montar? Como vamos viajar pelo país tentando encontrar cavalos, se você nem sabe se vai conseguir caminhar? Como vamos desbravar o mundo, se você está sem uma perna? Você não é a mesma.*

Ficamos respirando audivelmente por segundos.

— *Sai.*

— *Emília...*

— *Agora!*

— *Eu não queria dizer...*

— *Sai agora!*

— *Desculpa.*

— *SAI DAQUIIIII!* — *Meu grito ecoa nos corredores do hospital.*

— *Emília...*

Viro o rosto para ele não ver mais as minhas lágrimas.

— *Calma.*

— *Você apagou a única luz que me mantinha viva. Vai embora e não volta mais. Nunca mais.*

A mão dele toca uma última vez a minha, que retiro rapidamente, e segundos depois a porta abre e fecha num clique suave.

Diogo
21

Acordo completamente dolorido por ter me exercitado demais — exagerei nas flexões e nos abdominais — e tão tarde da noite, quando a minha vontade era passá-la com ela e eliminar todas as suas dúvidas e receios.

Após o duche e bem mais relaxado, dirijo-me ao *nosso lugar*. Sei que há muito que conversar, mas tudo que quero é passar o dia com ela e esquecer como a nossa tarde terminou. Relembrar só as partes boas. *E que boas foram*, diz aquela vozinha que todos temos em nós. O nosso grilo falante que nem sempre ajuda, mas opina constantemente.

Antes de vir para aqui, deixo-lhe mais um poema na porta, na esperança de que ela compreenda que, apesar do que aconteceu, hoje é um novo dia. Enquanto espero a sua chegada, recordo as palavras que escrevi.

Emília,

Senta-te comigo aqui.
Entrelaça os teus dedos nos meus.

Sinto-te em mim...
Não fujas
Não te assustes.

Senta-te comigo aqui
Aproxima o teu corpo do meu.

Vejo-te em mim...
Fica.
Sorri.

Senta-te comigo aqui.
Só eu e tu
Nós
Eternamente.

Apenas senta-te comigo.

Olho o relógio e reparo que ela está atrasada. O receio começa a crescer, assim como a frustração. Ela está a fugir novamente, em vez de conversar como tínhamos combinado.

A compreensão de que ela não vem chega na forma da Rafaela.

— Bom dia, Diogo — diz, a sentar-se no lugar que é da Emília. — Queria muito te mostrar algo enquanto conversamos sobre o que aconteceu ontem... — Interrompe-se. — Bem, não tudo, mas algumas partes. Venha comigo.

Sigo os seus passos até caminharmos lentamente lado a lado em direção a uma área que eu ainda não tinha explorado, pois pensei que era só mato.

Ao contrário da sobrinha, que se veste com saias longas e em tons que me recordam a natureza, a Rafaela usa cores neutras e sempre vestidos justos ao corpo, que terminam acima do joelho.

— A Emília não veio porque está um pouco cansada de ontem. Essa prótese dela é nova, não sei se ela já te contou. Quando um amputado começa a usar uma nova, não quer dizer que vá ficar com ela para sempre, claro. Há diversos modelos e fases de mudança. Essa prótese é um modelo novo que ela quis experimentar e ainda não se adaptou tão bem quanto às outras. Com o calor excessivo e a transpiração, o coto ficou sensível e por isso ela não veio. Acredite, ela viria. Receosa, mas viria. Fui eu quem a convenceu de que deveria descansar mais umas horas e ir um pouco à piscina para aliviar a musculatura.

Paramos de caminhar e vejo que à minha frente estão estábulos, algumas pessoas a cavalgar e outras, claramente com problemas motores ou mentais, acompanhadas por terapeutas.

— O que é isto? — pergunto, fazendo um gesto de amplidão com a mão.

— Sabia que a Emília não tinha conversado com você sobre esta parte da Clínica. Quando mostrei os nossos edifícios e funções, deixei de lado este lugar na esperança de que ela quisesse partilhar o projeto que criou.

— Projeto? — questiono, mas no fundo sei do que se trata.

— Sim. Além de frequentar o curso de veterinária, a Emília tentou angariar fundos para a construção de um espaço de equoterapia. Ao longo dos anos, eu sempre quis criar algo do gênero, mas é muito dispendioso, e nós já vivemos com tantos apoios e voluntários que tinha medo de arriscar e falhar — confessa. — Mas a Emília não descansou. A minha irmã contribuiu com a compra de dois cavalos, e o resto foi acontecendo.

— Mas ela estava a planear casar-se e viver com o Lucas noutro lugar. Estou confuso.

— Os pais da Emília eram muito ricos. Nossa família sempre teve condições. — Algo estranho encobre as suas feições e relembro que a Emília uma vez confessou-me que a mãe e a tia tinham saído de casa bem jovens e não falavam sobre o passado. — Mas a família do meu cunhado era ainda mais rica. Ele era filho único, temporão, e tudo foi deixado para ele... e agora é da Emília. Quando vocês começaram a conversar, um dia ela disse que queria doar o que fosse necessário para o projeto. Fiquei com a esperança de que seria a sua recuperação, mas ela nunca veio aqui, apenas pagou e continua a pagar tudo relacionado com os cavalos. O sonho dela era poder tocar e transformar positivamente a vida das pessoas.

— E por que ela nunca veio?

— Por várias razões, e creio que você já imagina algumas delas. Além do medo de não conseguir montar como fazia, existe o receio de montar outro animal que não seja a Lana. Mas eu quis te mostrar isso por outro motivo.

— Qual?

— Para que um dia *você* consiga trazê-la para cá.

E, mais uma vez, descubro que a dor que a Emília carrega não lhe permite aproveitar a vida. Ela apenas *sobrevive*.

— Diogo, a depressão é das epidemias mundiais mais incompreendidas. As pessoas ainda julgam muito sem imaginar que, além de todos os riscos mentais, a depressão causa dores físicas enormes. Infelizmente ainda continua sendo mais fácil criticar a atitude de quem está passando por algo tão ruim do que tomar a iniciativa de tentar ajudar.

No percurso de volta, eu e a Rafaela conversamos sobre outra questão que estava a preocupar-me e depois mantivemo-nos em silêncio. Ambos caminhávamos perdidos em pensamentos.

Despeço-me da Rafaela e parto à procura de *alguém* que também necessita *viver*, e não apenas *sobreviver*.

Encontrar o Cauê é fácil, basta ir na direção oposta aos locais onde há gente. Ele interage com a Liefde, a Rafaela e, porque é *obrigado*, com o psicólogo. Ninguém mais. No restante do tempo habita um mundo só dele, solitário e revoltado. Alguém que olha nos olhos quando fala sobre a irmã, mas que se esconde quando tem que falar de si. Alguém que eu admiro por tão jovem ter arriscado tudo por amor à irmã. São casos assim que me fazem acreditar no ser humano e seguir em frente.

Como pensei, está sozinho a olhar o horizonte como se quisesse percorrer as nuvens e desaparecer.

— Olá, Cauê! — Deixo uma distância, sabendo que ele não gosta de contato físico, principalmente masculino.

— Oi — diz no seu tom desmotivado, quase sem vida.

— Preciso comprar um equipamento de boxe e, como não conheço a cidade, gostaria que viesses comigo.

— Luta boxe? — Não retira os olhos das nuvens, mas sei que ficou curioso.

— Não luto com pessoas, pra valer, mas sempre treinei para ganhar resistência, massa muscular ou, simplesmente, para deixar no saco de pancada todas as frustrações da vida.

Nos minutos seguintes explico tudo, e logo ele vai confirmar com a Rafaela se pode vir comigo.

— Por que você me convidou? — interrompe o silêncio opressor que se fazia sentir no carro.

— Podia até dizer que foi por conheceres a cidade melhor do que eu, mas estaria a mentir.

— Então, qual é?

— O meu objetivo é ser teu amigo. Eu não sei o que viveste, mas consigo perceber que, assim como eu, vives com o passado atrás de ti.

— E o que você faz com o seu?

— Tento conviver o melhor que posso com ele.

— E onde é que eu entro nisso tudo?

— Tu podes conversar comigo.

— Que assunto? — pergunta como se verdadeiramente não tivesse conhecimento do tipo de conversa.

— Depende dos homens. Mas o usual: desporto, música, atualidades e, a partir de hoje, boxe.

— Ok — responde simplesmente.

Após várias horas de compras com alguém que pouco fala, questiono-me sobre que tipo de vida o Cauê teve.

Esta pergunta repete-se na minha mente e ajuda-me a aliviar todos os pensamentos sobre o que aconteceu no quarto da Emília. A verdade é que só pensei em mim, em nós, e esqueci-me de que tudo foi reflexo do passado dela, e não só do que viveu com o Lucas. Assim como o Cauê é mais do que a consequência de tudo que viveu em suas errâncias pelas ruas, os medos da Emília não são apenas resultado das ações do Lucas. A carta que escreveu no dia em que descobri a verdade são mais do que palavras de ódio sobre o comportamento dele: são imagens de todas as suas inseguranças ampliadas com a súbita partida do primeiro amor no qual ela confiou. *Se o Lucas me abandonou, o Diogo poderá fazer igual*, certamente essa ideia está profundamente arraigada nela e, embora eu mostre que não sou como ele, não só com palavras, mas com gestos diários, a muralha que ela construiu durante anos é bastante resistente.

No percurso da volta para a Clínica, converso com o Cauê e descubro que ele tem conhecimento variado sobre literatura, lendo desde distopias até clássicos, e, assim como eu, adora rock.

Tudo que apuro sobre ele não é porque conversa comigo, pois apenas diz *sim* ou *não*, mas porque o questiono incessantemente sobre diferentes assuntos.

Tomo conhecimento de que nunca foi ao cinema porque não tem amigos e deve ter morado num fim de mundo qualquer. Fico de coração partido por ele a cada descoberta, com vontade de correr atrás do seu pai e enterrá-lo vivo, após espancá-lo quase até a morte. Apesar da minha profissão, sempre fui pacífico e apologista do diálogo. A violência origina mais violência, porém não consigo imaginar-me sem colocar o pai dele a sangrar. Se todos que deliberadamente assassinam a felicidade de uma criança fossem severamente punidos, alguns pensariam antes de roubarem a inocência e o sorriso do rosto de quem não merece. Mas vivemos num mundo onde os mentirosos e os sem caráter não são punidos, pelo contrário, são eleitos para governar e aclamados nas ruas.

Às vezes questiono a inteligência do ser humano.

— Gostaria de ir ao cinema ver os filmes dessa série que estás a ler? Ouvi dizer que são muito bons! Foram adaptados agora.

Ele faz aquele movimento com os ombros como se dissesse que não pensa nisso, mas o seu corpo atraiçoa-o. Percebo que é algo que quer. E muito.

— Se quiseres, vou contigo.

— Por que quer ir ao cinema comigo? Por que quer ser meu amigo? Não entendo — diz claramente confuso, a olhar para o horizonte.

— Já te expliquei. Nem todas as pessoas querem algo em troca. Eu estou num país diferente e sem amigos. Tu estás a viver numa clínica. Devias estar a aproveitar a tua adolescência como muitos jovens.

— Diz logo. O que você quer em troca?

— A tua amizade, e talvez bons ouvidos para quando eu necessitar conversar.

— Mais nada? — pergunta surpreendido.

— Mais nada.

— Ok. — Vira o rosto para a janela e consigo ver o reflexo de um pequeno sorriso.

Estamos suados e exaustos. Estivemos a tarde inteira a montar o equipamento na sala que a Rafaela cedeu. E durante esse tempo fui narrando a história do desporto, os campeões e as diferentes categorias, e como sempre me ajudou a acalmar.

— Vamos treinar um pouco? — Simulo os movimentos eternizados pelo Rocky Balboa.

— Estou cansado — responde no mesmo momento em que seca a testa molhada de suor.

— Só um pouco. Vou ensinar-te os nomes dos golpes e como defenderes o rosto. Não vais aprender tudo num dia. Que tal trocar de roupa para iniciarmos?

Começo a despir-me normalmente até que reparo que os seus punhos estão fechados, assim como os seus olhos. Fiz asneira.

— Bem, preciso ir buscar água e aproveito para trocar de roupa no meu quarto. Daqui a dez minutos estou aqui, ok? — Disfarço, saindo em seguida.

— Ok. — Expira profundamente.

Com ele, o contato físico normal no boxe será um grande desafio. Por isso é que hoje, quando conversei com a Rafaela sobre o Cauê, expliquei a necessidade de inicialmente sermos só os dois na sala. Ele precisa confiar em alguém e saber que nem todos os homens abusarão do seu corpo.

O cansaço inicial deu lugar à adrenalina comum a quem pratica artes marciais. Embora fique rígido quando toco nos seus braços e no tronco para os posicionar corretamente, ele não desiste.

As lágrimas que verteu quando começou a golpear o saco de pancada foram o reflexo de tudo que viveu e ainda vive dentro dos seus pesadelos. Chorou de raiva e dor. Por ele e por tudo aquilo de que a Liefde foi vítima às mãos de um monstro. Infelizmente os monstros não são aqueles que estão debaixo da cama ou nas páginas dos contos de terror.

São pais, tios, padrastos, técnicos, professores, médicos...

São pessoas "normais".

São os que deveriam amar.

CORAÇÕES QUEBRADOS

Quando estamos a treinar ataque-defesa, já num estado de cansaço extremo, a Liefde entra a correr e atira-se aos braços abertos do irmão. É nesse instante que o meu olhar encontra a porta e reparo: a Emília está encostada à parede com os olhos a brilhar.

Aproveito o momento em que o Cauê está a ensinar a irmã a golpear para ir ter com a minha loira. Ela agarra-se ao meu pescoço e beija-me. Quando o beijo termina, coloca os dedos pequenos sobre os meus lábios e começa a falar muito nervosamente.

— Me dá colo? Não vou fugir, mas estou assustada. Te vejo em mim e também quero ficar e sorrir. Quero me sentar com você. Só nós dois até quando me quiser. — Ela leu o meu poema e compreendeu.

Não falamos mais nada. Encostamo-nos à parede, ainda de mãos dadas num silêncio agradável, e observamos o relacionamento afetuoso entre Cauê e Liefde. O sorriso dela contrasta com o ar meigo com que ele a trata. Mais do que um irmão, ele sente-se pai e mãe, e esquece-se de que também precisa viver e sorrir.

— Você acredita em destino? — pergunta ela sem tirar os olhos dos irmãos.

— Não sei, alguns dias sim, outros não.

— Porque às vezes penso que estava escrito que tudo isso aconteceria conosco.

Começo a caminhar para uns bancos que estão na sala, pois me lembrei da conversa que tive com a Rafaela sobre a prótese nova da Emília e o seu cansaço.

— O Cauê é alguém que precisa de um amigo. Sim, necessita comunicar--se com o psicólogo dele, mas tem que experimentar as pequenas coisas da vida. E com ele eu sei agir. Hoje foi um exemplo disso, não o tratei como o irmão da Liefde, como alguém vítima de tanta violência ou como um miúdo com segredos, mas apenas como um rapaz. Olhei-o nos olhos e conversei com ele sobre quem é, e não como ele se vê.

— É assim que você é comigo. Olha para mim como se eu fosse normal, em vez da soma de mil peças coladas de forma instável. Quando estou com você, sinto que tudo é melhor, por isso sei que o Cauê sentirá o mesmo.

A nossa conversa é interrompida por dois pequenos braços que se agarram às minhas costas.

— Quem é que teve a coragem de atacar o gigante? — Faço uma voz mais grossa, coloco a Liefde no meu colo e sopro beijinhos nas suas bochechas rosadas.

Ela solta pequenos gritinhos misturados com um riso melódico.

— Para, Gigante, para... — Começa a rir descontroladamente e enrola um pouco as palavras na sua forma peculiar de falar, mas que entendo bem se estiver atento.

— E hoje tenho a Senhora Gigante comigo. Ela também precisa distribuir beijinhos.

Olho para a Emília e vejo a sua apreensão em brincar com a Liefde. Os irmãos chegaram à Clínica na época em que a vida da Emília desmoronou, por isso a Liefde não se aproxima tanto dela, pois prefere estar com pessoas que esbanjam alegria. Contudo, mais uma vez, a Emília surpreende-me ao começar a fingir que os seus dedos são pequenas patas de aranha.

A Liefde grita por ajuda, e nesse momento, como protetor que é, o Cauê retira-a do meu colo e ela agarra-se ao seu pescoço.

— Meu herói! — diz ao seu ouvido numa tentativa falhada de sussurro.

— O mais corajoso dos heróis — refere a Emília com um sorriso de orgulho, e tenho total noção de que ela sabe muito mais sobre ele.

O Cauê senta-se num banco com a irmã agarrada ao seu corpo, como se ali fosse o lugar mais seguro do mundo, e começa a falar.

— Obrigado — murmura no momento em que beija a cabeça da Liefde. — Não sei se pretende me ensinar mais sobre boxe, mas... mas... gostei muito.

A Emília aperta a minha mão enquanto ele fala, pois percebe a importância que as palavras têm. Em seguida, levanta-se e leva consigo a Liefde para irem jantar. A intenção é permitir que ele converse.

— Não tens que agradecer, Cauê. Embora seja teu amigo, os treinos serão rígidos e muito mais puxados do que o que fizemos hoje.

— Mais?!

O Cauê é magro, bastante magro para a idade, o que é mais um motivo para ele destacar-se negativamente entre os colegas de escola que o importunam. A Rafaela confidenciou-me que ele, embora melhor, sofre de bulimia e por isso preciso estar atento. Segundo os médicos, associa a comida a algo perverso do passado.

Meu objetivo não é fazê-lo esquecer o que viveu. Isso seria impossível. Se eu não consigo esquecer os meus problemas, como posso dizer-lhe para esquecer os dele? Hipocrisia não faz o meu gênero. Apenas quero ajudá-lo a canalizar todas as emoções para algo bom, e a atividade física é a melhor forma de exterminar certos fantasmas.

— Sim, sempre mais.

— Ok.

Sai da sala de treinos e eu fico a pensar em como a minha vida mudou tanto. Como uma simples conversa há quase um ano mudou todo o meu destino.

Diogo
22

Depois de tomar um banho e já no percurso até a Emília, começo a pensar no que direi quando estivermos juntos. Falaremos sobre tudo ou apenas sobre a parte em que ela teve o ataque de pânico? Estou confuso. Nunca namorei seriamente uma mulher, muito menos amei as que passaram pela minha vida, por isso sinto que caminho sobre ovos. Se eu não for com delicadeza, eles se partem.

Consigo vê-la perto das árvores a acender as velas das lanternas de vidro usadas para afastar insetos e que proporcionam simultaneamente um ambiente de conforto. Acelero o passo até o meu braço rodear a sua cintura. Inicialmente assusta-se até reconhecer o meu toque, e descontrai-se em seguida, com o corpo a moldar-se ao meu. Aproveito para beijar-lhe aquela parte entre o pescoço e o ombro, convencido de que ela usa a trança caída no outro ombro porque sabe que eu não resisto.

Quero acreditar que ela altera pequenos detalhes por mim como eu por ela.

— Anda, senta-te. — Automaticamente a minha mão agarra a dela como se existisse uma necessidade de tocá-la constantemente. Por vezes acordo com receio de ser tudo um sonho e, na realidade, ainda estar algures deitado com os corpos inertes dos meus irmãos perto de mim. Nunca senti tanto medo como naquele dia.

— Não sei o que dizer — começa quando nos sentamos. — Queria tanto que hoje estivéssemos com um sorriso bobo no rosto. Juntos e felizes.

— Só de estar contigo, já sou feliz. — Acaricio-lhe o rosto num gesto de conforto. — Mas quero perceber tudo que aconteceu. Preciso saber se o teu receio é mostrares a parte do teu corpo que mais te envergonha ou se tens medo de te entregares de corpo e alma a mais alguém, para depois essa pessoa te deixar. Quais as tuas incertezas? Diz-me, por favor...

— Vou contar tudo. — Vira o corpo para mim com ar sério como se tivesse ensaiado um discurso durante o dia. — Desde nova nunca pensei muito se era bonita e se os garotos me achavam atraente. Com o Lucas foi igual. Acreditei que ele estava apaixonado pelo que sou. Eu vivia na ilusão de que a aparência é, sim, importante, mas não é o mais relevante no relacionamento. Até porque fiquei apaixonada por aquilo que ele mostrava ser: confiante e empreendedor. O meu oposto. Eu sempre fui mais sonhadora, o que atrapalha quando não conseguimos nos decidir. Com ele eu sentia que tínhamos um rumo traçado.

Ouvi-la falar sobre *paixão* e *Lucas* na mesma frase causa-me ciúmes, mas continuo com a máxima atenção.

— Quis acreditar que ele era ideal para mim. Os meus sonhos eram simples: me tornar veterinária de animais de grande porte, especialmente cavalos, e descobrir mais sobre terapias em que eles poderiam ser usados.

Os olhos dela brilham neste momento.

— Ver tudo que a minha tia alcançou e poder fazer parte deste mundo tornou-se uma paixão, mas ele falava que eu tinha que ser mais audaciosa e não podia viver sempre neste mundo fechado, que nunca cresceria ou evoluiria como pessoa. Que eu não poderia viver a vida só cuidando dos outros, pois assim não viveria a minha própria. A culpa não foi dele; se acreditei foi porque eu quis. E em parte eu sei que ele tinha razão, pois a minha tia só vive para a Clínica, e isso também não é saudável.

Aperta a minha mão e tenho certeza de que não vou mesmo gostar do que virá em seguida.

— Ele dizia que era loucamente apaixonado por mim, que eu o fazia feliz, mas que tinha que perder a timidez. *"Você passa uma péssima imagem de antissocial",*

CORAÇÕES QUEBRADOS

159

vivia comentando. Mais uma vez, acreditei porque quis. Se mudei para ele ficar feliz, foi uma decisão minha.

Respiro fundo para não dizer que ela era inocente demais para compreender que aquele idiota manipulador fez de tudo para que ela mudasse quem era. Uma menina de vinte anos completamente pura. Ele nunca a quis como ela era, apenas o que aparentava ser. Sou homem e reconheço esse jogo.

— O tempo foi passando e, como qualquer casal, ficamos íntimos. — Desvia o olhar, pois sabe que eu não gostei de ouvir isto, mas continua. — E, sempre que ficávamos... íntimos, ele dizia que eu tinha o corpo mais perfeito que ele já tinha visto. Ele adorava ficar observando o meu corpo e elogiando cada lugar. Não vou negar e dizer que eu não gostava, pois estaria mentindo. É bom ver um homem olhando nosso corpo como se fosse a coisa mais perfeita que existe.

Ouvi-la narrar intimamente a relação com o Lucas está a deixar-me maluco de ciúmes, mas sei o quão importante é ela contar tudo.

— Quando acordei da cirurgia de amputação transtibial, não pensava em como seria a vida sem metade de uma perna, porque estava em luto. Tudo que queria era parar de chorar. Vivia na esperança de que um dia todos entrariam pela porta: os meus pais e os gêmeos, e ficaríamos bem. Seríamos novamente uma família feliz e papai iria me levar ao altar para me casar. Eu sonhava tanto com esse momento, Diogo. Queria tanto a minha família comigo no dia do meu casamento. — O seu queixo começa a tremer, e compreendo que está prestes a chorar. Inclino-me e beijo-lhe delicadamente os lábios e a testa num gesto de conforto. — Mas isso nunca aconteceu. Eles não voltaram e o Lucas não quis ficar com uma mulher que já não era linda e perfeita. Nesse momento, entendi que nunca fui realmente amada, e doeu. Doeu muito. Mais uma vez, a culpa foi minha, ele nunca disse que eu era interessante, apenas bonita. Ele sempre avisou que a minha forma de ser não era a ideal, mas sempre pensei que fosse mais do que um corpo esbelto.

A sua mão acaricia o meu rosto quando ela percebe que estou a um passo de explodir. Passa os dedos pelas rugas nervosas que atravessam a minha testa para acalmar-me.

— Se no acidente perdi a beleza, que era a minha única característica positiva, o que tenho para te oferecer? Por isso é que fico nervosa quando você diz que gosta da minha personalidade, do meu riso e das minhas brincadeiras. Você gosta de tudo aquilo que eu tentei esconder porque a primeira pessoa que disse *"Eu te amo"* nunca gostou dessa parte de mim. Como você pode gostar? E como terei relações quando o meu corpo já não é belo? Consegue compreender?

Ao som apenas do vento quente de verão, mantemo-nos em silêncio. Os minutos passam, a minha respiração aos poucos volta ao normal e encontro forças para falar.

— Primeiro, o Lucas era um imbecil por não ver o quão especial és. Um homem que não gosta da tua ironia, das tuas brincadeiras, mesmo que inocentes e puras, só pode ser otário. — Sorri e pega a minha mão. — Depois, já a esquecermos o passado, nunca podes mudar ou ter atitudes porque achas que isso vai agradar ao outro. Tens que agir naturalmente. Claro que, às vezes, podemos alterar certos aspectos pela outra pessoa, porém pequenos detalhes, não uma mudança completa de personalidade. E comigo eu não quero que mudes, como já disse *milhões* de vezes e direi até sermos velhinhos, eu careca e gordo e tu um pouco mais... flácida. — Recebo um soco bem merecido. — És perfeita para mim. A tua perfeição não se deve à tua beleza física, mesmo que te ache a mulher mais bela que já vi, mas são todas as pequenas coisas que fazem de ti quem és. Se todos se casassem com base na aparência, haveria muitas pessoas infelizes e solitárias. Não te vou mentir e dizer que o fato de seres linda é algo ruim. Não é, porém eu já gostava de ti antes de ter visto o teu rosto.

— Você é o primeiro que gosta da minha personalidade, tirando minha família.

— Eu não minto. Nunca te mentirei.

— Eu sei, e isso é algo que prezo. Odeio mentiras, Diogo. Odeio fazer papel de boba. É humilhante.

Conversamos mais sobre nós, sobre como devemos agir e aquilo que não precisamos fazer para satisfazer o outro. De súbito, ela fala tão rápido que percebi qualquer coisa como *gostemutidonte*.

— O quê? Não compreendi. — O seu rosto fica da cor de um tomate.

— Gostei muito de ontem — repete, e desta vez consegui compreender. — Tirando o meu ataque de pânico, tudo foi perfeito. Até melhor do que imaginei. — Se possível, fica mais vermelha ainda.

— Já tinhas imaginado? — Ok, eu sei que não devia envergonhá-la, mas não resisto.

— Um pouco — confessa baixinho.

— Para mim foi uma das minhas tardes favoritas.

— Duvido. Nós nem... você sabe. — Faz um gesto estranho com as mãos como a demonstrar o ato e eu começo a rir. Quem usa os dedos em vez de dizer sexo? A Emília, pois claro.

— Não fiquei chateado por não termos feito *seeexo*. — Prolongo a palavra porque não resisto. — Só não queria que tivesses agido só para agradar-me e não porque te sentias pronta.

— Eu sei que errei, mas se não fosse esta perna e o meu passado... — bate de leve na prótese — ... eu nunca teria parado. Eu queria muito.

— Esqueçamos a parte em que tudo desmoronou, a tarde foi maravilhosa e acredita que na minha memória só existe uma mulher com o poder de me deixar satisfeito. O meu corpo só recorda o teu, como se tivesses apagado naquela porta todo o meu passado.

Aproximo o meu corpo do balanço e coloco o dela no meu colo. Tenho o cuidado de deixar a perna com a prótese estabilizada no chão.

— Diogo. — Ri alto e bate no meu ombro.

Eu sei que ela adora quando fico possessivo. Faz com que se sinta acarinhada e feminina.

— Você é um bruto. Num segundo é meigo com as palavras, e no momento seguinte parece que saiu de uma caverna.

— Tu fazes de conta que não gostas e eu finjo que acredito — digo, enquanto a prendo mais a mim. — Mas preciso fazer-te uma pergunta. — Passo as minhas mãos no seu cabelo, prendo seu rosto em seguida e olho os seus olhos verdes.

— Que pergunta?

O corpo dela movimenta-se sobre o meu e automaticamente começo a sentir os efeitos da proximidade. Estou desgraçado. Pareço um adolescente.

— O que aconteceu ontem, a melhor parte, eu preciso repetir. Não quer dizer hoje ou amanhã. Não avançaremos até tu estares pronta — falo enquanto desfaço a sua trança. Preciso de sentir o seu cabelo nas minhas mãos.

— Eu também quero — afirma, enquanto coloca as mãos nos meus bíceps e abre os olhos quando sei que sentiu o que não consigo esconder. — Ontem pensei que o meu corpo ia pegar fogo e nunca aconteceu isso antes.

— Nunca?

— Nunca. Pensei que tudo que senti só existia na minha imaginação. Como se eu fosse uma mulher sedutora e você não conseguisse resistir.

— Posso garantir que o que tivemos dentro daquele quarto foi diferente de tudo que vivi no passado.

— Sério? — pergunta de olhos fechados, a saborear o meu toque.

— Sim. Nunca foi igual. Contigo foi uma explosão.

Ao ver que ela fica desconfiada, conto como às vezes o Paulo conversava comigo sobre o relacionamento com a namorada e como só depois de estar com ela naquele quarto compreendi que quando amamos alguém é diferente. O olhar que fica mais atento quando a outra pessoa fala, o toque reverente, a preocupação com o prazer de quem amamos. Não que eu fosse um amante egoísta no passado, mas nunca me preocupei muito se certo ponto do corpo feminino era sensível até compreender que a Emília gosta que a beije entre o ombro e o pescoço, que apanhe o seu rosto de forma possessiva ou, simplesmente, que lhe dê a mão quando estamos juntos. Pormenores que fazem toda a diferença.

De súbito, prendo o seu corpo ao meu e levanto-me com ela no colo.

— O que está fazendo, seu louco? — Agarra-se com tanta força ao meu pescoço que a probabilidade de parti-lo é bem grande.

— Vamo-nos deitar. — Aponto para as mantas que cobrem o chão debaixo das árvores.

Como as temperaturas têm estado muito altas, as crianças e alguns adultos passam as tardes deitados nas mantas, debaixo destas árvores de copa densa, que trazem a tão desejada sombra durante o dia. Porém, escolho uma manta que está posicionada em direção à lua. Como a Clínica fica distante do Centro da cidade, o céu parece mais limpo e brilhante.

— Tenho receio de que me deixe cair. — Manifesta esse medo a apertar--me ainda mais entre os seus braços.

— Achas que te deixo cair com estes músculos? — Flexiono os braços na brincadeira e a sua boca, que está colada à minha orelha, solta uma risada.

— Pobre bebê. Magoei esse pequeno ego? — brinca com a situação.

— Gigante! Nada de pequeno aqui neste corpo perfeito — ironizo.

— Não acredito que você disse isso! — comenta quando a pouso em cima da manta e coloco uma almofada debaixo da sua perna e outra na cabeça.

— É verdade! E tu já sabes que é. — Dou uma gargalhada alta que ecoa na natureza.

Como está escuro não consigo ver direito o rosto dela, mas tenho certeza de que está com uma expressão incrédula e envergonhada.

CORAÇÕES QUEBRADOS

163

— Não vou nem comentar. Você... você não pode dizer essas coisas. — Aponta o dedo e balança a cabeça como se desaprovasse, contudo o sorriso mostra-se o oposto. Adoro fazê-la rir.

Quando tenho certeza de que ela está confortável, deito-me ao seu lado, virados um para o outro. Se alguém soubesse o que aconteceu ontem — a maneira dramática como saí do quarto e o choro dela que se prolongou por minutos —, não compreenderia como podemos estar a rir e brincar tão descontraidamente. Mas como acredito que *Rir é o melhor remédio,* de nada iria adiantar ficarmos a analisar tudo. Ela precisa de normalidade e vou tentar dar-lhe isso. Se eu tivesse ficado naquele quarto, certamente teríamos dito palavras das quais agora nos arrependeríamos, e quanto mais normal ajo, mais ela mostra quem realmente é. Se eu a tratar como uma boneca frágil ou se for bruto, encolhe-se, por isso brinco como qualquer namorado. A nossa vida já é tão carregada que, se escolhermos dramatizar mais, nunca sairemos do buraco.

Ela apoia o cotovelo na manta e segura a cabeça com uma das mãos, enquanto com a outra tenta retirar uma mancha inexistente, como se estivesse a divagar.

— O que foi? — Imito a posição dela.

— Ontem, quando estávamos na cama e você viu as minhas cicatrizes, não perdeu um pouco o desejo? — pergunta, cheia de dedos.

— Sentiste isso quando viste as minhas?

— Não — responde instantaneamente e olha a sorrir para mim quando percebe o que quis demonstrar. — Só que homem adora analisar um corpo, e existe uma ideia geral na sociedade de que a mulher tem que ser perfeita e nunca envelhecer. Basta ver as capas das revistas nas bancas de jornal, tudo com Photoshop. As pessoas falam em mudança, mas quando um casal famoso é flagrado na praia e a mulher não está nos padrões, vão lá perguntar e criticar: *"O que ele viu nela?" "Nossa, com tanta gostosa no mundo ele foi escolher logo uma baranga?"* Sem pensarem duas vezes em como as palavras doem.

— Esquece o que os outros pensam. Sempre acreditei que só quem é infeliz consigo perde tempo a criticar os outros. E as tuas cicatrizes vão ser vistas por mim durante anos e anos, até porque estão perto de uma região que quero *muito* descobrir.

— Tarado! Bastou um pouco mais de intimidade para começar a fazer gracinhas.

— Por ti sou completamente tarado. Assumido.

Continuamos a conversar sobre nós, mas sem retomar o assunto de ontem. Um dia de cada vez. Avançamos em passos lentos, o que interessa é estarmos juntos nesse caminho. Para muitas pessoas, a Emília pode ser insegura, uma mulher frágil, mas eu vejo além disso. É fácil criticarmos a fragilidade alheia. Vivemos numa sociedade em que se uma mulher não precisa de carinho para florescer, e é independente e segura do seu corpo, é considerada fria, arrogante, entre outros adjetivos maldosos. E, se uma mulher precisa de alguém para ajudá-la a ver como tem muito para oferecer, é considerada uma mulher fraca. Independentemente de quem a mulher é, haverá sempre um machista a criticar. É fácil não compreender os receios da Emília se não fizermos um esforço para entender a vida dela. Se as pessoas, antes de criticarem, fechassem os olhos durante cinco segundos e se imaginassem vivendo essa vida, nunca levantariam a voz para cuspir palavras vis. Uma vida sem pais, irmãos, noivo, profissão, e ainda ter de viver num corpo que, todos os dias, relembra tudo que foi perdido, é um pesadelo para qualquer ser humano.

A brisa quente da noite continua o seu embalo, e permanecemos no mesmo lugar.

— Fiquei tão feliz quando fiz a Liefde dormir. Costuma ser o Cauê, mas, como ela ficou encantada com as minhas pulseiras, quis me mostrar que tem muitas guardadas. E eu sabia que você precisava conversar com o Cauê.

— Fico feliz. Ela é uma menina tão linda, um amor de criança.

— Ela *é* amor. Liefde significa *amor* em holandês, mas o Cauê não conta por que a mãe deles escolheu esse nome, apenas sei que tem uma história por trás.

Não fazia ideia do seu significado porque no Brasil as pessoas têm nomes diferentes de tudo que já ouvi, como se cada um fosse uma tentativa de originalidade dos pais. No pouco tempo que aqui estou já conheci pessoas com nomes iguais, mas com quantidade enorme de consoantes.

Ao relembrar o rosto da Liefde, é fácil entender que ela é o amor. Como se apagasse tudo de mau que viveu com a sua pureza.

CORAÇÕES QUEBRADOS

Continuamos a olhar as estrelas, roubar beijos e carícias. Ficamos horas a reencontrar o toque um do outro, mas não avançamos mais, mesmo com os dois a querer um pouco daquilo que sentimos ontem. Quando o meu cérebro está parado no meio de sensações de prazer, a minha boca solta a pergunta.

— Posso dormir contigo? Dormir apenas. Preciso repetir a sensação de ter-te adormecida nos meus braços. — Retiro-lhe o cabelo do rosto com cuidado.

E, sob a luz da lua, ela dá a resposta.

Diogo
23

*D*epois de ter ouvido a sua resposta, e com um sorriso no rosto, caminhamos em direção ao quarto. Sei que está nervosa com tudo que aconteceu e que ainda não está preparada para avançar, contudo precisamos desta ligação.

A mão está suada, e eu consigo sentir as vibrações da pulsação. Ultrapassar o medo de ser abandonada e de não ser mais desejada será difícil, e precisaremos de tempo para que ela acredite que estou aqui com raízes enterradas. Não avançaremos a linha que traçou da última vez, mas, a partir de hoje, ela precisa compreender que a única maneira de mostrar que a quero é estar sempre com ela. Emília precisa ver que o meu corpo quer o dela da mesma maneira que os nossos corações se aceitaram.

Sei que, antes de dormirmos, precisa de tempo para a sua rotina habitual. Quando eu soube sobre a amputação, a minha preocupação não foi descobrir se tinha sido parte da perna ou a totalidade, isso seria indiferente para mim, mas eu quis ampliar a extensão dos cuidados que as pessoas que sofrem este tão doloroso tipo de procedimento precisam ter no dia a dia. Através da Rafaela é que percebi que cada pessoa é um caso único, e todas as amputações são

CORAÇÕES QUEBRADOS

167

processos nos quais o corpo e a mente têm que estar em harmonia. O fato de a Emília ter sofrido de depressão profunda fez com que a vontade de melhorar sumisse nos destroços do luto.

— Preciso passar o corpo por água bem fresca porque estou transpirado. — Aponto para a minha roupa e sinto o alívio nos seus olhos por saber que estará à vontade.

— Eu também — confessa enquanto passa os dedos sobre o cabelo completamente despenteado pelas minhas mãos.

— Demoro cerca de trinta minutos, talvez um pouco mais, necessito ligar para os meus pais, ou qualquer dia eles apanham um avião para explicar-me as obrigações de um bom filho.

Na verdade, já conversei com eles, mas não quero que ela compreenda que estou a dar-lhe tempo para fazer tudo, sem correria, e ainda relaxar.

— Perfeito. — Abre a porta do quarto, retira a chave e coloca-a na minha mão. — Quando estiver pronto, basta abrir a porta. Estarei te esperando.

Apanho o seu rosto quando está prestes a entrar no quarto e beijo-a, a murmurar que está tudo bem e que estou ansioso por tê-la nos meus braços a noite toda.

Já no meu quarto, dispo-me com vagareza, perdido em pensamentos de como a minha vida mudou. Antes do ataque no Afeganistão, eu nunca imaginaria existir sem os meus colegas militares. Depois da morte deles, eu já não imaginava que podia sorrir, apaixonar-me, muito menos atravessar um oceano por esse amor que queima e serena tudo que há em mim. Hoje vivo num país diferente, a tentar amar uma mulher nunca antes amada verdadeiramente por um homem. Aqui estou eu, um homem que nunca amou, a viver uma vida nunca imaginada ou desejada, mas completamente feliz apenas por saber que ela também me ama.

Já vestido e com uma mochila no ombro, onde levo alguma roupa e produtos de higiene, percorro o caminho até o quarto dela, que fica noutro edifício. Aproveito para respirar e acalmar os pensamentos. Quando estou prestes a entrar pela porta principal, reparo que a Rafaela está sentada com um dos médicos da Clínica. Pelo que soube, ele só trabalha com crianças e é apaixonado por ela há anos. Retiro o celular e, com cuidado para o flash não anunciar a minha presença, tiro uma fotografia e envio-a em seguida para alguém que odiará ver a proximidade existente na imagem.

Diogo: Esquece o orgulho ferido e mexe-te antes que seja tarde. Abraço!

O som de resposta chega imediatamente.

Leonardo: Merda! Obrigado por estragares a minha noite.

Diogo: Antes a noite que o resto da tua vida. Uma vez disseste-me para não desistir, não faças o mesmo.

Como não obtenho resposta, entro no edifício, mas antes volto a olhar para a Rafaela e imagino a minha reação se recebesse uma fotografia da Emília sentada com outro homem. Não seria boa. Nada boa.

Eu e o Leonardo criamos uma relação de amizade ao longo de um ano, e custa-me ver alguém que ajuda tantas pessoas a encontrarem a paz mental não saber como encontrar a sua própria e preferir viver rodeado por recordações que o queimam como se fossem ácido. Sempre que conversamos ele pergunta indiretamente pela Rafaela, sem referir o nome ou mostrar o quanto a viagem até o Brasil e tudo que se passou com eles naquela noite está a consumi-lo. Algo aconteceu há dez anos, e nenhum dos dois tem coragem de assumir a verdade. Segredos são como crimes perfeitos, não existem. Pode demorar tempo, mas a verdade sempre vem à tona.

Concentro-me novamente na Emília quando chego à porta do quarto. Embora tenha a chave, bato de leve até ouvir sua voz dizer para eu entrar. Abro e reparo em algumas mudanças no quarto e rapidamente fico desiludido. Ela está deitada na cama, o olhar nervoso, coberta até o queixo, como se não sentisse o calor desta noite de verão. O abajur que estava no lado da cama onde ela está deitada encontra-se situado no lado onde irei dormir, a iluminar apenas uma porção do quarto e a deixar o seu corpo coberto pela penumbra. A cadeira de rodas e as muletas foram colocadas num canto como se estivessem coladas à parede; contudo, o pior é a roupa que tapa a prótese.

Em silêncio ponho a mochila na poltrona e percorro o quarto. Olhos seguem meus passos quando pego as muletas e as coloco onde sei que serão de fácil acesso para ela pegar de manhã. Continuo a caminhar sem nunca olhá-la, embora sinta o nervosismo a ecoar nas paredes. Levanto a roupa e toco na prótese como se não fosse a primeira vez que pego numa e como se não estivesse nervoso por olhar para algo que substitui metade de uma perna — a perna dela —, e coloco-a em cima da poltrona, ao lado da minha mochila. Dispo-me da forma mais natural possível, de frente para a Emília, mas reparo que abaixou o olhar, como se o padrão desenhado no lençol captasse mais a atenção. Apenas de boxer, encaminho-me para

CORAÇÕES QUEBRADOS

169

a cama, e, quando ela pensa que irei deitar-me, sigo para a direção oposta e, pela primeira vez, olho-a nos olhos.

Fico parado a olhar para ela, e os olhos verdes, assustados, prendem-se aos meus. Num movimento contido, levanto um pouco o lençol e retiro a almofada que ela posicionou para preencher o espaço onde deveria estar o resto da perna. Colocou a almofada por vergonha de que o lençol, ao moldar-se sobre o corpo, fosse mostrar que falta algo. Sua boca faz um O.

Atiro a almofada para o chão e percorro a cama até deitar-me virado para ela. Puxo o pequeno corpo para mim e pego no seu rosto com cuidado.

— Nunca mais te escondas de mim. Nunca mais — repito com a maior delicadeza possível.

Ela não responde, apenas assente. Beijo-lhe a cabeça e cochicho palavras meigas de conforto. Levanto-lhe o rosto e murmuramos "Nunca mais" vezes sem conta.

Depois de estarmos agarrados, somente a sentir o calor um do outro, quero mais e sei que ela já percebeu, pois não consigo esconder o meu desejo por ela. Tal condição masculina impossibilita camuflar o que o corpo anseia.

— Preciso tocar-te. Posso?

Timidamente, faz que sim com o olhar e eu tiro com lentidão o lençol, a expor o seu corpo até um pouco abaixo da cintura, mas tenho todo o cuidado para não destapar as pernas, e ainda mais devagar retiro a roupa que cobre o seu corpo. Cada gesto que faço é com os meus olhos nela para ver como reage.

— Quando não estiveres confortável, diz e eu paro. Não desapareças dentro da tua cabeça nem permitas algo só para fazer-me feliz, certo?

Percorro com os dedos e a boca todas as partes do seu corpo exposto. Lentamente venero cada curva, linha e sinal que marcam a sua pele. O relógio para no momento em que os meus dedos descobrem um lugar que a faz estremecer. Esta noite é para a Emília perceber que não precisamos ter relações para ela sentir o prazer que o meu corpo pode oferecer. Beijo o rosto e o pescoço que estão vermelhos.

Vergonha, timidez, insegurança, desejo e tesão pintam a sua expressão quando um sorriso de satisfação surge.

— Mais... mais... Não pare, por favor... — murmura em pequenos gemidos envergonhados e eu obedeço. A mão dela toca tímida e intimamente em mim, e eu sei que esse toque é para confirmar se o meu corpo continua a dar sinais de inquietação. Quando comprova que sim, um sorriso gigante brota no seu belo rosto e o entusiasmo aumenta. Para ela o fato de perceber que o meu corpo continua excitado, mesmo depois de vê-la despida, é uma conquista. É mais um caco colado. E eu vou ajudá-la a reconstruir aquilo que o Lucas quebrou quando saiu porta afora.

Com coragem reforçada, começa a tocar em mim. Assim como eu, a Emília beija as marcas que pintam a minha pele e eu fecho os olhos a pedir mais. Lentamente desvenda lugares que eu não sabia serem sensíveis, talvez porque nunca foram tocados, e, passado um tempo, sou eu a dizer "Não pares, Emília, não pares".

As nossas bocas são sagradas nas palavras de veneração mútua que proferimos. Cada toque, sopro e som é prazer. É amor puro. É único. É só nosso.

Beijo a beijo, montamos tudo que o passado desmanchou. O que eu e a Emília temos é aquilo que muitos perseguem uma vida inteira sem encontrarem, e os que já tiveram e perderam sofrem por saberem que a vida nunca será igual.

Terminamos a noite de sorriso no rosto, corpo suado e amor nos lábios.

— Obrigada — diz com um sorriso.

— O prazer foi todo meu — brinco, a passar os dedos pelo seu braço e a perceber que ainda está sensível ao toque.

— Não é isso! — Bate no meu peito e deixa a mão ficar espalmada sobre ele. — Obrigada por respeitar meus limites. Obrigada por estar aqui depois do que aconteceu. Obrigada por ser meu.

— Só teu. Para sempre teu.

— Para sempre sua. Só sua.

Acordo com um corpo quente, suave e doce colado ao meu. No meio da noite ela deve ter se virado e os nossos corpos se cruzaram. A perna amputada está sobre a minha coxa. Lentamente, e com receio de que ela acorde, passo os dedos até sentir que já não existe mais nada. A única sensação é de estranheza por estar habituado à existência de algo mais, mas em nada mudou o que sinto por ela. Por mim, continuava com a perna dela sobre mim, mas sei que se ela acordar e vir como estamos ligados um ao outro vai certamente ter um ataque de pânico, por isso retiro-a com cuidado.

CORAÇÕES QUEBRADOS

Levanto-me da cama e, quando o movimento do meu corpo faz o lençol descobrir o dela, tenho que fechar os olhos e respirar bem fundo para resistir à tentação de acordá-la com beijos. O meu corpo dói por querer o dela. Como nunca doeu por outra mulher. Esta noite não vi o corpo inteiro como anseio, não entrei no dela como sonho acordado, entretanto, deu-me esperança de que um dia possa acontecer. Sei que no dia em que ela mostrar a perna vai ser quando tiver certeza de que eu não vou correr. Até lá, avançamos lentamente como dois adolescentes a descobrir bem devagarinho o prazer.

Paro de observá-la e me visto para abrir o dia com a minha habitual corrida matinal, a lembrar que é o primeiro dia de treino com o Cauê. Por segundos arrependo-me de ter decidido começar logo hoje, pois só quero ficar deitado com ela, a saborear as lembranças. Antes de sair, cubro-lhe o corpo, beijo-a e escrevo algo para que relembre como foi boa a nossa noite. Se preciso, escreverei todas as manhãs.

Fecho a porta bem lentamente e, no momento em que estou a caminhar pelo corredor, uma mão aperta o meu braço.

— Cristo! — Salto com o susto e coloco a mão no peito para estabilizar o ritmo cardíaco.

— Estou de olho em você — avisa a Rafaela, ainda a segurar o meu braço.

— Estava à espera de que eu saísse do quarto? — pergunto, confuso. Pareço um garoto de quinze anos.

— Sim, fiquei a noite toda esperando você sair do quarto da minha sobrinha para conversarmos.

— A sério?! — questiono com a expressão mais admirada de que sou capaz.

De repente a Rafaela ri, algo que pensei ser impossível, e compreendo que estava a brincar.

— Não, foi pura coincidência. Mas espero que saiba o que está fazendo e… bem, espero que tenham tido cuidado… com, você sabe — gagueja a última parte, e este torna-se um dos momentos mais constrangedores da minha vida. Nem mesmo a minha mãe com as suas histórias consegue tamanha proeza.

— Não é preciso esse discurso. Agora tenho de ir embora porque o Cauê deve estar à minha espera para iniciarmos os treinos. — Começo a caminhar rapidamente.

— Ah, sim, claro — ironiza. — Bom treino, e já sabe onde está a informação sobre ele, caso necessite. Temos muito trabalho pela frente. A sua vinda não é só pela Emília. Já pressinto que vai se apaixonar pelo que fazemos aqui.

Enquanto retomo o caminho em direção ao Cauê, sinto a vibração de mensagem recebida. Abro e vejo que é da Emília. Certamente acordou quando sentiu falta do meu corpo.

Emília: Bom dia. Li o que escreveu e resolvi te enviar uma fotografia do meu primeiro sorriso.

No texto escrevi que gostava de poder ver o seu primeiro sorriso da manhã para poder compará-lo com o meu. Em anexo à mensagem escrita, vem uma fotografia da Emília com rosto ensonado, cabelo despenteado e sorriso perfeito. Tiro uma de mim e envio. Sim, somos esse tipo de casal que eu tanto critiquei.

Paulo, se estás a ver isto, tinhas razão. Tinhas toda a razão, meu amigo.

Diogo: Como posso correr agora se tudo que quero é voltar para o teu lado e ver esse sorriso de perto?

Emília: Também gostaria que você estivesse aqui para sorrirmos juntos.

Diogo: Sorrirmos apenas? Tenho ideias bem melhores.

Emília: Todos os homens portugueses são assim?

Diogo: Não. Eu sou o melhor de todos. Felizmente para ti, escolheste bem. Há até quem diga que sou perfeito.

Emília: Nossa, cuidado com os joelhos se conseguir correr com o peso desse ego.

Diogo: Fica sabendo que a minha mãe dizia sempre que eu era o ser mais perfeito do mundo. Como sei que ela não mente, está aí a prova de como o teu namorado é fantástico. Mas, para voltar ao assunto, pois seria cansativo descrever todas as minhas qualidades, eu preferia estar contigo aí e repetir tudo.

Emília: Para de pensar nisso e vai correr.

Diogo: É impossível não pensar. Ainda sinto o teu corpo no meu. Se eu fechar os olhos, consigo ver tudo que aconteceu entre nós. Se tapar os ouvidos, ouço os teus sons e, se lamber os meus lábios, provo o teu sabor uma vez mais.

Emília: Diogo...

Continuamos a trocar mensagens com um sorriso no rosto sem imaginarmos que, no final do dia, estaremos cobertos de sangue.

Diogo
24

— **B**om dia, Cauê! Desculpa o atraso, mas está a ser uma manhã agitada.
— Não tem problema. — Ele mostra o seu desinteresse habitual, a olhar para o chão. — Pensei que dormisse naquele lado. — Aponta corretamente para onde eu deveria ter passado a noite.

— Sim, eu fico lá, mas estive a conversar com a Dra. Rafaela.

Tecnicamente não é mentira, apenas uma pequena omissão.

— Tão cedo? — questiona com alguma desconfiança.

Além de ser extremamente protetor com a Liefde, ele tem um carinho especial pela Rafaela, talvez por ela ter lutado na Justiça para que os dois não fossem separados, ou por tratá-lo como um filho, algo de que ele diz não gostar muito, talvez com receio de ofender a memória da mãe.

— Sabes como é a Dra. Rafaela, sempre a trabalhar. — Mais uma vez, não é mentira, mas não vou comentar nada sobre a Emília. — Bem, não temos mais tempo a perder, por isso vamos começar logo o treino.

— Ok. — Como sempre, as suas respostas são curtas.

Correr com o Cauê foi uma experiência diferente. Durante a minha vida, sempre corri sozinho ou com militares, nunca com alguém que considera a corrida algo chato. Expliquei-lhe tudo sobre as técnicas de respiração e coordenação motora antes de iniciarmos, mas o seu interesse só surgiu quando revelei que todo o equipamento esportivo ficaria de presente para ele, assim como o Ipod mini que coloquei na sua mão.

Com a falta de verbas, emprestam-se roupas, brinquedos e tudo aquilo que possa ser usado por mais de uma pessoa, porém acho que o Cauê já deu tanto de si que precisa de ter coisas só suas, nem que seja um simples Ipod, um bom tênis, short e camiseta. Por vezes um pequeno gesto é tudo para alguém que nada tem.

Depois de corrermos, expliquei que irá comigo no carro para a escola e as refeições serão também comigo. Além de induzir o vômito logo após as refeições, sabemos que a sua forma de ser — introvertido, quieto e de aparência adoentada — é motivo para alguns alunos serem pouco simpáticos com ele. O seu dia é um ciclo vicioso de comportamentos negativos, e acredito que ele pense que nunca será feliz, pois além da irmã não encontra nada na vida que o faça sorrir.

Tomo uma ducha rápida e espero na fila do refeitório por ele.

— Cheguei.

— Ótimo! Agora pega essa bandeja e vamos fazer um belo pequeno-almoço, que eu estou esfomeado!

Sem responder, segue-me e senta-se, até que começa a falar.

— Já tomei um café antes da corrida e agora não tenho apetite.

Sei que está a mentir.

— Mas o corpo precisa. Como conversei durante a corrida, para que todo o exercício funcione tens que ter uma boa alimentação, só assim as mudanças acontecem.

— E se eu não quiser mudar?

Pela primeira vez me olha de forma desafiadora.

— Acho que não entendeste. Há pessoas magras e gordas, mas que praticam exercícios e têm cuidado com a alimentação para estarem saudáveis. É esse o objetivo, ter o corpo e a mente mais saudáveis, não transformar-te em músculo. Nem sempre o peso é reflexo de saúde... ou a falta de.

CORAÇÕES QUEBRADOS

175

— Ok. — Ele dá uma garfada na diminuta porção.

— E outra coisa, se vamos ser amigos como eu quero e como tu precisas, tens que começar a falar mais. "Ok" não basta. "Sim" e "Não" só quando faço perguntas diretas, e "Pode ser" nem devia ser usado numa conversa.

Simplesmente não responde, a fixar novamente a atenção nos alimentos.

— Cauê, fala comigo.

— Não entendo.

Coloca a cabeça entre as mãos e pousa os cotovelos em cima da mesa.

— O que não entendes?

Empurro a minha bandeja para o lado e coloco também os cotovelos sobre a mesa, pois sei que preciso mostrar completa atenção ao que ele irá falar.

— Sei que disse que quer ser meu amigo e me ajudar, mas não entendo como pode querer ser meu amigo se eu nunca tive um. — Palavras dolorosas expressas a cada respiração.

— Já te expliquei.

— Eu sei, mas... sobre o que podemos conversar, se eu não sei o que falar nem de que forma agir como uma pessoa normal?

— Primeiro: quando eu olho para ti, vejo tudo aquilo que um dia também verás no teu reflexo. Eu vejo alguém mais corajoso do que eu. Uma pessoa com força de leão e que, mesmo em sofrimento, não desiste nunca.

Embora as minhas palavras sejam honestas, quando chegam aos seus ouvidos são distorcidas pelas ideias que ele tem sobre si mesmo.

— Você está aqui há pouco tempo e já tem namorada, amigos e até a minha irmã está apaixonada por você. Eu só fui amado por mamãe e Liefde.

— Nem tudo isso que disseste é verdade. Olhas para mim e vês o que os teus olhos querem ver, ou talvez aquilo que eu mostro ao mundo, mas não me viste. Todos temos feridas profundas, e creia que também tenho as minhas.

Em seguida, começo a narrar a minha história desde adolescente até conhecer a Emília, todos os bons e maus momentos, os sorrisos e as lágrimas. Partilho coisas da minha relação com a Emília e como nós dois somos mais do que namorados. Explico que nos salvamos mutuamente do abismo depressivo no qual vivíamos após a morte de pessoas que amávamos. Já dentro do carro, com destino à escola, continuo a ajudá-lo a decifrar a diferença entre viver *em* sofrimento e viver *através* do sofrimento.

— Vai doer sempre. Vais continuar a desejar que o passado não tenha existido, por isso não adianta viveres afastado das pessoas, do mundo e de quem realmente és na ideia de que não tens nada de bom para oferecer. Aconteceu, e infelizmente ninguém tem o poder de desfazer o que viveste, mas podes ter uma vida recheada de novas e boas experiências se caminhares em frente. Claro que os demônios estarão lá, mas podes prendê-los em vez de andares de mãos dadas com eles vinte e quatro horas por dia.

— Falar é fácil. — Bufa.

— Um dia será possível, acredita em mim. Um dia será!

Já com o carro parado, ele abre a porta e sai sem dizer mais nada, até que volta atrás e eu abaixo o vidro, pois percebo que quer falar.

— Hum... obrigado. Não sei se os amigos devem agradecer, mas obrigado. — Começa a esfregar o pescoço. — E... e... estou ansioso para o nosso próximo treino.

Nervosamente vira de costas e ruma em direção aos portões da escola. Fico uns minutos parado a pensar em tudo que ele viveu, então pego no celular e dou um telefonema.

— Bom dia, filho.

— Obrigado, pai, por tudo que és e tudo que me deste.

Como se soubesse o que estou a pensar e viver, ele apenas responde:

— Amo-te, filho.

— Eu também. Dá um beijo na mãe por mim.

Sem mais, desligo e conduzo em direção à Clínica, os pensamentos perdidos em planos para ajudar o Cauê.

No momento em que saio do carro, dois braços agarram-se à minha cintura e eu coloco as minhas mãos sobre eles.

— Que pele suave e que corpo quente, mas não sei se a minha namorada vai gostar que eu diga isso.

— Namorada? Nem sabia que você era comprometido. — Sinto as vibrações do riso nas minhas costas.

— Sim, sou. — Rodo o corpo para ficarmos frente a frente. — E sou completamente apaixonado por ela.

— Sério? — Os seus braços deixam a minha cintura e agarram-se ao meu pescoço.

— Sim, completa, perdida, louca e eternamente apaixonado por ela.

— Que sortuda! — exclama, a aproximar mais o corpo.

CORAÇÕES QUEBRADOS

— Muito sortuda! Ouvi dizer que ela comenta com todos como o namorado dela é... hum... deixa ver se eu recordo a expressão brasileira. Ah, sim, gostosão. — A cabeça cai para trás e solta gargalhadas.

— Tinha que estragar tudo sendo convencido.

— Falei alguma mentira? — Puxo-a para mim e coloco as mãos nas suas costas.

— Não, e sabe disso. Mas não é assim que a namorada vê.

— Como é que a minha namorada me vê? — Beijo os seus lábios rapidamente.

— Ela vê um homem lindo, o mais lindo que os olhos já viram. O homem que suga o ar dos pulmões dela cada vez que olha como se ela fosse a mais bela criatura deste mundo. Um homem que apenas com um toque consegue incendiar o corpo dela, fazendo-a sentir-se desejada e querida. Ela olha para ele completamente apaixonada, sabendo que, por baixo de tanta beleza física, está um homem bondoso. Ela sabe que é a única a quem ele diz "Amo-te" com seu sotaque português rouco.

Sem precisarmos de mais palavras, os nossos corpos unem-se em beijos longos, molhados e intensos. As minhas mãos prendem o seu corpo ao meu e as dela acariciam o meu peito, enquanto as nossas bocas matam as saudades.

— Bom dia — deseja, ainda ofegante.

— Bom dia. — Beijo-a novamente. — Serei um homem feliz se toda manhã o nosso *Bom dia* for assim.

— Não sei o que se passou comigo, mas precisava ter certeza de que nada mudou, que ontem foi bom e que você quer mais.

— Ontem não foi só bom, foi maravilhoso. — Beijo-lhe a mão e começo a caminhar. — Por isso quero repetir.

— Eu também. Mas sem a parte em que a minha tia entra no quarto e conversa comigo sobre... relações... — Tapa o rosto, a abanar a cabeça.

— Imagino — digo, tentando aparentar naturalidade. — Ajudas-me a organizar a sala para os treinos? Preciso ter tudo pronto antes de trabalhar.

Apesar de continuar como voluntário, o meu rendimento mensal vem dos trabalhos de traduções que faço. Principalmente das traduções técnicas que executo para o Exército português, às quais pagam muito bem.

— Infelizmente, não posso. A minha tia disse que precisa espairecer e depois vamos aproveitar para fazer algumas compras para a Clínica. Só vim dar um beijo e avisar que estou indo me encontrar com ela.

— Espero que o vosso dia seja bom. Após o almoço, estarei a treinar com o Cauê, depois vai lá ter.

O resto da manhã é passado lentamente. Depois de trabalhar e ajudar nas tarefas que a Rafaela me propôs, percorro o caminho para a sala de boxe e tenho aquele pressentimento de que algo ruim irá acontecer. Uma sensação estranha, por isso envio uma mensagem para a Emília.

Diogo: Está tudo bem?
Emília: Sim, por quê? Vamos entrar agora no carro.
Diogo: Por nada. Até já.
Emília: Ok! Beijinho.
Diogo: Beijo.

Após cerca de trinta minutos a treinar com o Cauê, reparo que ele não está concentrado como deveria.

— Presta atenção. — Golpeio o seu braço só para trazê-lo de volta para o treino.

— Isto é estúpido! — Bate sem vontade no saco.

— O que é estúpido? Explica-te. — Seguro o saco de pancada com as duas mãos, a encará-lo.

— Bater num saco. Durante cinco minutos até posso ficar aliviado, mas não ajuda. Nada ajuda! — Lança os braços para o ar.

— Eu sou a prova de como ajuda, precisas estar concentrado. Não podes querer que tudo se resolva numa sessão. — Tento serenar o seu gênio.

— Se ajudasse, por que o meu pai preferia bater em mim do que em sacos? Diga! Se fosse verdade, por que alguns homens que me comeram batiam em mim depois?

Fico chocado com o que diz, mas não demonstro. Não sei se ele quis desabafar ou chocar-me e fazer com que me afaste dele.

— Se ajudasse, por que os garotos da minha escola preferem usar o meu corpo como saco de pancada?! — Empurra-me com as mãos.

— Porque há pessoas que são puramente más.

— E tenho que aceitar isso? Ser sempre a merda de um saco? Mereço ser violado, usado e esmagado, mas depois só posso usar um saco para extravasar?

CORAÇÕES QUEBRADOS

— Queres bater em alguém como te bateram e batem? Queres ser como eles? — pergunto calmamente.

— Quero! Quero deixar de ser o fraco. Quero fazer alguém sangrar como eu sangro! Quero fazer alguém chorar como eu choro! Quero poder esmagar alguém como sou diariamente esmagado! Quero fazer mal a alguém.

As veias do seu pescoço parecem saltar com fúria e reparo que tem um corte no lábio que hoje de manhã não tinha. Algo aconteceu na escola. Rapidamente tomo uma decisão. Pode não ser a mais correta, mas é a única ideia que parece boa no momento.

Dou-lhe um empurrão com força.

— Então, bate-me! Dá-me um soco! Usa-me como foste usado.

— Você sabe muito bem que não tenho força para isso.

— Mas queres. — Empurro-o novamente.

Continuo a empurrá-lo e cada vez aumento a força. Quero que perca a paciência *comigo*.

— Para! Não vou bater na primeira pessoa que quer ser minha amiga.

— Não vou parar enquanto não fizeres algo. — E, com força em excesso, empurro-o, a fazer com que caia violentamente. — Ou és um fracote?

Viro-me de costas, já preparado para o que acontecerá a seguir. PUM... o seu punho com luva encontra o meu rosto no momento em que me viro. Não faço nada, apenas coloco a minha cara num ângulo que o ajude a magoar-me mais e que o faça atingir o meu nariz, ciente de que sangrarei. E é isso que ele quer: sangue.

— Fracote! — exclamo. — Reage, seu fracote! — Volto a empurrá-lo mais e mais para ele aumentar a força dos seus ataques. E isso acontece. Cauê carrega toda a sua força, ódio e dor nos punhos, a bater-me repetidamente como se dentro dele existissem mil rapazes furiosos.

— Te odeio tanto! Te odeio!

Os socos não param, e tento lutar contra o meu treinado instinto de autodefesa enquanto deixo o meu corpo receber cada soco, pois sei que está a libertar anos de dor. Ignoro quanto tempo se passou com ele a aumentar a intensidade da sua violência.

Entre vários socos, sinto que a presença dele muda, como se estivesse a reviver algo.

— Te odeio! Por culpa sua passei fome, por culpa sua ela tem pesadelos... por culpa sua vendi o corpo. Por culpa sua eles me foderam até sangrar. — Mais

um soco e outro... mais, mais... sem parar. Sinto o meu rosto a rasgar e a sangrar.
— Foram tantos! Foram tantos! — berra.

De repente, ouço um som e reparo que a Emília e a Rafaela estão dentro da sala com expressões similares de horror. No momento em que pressinto que irão dizer algo, levanto a mão em sinal de *Pare* e fixo o meu olhar no da Emília, como se lhe dissesse o que realmente se passa. Ela para e prende o corpo ao da tia, a murmurar algo ao seu ouvido.

Alheio a tudo, Cauê continua a sua investida. Comigo já caído, ele usa as pernas para chutar-me o corpo.

— Te odeio, seu monstro! Te odeio! Ainda bem que matei você! Te odeio! — continua, sem se aperceber do que confessou, cego pelo ódio.

Os seus sentimentos são tão fortes, crus e duros quanto a força que usa nos golpes seguintes. Anos de abusos a explodirem simultaneamente. Eu sei que não é o meu rosto que ele vê, mas o do pai e de todos aqueles que roubaram a sua inocência para sempre.

O ataque continua até que, de repente, cai exausto ao lado do meu corpo. Deitados em sangue, ficamos a respirar dor, e ele, como se saísse do mundo de ódio para onde viajou, começa a chorar, em posição fetal.

— Abra os olhos, por favor. Abra os olhos. — A doce porém trêmula voz da Emília desperta-me, embora saiba que ela está a falar com o Cauê.

Os minutos seguintes passam em forma de nevoeiro. Pego-o no colo quando reparo que o seu corpo entrou em choque devido à adrenalina. Não é a primeira vez que vejo isto acontecer. Homens bem maiores e mais preparados já viveram momentos iguais após situações em que o corpo atingiu o limite e perderam toda a energia em seguida. Saio com ele da sala de treinamento, deito-o na sua cama e começo a sair do quarto. Ele precisa descansar.

— Diogo, temos que conversar. — A mão da Rafaela apanha o meu braço. — O que aconteceu naquela sala?

— Agora não — declaro, enquanto gotas de sangue continuam a pingar do meu nariz. — Tudo que aconteceu foi necessário.

— Violência não é a resposta. Ele nunca foi assim com ninguém.

— Concordo, e foi por isso que aconteceu o que aconteceu. Ele estava a um passo de espancar alguém pelo prazer de fazer uma pessoa sofrer como ele sofre. E sabe o que depois poderia acontecer? Essa pessoa talvez batesse num inocente em sua revolta por ter sido atacada, e assim sucessivamente. Não quis prolongar esse ciclo de violência que gera violência, e, além disso, sei que ele amanhã irá sofrer por tudo que aconteceu naquela sala.

— Mas eu preciso falar com ele sobre tudo que aconteceu naquela sala. Sobre o que ele confessou. Você... pelo amor de Deus, não conte a ninguém antes que eu descubra toda a verdade sobre ele e se realmente aconteceu ou foi um ataque de fúria de um jovem.

— Eu não ouvi nada, Rafaela. Não escutei o Cauê confessar coisa alguma. — Ela sorri ligeiramente. — O que ele precisa é sentir-se amado. Mostra que o ama como eu sei que é verdade. O quanto é verdadeiro o amor que nutres por ele.

— Eu tento mostrar a ele que é amado, não imagina o quanto eu tento. — Pequenas lágrimas surgem nos seus olhos.

— Não desista. Um dia ele vai acreditar.

— Você precisa ir à enfermaria. — Emília nos interrompe, a colocar-se ao meu lado.

— Apenas preciso de um banho, de gelo e de ti. — Começo a caminhar agarrado ao seu corpo, com o cuidado de não colocar o meu peso sobre ela.

Mesmo ciente do meu aspecto e com dores, agarro o rosto da Emília e beijo-a intensamente, pois sei o quanto preciso sentir algo. Os lábios dela tocam os meus e eu sinto que basta. Ela acalma-me, cura-me... ama-me.

Enquanto caminhamos, reparo que também está com o rosto coberto de sangue. Somos o reflexo da dor e do ódio, mas, pela primeira vez, não é o nosso.

Diogo
25

Já se passaram dias desde que o Cauê libertou um pouco da raiva contida.

Na tarde em que tudo aconteceu, a vida de quatro pessoas mudou. Cauê abriu-se com a Rafaela sobre o que realmente ocorreu, e acredito que algo vai acontecer depois de tudo que ele contou, e eu e a Emília ficamos ainda mais unidos.

Desde aquele dia, nós dois temos dormido sempre juntos, como se fosse impossível adormecermos um sem o outro. Ainda consigo recordar a primeira vez que tentamos dormir separados e as mensagens que trocamos quando o sono não chegava.

Diogo: O meu colchão tem algum problema.
Emília: Sério? Mas está desconfortável?
Diogo: Muito! Acho que não vou conseguir dormir.
Emília: Estranho. Sei que o seu quarto nunca foi ocupado, sendo o colchão novo.
Diogo: Acho que falta algo.
Emília: O quê?
Diogo: Um corpo quente com aproximadamente 1,60 de altura.
Emília: Então estamos com problemas semelhantes.

CORAÇÕES QUEBRADOS

183

Diogo: Explica melhor...

Emília: O meu colchão parece que hoje está muito grande, talvez precise de algo para ocupar taaanto espaço.

Diogo: Sei exatamente como solucionar o teu problema.

Emília: Como?

Diogo: Dentro de 5 minutos estou aí. Descobri que o meu colchão não tem salvação, prefiro tentar ajudar-te.

Emília: Meu salvador!

Diogo: Sempre!

Em seguida, já com a mochila previamente pronta e a chave na mão, parti em direção ao nosso segundo lugar favorito: a cama da Emília.

Nas noites que se seguiram à explosão do Cauê, Emília cuidou de mim, sempre preocupada com as minhas dores e feridas, a acarinhar-me com o seu modo meigo de ser. Conversou com os meus pais quando, sem pensar no estado do meu rosto, aceitei a videochamada. Quando eles começaram a fazer suposições, sem me deixar falar, Emília explicou da melhor forma possível o que tinha acontecido, sem nunca expor o Cauê.

Verdade seja dita, em quinze minutos de conversa, os meus pais, que estavam tão preocupados com o meu estado de saúde, simplesmente esqueceram-se de mim e concentraram toda a atenção nela. A minha mãe aproveitou para contar mais uma história da minha infância, o que me deixou encabulado e fez a Emília rir. *"Filho, lembras-te quando arrancaste um dente porque o teu colega de escola tinha recebido dinheiro da Fada do Dente e tu também querias receber moedas? Mas o pior, Emília, é que eu e o meu marido não soubemos que ele tinha arrancado o dente antes de dormir, e na manhã seguinte apareceu-nos à frente sem o dente e a chorar que não tinha dinheiro porque a fada não gostava dele"*, e caíram todos no riso.

Às vezes, questiono se o amor que a minha mãe diz sentir por mim é menor do que o prazer que tem em contar histórias que deviam estar no esquecimento.

A conversa terminou com os meus pais a convidarem a Emília mais uma vez a visitar Portugal e, nesse momento, percebi que nunca falamos sobre o futuro dela fora da Clínica. Sei que devíamos conversar sobre o que ela imagina fazer, mas, quando nos deitamos naquela cama, só consigo pensar (e acreditem que nem sempre o meu cérebro funciona quando o corpo dela toca o meu) em fazê-la feliz. Também sei que ainda não é o tempo certo para questões sobre o que ainda virá. Neste momento o meu objetivo é elevar a sua autoestima e a confiança em mim.

Todas as noites digo-lhe que é a única mulher que amo e amarei, a mostrar-lhe com palavras, carícias e com todo o meu corpo o que ela significa para mim. Cada noite é uma descoberta e um exercício de restrição em que o nosso corpo suplica *"Não pares, não te atrevas a parar!"*, mas a nossa alma murmura: *"Ainda não. Espera."* Emília, apesar de tímida, torna-se outra quando esquece que não tem parte de uma perna ou que o corpo tem cicatrizes que a envergonham. É como se ela estivesse viciada em mim como eu nela, e as inibições diminuem.

Tornamo-nos num casal normal a desvendar o prazer que os nossos corpos conquistam; contudo, eu ainda não a vi despida por completo, nem cruzamos a linha.

O som de mensagem recebida desperta-me dos meus pensamentos. Pego o celular já a saber quem escreveu.

Emília: Bom dia (novamente).
Diogo: Olá! Se bem que preferi o teu primeiro Bom dia!

Muitas das vezes, Emília acorda quando tento retirar a minha mão do seu corpo para levantar-me, e aproveitamos esse despertar para namorar sempre um pouco, a terminar com ela a expulsar-me da cama para não me atrasar.

Emília: Também gostei, e obrigada pelo prendedor de cabelo. É lindo! Te amo muito, muito, muito!

Ontem fui ao cinema com o Cauê, como prometido. Ele ainda sente remorsos, mas conversamos sobre tudo que aconteceu e já o proibi de pedir desculpas repetidamente. Para mim, o melhor é continuar com a vida e não permanecer com o dedo em cima da ferida. Não sou terapeuta, nem tenho conhecimento para entrar na mente dele, mas sei que às vezes precisa explodir, assim como é necessário chorar. Cada pessoa tem a sua maneira de expulsar o veneno que a corrói, desde que não seja a magoar inocentes.

Após vermos o filme, e com a barriga cheia de pipoca e *refri*, gíria que acabei de aprender, passeamos pelo shopping. Como era a primeira vez do Cauê, aproveitei para visitar várias lojas e ele comprou um boné com o próprio dinheiro. Se eu pudesse emoldurar o nervosismo e a felicidade daquele momento, eu o faria.

CORAÇÕES QUEBRADOS

185

Como a minha documentação está pendente entre Portugal-Brasil, e sem data prevista de aceitação, eu estava a dar em doido com tanto tempo livre depois das traduções, por isso decidi entregar-me a alguns projetos parados que necessitavam de mãos e não de formação acadêmica. Como trabalhei na reconstrução de casas enquanto militar destacado para terrenos afetados por desastres naturais, o meu conhecimento é excelente.

Ao iniciar este projeto de construção, percebi que necessitava de ajuda, portanto conversei com a Rafaela e expliquei que ela precisava pagar ao Cauê um valor mínimo, simbólico, pelo seu trabalho. Por isso, todos os dias, nós corremos, praticamos boxe e, se ele não tiver que estudar, ajuda-me. Além de sentir-se útil, o fato de receber dinheiro por algo que não o envergonhe ajuda-o a deixar o passado para trás.

Quero que ele associe comida à saúde, e dinheiro ao trabalho honesto, nunca ao passado.

Depois de ter comprado o boné, ele teve outra ideia para gastar o dinheiro.

— Já temos que ir embora? — perguntou cabisbaixo.

— Tu é que decides. — Uma das coisas que o terapeuta do Cauê explicou-me após eu ter pedido uma opinião foi que devemos dar-lhe opção de escolha. Deve ser ele a tomar decisões e sentir que as suas vontades são ouvidas.

— Eu queria comprar uma coisinha para duas pessoas. Não tenho muito dinheiro, por isso tem que ser uma promoção.

Parece mais envergonhado por dizer que quer comprar presentes do que por ter pouco dinheiro.

— Se não tiveres reais suficientes, eu completo a diferença.

— Não! Desculpe, mas não. Quero comprar com o *meu* dinheiro.

— Claro! Respeito a tua ideia. Acho que se fosse eu também pensaria da mesma forma.

Percorremos algumas lojas até encontrarmos uma de bijuterias baratas, mas lindas. Imediatamente a minha atenção ficou presa a uma flor de cabelo verde como os olhos da Emília. Sem pensar duas vezes, separo o prendedor, enquanto o Cauê compra uma pulseira colorida para a Liefde e um broche para a Rafaela.

— Diogo. — Balança o corpo de uma perna para a outra, nervoso.

— Sim.

— Acha que a Dra. Rafaela usaria isto? — Aponta para o acessório. — É muito barato e ela usa peças bem mais caras, tenho certeza.

— Acredito que ela vai gostar. Também vou oferecer um presente à Emília que tem um valor monetário pequeno, mas sei que ela vai amar porque fui eu quem escolheu e porque será dado com amor. O que importa é o sentimento, principalmente para mulheres como elas.

O sorriso que se abre é o mais largo que eu já vi. Ao mesmo tempo que retira dinheiro para pagar, escolhe os embrulhos com muito cuidado, rosa-choque para a Liefde e branco com fita verde para a Rafaela.

Volto a atenção para a mensagem da Emília sobre o presente.

Diogo: Ainda bem que gostaste. Espero que o uses hoje.

Emília: Sim! Vou para o balanço.

Diogo: Ok. Só preciso levar o Cauê à escola e depois vou ter contigo. PS: vou aguardar que hoje à noite mostres novamente o quanto gostaste do presente.

Emília: É incorrigível e tarado!

Diogo: A culpa é da minha namorada insaciável. Beijinhos.

Revigorado da ducha após a corrida e da conversa com o Cauê, aproveito para esquematizar mentalmente o que tenho a fazer. Desde que iniciei o projeto de construção que uma sensação de conforto me envolve.

Quando termino de agendar o dia, fixo o olhar em frente, e então reparo que a Emília e a Liefde estão sentadas juntas a rir baixinho como se estivessem a contar algo proibido. Dia após dia, amo mais os pequenos sorrisos que surgem na Emília e apaixono-me por cada pedaço de arco-íris solto num sorriso da Liefde. Como se percebesse o que estou a pensar, a Emília sussurra algo à pequena e ela corre, feliz da vida, na minha direção, ciente de que a pegarei no colo para receber o abraço mais apertado que existe. Dois bracinhos rechonchudos trazem sentimentos que nunca experienciei ao pegar uma criança. Sempre que estou com ela só quero protegê-la do mundo.

— Bom dia, princesa — digo, enquanto braços apertam-me e uma boquinha beija-me a bochecha.

— Bom dia! Estávamos conversando sobre o Carnaval, mas é segredo — diz baixinho, e cada dia que passa consigo compreender melhor o que fala.

CORAÇÕES QUEBRADOS   187

Assim como inúmeras crianças com Síndrome de Down, a fala da Liefde não é tão clara, mas ela esforça-se muito para ser compreendida.

— Segredo? Fiquei curioso! — exclamo ao mesmo tempo que me sento ao lado da Emília e beijo delicadamente os seus lábios.

— É segredo. Não posso contar. — Para, muito seriamente, como se estivesse a tomar uma decisão. De repente olha para a Emília e sorri. — Se a Mi deixar, eu conto.

Como tinha dificuldades em pronunciar o nome da Emília, abreviamos para Mi e só ela pode tratá-la assim.

— Hummm. — Emília coloca o dedo no nariz, fingindo estar pensativa. — Pode contar apenas ao Diogo e ao Cauê. Não queremos estragar a surpresa.

Os olhos da Liefde abrem-se e a sua pequena cabeça se abana como se compreendesse que a sua fantasia de Carnaval é um segredo importantíssimo.

— Tá bom. Prometo às fadinhas — diz, e de repente começa a rir.

— Não entendi.

— Ela vai vestida de Bela Adormecida. E na história essa princesa tem três fadas madrinhas — explica-me Emília.

— Aposto que vais ser a mais bonita de todas.

O rosto vibra num sorriso lindo e atira-se novamente ao meu pescoço. Começo a passar as mãos pelas suas costas e ela repousa no meu colo. Depois de vários minutos em que eu e a Emília conversamos sobre o Carnaval, ambos reparamos que a pequena adormeceu e, nesse momento, olho para nós três e sinto que desde que conheci a Emília sonho com coisas diferentes no meu futuro.

Levanto-me e vou deitá-la nos cadeirões almofadados para o seu corpo ficar mais confortável, a voltar novamente para o lado da Emília.

— Estás muito linda — digo, a beijar-lhe os lábios não como ela queria, mas contive-me. — A flor combina com os teus olhos e com a saia, a mesma que usaste quando nos sentamos aqui pela primeira vez.

— Você se lembra de como eu estava vestida?

— Essa imagem está gravada na minha memória junto com muitas outras só de ti, com e sem roupa.

— Também tenho muitas lembranças.

— Sem roupa? — brinco com ela.

— Algumas delas. — Prende os lábios entre os dentes, a tentar suprimir a vergonha.

— Sua tarada! — exclamo com cara de horror e coloco as mãos no peito, o que a faz rir alto.

— Para com isso. — Bate-me no braço, mas agarro a sua mão e beijo cada um dos nós dos seus dedos. Em seguida coloco-a no meu colo.

— Tinha saudades tuas.

Após minutos intensos e com os dois a tentar controlar a respiração, ficamos apenas agarrados, ela no meu colo e os meus braços em volta do seu corpo.

— O que está acontecendo comigo? — pergunta tão baixo que chego a duvidar que a pergunta tenha sido para mim.

— O mesmo que se passa comigo — respondo. — Estamos apaixonados um pelo outro, e, quando duas pessoas se amam como nós nos amamos, os nossos corpos querem isto.

— É verdade, e... e... cada vez quero mais, mas até há pouco tempo eu achava que nunca iria conseguir... — Faz novamente um gesto estranho com as mãos, bem desajeitado, a simular o ato, o que me causa um ataque de riso. — Não ri de mim. — Empurra o meu ombro, mas não consegue esconder o humor.

— Eu comecei a rir porque tu fazes sempre esse gesto estranho em vez de dizeres: sexo, fazer amor, transar, ter relações... Há tantas expressões, e tu usas sempre esses dedinhos de uma forma tão engraçada que eu...

— Ainda bem que faço você rir. Sempre ao seu dispor. — Ao me interromper, faz beicinho. — Neste momento não tenho vontade nenhuma de fazer sexo, amor, transar ou ter relações com você.

Cada palavra é pronunciada cada vez mais baixinho ao meu ouvido, enquanto passa os dedos no meu peito.

— Que vontade de bater em você.

— Por que você quer bater no Diogo? — pergunta Liefde. Não percebemos que ela já tinha acordado.

— Ah... Hum... Pois... Bem... É que... Nós... — Começamos os dois a tentar encontrar uma desculpa.

— Ele fez coisa errada? — O olhar curioso da menina aumenta.

— Emília estava a brincar. Eu disse que não ia mascarado à festa de Carnaval e ela estava a brincar que me batia se eu não usasse uma máscara. — É a primeira ideia que aparece na minha mente.

— Está bem. — Dá de ombros, satisfeita com a resposta.

— Vou levar esta menina para a salinha. — Emília começa a levantar-se do meu colo. — E você continue com esse projeto secreto que todos conhecem, menos eu.

— Não é secreto, apenas disse que gostava que visses no final. Apesar de ser algo para todos, quero que sejas a primeira a entrar lá quando estiver pronto — grito, enquanto a vejo desaparecer.

— E quando será isso? — pergunta sem abrandar e eu corro atrás delas.

— No sábado de Carnaval.

— Estou ansiosa!

— Também posso ir? — pergunta Liefde.

— Claro. Mas tu irás depois do Carnaval, porque a Bela Adormecida precisa descansar depois das festas ou transforma-se em abóbora.

As duas ficam a olhar para mim com expressões similares como se eu tivesse dito alguma asneira.

— Acabou de confundir as histórias. Espero que no seu tempo livre veja os clássicos da Disney com atenção.

Inacreditável! Num instante olhavam para mim com tanto amor, logo a seguir como se eu fosse o vilão. Mulheres...

A área de convivência da Clínica, anteriormente tomada de quinquilharias, bancos e equipamentos de fisioterapia, alguns já danificados pelo tempo, está irreconhecível. Como se tivessem explodido todas as cores num só lugar, e nem sabemos qual a que mais prende o nosso olhar. Tudo é brilhante e feliz, como se hoje fosse proibido ficar preso à dor. E cada canto está bem dividido. A Rafaela explicou-me que nem todos os pacientes partilharão o mesmo espaço porque há pessoas que, devido às condições físicas ou mentais, não suportam o som elevado de música ou a mistura de cores; outras não podem estar em contato com muitas pessoas, por várias razões, mas todas festejarão o Carnaval. Cada dia é uma aprendizagem, uma nova adaptação, pois nunca pensei que seria necessário dividir o espaço devido às necessidades individuais.

Os pais nos ajudaram na confecção das fantasias. Algumas bem engraçadas e outras mais simples. Uma antiga paciente e agora voluntária pinta os rostos das crianças com o auxílio da filha, e uma banda local canta músicas mais infantis.

Sofia Silva 190

"*Todos os dias eles são vistos por muitos como deficientes, mas, no Carnaval, eles serão vistos como pessoas que se fantasiaram para festejar. Simplesmente isso. Para mim, este é o dia em que tudo pode acontecer.*"

Como a Rafaela raptou a Emília para irem vestir-se, estou com o Cauê a ajudar nos últimos preparativos. Visto eu e ele não sermos apreciadores de fantasias, decidimos sair de preto da cabeça aos pés, só com uma máscara simples para tapar o rosto.

Somos agentes secretos ninjas!

Passadas algumas horas, as pessoas começam a chegar: alunos e professores, famílias que vivem perto e parentes dos funcionários e dos voluntários. Como sempre, há entrosamento entre todos. Não existe pobre ou rico, bonito ou feio, muito menos "normal" ou portador de deficiência. Apenas pessoas a rirem e a serem felizes. Dois braços atiram-se para mim. Uma peruca camufla parte do rosto, mas o sorriso é único.

— Quem és? — pergunto, a pegá-la no colo.

— Uma princesa, e você? — Acaricia a máscara, um pouco confusa sobre a minha fantasia.

— O teu príncipe. — Recebo imediatamente um beijo e braços apertam cada vez mais o meu pescoço.

— Meu príncipe.

— Estás linda, minha Bela Adormecida — digo-lhe ao ouvido, a passar as mãos pelas suas costas, pois sei que ela gosta desse carinho.

— Estou? — A voz da Emília desperta-me para a imagem que tenho à minha frente. Com um vestido azul brilhante e uma trança que cai sobre o ombro, ela rouba o meu olhar.

— Sim, estás linda. Acho que vou querer que seja Carnaval todos os dias.

— Quer dizer que não gosta do que vê diariamente? — Levanta a sobrancelha em modo desafiador e coloca as mãos na cintura daquele modo que só as mulheres conseguem. Cada dia mostra mais personalidade. Como se a pessoa triste que encontrei estivesse a encolher.

— Mesmo a fazer elogios consigo errar!

— Você está... misterioso.

— Shhh, sou um agente secreto ninja. — Pisco-lhe o olho.

— Não era um príncipe? — pergunta uma Liefde confusa.

— Não lhe posso dizer que sou príncipe ou ela vai querer que eu seja o dela, e já tenho a minha princesa. — Toco-lhe o nariz com o dedo ao segredar em seu ouvido.

Quando uma nova música começa, ela desprende-se do meu colo e começa a correr atrás das crianças.

Com os braços livres, aperto o corpo da Emília contra o meu.

— Volto a repetir: estás linda.

— Obrigada!

Nos minutos que se seguem, ela diz o nome da fantasia e temos uma minidiscussão porque, segundo ela, nós conversamos sobre a fantasia quando estávamos na cama. Como qualquer homem que quer encerrar o assunto, finjo que recordo.

— Você está mentindo, mas vou deixar passar apenas porque falou que estou bonita e porque não consigo resistir a esse seu charme. — Revira os olhos como se fosse terrível estar atraída por mim. — Até a Carolina você conseguiu conquistar.

Carolina é uma enfermeira voluntária de seus setenta anos, conhecida pela pouca paciência com os homens. Pelo visto, o falecido gostava muito de saltar de cama em cama, então ela jurou ódio ao restante da população masculina. Menos a mim, claro.

— Não tenho culpa se sou irresistível. Acho que é o sotaque.

— Devia ser mais modesto, pois essa cabeça está grande demais, inchada de ego inflado.

— Tu gostas de brincar com a minha cabeça grande. — Aperto-lhe o corpo ao meu para ela perceber a brincadeira.

— Não acredito que disse isso! Diogo! Você acabou de dizer mesmo isso?!

Sou mesmo um parvo. Ok, sou homem, e basta. Percebendo a asneira que fiz, tento melhorar a situação.

— Desculpa, sei que foi uma grosseria muito de homem. Não me consegui controlar. Não pensei bem.

Ela solta-se do meu corpo e começa a caminhar, até que para e diz:

— Comece então a usar a cabeça corretamente ou talvez fique sofrendo por eu não brincar com a outra durante algum tempo.

Termina e continua a caminhar, enquanto permaneço de boca aberta com o que acabou de dizer.

— Acho que é a quantidade de cores que está a afetar-me. Hoje não estou bem — afirmo, a recuar e baixar as armas. — Mesmo assim, creio que vais precisar de coragem para enfrentar a Rafaela.

— Vestida de boneca vai ser difícil valorizar o que diz. E, de mais a mais, já assinei contrato antes de vir para cá. Será complicado ela explicar por que motivo não quer um dos melhores terapeutas a trabalhar na Clínica.

Bate-me no ombro e mistura-se às pessoas. Nem quero imaginar a reação da Rafaela quando o vir.

No momento em que desaparece no meio das fantasias, encontro a Emília a conversar com algumas crianças. Uma delas é paraplégica. Quando era pequena, rolou da escada e fraturou a coluna. Embora os médicos acreditem que ela um dia recupere parte dos movimentos, levará anos até que ela caminhe com muletas. Está de Cinderela, e a cadeira de rodas foi decorada para simular a carruagem na qual a princesa foi transportada. O semblante de felicidade não podia ser maior.

— Tantas princesas e todas lindas. — Algumas sorriem e outras ficam envergonhadas.

Aproximo-me da Emília e enlaço-lhe a cintura com cuidado.

— Desculpa a minha idiotice, mas sou homem e, às vezes, sai asneira.

— Já esqueci. E eu até gosto de alguns momentos em que você é assim. Mostra que está tão à vontade comigo que até se esquece dos limites. Mas que não se repita muitas vezes! — Abana o dedo na direção do meu rosto, a beijar-me em seguida.

As próximas horas são passadas comigo a dançar com todas as pessoas e a tentar sambar, tudo filmado pela Emília, para, segundo ela, "a sua mãe rir um pouco de você". Já suados, decidimos afastar-nos um pouco da festa, até que ouvimos duas vozes.

— Pode ir embora imediatamente. Não me interessa se assinou a porcaria de um contrato!

É a voz da Rafaela num tom bem zangado, mas cômico devido à fantasia. Impossível não rir.

— Não vou embora. Se achas que não te consegues controlar perto de mim, não tenho culpa. Estou aqui para trabalhar e sabes perfeitamente que sou bom no que faço — diz o Leonardo num tom calmo.

— Claro que sei que é competente. Para você, ser o melhor está em primeiro lugar. E sempre esteve. O resto nunca importou.

— Tu importavas, ainda importas e sabes bem! Se queres falar do passado, vamos falar! Eu tentei contactar-te! Fiquei arrependido! Senti-me uma porcaria de pessoa, mas nunca duvides de que te am... amei.

— Eu não duvido de que você me amou, mas ama mais a profissão e, agora que o trabalho está feito, resolveu aparecer. Quer o quê? Ficar com os doentes quando desistiu disto tudo sem falar comigo?

— Sabes bem que não é verdade. Posso ser culpado de muita coisa, mas tu conheces-me, talvez estejas a confundir-me com o médico com quem ficas sentada à noite.

Obrigado, Leonardo, por referires o médico. Ela nem vai perceber que fui eu quem contou!

Pelo canto do olho consigo ver a expressão da Emília a juntar as peças.

— Agora compreendo por que ela não é casada.

— Qual é o motivo? — pergunto, embora saiba a resposta.

— Ela ainda o ama. A minha tia só discute com quem ama. De resto, ela é a pessoa mais calma que existe, e acredite que já assisti a diversos momentos em que até um santo perderia a paciência, mas ela não. Nunca.

— Ele também gosta dela, mas não vai ser fácil.

A conversa acalorada entre os dois prolonga-se.

— E pode ir embora porque não é permitido estar na festa sem fantasia. Por isso, vá!

Sem nenhum de nós esperar, Leonardo põe a mão no bolso, retira uma bola de espuma vermelha e coloca-a no nariz com a maior das calmas. Eu e a Emília não conseguimos conter o riso quando ele, ainda mais calmamente, diz:

— Agora já posso ficar. E tenciono ficar durante muito tempo.

Nesse momento, Rafaela explode. Retira-lhe o nariz vermelho, joga-o no chão e esmaga-o com o pé, como se fosse possível.

— Vá à merda com a porcaria do seu nariz!

Empurra-o e corre para dentro do edifício, mas é perseguida por ele.

— Bem, acho que faz parte da família mandar os homens à *merda* para depois eles correrem atrás. Dá resultado. Pelo menos eu estou aqui contigo.

A noite cai e a festa já está no fim. Eu e a Emília vamos para perto das árvores, longe da cor excessiva. Aproveito e acendo as velas. Abro meu aplicativo de música e a voz de Elvis começa a ouvir-se.

— Dança comigo? — peço.

— Lembrou-se? — diz, a segurar a minha mão.

O sorriso fica enorme e começamos a mover os nossos corpos abraçados enquanto as frases de como é impossível evitar apaixonarmo-nos se misturam a *Always on My Mind*. Certa vez ela disse que sentia saudades de quando o pai colocava essa música e dançava com a mãe dela sem imaginar que as filhas ficavam a espreitar e desejar que um dia alguém dançasse assim com elas. Por coincidência, hoje seria aniversário de vinte anos de casados dos pais. Quero que recorde todos os bons momentos e crie novas memórias de tudo que viveu e amou.

Lenta e delicadamente, retira a minha máscara, e, enquanto as minhas mãos estão presas ao seu redor, ela pega no meu rosto e me beija.

— Te amo tanto, Diogo. Foi impossível não me apaixonar por você.

— Estávamos destinados, Emília.

— Para sempre — diz.

— Para sempre — repito.

E beijamo-nos no começo de uma noite que será perfeita e ficará para sempre na minha memória como *a nossa noite*.

Emília
26

Somente quando Fool acabou foi que nós tomamos coragem de nos desprendermos um do outro. Em silêncio, caminhamos de mãos dadas em direção ao local onde ele passou as últimas semanas trabalhando exaustivamente. Estou curiosa, descobri que ele estava reconstruindo um dos celeiros abandonados.

Há alguns anos a minha tia conseguiu que o Estado doasse mais terreno para poder construir novas instalações. Entretanto, a crise econômica e a falta de recursos não permitiram que ela conseguisse dar continuidade ao projeto.

— Confias em mim? — pergunta.

Algo que descobri sobre ele é a sua necessidade de ter certeza de que tudo que pede é consentido pelas pessoas. "Confias em mim?" é uma das perguntas que mais faz ao Cauê e a mim, talvez por saber que nós dois temos problemas em acreditar nos outros. E ambos respondemos sempre:

— Sim, confio!

— Então, fecha os olhos e aperta bem a minha mão. Não te vou deixar cair ou embater em algo.

E assim faço. Fecho os olhos e sigo com confiança nele. Está tão feliz pelo trabalho que consigo sentir as ondas de nervosismo emanadas pelo corpo.

— Para aqui. Assim. Não abras os olhos até eu dizer, está bem? — Faço que sim com a cabeça e sorrio. — Vou demorar uns minutos, mas, por favor, não abras os olhos. Eu tinha pensado em sair da festa para organizar tudo, porém com o súbito aparecimento do Leonardo, não deu.

— Eu espero. E não abrirei os olhos! — Por mais que eu queira.

Uma espécie de formigamento percorre o meu corpo. Estou entusiasmada por ver o resultado. Sempre que conversávamos, ele contava que estava radiante com o andamento dos trabalhos. Mesmo sendo algo que apenas servirá para armazenar material, estou muito feliz por saber que ele já se sente parte da Clínica.

— Não espiaste? — pergunta um pouco nervoso quando se aproxima de mim.

— Não. Juro.

— Ótimo! Podes abrir os olhos.

Na vida há sempre momentos em que os nossos olhos não processam o que de fato vemos, pois, mentalmente, tínhamos imaginado algo completamente diferente. Foi isso que aconteceu quando vi pela primeira vez o que ele criou.

— Diz algo, por favor — pede, impaciente, esfregando o pescoço. — O que achas?

— Diogo... — Olho para ele e novamente para o que está à frente dos meus olhos. — Estou sem palavras.

Começo a caminhar porque preciso ver melhor.

— Como? Por quê?

Percorrendo o caminho, reparo que a base da construção foi aproveitada, mas o restante é todo diferente. Uma espécie de pequena cabana de madeira com um janelão surge na minha visão.

— Não entendo. — Olho o rosto nervoso dele.

— Quando conversei com a tua tia, descobri que ela teve ideias de construir pequenas casas para os familiares dos pacientes poderem descansar. Os desenhos já estavam prontos e eu só precisei construir. Muitos casais passam meses ou anos das suas vidas nesta Clínica, esquecendo pelo caminho que, além de pais, são marido e mulher. Mesmo com os quartos oferecidos nos edifícios, eles sabem onde estão, rodeados por funcionários, outras famílias... e muitos casamentos terminam devido a esse afastamento. Por isso, resolvi investir no projeto.

— Ficou lindo! — exclamo completamente encantada com o que estou observando e com a ideia da minha tia que, até segundos atrás, eu desconhecia.

— É pequeno. Só tem um quarto e um banheiro minúsculo.

— É perfeito — afirmo. Uma cabana de madeira escura que remete às cabanas das florestas.

Ficamos em silêncio durante todos os minutos em que percorri uma delas com os olhos e os dedos. Uma cama de casal, uma poltrona simples, um cabideiro e um móvel apenas, de duas gavetas, ocupam o espaço forrado com cortinas e lençóis bordados com pequenas flores. Claramente confeccionado por alguma mãe.

— A decoração não é minha — diz quando vê que estou observando os mínimos detalhes.

— É tudo perfeito — repito. — Acho que este lugar fará diferença na vida de muitos casais que precisam esquecer as preocupações, nem que seja apenas por uma noite.

Sinto que está ainda mais nervoso e pergunto:

— O que foi?

— Queria que passássemos cá esta noite. Só tu, eu e a natureza.

Um sorriso espalha-se no meu rosto e todo o medo desenhado no dele desaparece.

— Vou adorar passar a noite com você.

— Ainda bem. Fiquei com receio de que depois de ter feito aquela piada parva tu já não quisesses estar comigo. — Mostra vulnerabilidade, tão rara, e caminho até segurar as mãos gigantes que me protegem.

— Creio que todos os homens fazem brincadeiras dessas com as namoradas, e eu sou isso, namorada. Não é uma frase assim que me fará correr. Já não fujo de ninguém. Nunca mais.

Decidimos voltar. Precisávamos jantar e de um merecido banho antes de passarmos a noite juntos.

Já pronta, reparo que tive mais cuidado com a minha aparência, colocando o prendedor de flor que ele me deu no cabelo e que combina com o verde do meu vestido. Prendi o cabelo de lado, expondo o pescoço em que ele diz estar viciado, e fico pensando em como, apenas hoje, queria ter um espelho para tentar ver se estou bonita. Preciso saber que o meu corpo é atraente.

Enquanto espero, é como se pequenos beija-flores estivessem dentro de mim batendo asas ininterruptamente, como se o meu corpo quisesse me dizer para fazer o que a minha mente tanto deseja. Sei o que quero, mas ainda não sei como demonstrar ou se serei capaz de seguir em frente. A única certeza que tenho é de que confio nele, algo que eu já sabia e que a mãe dele me mostrou ainda mais.

Há uns dias, quando eu já estava dormindo, o som de videochamada me acordou. Compreendi na hora que certamente o Diogo tinha esquecido de sair do aplicativo quando conversamos com os pais dele. Atendi para explicar que ele estava correndo com o Cauê e, quando voltasse, eu avisaria para retornar a chamada.

— Bom dia!— atendi, sorridente.

— Bom dia, querida. Não contava que atendesses a esta hora da manhã.

O meu rosto ruborizou quando imaginei que a mãe do Diogo devia estar pensando que nós tínhamos dormido juntos, o que não era mentira, mas, mesmo assim, não consegui evitar. É sempre constrangedor conversar com a mãe do namorado ainda com cara de sono.

— Na verdade, estava dormindo.

E, nos segundos seguintes, expliquei tudo, sem imaginar que, passados uns vinte minutos, ainda estaríamos conversando. A mãe do Diogo é daquelas pessoas com facilidade para tornar qualquer papo interessante, até o momento em que, sem percebermos, estávamos conversando sobre o passado.

— *Nem imaginas o quão satisfeita estou por saber que o meu filho está feliz. Durante meses eu pensei que ele tivesse morrido junto com os amigos. Foi a pior época da minha vida, chorar por um filho que sobreviveu. Sentir-me inútil como mãe, mas fingir ter coragem para dar força ao Fernando. Se eu sofri, ele desceu ao inferno quando o Diogo recusou-se a estar conosco. E agora... agora ele é novamente nosso. É o nosso filho. Ele sorri, conversa e conta-nos como tem planos para o futuro...* — Os olhos se encheram de lágrimas.

— *Já passou. Ele é forte* — falei, quando tudo que eu queria era poder dar um abraço nela.

CORAÇÕES QUEBRADOS

201

— *Tudo graças a ti. O Dr. Leonardo Tavares fez um excelente trabalho, mas foste tu quem trouxe o meu filho de volta.*

Continuamos conversando sobre os meses em que o Diogo mudou de comportamento e quis voltar a viver. Confesso que tinha curiosidade em saber como fora essa evolução, ficando triste quando ela contou o desespero vivido por ele quando cortei a comunicação.

— *Isabel, eu amo o seu filho. Toda a dor que causei foi por ter medo* — tentei explicar nervosamente.

— *Minha querida, não precisas dizer que amas o meu filho, eu sei que sim. Basta olhar para vocês para compreender isso. Vocês amam-se como raramente acontece. Com a alma.*

— *Só queria que não pensasse que o fiz sofrer por maldade. E que, por minha causa, ele está novamente longe de vocês.*

— *Podes parar!* — interveio rapidamente. — *É verdade que tenho saudades dele e queria tê-lo todos os dias ao meu lado, mas nada faz uma mãe tão feliz como saber que o filho partiu em busca da felicidade... e a encontrou!*

— *Ainda bem que ele veio. Ele me faz tão bem...*

Eu sei que os pais dele já sabem de tudo, desde o acidente até a minha amputação. No dia em que bati com a porta na cara dele, precisou conversar com os dois e eu nunca fiquei zangada por contar sobre mim. Se os meus pais estivessem vivos, certamente seriam os confidentes das minhas dores e dúvidas.

— *Ainda bem. Como mãe, e um dia tu vais saber isso, a nossa maior preocupação, além da saúde dos filhos, é a educação. Temos receio de educar de menos, ou educar de mais; sufocar ou dar liberdade em exagero. Receamos por quem eles se podem tornar. Enfim, uma dor de cabeça gigante e perpétua. E todos erramos em algum momento. O Diogo é uma pessoa de coração maior do que o corpo, mas não é perfeito. Por isso é que gosto de contar histórias que o envergonhem, para combater todos os elogios que recebe diariamente.* — Rimos, relembrando o embaraço dele em algumas ocasiões. — *Sei que, neste momento, vocês estão a conhecer um ao outro, mas desde cedo há sinais que mostram se a pessoa que está ao nosso lado vale toda a luta.*

— *Como assim?* — interroguei, curiosa com a explicação de alguém que vive um relacionamento com muito amor e respeito há anos.

— *Quando apaixonamo-nos só vemos como a pessoa é conosco e tudo aquilo que faz por nós. Usamos lentes cor-de-rosa e nem sempre distinguimos a verdade da ilusão da paixão. Eu sabia que o Fernando iria ser o homem da minha vida não porque ele me tratava como uma princesa ou porque me fazia sentir a mulher mais bonita, mas pela forma como ele era com os outros quando não sabia que o estava a observar. Porque, às vezes, fingimos ser quem não somos para agradar, contudo, mais dia ou menos dia a outra pessoa encontra a verdade. Precisamos olhar e pensar se aquela pessoa estará conosco em todas as fases da vida e se a queremos mesmo com os defeitos que carrega. Claro que nunca há certezas, porém os sinais estão sempre presentes. E foi o que eu disse ao Diogo, para ele fechar os olhos e imaginar o futuro contigo, e se tu fazes parte de todos os planos dele.*

— *Eu quero que ele faça parte da minha vida!* — afirmei instintivamente.

— *Eu sei que sim, mas pensa direito. A pessoa que vês na tua vida terá de ser a que te acompanhará nos bons e maus momentos, na tristeza e na alegria. A que por ti fará coisas de que não gosta, mas sabe que te causam felicidade, e tu terás que fazer o mesmo. Como sabes, o Fernando cresceu num orfanato, e, apesar de ter sido sempre bem tratado, tem problemas de abandono e não gosta de estar sozinho, por isso eu fico sentada ao lado dele a ver programas aborrecidos sobre pesca, pois sei que a minha presença o conforta, assim como ele vai a exposições de arte comigo embora as deteste. Porque um casamento são as noites quentes de sexo e as quentes de febre. Os dias em que o casal ri como louco e aqueles em que os dois querem arrancar a cabeça um do outro por algo sem importância. Um casamento é abraçares o teu marido quando lhe contas que estás grávida e ele sofre um ataque de pânico porque acha que nunca será bom pai; e é seres abraçada quando o médico diz que tens que repetir a mamografia, pois apareceu algo estranho no resultado. É adormecer o homem que amas quando chora a dor de um filho deitado numa cama de hospital, que se nega a conversar, porém a tua vontade é de chorar e ser reconfortada. Porque a vida é linda, mas em todos os relacionamentos existem sempre percalços, e são esses que nos mostram se escolhemos a pessoa certa. Mesmo a amares o meu filho, quero que tu o ames não porque ele te faz feliz, e disso cá tenho certeza, mas porque ele estará sempre contigo nos momentos aborrecidos e dolorosos que a vida tem. Escolhe alguém que te faça rir mais do que chorar. Escolhe com coração, alma e razão. Escolhe aquele homem que mesmo que o empurres várias vezes, ele abraça-te, dizendo que tudo ficará bem.*

Terminamos a ligação, emocionadas, e a primeira coisa que fiz foi fechar os olhos, imaginando todos os momentos referidos por ela. Sorri sabendo que, mesmo quando doer, ele estará lá comigo.

CORAÇÕES QUEBRADOS

Uma batida na porta interrompe os meus pensamentos. Sei que é ele pela forma como bate. Abro e sou cumprimentada com um sorriso semelhante ao que está pintado no meu rosto. Os olhos do Diogo percorrem demoradamente o meu corpo.

— Estás linda. — Sei que ele pensa mesmo isso porque os olhos são de fato o espelho da alma. — O vestido fica-te bem.

— É verde — falo, por não saber o que dizer.

— É novo? — pergunta, e eu faço que sim ligeiramente, sorrindo. — Compraste a pensar em mim? — Mais uma vez aceno e sou cumprimentada com um beijo que retira os meus pés do chão.

— Uau!

— Como querias que te beijasse após descobrir que pensaste em mim quando te vestiste?

— Da próxima vez pensarei ainda mais — aviso num tom de provocação sedutora que, com ele, descobri possuir.

— Estás pronta?

— Sim — respondo, mas ele já está caminhando para dentro do quarto como se eu tivesse esquecido algo.

— É melhor levar as muletas. De noite podes precisar ir ao banheiro.

De todas as noites que ele dormiu comigo, só precisei ir uma vez porque esquecera de ir antes, mas ele estava dormindo e fiquei descansada.

— Não será preciso — digo apressadamente.

— Será, Emília. — A voz autoritária surge. Assunto encerrado, ele ganhou.

Durante o caminho, conversamos sobre o Carnaval e todas as emoções trazidas pelas pessoas, mas existe uma corrente de energia entre nós diferente do usual, mais intensa. Já perto do nosso destino, a iluminação prende o meu olhar. Duas luminárias simulando tochas indicam a porta.

— Agora compreendo.

— O quê? — pergunta, colocando as mochilas na poltrona e posicionando as muletas perto da cama.

— A ideia da minha tia. Parece que não estamos na Clínica, e o ambiente em volta é bucólico e romântico.

Entro e vejo velas. O cheiro doce que emanam preencheu o espaço, e a cama agora está rodeada por fios com pequenos LEDs. O móvel, que há pouco estava vazio, encontra-se com uma cesta de frutas e água.

É tudo muito simples. É lindo. É perfeito! É tão nós dois...

— Romântico? — pergunta, aproximando-se de mim como um felino, de forma lenta e pronto a atacar.

— Ô! — respondo, e vou ganhando coragem e aproximando o meu corpo, sabendo o quanto ele gosta quando ajo com confiança.

— E o que a minha namorada considera romântico? — sussurra ao meu ouvido, criando um caminho de beijos entre a orelha e o pescoço.

— Tudo aquilo que o meu namorado faz e fará comigo.

O nariz dele toca o meu em pequenos movimentos e as mãos prendem o meu corpo.

— Hoje somos só nós. Não há mundo, não há dor. Apenas nós — diz, continuando a acariciar o meu rosto, e consigo sentir a força com que ele agarra o meu corpo. É como se tivesse receio de que eu desapareça a qualquer instante.

— Eu e você.

Ele me observa e os olhos parecem dançar. Segura o meu rosto, e me sinto protegida pela sua força e delicadeza. Os olhos dele capturam os meus enquanto ele dá passos lentos, encostando o meu corpo na parede.

— Diz-me que és real — suplica. — Que isto não é um sonho e eu não irei acordar numa cama de hospital vazia.

— É real. Nós somos reais. Isto... — e coloco a mão no lado esquerdo do seu peito — é verdadeiro. Corações que batem no mesmo ritmo. Sou sua e você é meu, apenas meu. — A testa encosta na minha e, durante alguns segundos, ficamos assim, respirando o ar um do outro e processando as palavras, até que ele pergunta:

— Para sempre?

— Para sempre. — Não consigo imaginar um futuro sem o Diogo.

Os lábios dele encontram os meus e a sua língua prende a minha num beijo profundo. Os acontecimentos de hoje abalaram quem ele é: a ideia errada de que a piadinha sexual foi mal interpretada e a dor ouvida nas palavras da minha tia e do Leonardo quando brigaram. Ele sempre disse que não quer errar comigo e acordar dez anos depois arrependido e deprimido. Acredito que queira mostrar o quanto me ama, mas eu também necessito que ele compreenda como é especial para mim. Não foi só ele que arriscou a vida por amor. Que abandonou um velho mundo por amor. Eu, mesmo que mais fechada em relação aos meus sentimentos, acordo todos os dias sabendo que preciso ficar melhor, acreditando que um dia

Corações Quebrados

205

ficaremos bem. A dor de saber que os que eu tanto amei morreram e não voltarão está sempre presente, mas já não penso que também devia ter partido com eles.

Hoje compreendo porque sobrevivi.

— Você é o meu tudo. O meu melhor amigo, o meu confidente, o meu salvador e o meu namorado. O único homem que amo e amarei.

— Preciso tanto de ti. — Sua boca volta a encontrar a minha, desesperada por mais. — Amo-te, amo-te muito. Amo-te tanto que chega a doer aqui — recoloca a minha mão direita no seu coração. — Não sou o mesmo desde que te descobri, desde que tive a real consciência do que é amar alguém, ciente de que é um sentimento que cura e simultaneamente corrói a alma de preocupações. Penso em ti e só em ti.

Seu corpo pressiona ainda mais o meu e sinto cada músculo existente nele.

— Te amo — digo, beijando seu peito com desejo e tentando acalmar seus medos. Alguns causados por todas as inseguranças que ainda tenho. Eu sei que preciso melhorar.

Como podemos amar tanto alguém, mas não saber como explicar?

De repente, ele vira o meu corpo, e eu coloco minhas mãos na parede para ganhar equilíbrio. Delicadamente, beija o meu pescoço e lentamente começa a abrir os botões do meu vestido. Puxa uma alça para baixo, beijando o percurso todo, e em seguida faz o mesmo com a outra, mas prendendo o vestido na minha cintura para que não caia completamente e descubra a minha perna. Comigo completamente nua da cintura para cima, ele se ajoelha, beijando a minha lombar e percorrendo com um dedo a coluna.

Sua boca quente e faminta explora a minha pele, beijando cada canto de forma ascendente, até os lábios encontrarem a minha nuca e os seus dentes morderem aquela curva onde ele se perde no tempo. Todo o meu corpo se arrepia e consigo sentir as batidas do meu coração em cada célula.

Consigo até ouvir minha respiração e subitamente fico com a boca seca.

Ele vira o meu corpo novamente e encara os meus seios. Faz carícias de reverência e domínio, como se cada fragmento fosse um templo.

— Toca-me, Emília. Preciso sentir que me queres tanto quanto te quero.

E é isso que faço, as minhas mãos percorrem as suas linhas, e o seu corpo responde com arrepios e sons sempre que encontro zonas mais sensíveis. Nossas respirações excitadas soam como melodias, provocando mais toques enquanto *bailamos* como se dançássemos uma dança só nossa.

Subitamente dá um passo atrás.

— O que foi? — pergunto um pouco desorientada pelo prazer.

Com o peito subindo e descendo rápida e profundamente, fala:

— Precisamos parar antes que eu exploda, e estou a um passo disso. Só o teu sabor já me faz enlouquecer — confessa, ainda respirando com intensidade, como se estivesse prestes a perder a luta contra o clímax. — Vou sair um pouco para tu ficares à vontade.

Como sempre, ele pensa em mim, sabendo que, se quisermos prosseguir, terei de estar na cama semicoberta por um lençol. A minha segurança, felicidade e prazer vêm sempre em primeiro lugar.

Quando beija os meus lábios e começa a caminhar em direção à porta, falo baixinho:

— Não.

— Não o quê? — pergunta, me olhando confuso.

— Não saia.

— Mas precisas tirar a prótese. — Pega nas minhas mãos com cuidado, beijando os nós dos dedos. — Não quero que voltes a adormecer com ela para depois sofreres. — Coloca o cabelo atrás da minha orelha com expressão preocupada mas decidida.

— Não é isso.

— Não estou a compreender, Emília.

— Eu quero... — Respiro fundo. — Eu quero... você aqui. Não saia. Fique, por favor.

O reconhecimento do que estou pedindo atravessa o seu rosto.

— Tens certeza?

— Sim, mas e você?

— Tenho. Quero ver-te por inteiro.

— Mas eu não sou... — Seus lábios fecham os meus num encontro de bocas.

— Não te atrevas a terminar essa frase — proíbe com uma expressão séria e magoada. — És linda e nada, repito, nada vai alterar a maneira como olho para ti.

— Não vai sair correndo?

— Só se for atrás de ti. — Sorri, acariciando o meu rosto. — Amo-te! Sabes isso, não sabes? — Beija novamente os meus dedos, um a um.

— Sim.

CORAÇÕES QUEBRADOS

207

Fecho os olhos, sentindo tremores de nervosismo. Minhas mãos agarram o vestido e, no momento em que abaixo o tecido, ele diz:

— Abre os olhos. Quero que vejas o meu rosto quando olhar o teu corpo todo pela primeira vez.

— Tenho medo do que poderei ver em seus olhos — confesso baixinho, recordando a expressão do Lucas.

O Diogo não é o Lucas, fala a consciência.

— Não tenhas. Não receies ver os olhos de um homem apaixonado. Abre os teus e olha para mim.

Num quarto cheio de amor, deixo cair o vestido, abro os olhos e vejo que nada mudou. Ele olha para a prótese e novamente para o meu rosto. Olha para ela como todas as vezes que fica em meu quarto e pousa a mochila perto dela, como se fosse algo normal e não um substituto de uma parte que me falta.

— Como és linda. — Dá um passo e toca o meu rosto, repetindo as palavras. — Como és linda.

Meu corpo começa a tremer descontroladamente, e tudo que sinto são as mãos dele em mim.

— Obrigado por te mostrares, Emília. Obrigado por me amares.

Sinto que todos aqueles pássaros que vivem em mim estão batendo as asas, e o meu corpo sente cada uma dessas batidas. Estar despida com o homem que amo observando cada curva, sabendo que metade da minha perna não existe, ainda é muito difícil para mim.

De forma carinhosa, ele deita o meu corpo na cama.

— Não feches os olhos, Emília. Continua a olhar para mim.

Lentamente despe cada peça de roupa, mostrando o seu corpo e todas as marcas que tem. Nossa, ele é lindo. Os sinais claros de que quer o meu me arrepiaram toda. Sempre que estamos envolvidos ele faz questão de mostrar como o meu corpo, com todas as marcas, consegue excitá-lo, e para mim isso é importante demais.

Ele sobe na cama, estendendo o peito sobre o meu. Beija a minha testa, olhos e nariz, murmurando *linda* e *perfeita*. Percorre a minha garganta e seios até encontrar as cicatrizes, beijando cada uma como se todas as noites necessitasse tocá-las. Eu o entendo porque também preciso tocar as cicatrizes que ele tem e mostram como sofreu naquele dia. Em alguns momentos, fico pensando como seria se ele não tivesse sobrevivido, e agarro o seu corpo com mais intensidade.

Meu Deus, como seríamos um sem o outro?

— Se quiseres que eu pare, basta dizeres — avisa, beijando o meu umbigo e simultaneamente retirando com lentidão a única peça de roupa que ainda me cobre o corpo. — Mas torço para que não peças. Como desejo que não queiras parar, pois quero mostrar-te vezes sem conta como posso fazer-te feliz.

Meu corpo está nu, mas, com a prótese, já mostrou que não sou completa. Será que sem ela é pior? Preciso saber se ele não fugirá como prometeu antes que os elos que amarram o meu coração ao dele fiquem inquebráveis. Sofri com o abandono do Lucas, mas, se o Diogo fizer o mesmo, o meu coração nunca mais se recuperará. Nunca mais.

— Espere — peço.

— Queres que pare?

Sei que, se eu dissesse que quero só ficar deitada, ele respeitaria, mesmo sofrendo os efeitos do prazer negado.

— Sim... Não.

— Sim ou não? Sabes que eu nunca farei nada que te faça se sentir desconfortável. — Passa os dedos por meu rosto e eu sei que é verdade.

— Me coloque no seu colo, por favor.

Ele fica confuso, mas faz o que peço. Senta-se na ponta da cama, pegando em mim e fazendo com que a perna com a prótese encontre o chão. Nossos corpos nus tocam-se nas partes mais íntimas, extraindo um gemido mútuo quando a fricção entre nós acontece. Como se o meu corpo tivesse vontade própria, remexo o quadril, e a cabeça do Diogo cai no meu ombro com o prazer que é sentido. Durante segundos ficamos dançando para frente e para trás devagar, pois nunca tínhamos estado tão ligados, até eu recordar o motivo para ter feito o pedido e parar a tortura prazerosa.

Paramos e ficamos testa com testa. Passo os dedos pelo rosto do Diogo com carinho, mergulhando na expressão de ternura com que ele olha para mim.

Com coragem, começo.

— Estou nervosa e com dúvidas de que você não goste de mim nua.

— Estás despida e tens a prova de como o meu corpo adora o teu — confirma o que consigo sentir.

— Mas sempre observou aquilo que eu quis mostrar e agora viu minha prótese, mas sem ela o meu corpo é ainda mais...

— Lindo — completa, acariciando a prótese.

— Quero tudo. Mas primeiro preciso que você veja quem realmente sou. Se mesmo assim ainda sentir desejo por mim, quero mais que tudo.

— Tens certeza? Eu espero o tempo que for preciso. Não quero que faças por mim. Sei que para ti é mais do que uma prótese, Emília.

— Nunca terei certeza, mas quero muito. Não estou pensando nisso para deixar você feliz. Somos um casal e quero que você fique comigo conhecendo o meu verdadeiro corpo. Não quero viver escondida, não mais. Nunca mais!

Seus braços musculosos rodeiam o meu corpo e fico pressionada contra o peito duro e quente. Este abraço mostra como nossos corpos se encaixam perfeitamente: a minha suavidade na sua dureza; a minha pele clara no seu moreno de anos debaixo do sol. Os meus olhos verdes na cor de terra. As minhas mãos pequenas e frágeis cabem nas suas enormes e marcadas por anos de trabalho intenso e pesado. Os nossos corações, juntinhos, se cicatrizam mutuamente. O dele reconstruiu o meu e as batidas apaixonadas do meu deram energia ao dele.

Ele não é a metade que me faltava; é o tudo de que eu precisava.

Ele é meu como eu sou dele.

Deitada novamente na cama e ainda mais nervosa, olho para ele e, com a cabeça, digo sim. As palavras não conseguem transpor os lábios por medo do tom de choro que poderá acompanhá-las. As mãos dele seguram minha prótese e começam a retirar as peças como expliquei quando, minutos atrás, ele me pediu.

Nua, numa cabana rodeada de pequenas luzes que brilham e com o homem mais lindo do universo, estou prestes a ficar *inteira*. Sim. Agora percebo que minha integralidade só é possível sem a prótese.

O clique da prótese é audível. Ele está retirando peça a peça com cuidado, e tudo que eu queria agora era entrar em seus pensamentos para saber o que está se passando. Não aguento e fecho os olhos. Pensei que tinha coragem para ver a reação, mas tenho muito medo de que, durante um mísero segundo, ele não consiga disfarçar.

Meus olhos estão fechados como se tivessem sido colados e só os abro quando algo acontece. Calor e umidade tocam a fronteira do meu coto e duas mãos acariciam a pele cicatrizada e flácida. Uma boca doce beija a minha perna e lágrimas escorrem como se tivesse em meus olhos toda a água do mundo.

Perante mim está o homem que amo beijando o que sobrou da cirurgia, como se aquela perna fosse perfeita e não o reflexo de horas com a carne esmagada num carro. As lágrimas não param. Minhas mãos tremem, tentando tapar a boca e os sons que gritam dentro de mim, tão intensos que sinto que querem romper-me o peito, demonstrando todas as minhas emoções. Ele continua beijando a metade da minha perna e as mãos percorrem o meu corpo até acariciarem as cicatrizes como uma declaração muda de amor por todas as minhas marcas. Fico deitada por longos minutos, que mais parecem horas, em que Diogo beija a minha perna ou a minha barriga com reverência. Não tocando em mais parte alguma do meu corpo.

— És linda. — Beija. — És perfeita. — Beija. — És a nudez mais bela que os meus olhos já viram. — Beija. — E última que irão ver. És tudo para mim.

Sem pensar duas vezes, atiro o meu corpo contra o dele, chorando oceanos em seu peito e, quando olho o seu rosto, vejo olhos que reluzem, como se estivesse emocionado pelo que aconteceu.

Palavras não são mais ditas por nenhum de nós dois, apenas sons dos meus beijos desesperados e da respiração errática. Ele sabe que, se falar novamente que eu sou linda ou perfeita, quebrarei num choro sem fim porque estou no meu limite emocional.

Finalmente sei que ele não fugirá.

Sou amada! Sou completa!

Os nossos corpos ficam alinhados. Ele coloca a minha perna sobre o seu quadril para o corpo tocar em mais partes do meu. Instintivamente, procuro o calor íntimo dele, puxando-o ainda mais para mim. Seguimos em silêncio, nossos corpos movimentam-se como se estivessem sincronizados.

As mãos que acariciaram todos os lugares do meu corpo secam as lágrimas de felicidade que pingam em mim enquanto as bocas se tocam. Com o Diogo compreendi o que ele uma vez falou sobre beijar. Quando os lábios dele tocam os meus, toda a sede que tenho termina, para depois ficar ainda mais sedenta.

A mão penteia o meu cabelo com suavidade enquanto o nariz roça no meu.

O silêncio é quebrado quando, numa súplica, imploro uma só palavra:

— Mais.

CORAÇÕES QUEBRADOS

Ele para, apoiando o corpo com os cotovelos e beijando os meus lábios.

— Tens certeza?

— Sim. — Sorrio, porém o meu corpo treme de ansiedade e desejo.

— Estás nervosa?

— Um pouco. E você?

— Muito — responde com aquele sorriso tão típico dele. — Quero fazer--te tão feliz... — diz, roçando novamente o seu nariz no meu. — Amo-te tanto, Emília. Quero que esta noite seja especial para ti.

— Está sendo. Muito — sopro nos seus lábios quentes.

Apoiando o peso com apenas um braço, ele desce a mão pelo corpo, se posicionando e *ahhhhh,* num gesto rápido, entra em mim.

Nesse momento as nossas bocas ficam abertas, gemendo de prazer, alguma dor e muito desejo. Ficamos parados olhando um para o outro numa troca silenciosa de amor e sorrimos feito doidos, percebendo a importância desta noite nas nossas vidas. Nunca me senti tão preenchida. Não é apenas sexo. Nunca foi ou será só isso entre nós dois.

— Jesus! — exclama quando o meu corpo acomoda o dele.

Seus olhos fecham em concentração ao mesmo tempo que morde o lábio e seus braços parecem aumentar de tamanho com a força que está fazendo para controlar o prazer e se segurar. Ele quer que dure, mesmo o corpo avisando que está perto do êxtase. Para ambos, esta é a primeira vez depois de tanto tempo.

Não resisto e passo os dedos pelo seu rosto e as unhas pelas suas costas, sentindo os altos e baixos das marcas que traz com ele.

— Meu Deus, Emília.

Os lábios dele encostam nos meus, que se abrem para a língua tocar na minha. Lentamente, movimenta o corpo.

Iluminados e descobertos, só existimos os dois no mundo.

O corpo do Diogo vai se movendo sem nunca desviar o olhar de mim e, quando o meu coto encosta na sua coxa e eu tento retrair a perna, ele pega nela e a coloca sobre o seu quadril como se tivesse feito isso mil vezes antes. A mão vai subindo e descendo pelo meu coto com delicadeza e, pela primeira vez, descubro que não é só dor que os nervos que ficaram machucados sentem, mas prazer. Estou toda arrepiada.

Deitados na cama, ele vai entrando e saindo de mim até eu me sentir bem confortável.

— Amo-te — diz, aumentando ligeiramente o ritmo.

— Mais, Diogo — peço sem pensar. Sou toda sentimento.

Só agora, com ele sobre e dentro de mim, consigo compreender o quão enorme é, porém não me sinto desproporcional, mas feminina e delicada.

Meus braços agarram-no com tanta força que ele encosta o rosto no meu pescoço, beijando e mordendo aquele seu lugar preferido enquanto vai fazendo amor comigo.

— Enlouqueces-me, Emília. Vou querer mais, sempre mais.

O meu corpo vai se movendo junto com o dele.

Sou eu, é o meu corpo quebrado que está deixando doido de prazer este homem. O meu corpo!

Estou tão feliz que quero gritar pelo mundo, desejando que as pessoas percebam como está sendo para mim.

Um calor que eu nunca senti me rasga, fazendo o meu corpo acompanhar o ritmo do dele até eu gritar com um prazer dilacerante e, pouco tempo depois, ele atinge o ápice do prazer num som rouco que nunca mais sairá da minha memória.

Encharcados de suor e tentando acalmar os batimentos cardíacos, somos um emaranhado de braços e pernas.

Diogo beija todo o meu rosto um milhão de vezes, sempre devagar, até, também com lentidão, nos beijarmos durante eternidades.

— Estou sem palavras — diz, beijando a minha cabeça quando me posiciona no seu peito, ouvindo os batimentos descompensados após tudo que aconteceu.

Não digo nada, nem sei o que posso falar. Esta noite foi tudo para mim, mas, ao mesmo tempo, ele agiu normalmente, como se o fato de mostrar a minha prótese e a minha perna amputada não fosse um grande acontecimento. Esperava que, caso não corresse, tentasse acalmar os meus medos com alguma história, mas tudo que fez foi olhar para mim como um homem apaixonado, me amando em seguida como se fôssemos um casal normal. Ele disse que nada iria mudar, e foi a mais pura verdade.

Ele não me trata como um vaso quebrado, mas como uma mulher.

— Obrigado por confiares em mim — agradece, quando repara que não falo.

Ficamos apenas acariciando um ao outro sossegadamente com um sorriso gigantesco no rosto.

— Não sei bem como dizer tudo que estou pensando. Esta noite foi maravilhosa. Você foi tudo aquilo que não imaginei ser possível. Nunca pensei poder estar deitada com um homem — falo baixinho porque o ambiente pede sutileza.

Corações Quebrados

— Como assim?

— Pensei que nunca iria ter um namorado. Além de não querer, não conseguia me imaginar expondo o meu corpo a alguém.

— Obrigado pelo privilégio. Eu sei o quão difícil foi para ti, mas — para de falar e segura o meu rosto, fazendo-me olhar para ele — juro-te que tudo que disse de ti foi verdade. Continuo a achar que és linda.

— Eu senti isso.

— E, há muito tempo, eu já sabia que te amava. Mas hoje mudou.

— Como assim... mudou?

Ele se recosta na cabeceira da cama e explica.

— Descobri que não te amo como eu havia pensado. Hoje compreendi por que motivo homens mandam construir monumentos por amor ou declaram guerras. Às vezes, palavras não são o suficiente para mostrar o quanto amamos alguém. Por isso é que muitos poetas morreram infelizes e solteiros, pois só escreviam sobre o amor pelas amadas, mas não mostravam, diariamente, o quanto elas significavam para eles. Eu quero mostrar-te que te amo. Não quero que duvides, mesmo quando eu fizer asneiras, e acredita que farei. Está na minha natureza de homem errar em algo. E, em sessenta anos que estaremos juntos, vou ter momentos de estupidez. — Sorrimos. — Esta noite foi isso, mostrar à minha namorada o quanto a amo.

Felizes da vida, beijo o seu rosto. Ele me pega até eu estar sentada sobre as suas pernas. O que começou sendo um beijo passou ao início de mais uma demonstração de amor, desta vez comigo, e de forma tímida, sentada sobre ele.

— Mostra que me amas — pede, traçando uma linha entre a minha garganta e umbigo com os dedos.

— Como?

Ele olha para os nossos corpos e eu faço o mesmo. Como nunca fiz amor depois da amputação, não sei como me mover em cima dele. Com cuidado, pega em mim e me posiciona, até eu descer sobre ele.

Com movimentos lentos, agarrados um ao outro e sem nunca retirar os olhos dos dele, mesmo quando o prazer é tão intenso que dói, faço amor pela segunda vez e esqueço tudo que me assustava.

Durante toda a noite em que os nossos corpos se procuraram, ele olhou para mim como se não visse cacos e, pela primeira vez, me senti inteira.

Quando, de manhã, acordo sozinha, procuro por ele até que vejo uma carta em cima do móvel. Começo a ler e fico sem ar.

Aceitas casar comigo?

Um dia irei fazer-te essa pergunta e espero que digas SIM. Não será hoje, nem daqui a um mês, mas irei pedir-te para passares o resto da tua vida comigo. Quero engordar e ficar careca contigo ao meu lado, de mãos dadas, sentados na grama a relembrar a nossa primeira noite com nostalgia, pois já seremos velhos demais para a revivermos, mas eu tentarei repetir, prometo que tentarei.

Quero casar-me contigo, e isso acontecerá quando ambos tivermos certeza de que estamos em paz com tudo que nos magoou e que essa dor já não comanda a nossa vida. Vou pedir-te para passares todos os teus dias dedicada à felicidade e não ao medo de viver, mas para isso eu também preciso saber que o meu passado, embora nunca, jamais esquecido, está guardado. Acontecerá quando eu conseguir correr sem que o peito doa com as lembranças de todas as manhãs em que corri junto com os meus amigos, pois sempre que os recordo vejo rostos marcados pelo sangue. Quero correr e relembrar a expressão envergonhada do Paulo quando me pedia conselhos. Ainda sinto muita falta dele.

Serei o teu marido no dia em que tu conseguires olhar-te ao espelho sem recordar tudo que perdeste. Quando olhares sem reparar no que te falta, mas sim naquilo que tens, que é absolutamente lindo. No dia em que voltares a fazer o que mais amavas antes da chuva ácida ter caído sobre ti.

Sei que, quando acordares, vais sorrir, mas também sei que, passados uns minutos, irás questionar tudo, principalmente se foi real e se iremos repetir. Sim, aconteceu. Eu vi o teu corpo e não corri, pelo contrário, não consegui largá-lo a noite inteira, e tenciono repetir muitas vezes o que aconteceu há umas horas. Estou viciado e sei que não quero encontrar tratamento.

Espero que também sintas o mesmo. Seria uma tristeza se eu tivesse sido o único a acordar modificado para sempre com a nossa noite, além de não ser muito bom para a minha já fraca masculinidade, pois sempre que estou contigo as emoções consomem-me. Os homens devem ser másculos, fortes e racionais, porém, desde que te amei, sou o oposto de mim mesmo. Para trás ficou um Diogo que não imaginava que o amor fosse isto que temos. Nunca sonhei que um dia daria a sorte de ter alguém ao meu lado que me amasse não porque sou bonito (e eu sei que sou!), porque sou uma divindade do sexo como ontem disseste (Oh, meu deus, não pare), ou porque sou um soldado (as mulheres ficam loucas quando veem um homem fardado), mas apenas por ler palavras minhas, que são a minha parte mais real.

CORAÇÕES QUEBRADOS

215

A palavra amo-te, que tantas vezes digo quando estamos juntos, não a profiro em vão. Nunca disse a outra mulher que a amava porque isso nunca aconteceu. Tu... somente tu ouves essa palavra, e acredite que sempre que a digo não é com os meus lábios, mas com o coração, e quero que faças o mesmo. Nunca digas por pensares que quero ouvir ou por hábito. Diz te amo, com esse sotaque melodioso, porque sentes verdadeiramente, e, se um dia já não sentires, diz que já não me amas. Mas farei de tudo para que nunca o digas porque nós estamos nisto Para Sempre. Eu e tu.

Quero passar décadas ao teu lado sabendo que casei com a minha melhor amiga e, mesmo nos momentos menos bons que existem em qualquer casamento, venceremos juntos todas as adversidades. Por isso, quando eu te disser: Emília, faz-me feliz e casa comigo — acho que prefiro dar a ordem do que fazer o pedido — será o dia em que terei certeza de que a nossa relação poderá ser um pouco abalada por momentos futuros que não conseguiremos controlar, mas nunca porque erramos conscientemente.

Já exaustos de tantas repetições, mas com o corpo ainda a querer mais, perguntaste-me se eu não estava a exagerar quando disse que nunca foi tão bom e que nunca procurei a parceira tantas vezes durante a noite. A verdade é que ontem compreendi na totalidade as palavras do Paulo quando ele dizia que via a vida apenas com uma mulher, sem ter curiosidade de ter sexo com outras, porque quando a pessoa certa está contigo, ela preenche todas as partes e não há espaço para mais ninguém. Tu és a minha pessoa certa, e por isso o meu corpo ontem não se cansava, nem se cansará de ti. Também perguntaste, com a cara colada ao meu peito para cobrir a vergonha, se o fato de não teres uma parte da perna altera a nossa vida sexual, e depois pediste para não responder porque não era a hora ideal. Sim, altera, mas para melhor. Esqueceste-te de que eu adoro desafios, por isso teremos de praticar muito e percorrer todas as posições que conheço, mais as que pesquisarei, para termos certeza de quais funcionam melhor entre nós.

Que chatice ter que experimentar de tudo um pouco...

Estou a escrever por saber que ainda não estás pronta para ouvir tudo, e talvez por escrito compreendas melhor que, apesar de ver que não tens parte da perna, que tens cicatrizes e marcas profundas, nunca olharei para ti sem ser como mulher. Porque tu não és as palavras que rodeiam a tua cabeça, nem a imagem que vês refletida. Tu és a Emília, a minha Emília. Simplesmente isso.

Lembras-te quando disseste que tens receio de um dia seres um peso na vida de alguém? Estávamos a falar sobre envelhecer e, com a idade, a tua perna pode vir a diminuir de volume, a agravar a deslocação. Se um dia isso acontecer, o que duvido, mas se acontecer, eu pegarei em ti ao colo, não porque serás um peso inútil para mim, mas porque amo-te. Se o meu

Sofia Silva 216

corpo já não tiver a força necessária para pegar no teu, os nossos filhos pegarão e, se eles não puderem, os nossos netos estarão lá para ajudar. Porque eu quero uma vida contigo. Quero casar e ter filhos. Amá-los como sou amado pelos meus pais e tu foste pelos teus. Quero ensinar-lhes a serem os melhores seres humanos e, se eu falhar, tu estarás lá para ensinares-me como educá-los. Quero que eles compreendam que a vida não é fácil, mas com amor é sempre melhor. Necessito saber que farei o que for preciso para trazer para este mundo pessoas que ajudem a torná-lo mais belo, como a mãe deles faz todos os dias em que canta para a Liefde e sorri docemente para o Cauê. Ou simplesmente por estar na minha vida.

Contigo quero tanto... quero tudo. Quero um nós!

Gostava que acordássemos juntos, porém o Cauê já deve estar à minha espera para a nossa corrida matinal, e sei o quão importante é manter a rotina com ele. Queria poder ver o teu primeiro sorriso e beijar cada canto teu outra e outra vez...

Estavas tão cansada que nem sentiste o meu corpo a deslizar para fora da cama, quando a vontade era de ficar agarrado a ti. Por isso faz-me um favor, não te levantes, não te movas. Espera por mim, porque hoje o dia é nosso. Quero repetir tudo até acreditares que o meu corpo é igual a minha alma e a meu coração: viciado em ti.

Queria poder murmurar-te ao ouvido as seguintes palavras:

Amo-te.
Simples assim.
Complicado assim.

Imperfeitamente perfeitos...
Eu e tu.

De mãos dadas
e bocas coladas
sempre assim
eternamente assim.

Amo-te
Adoro-te
Venero-te
Sussurro-te amor
Murmuro-te paixão.

CORAÇÕES QUEBRADOS

Sou teu.
Apenas teu.
Exclusivamente teu.

Os teus lábios, os teus olhos e a tua beleza
São meus.
A tua respiração, os teus tremores e o teu prazer
Para sempre meus.

Deita-te comigo
Faço amor contigo
Grita em mim
Explodo em ti.

Meu coração é teu
Tua felicidade é minha
O amor é nosso.

Um dia,
casa-te comigo?

Diogo
27

Passou-se um mês desde a noite em que o nosso relacionamento alcançou as estrelas. 2.592.000 segundos desde o dia em que tanto aconteceu.

Quando a Emília tomou a decisão de mostrar-se através da nudez corporal, foi muito mais do que um corpo nu que se apresentou. Houve o despir de alguma escuridão que a acompanhava. Há uns dias, quando passou uma tarde comigo no meu quarto, eu pedi para olhar-se no espelho e ver-se com os *meus* olhos. Foi um momento duro e cru, com o elevar de voz de ambos. Foi tenso e doloroso, porque ela ainda usava as lentes iguais às do Lucas, a ver só o que o corpo perdeu com o acidente. É como olhar para uma árvore no inverno e achá-la feia por não ter folhas nem flores, sem perceber que o mais importante continua lá: as raízes.

Zangamo-nos, ela chorou, eu enervei-me e gritei:

— *Para de olhar e ver só a deficiência. Para!*

— *Eu sou deficiente!*

— *Olha-te no espelho e vê tudo aquilo que podias ter perdido e não perdeste.* Concentra-te no que ficou. Portas uma deficiência, não és uma deficiente.

Tudo melhorou quando fiquei nu perante o espelho, enquanto narrava cada parte minha e despia cada peça de roupa dela. Fomos nos descobrindo mutuamente. Continuamos a descoberta entre riso, choro, alguns gritos e muito amor. Não foi por termos ficado íntimos que tudo foi apagado. A vida não é um livro de amor em que basta um capítulo para os personagens esquecerem a dor. Infelizmente, a realidade é dura e implacável.

Emília ainda não se despe naturalmente, e ainda peço para ser eu a retirar a prótese, sempre a beijar aquela perna com mais reverência, na esperança de que o ato se torne banal como o retirar dos óculos antes de dormir. Claro que não posso comparar as situações, nem eu quero, mas desejo essa normalidade. Contudo, muito mudou, principalmente a intimidade presente em cada toque. Sim, nós estamos naquela fase em que desaparecemos entre lençóis sempre que podemos. Minutos, horas em que as únicas conversas são entre dois corpos suados que cada vez se conhecem melhor. Somos o exemplo de um casal completamente apaixonado e que só está feliz se o outro estiver ao lado.

Estamos tão fechados na nossa pequena bolha de felicidade, que só há poucos dias prestamos mais atenção ao comportamento estranho do Leonardo e da Rafaela. Ela está nervosa, as emoções sempre à flor da pele, além de estar num relacionamento estranho com o Dr. Pedro, o tal médico com quem se encontrava sentada quando fotografei os dois juntos.

Dedos começam a mover-se pelo meu peito e dois olhos verdes, ainda ensonados, fixam os meus. O meu braço puxa o corpo dela para mim e acaricio as costas suaves como seda.

— Bom dia — digo, a beijar-lhe a testa.
— Bom dia — cumprimenta, a sorrir e passar o nariz pelo meu pescoço.
— É tão bom acordar assim, juntos.

Hoje não correrei porque o Cauê vai com o Leonardo a algum lugar que ninguém sabe, nem mesmo a Rafaela. Ele passou a ser o único terapeuta dele e os dois criaram um laço forte que chocou a todos. Eu sou o amigo que o Cauê nunca teve, o companheiro e o treinador, e o Leonardo é a pessoa que escuta o que ele precisa desabafar. Os dois têm um tipo de ligação que raramente acontece, e a Rafaela, por muito que desejasse que o Leonardo fosse embora, não consegue esconder como está feliz por finalmente o Cauê ter encontrado alguém para conversar.

Embora eu tenha visto coisas terríveis durante anos, saber que ao meu lado tenho um adolescente que foi inúmeras vezes abusado sexualmente apenas para salvar a irmã é algo que me corta a alma. Se um dia ele resolver botar a história no papel, creio que ninguém conseguirá ler sem derramar lágrimas.

— É a nossa primeira manhã sem interrupções, sem que eu tenha que sair do calor do teu corpo. E, mesmo com o braço completamente dormente, nada é melhor do que estarmos assim. — Ela tenta retirar a cabeça de cima do braço, mas não a deixo. — Deixa-te ficar aqui.

— Eu gosto de ficar assim. Gosto muito, até demais — diz, enquanto o dedo continua a traçar desenhos no meu peito, mas como se a mente tivesse viajado.

— Espero que gostes sempre, mesmo quando eu já não tiver este corpo de deus grego. — Encho o peito, para torná-lo maior.

— Esse ego será a sua perdição — diz a rir e dá uma palmada no meu peito. — E hoje que pudemos acordar juntos e ficar conversando, o que faremos agora?

— Que pergunta complicada. A tua sorte é que sou excelente a programar tudo. Decidi que hoje passaremos a manhã na cama.

— Verdade? Nossa, você é fantástico! Que ideia diferente de tudo que temos feito! — ironiza. Gosto da Emília brincalhona.

— Sim, sou fantástico! Fazer exercício pela manhã é a melhor forma de começar o dia, mas, como não vou correr, necessito da minha dose de energia positiva — digo, a passar os dedos pelo seu corpo.

Continuamos a rir e conversar, até que ela para e fica apenas com o rosto colado ao meu peito. Já a conheço e sei que está a pensar em algo menos bom, por isso acaricio o seu cabelo num gesto de conforto.

— Há dias em que ainda sinto algum arrependimento por estar tão feliz. Como se rir fosse um pecado quando eles não podem mais.

— Também penso assim, mas depois lembro-me de que eles não iam querer que eu ficasse triste para sempre.

— Mas dói relembrar certos momentos, sabendo que nunca mais irei ouvir o som melodioso de nós cinco juntos. Sonhei tanto com o dia em que eu acordava sem vontade de morrer, com uma manhã em que o primeiro sentimento não fosse sofrimento e, agora que consegui isso, também sinto culpa por ser feliz.

— Eu sei, mas o Leonardo explicou de uma maneira bem simples que estar triste ou feliz em nada pode alterar o que aconteceu. O passado não pode ser alterado e ficar deitado numa cama a sofrer não adianta nada. Se fosse eu que tivesse morrido naquele dia, não ia querer que eles ficassem em sofrimento e sei que eles pensam o mesmo.

Com o volume das nossas vozes no mínimo, prolongamos a conversa sobre todos os que partiram. Pensamentos sobre quem somos invadem a minha mente. Talvez o fato de termos sofrido perdas, ainda estarmos quebrados por dentro e o nosso corpo ser reflexo dos acontecimentos ocorridos nos tenha unido. Sempre ouvi dizer que as pessoas infelizes, quando juntas, são a combinação perfeita para o desastre, mas e se não forem? E se duas pessoas sem vontade de continuar a viver encontrarem-se na beira de um precipício e, em vez de saltar, derem as mãos e caminharem na direção oposta à dor? Será que eu e a Emília somos a exceção de uma combinação que tinha tudo para correr mal?

Depois da conversa, decidimos aproveitar o dia para comprar o presente de aniversário do Cauê, que fará dezessete anos e ganhará uma festinha. Pela primeira vez, eu e a Emília saímos da Clínica como um casal. É mais um passo para a normalidade.

Numa loja de instrumentos musicais, começamos a escolher o presente.

— Diogo, que tal esta? É bonita.

Pega uma guitarra azul-bebê com linhas rosadas.

— Ele não vai querer tocar uma guitarra com esse tom de azul. Parece um body de recém-nascido — explico.

— Há muitos roqueiros que usam guitarras cor-de-rosa — rebate, claramente ofendida e a murmurar algo que não compreendo.

— Roqueiro a sério usa cores mais escuras.

— Mas o Cauê não é roqueiro e, que eu saiba, nem você. E ficou tão bonita — diz com voz encantada.

— Na alma somos — explico e encho o peito com orgulho. — E mais, se queremos que ele aprenda a tocar guitarra, não é a oferecer uma com essa cor que isso acontecerá. Os miúdos são cruéis, Emília, principalmente com o Cauê.

Ele já se destaca por tantas razões. Tu não vês nada de mau na cor, mas... imagina os outros miúdos? Estás a dar mais armamento para o bullying.

Há umas semanas eu estava sentado a tocar uma música com o violão de um paciente, enquanto a Emília e ele estavam sentados a ouvir. Quando fomos para o quarto, ela referiu que o Cauê tinha dito que gostava de ter aprendido algum instrumento, por isso nós decidimos oferecer a guitarra, e a Rafaela irá pagar as aulas. A professora do Cauê será a filha do dono de um pub que toca música ao vivo.

— Ok, você venceu! — Ao ver o meu riso de conquista, ameaça com o dedo no ar. — Mas tire do rosto essa expressão de vitória. Você é o homem mais insuportável que eu conheço! Pode ser que um dia você ainda ganhe um presente cor-de-rosa, e, se não usar, eu ficarei muito triste.

— Nem penses nisso. — Faço uma expressão séria, agarro-a pela cintura e puxo-a para mim. Ela solta um gritinho de susto e pousa as duas mãos no meu peito. Ficamos parados a olhar um para o outro até encostarmos os lábios. Todas as conversas, brigas ou momentos felizes terminam sempre conosco colados um no outro. Recordo as palavras que ouvi há meses: "As emoções são um sinal da vida que há em nós." E sei que é verdade.

Dois dias se passaram e estamos a caminho do pub. A Liefde ficou um pouco triste por não vir, não aceitam menores de dezesseis. Explicamos que ela tinha que ficar porque iria ter uma surpresa de fadas. Antes de sairmos, a Emília colocou um kit de confeccionar pulseiras de borracha na cama dela. Na Clínica, cantamos os parabéns ao Cauê e oferecemos os presentes, mas tudo muito simples, pois sabemos que ele não está habituado. Todo ano, a Rafaela oferece-lhe algo, mas nunca teve festa. Claro que a mais alegre era a Liefde. E a que mais bolo comeu.

Dentro do carro estamos eu, a Emília e o Cauê. A Rafaela decidiu convidar o Dr. Pedro quando o Cauê disse, em tom envergonhado, que o Leonardo iria passar no pub para dar-lhe os parabéns. Se pudéssemos aproveitar a eletricidade do corpo humano, a gerada pelo Leonardo e pela Rafaela, quando estão juntos, dava para iluminar uma cidade inteira.

O silêncio aumenta de volume durante a viagem. O Cauê está nervoso, pois nunca foi a um pub, e a Emília porque não gosta de estar em público.

CORAÇÕES QUEBRADOS

223

Quando chegamos ao destino, sentamo-nos à mesa reservada e esperamos pelos que faltam, enquanto o Cauê e a Emília se distraem a ouvir algumas pessoas que cantam desafinadamente. É noite de karaokê. O ambiente é animado e os frequentadores são divertidos.

— Fico imaginando algumas destas pessoas naqueles programas de talentos — diz a Emília, a rir com alguma descontração.

Continuamos a rir de algumas performances até que o Leonardo surge.

— Boa noite — cumprimenta e senta-se ao lado do Cauê. — Que tal está a ser o aniversário?

— Bom — responde e fixa o olhar na mesa, e o Leonardo fala com ele baixinho. Não consigo ouvir, mas, em seguida, o Cauê começa a falar.

— Está sendo um dia muito bom. A minha irmã me deu uma pulseira. — Mostra o pulso com uma pulseira colorida. — A Emília e o Diogo me deram uma guitarra. — Olha para nós, envergonhado. — E a Dra. Rafaela disse que eu iria ter aulas para aprender a tocar.

Fica corado, certamente por não estar habituado a ser o centro das atenções de forma positiva.

— Muito bem. Fico feliz. E não te esqueças de que o meu presente pode ser utilizado quando quiseres. Não tem prazo.

— Eu sei. Obrigado. Mas neste momento quero aprender a tocar algumas músicas, até porque o Diogo apostou comigo que, se eu aprendesse em trinta dias, ficaria três dias sem correr de manhã.

Desatamos a rir. Mesmo com a rotina estabelecida, ele continua a queixar-se que preferia dormir a acordar tão cedo para correr.

— A minha tia está um pouco atrasada, mas já tá chegando — interrompe a Emília enquanto guarda o celular.

— Pensei que ela viria convosco — comenta o Leonardo num tom de voz falsamente descontraído.

— O Dr. Pedro teve uma emergência com um dos pacientes. Vão se atrasar um pouco.

— Ah, ok. — Vira o corpo e pede ao funcionário um uísque duplo.

Até uns minutos atrás, nenhum de nós estava a beber álcool. Eu porque vou dirigir, a Emília porque não bebe para não interferir com a medicação e o Cauê porque claramente odeia bebida alcoólica devido à ligação com o seu passado.

— Olá, Emília! — ouço a voz de um homem.

Ela levanta a mão e ele a cumprimenta com ternura.

— Oi, Johnny.

— Espero que estejam gostando. Aqui não julgamos quem sabe ou não cantar ou tocar instrumentos, apenas queremos proporcionar uma noite alegre.

— Sim, está tudo ótimo — responde e olha para nós antes de fazer as apresentações. — Estes são o Cauê, o futuro aluno da Mary, e o Dr. Leonardo Tavares, o novo orientador de estagiários da Clínica. E este aqui é o meu namorado — sorri com paixão quando diz *namorado*.

— Prazer. Meu nome é João, sou o pai da Mariana, mas a maravilhosa ideia de batizar o pub de Johnny&Mary foi da minha esposa, sabendo que ia atrair mais clientes, então as pessoas pensam que são esses os nossos nomes. Brasileiro ama tudo que é gringo.

Desaparece por uns minutos, após avisar que irá chamar a filha. De repente, surge à nossa frente uma adolescente com o cabelo mais vermelho que eu já vi. Parece de fogo.

— Boa noite. Papai me disse que meu novo aluno estava no pub e fiquei confusa, pois só dou aulas para crianças e elas não podem entrar aqui se tiverem menos de dezesseis anos.

— Ué, mas a minha tia disse que estava tudo organizado e... — intervém a Emília.

— E está. Qual de vocês será meu aluno? — Olha para mim e para o Leonardo, que tem o olhar colado na porta do pub.

— Ele foi ao banheiro. Só um minutinho.

— Não tem problema — diz enquanto se senta à nossa frente e começa a conversar conosco como se fôssemos melhores amigos. A cor do cabelo é claramente extensão da sua personalidade vibrante.

No momento em que solta uma gargalhada, o que faz muitas cabeças se virarem para ver de onde vem o som divertido, o Cauê surge e fica parado a olhar para ela e depois para nós, a sentar-se em seguida e abaixar o olhar.

— Mariana, este é o Cauê, o seu novo aluno — a Emília os apresenta.

O Cauê apenas olha por uns segundos e a Mariana fica parada a olhar para ele como se soubesse quem ele é.

— Oi, Cauê. Prazer. Vou adorar nossas aulas.

A voz dele não tem a mesma alegria e os olhos estão mais sérios, porém o Cauê só acena com a cabeça, sem dizer mais nada. Os segundos de desconforto aumentam até que ela percebe que ele não vai falar.

CORAÇÕES QUEBRADOS   225

— Bem, preciso ir ajudar o papai e preparar a minha apresentação.

— Boa sorte — deseja a Emília, a tentar apagar o momento incômodo.

— Obrigada. Hoje é dia de rock! — exclama e ri alto, a piscar o olho e dar as costas.

— Ela irradia felicidade e energia — ouço a Emília dizer, mas o meu olhar está preso no Cauê, que observa discretamente a Mariana enquanto os punhos abrem e fecham com força.

— Está tudo bem? — questiono.

No momento em que vai responder, o Leonardo emite um som de desagrado e reparamos que a Rafaela está a entrar com o Dr. Pedro. Quando observa o Leonardo, fica rígida.

— Desculpem-nos pelo atraso — pedem ao mesmo tempo, e o Dr. Pedro sorri carinhosamente para a Rafaela como se aquele tivesse sido um momento romântico.

Os dois se sentam e começamos a conversar e a avaliar algumas apresentações, a rir muito com pessoas que nunca deveriam pegar num microfone. Quem olha para a nossa mesa não imagina a dor que já passamos ou vivemos. Somos apenas pessoas a festejarem o aniversário de um adolescente.

As horas passam, a Mariana já se apresentou e o Cauê a observou fascinado, o que me levou a perceber que já se cruzaram no passado. Tenho certeza disso.

A Emília assiste com atenção às apresentações enquanto a Rafaela conversa com o Dr. Pedro e o Leonardo, ciente de que ele está a ser extremamente simpático com o namorado dela apenas para enervá-la. Já ele continua a beber e sempre que pode toca em alguma parte do corpo da Rafaela, para fazê-la perceber o quão próximo está. Quando o Dr. Pedro se ausenta por uns minutos, ele sussurra-lhe ao ouvido e coloca a mão na perna dela, mas recebe um olhar gélido que o faz beber o resto do uísque num gole só.

Quando o namorado dela chega e beija-lhe os lábios, o Leonardo se levanta.

— Bem, chegou a minha vez de cantar — anuncia, e eu sinto que vai dar merda.

— Você detesta cantar em público — comenta a Rafaela, a mostrar que o conhece bem.

— As pessoas mudam em dez anos. Passamos a gostar de algumas coisas de que não gostávamos.

— E de outras deixamos de gostar. — Sente-se o veneno nas palavras. Subitamente, a temperatura despenca.

— Mas há aquelas que, por muito que queiramos deixar de gostar, basta um simples telefonema para percebermos que ainda amamos com tudo que temos. Basta uma noite para percebermos que vale a pena ficar e lutar.

O rosto da Rafaela está em tons de vermelho e o Leonardo vai para o palco.

— Boa noite. Espero que cantem comigo a próxima música. É um clássico e quero dedicá-la à mulher que ainda me ama e que eu quero de volta. Flor, esta música é para ti. Amo-te, Flor. Perdoa-me. — Ele está sendo honesto. Um homem bêbedo e a sofrer é algo triste de ser visto.

O som de *Purple Rain* começa e a voz do Leonardo toma conta do pub.

Rafaela
28

Não acredito que ele está fazendo isso sabendo da importância dessa música na nossa história. As palavras que há mais de dez anos mudaram o nosso relacionamento estão se repetindo. Não posso confiar nelas como um dia fiz, sem imaginar o erro que estava cometendo naquela noite quando ele me disse que, por mim, todo o resto não tinha importância. Eu, boba como era, acreditei. "Amo-te, Flor. Amo-te tanto!", disse inúmeras vezes naquela noite e eu repetia o mesmo. Estávamos apaixonados.

Agradeço o fato de as luzes estarem direcionadas para o seu rosto, impedindo os seus olhos de caçarem os meus. É isso que ele faz, caça como um felino, e eu sempre fui a sua presa favorita. Nunca tive força para escapar, nem queria. Ele era tudo que eu via.

— Nunca imaginei que o famoso Dr. Tavares tivesse sentimentos — comenta Pedro no meu ouvido.

— Certamente é o álcool que está cantando e não os sentimentos. Todo mundo sabe perfeitamente como agem as pessoas alcoolizadas — tento responder no meu tom neutro, quando tudo que quero é arrancar o maldito microfone daquelas mãos.

— É mais do que isso. Um homem não diz que ama uma mulher e começa a cantar sem nada sentir. Talvez esse tenha sido o motivo de ele vir para cá.

— Como assim?

— Ah, Rafaela, ele viajou por causa de uma mulher. Algo aconteceu. Ele é um dos melhores na área, ganha salários exorbitantes e tem uma clínica de renome na Europa e, de repente, aceita vir para cá sem receber nenhuma remuneração. Não acha estranho? — Franze a testa.

— Há pessoas que preferem ajudar sem receber dinheiro em troca. Você é assim. — Acaricio a sua perna, tentando desviar o assunto sobre a tal mulher, no caso, sobre mim.

— Somos assim. Mas ele é tudo, menos voluntário. Pode ser um excelente profissional, mas falta humanidade nele para ajudar os mais desfavorecidos.

Mesmo com todos os meus sentimentos conflituosos, não posso concordar com ele, pois sei que o Leonardo tem alma.

— Como você bem sabe, o Diogo foi paciente do Leonardo, e os dois têm um relacionamento de amizade fortíssimo, por isso ele não pode ser assim tão sem sentimentos como você está dizendo.

Retiro a mão dele que estava prendendo a minha e viro as costas para que compreenda que a conversa terminou. Sinto raiva de mim por deixar que o Leonardo mexa com as minhas emoções, mas neste momento só consigo recordar o Leo. O meu Leo de há muitos anos.

Canta comigo, Flor. Puuuurple Raiiin, Puuuurple Raiiin.

O meu olhar recai sobre o Diogo e ele encolhe os ombros percebendo o que se passa. Encaro a minha sobrinha e conversamos por meio de olhares como todas as mulheres tão bem sabem fazer.

— Vou ao banheiro com a Emília, volto já — aviso o Pedro, e sinto um aperto no coração por ele não saber o que está acontecendo. É um bom homem, e só Deus sabe como quero ser feliz com ele.

— Vamos aproveitar para jogar uma sinuquinha? — Pedro convida os seus amigos Diogo e Cauê.

— Nunca joguei — murmura o Cauê. Cada vez que ele diz algo que nunca experimentou, o meu coração sangra e desejo voltar no tempo para castigar aquele monstro por tudo que roubou do meu menino.

CORAÇÕES QUEBRADOS   229

— Ensino-te. Vamos! — Diogo se oferece com um sorriso fraterno, passando um braço ao redor do pescoço dele como qualquer amigo e, quando sente o desconforto do Cauê, retira-o, mas despenteia o seu cabelo num gesto brincalhão.

Já fora do pub, sentamos num banquinho, e eu sinto a mão suave da minha sobrinha segurando a minha.

— Desculpe — começa.

— Por que está se desculpando?

— Se eu não tivesse ficado deprimida e... — respira fundo — tentado terminar com a minha vida, não teria sido necessário você falar com o Leonardo. Sinto que esse telefonema foi o início do sofrimento que ele vive e o começo da minha felicidade. Como o mundo pode ser tão injusto? Será que, para uma pessoa ser feliz, alguém terá sempre que sofrer? — O questionamento dela vem cheio de dor.

— Não pense assim porque não é verdade. Hoje estou mais feliz do que há um ano.

— Não parece.

— Os meus dias são mais felizes sabendo que há riso nesse rosto. Toda manhã agradeço à minha irmã e ao meu cunhado por terem ouvido as minhas preces.

— Aos meus pais?

— Sou uma mulher da ciência e da cura pelo conhecimento, mas pedi um milagre durante uma *conversa* com eles. No dia seguinte, recebi um e-mail sobre um trabalho que o Leonardo fez com base no Diogo, um soldado sobrevivente de um ataque violento. A maneira como ele estava descrito naquelas páginas era como se nas linhas estivesse escrito *milagre*. Não me pergunte como eu soube, apenas tive uma sensação de que a resposta estava ali.

— Talvez papai e mamãe tenham ajudado, mas foi você quem fez tudo para esta ser a minha realidade. Hoje sou realmente feliz, conheci o Diogo, que amo como nunca imaginei ser possível. A minha vida mudou em poucos meses. Agora eu sei o que é amar um homem com tanta intensidade que parece que às vezes vou desmaiar. Imagino o que está sentindo cada vez que olha para o Leonardo e se lembra de tudo. Não consigo imaginar a possibilidade de agir como uma desconhecida diante do homem mais importante da minha vida, não depois de tudo que vivemos.

— Espero que isso nunca aconteça.

— E quanto ao Leonardo? O que sente por ele?

— Nada — minto. — É mais orgulho ferido do que outro sentimento.

— É mais do que isso. Tia, por que você não dá a ele uma oportunidade? Eu não deveria dizer isto, pois o Dr. Pedro está apaixonado e é boa pessoa, mas não é o homem que você ama.

— Como sabe disso?

— Porque você olha para o Leonardo como eu olho para o Diogo.

— O Leonardo é passado — afirmo e, nesse momento, os olhos da Emília se fixam em alguém atrás de mim e, instintivamente, sei quem é.

Ela aperta o meu braço e, com a ajuda do Leonardo, levanta-se.

— Obrigada — agradece, alisando a saia, sempre nervosa para que a prótese não fique visível. — Vou ver como estão os rapazes. Conhecendo o Diogo como conheço, quer ganhar mesmo dizendo que é só um jogo. Quando se entusiasma, ele é capaz de tirar a camisa só para expor o tanquinho. — Ri, tentando aliviar a tensão. Impossível.

— Posso sentar-me? — Aquela voz...

— Também vou entrar. Fique à vontade.

Quando me levanto, ele segura a minha mão.

— Fica uns minutos comigo. Não precisas entrar. — Vendo a minha hesitação, acrescenta: — Por favor.

— Dois minutos. O Pedro vai ficar preocupado. — Seus olhos se enchem de dor.

— Obrigado — agradece, enrolando as mangas da camisa e abrindo dois botões em seguida. Não aguento este silêncio e explodo.

— Não gosto quando você bebe. Não gosto que cante. Não gosto que se exponha, que nos exponha. Não repita Prince — falo, levantando-me e caminhando em direção a uma árvore.

— Às vezes, a bebida é tudo que temos, e expormo-nos é a única maneira de mostrarmos o que sentimos. — Ele me segue e consigo sentir o seu hálito quente e alcoolizado.

— Por favor, pare de dizer sempre a mesma coisa.

— Impossível.

Paro de caminhar e viro-me em sua direção.

— Conseguiu durante muito tempo, por que isso agora?

— Odeias-me tanto assim? Queres mesmo que eu parta?

CORAÇÕES QUEBRADOS

— Já não te odeio. Sim, prefiro que vá embora, mas eu estaria sendo egoísta só pensando em mim quando pessoas já estão sendo beneficiadas, principalmente o Cauê. Ele precisa de você de uma forma como nunca consegui que ele precisasse de mim.

— Já não me odeias, mas odiaste. Não faz mal, também odiei o que fiz e o que fui. — Cruza os braços e eu imito o seu gesto.

— Foi por isso que começou a beber? Nunca gostou muito de álcool, por que fica nesse estado?

— Comecei a beber depois de partires. Por um tempo perdi-me um pouco entre festas, álcool...

— E mulheres — completo a frase, mesmo sabendo que ele jamais diria isso.

— Também.

— Foram muitas? — Não sei por que pergunto. Talvez a masoquista que há em todas as mulheres seja curiosa.

— Algumas.

— E por que nunca se casou?

— Não gostei de nenhuma o suficiente para isso. E tu?

— Também não encontrei ninguém.

— Estava a me perguntar se foram muitos.

— Alguns.

— O Pedro é um bom homem — comenta do nada.

— Sim.

— Custa-me saber que ele vai sofrer.

— Por que diz isso?

— Ninguém é feliz ao lado de uma pessoa que ama outro.

— Como você sabe disso?

— Porque todas as mulheres que tive disseram que não eram felizes. Como podiam ser, se elas sempre foram um pobre substituto de quem eu sempre quis? De quem eu amo.

— Não começa — aviso. — Quantas vezes já te pedi para não falar sobre sentimentos? Já não conversamos sobre isso inúmeras vezes quando nos cruzamos nos corredores durante esses meses? Para de repetir a mesma coisa! — Exaltada, encosto o meu corpo à árvore para tentar encontrar equilíbrio físico, porque o mental é impossível com ele tão perto.

— Vou repetir, pois é a única coisa que posso fazer! — grita, enfurecido. — Estás com outro homem e eu não posso agarrar-te, beijar-te e fazer tudo que quero para provar como somos bons juntos. Relembrar-te tudo que vivemos naquele hotel. Não sei se com os homens que passaram na tua vida as noites eram intensas, porque as minhas não são. Nós temos aquilo que só quem se ama de verdade tem, intimidade. A cama sempre foi a extensão do que sentimos um pelo outro, e aquela noite foi a prova disso. Não foi bom, foi excelente. Não pela quantidade de vezes ou pelas posições, mas porque temos história. Porque o teu corpo conhece o meu. Duvido que seja igual com o Pedro! Só o fato de estar a mencionar isso dá-me vômitos. — Ele para como se estivesse mesmo indisposto antes de continuar. — Não posso convidar-te para passeares comigo e conversarmos sobre quem somos porque não queres estar comigo. Quero mostrar-te quem sou hoje, não aquele que tu criaste dentro dessa cabecinha. — Toca com o indicador a minha testa para, em seguida, passar as mãos exasperadas pelo rosto e pelo cabelo como se não soubesse o que fazer. — Flor, como posso mostrar quem sou se não me dás a porcaria de uma oportunidade? — Dá um passo e fica a menos de um centímetro de mim, prendendo o meu corpo entre a árvore e ele.

O Leonardo é um homem lindo. Alto, moreno, cabelos escuros que contrastam com olhos que parecem mar. É impossível ficar indiferente. É impossível não sentir...

— Dá-me uma oportunidade, apenas uma.

— Não posso.

— Apenas uma — fala em cima dos meus lábios.

— Não... — E a sua boca captura a minha. O sabor do uísque misturado com o sabor dele, o cheiro do álcool e o seu perfume. As suas mãos e o resto do seu corpo prendem-me. Somos duas pessoas adultas agindo como dois adolescentes explodindo de hormônios. O beijo se aprofunda em intensidade e as minhas mãos, que há segundos queriam empurrá-lo, estão agarrando-o com receio de que desapareça.

— Não te vais arrepender — diz assim que afasta os lábios, dando tempo para o meu cérebro voltar a trabalhar.

— Não. Não. Não. Não podemos. Isso foi um erro. — Escapo da gaiola que ele criou e começo a caminhar de volta para o pub, mas o Leonardo, determinado como é, corre e fica frente a frente comigo.

— Tu sentiste. Não negues, Flor.

CORAÇÕES QUEBRADOS

— Estou com o Pedro. Não *posso*. Não consigo olhar para você sem me lembrar... — Não completo, pois é doloroso demais pensar em todo o sangue.

Não posso confiar naqueles olhos, eles me traíram muitas vezes. Não posso deixar que um beijo apague o sofrimento causado até hoje.

— Flor! — chama, mas eu continuo caminhando. — Flor. — Não olho para trás. — Ok, se é isso que queres, vai atrás dele, quando sabes que queres estar comigo! Mas nunca mais peças para eu parar de repetir, porque depois deste beijo vou repetir até compreenderes.

Entro no pub com o corpo em choque e pequenos tremores passam por mim. Visualizo o Pedro sorrindo ao lado da mesa de sinuca. O olhar dele encontra o meu com uma expressão apaixonada. Deixo de ver quem está em volta, viro um chopp esquecido no balcão, seguro o seu rosto e, beijando os seus lábios, sussurro:

— Me leva pra casa? — peço, quase implorando.

Olho para trás, e aqueles olhos capturam os meus. Eu sabia que ele estava ali. Dou a mão ao Pedro e caminho para a saída. Olhos azuis acompanhando os meus passos. Pressiono o meu corpo ao do homem que está ao meu lado. Passo pelos olhos azuis e fico toda arrepiada.

— Boa noite, Leonardo — digo friamente.

— Boa noite, F... Rafaela.

Diogo
29

Desde o aniversário, as pessoas à nossa volta têm vivido as suas próprias aventuras, o que faz com que eu e a Emília nos preocupemos cada vez mais em não cometer alguns erros que vemos os outros cometerem.

Quando finalmente a minha documentação ficou em ordem, eu disse-lhe que queria trabalhar em algo relacionado com o treino físico. Ajudar a melhorar a mente através do exercício. Muitos dos pacientes ou vítimas de acidentes exercitam o corpo na fisioterapia; contudo, algumas pessoas ficam com raiva do mundo, das injustiças ou simplesmente deprimidas. O olhar preconceituoso dos mais ignorantes pode afetar para sempre a autoestima de quem já tanto perdeu.

Há semanas estávamos a assistir a um filme de "comédia" quando na história o protagonista tenta encontrar uma namorada. Nas cenas aparecem diversas possibilidades, todas inadequadas, para *causar riso*. Até que o ápice do mau gosto se dá: uma das candidatas é portadora de deficiência física e faz uso de uma prótese, a ridicularizar a cena com um caminhar caricato que acaba por levá-la a tropeçar, o que faz a prótese saltar e bater na cabeça do homem. O filme é o

CORAÇÕES QUEBRADOS

235

contrário do que se espera do gênero. É um total desserviço. No final, ela sai de cena aos saltinhos e com a prótese nas mãos. Enervado, o protagonista pergunta aos amigos se é tão feio ao ponto de deficientes serem a única opção. Nessa noite, a Emília ficou entristecida, e eu mostrei-lhe um pouco mais o quanto ela é linda do jeito que é.

Agora estamos sentados na cama, a discutir os nossos planos para o futuro.

— Estive pensando e queria trabalhar com crianças. Não sei ainda o quê ou como irei fazer, mas tenho certeza de que estará ligado a elas.

— E o curso de veterinária?

— Não tenho mais a Lana.

— Mas e se fizesses algo que juntasse as coisas de que mais gostas?

Converso, ao mesmo tempo em que coloco a perna com a prótese no meu colo e começo a retirá-la.

— Como o quê? — pergunta. Sei que está nervosa por eu estar a retirar tudo, mas finjo que não reparo. Um dia será rotina e nada mais.

— Eu sei sobre os cavalos e como ajudam inúmeros pacientes. — Tapo a sua boca com um dedo, impedindo-a de falar. — A tua tia mostrou-me e eu achei uma ideia fantástica. Já fui com a Liefde, e a forma como ela se comunica com os cavalos é diferente, como se soubessem que ela é especial. É lindo ver a relação entre os cavalos e as crianças. Dá para sentir que algo importante acontece.

— Não sou capaz. Já tentei, acredite. Houve dias em que tentei caminhar até os estábulos, mas sempre que começava a sentir o cheiro e ouvir o som deles, algo em mim quebrava.

Sei o que está a dizer. Quando desisti da vida militar foi por inúmeros motivos, sendo um deles a minha incapacidade de voltar a vestir a farda ou pegar numa arma de fogo, ciente do poder de destruição que tem. Até hoje não peguei em mais nenhuma arma e não tenciono fazê-lo.

— Independentemente do que escolheres fazer, tem que ser algo que preencha a tua vida e ajude a te libertares um pouco deste quarto.

— Não conseguiria viver a vida inteira comigo aqui na Clínica?

— Não.

— Por quê?

— Como o nome diz, isto é uma clínica e, embora seja a casa de muitas pessoas, não quero viver *aqui* contigo. Quero que seja um lugar para trabalharmos e ajudarmos o próximo, mas desejo acordar contigo na *nossa* casa — frisa a palavra.

— E se eu não quiser sair daqui?

Eu sei que ela também não quer viver aqui para sempre, mas pergunta para perceber como vejo o nosso futuro.

— Tentarei convencer-te.

Retiro a prótese e os restantes materiais e começo a passar o hidratante na perna dela.

— Como? — Fecha os olhos num misto de vergonha e bem-estar por receber esse cuidado.

— Porque quero tudo contigo. Um quarto só nosso decorado com o que escolheremos em conjunto, sabendo que irei discutir porque vais obrigar-me a pintar as paredes com uma cor para depois mudares de ideia, pois não combinará com os cortinados. Terminaremos a discussão transpirados na nossa cama gigante, preenchida com muitas almofadas de todos os tamanhos e que todas as noites vão dar um trabalhão para serem retiradas uma a uma, até eu ficar cansado e empurrar todas para o chão. Voltaremos a discutir porque fui bruto.

"Quero poder acordar no meio da noite e, se sentir fome, saber que tenho uma cozinha só minha e que posso utilizá-la sem receio, e até poderei aproveitar a mesa para atividades... digamos... mais físicas."

— Pode falar sério por um minuto? — Belisca-me o mamilo e contorço-me com dores.

— Continuando, sua sádica. Quero uma casa com espaço para convidarmos os amigos para um churrasco ou simplesmente para os nossos filhos correrem soltos, a gritar nossos nomes numa mistura dos sotaques português e brasileiro. Mais português, pois falamos melhor.

Quando ela tenta atacar-me novamente, dobro o corpo e ela recua.

— Quero uma vida normal. Por muito que goste da Clínica e tudo que aqui acontece, não é este ambiente que vejo no meu futuro contigo.

Os olhos dela brilham intensamente.

— Acha que algum dia teremos isso? Consegue ver esse futuro para nós?

— Claro que sim! Quero uma vida simples contigo ao meu lado. Não desejo riqueza e luxos, apenas viver com a felicidade de ter quem amo comigo.

A mão dela segura a minha que passa o hidratante e ajuda-a nos movimentos.

— Também quero isso tudo. Se eu fechar os olhos, consigo ver as cores do nosso quarto. Nada será branco ou frio. Sim, faremos as pazes na nossa cama super king-size. Sem muitas almofadas. Talvez umas quatro.

CORAÇÕES QUEBRADOS

— E teremos tudo isso, mas primeiro precisamos conhecer o que existe fora destes portões. Precisamos viver como um casal normal. Confias em mim, Emília?

— Com todo o meu coração.

— Viaja comigo. Prometo nunca te obrigar a fazer algo que não te seja confortável e nunca ficarás cansada em excesso. Prometo passar creme nas tuas pernas todas as noites, e se pedires com muito carinho até posso passar noutras partes do teu corpo. Sou assim, um querido. — Ela sorri ao mesmo tempo que revira os olhos. — Não quero que penses que é a minha vontade de conhecer o mundo, é sim o meu desejo de o conhecer contigo. De nos conhecermos cada vez melhor.

Fica a pensar enquanto termino de passar hidratante no seu coto.

— Às vezes fico acordada só para te ver dormindo — confessa baixinho quando me deito ao seu lado e fica virada para mim. — Outras vezes eu coloco a mão para sentir que respira, ou simplesmente encosto a cabeça nesse peito para ouvir o bater do coração. E sempre agradeço a sua presença na minha vida. Por isso, sim, viajaremos, porque tudo que você faz é pensando em mim, mas precisamos pensar em nós. Não vai ser fácil deixar esta rotina ou o conforto de saber que estou protegida da dura realidade que me aguarda fora dos muros da Clínica.

— Não iremos para longe. Conheceremos o Brasil e alguns pontos turísticos. Se alguma vez sentires que já não queres estar longe da Clínica, basta pedires, e voltaremos na mesma hora. E, Emília, se as pessoas olharem para ti, não é porque caminhas de forma diferente ou tens a prótese, mas porque quando passas em algum lugar a tua beleza é chamativa.

— Obrigada por compreender. E o que quer fazer?

— Quero passear contigo de mãos dadas, percorrer as ruas, mercados e conviver com pessoas. Quero estar longe daqui umas semanas para respirar o ar do mundo contigo.

Passamos o restante da noite a conversar sobre a viagem, comigo a tentar dirimir todas as dúvidas da Emília. A cada hora que passava, o receio dava lugar ao entusiasmo e à curiosidade dos locais que visitaremos, sabendo que nunca estaremos muito distantes da Clínica. Para mim o importante não é o destino da viagem ou os locais que conheceremos, mas o fato de escaparmos de um lugar tão belo e que ao mesmo tempo é uma prisão para ela. Talvez vendo um pouco da realidade, ela abra as asas. Será um processo lento, mas venceremos.

Em três dias, organizamos as próximas semanas. Setenta e duas horas para a Emília comprar tudo de que precisa para a viagem, porque aparentemente não tinha roupa. Mulheres.

O Cauê prometeu praticar os exercícios que treinei com ele e irá correr com o Leonardo todas as manhãs. Não quero recuos enquanto eu estiver fora.

Encho com mil coisas desnecessárias o carro que aluguei, e a família que ganhei nestes meses aparece como se fôssemos partir para Portugal. O que não era má ideia.

— Aproveitem muito esses dias — diz a Rafaela com lágrimas nos olhos.
— Claro! — A Emília sorri, a beijar o rosto da tia e dar-lhe um abraço forte.
— Nós não vamos viajar para o outro lado do mundo, Rafaela.
— Eu sei, eu sei! Mas mantenham o celular sempre perto e carregado! E avisem se acontecer algo!

Pensei em dizer que já viajei meio mundo apenas com uma mochila nas costas sem dar notícias aos meus pais durante semanas, mas compreendo que este momento é importante para a Rafaela. Ontem conversou comigo que há um ano ela não imaginava que a Emília pudesse sair da cama, muito menos da Clínica.

Eu e a Emília somos a prova de que a vida por vezes tira-nos tudo, mas, se tivermos sorte, podemos receber algo de bom. Nunca repõe o que perdemos, mas oferece uma recompensa pelo que foi roubado.

Enquanto a Emília continua abraçada à tia, despeço-me da Liefde e do Cauê, a confidenciar o quanto aposto no potencial dele para treinar. O Leonardo aproveita para elogiar a força de vontade do garoto, o que o deixa orgulhoso e ao mesmo tempo encabulado, por isso despede-se rapidamente, a levar a irmã consigo.

Quando ficamos apenas nós quatro, o ambiente se torna estranho.

— Aproveitem para descontrair e esquecer todo o resto. Não há nada melhor do que passear com alguém que amamos a descobrir locais que iremos *sempre* associar à pessoa com quem estivemos. Tenho excelentes recordações de uma viagem que fiz à Serra da Estrela porque a minha namorada nunca tinha visto neve. Toda vez que eu volto lá recordo-me dessa viagem e de tudo que vivi com ela — o Leonardo relembra, com os olhos na Rafaela.

CORAÇÕES QUEBRADOS

— Também nunca vi neve. Deve ser lindo — comenta a Emília, alheia a tudo. Tão inocente que nem percebeu.

— É sim, mas podes perguntar à tua tia o que ela achou. Se bem me lembro, ela *amou*. Não foi, Flor? — Ele adora frisar certas palavras.

Se o olhar pudesse matar uma pessoa, o Leonardo cairia sem vida neste exato momento. A Rafaela não responde, apenas aproveita para dar mais um beijo na Emília e confidenciar-lhe algo.

— Bem, vamos embora antes que isto se torne mais emotivo — digo e, ao mesmo tempo, dou uma cutucada nas costas do Leonardo. Algo me diz que a história deles é bem mais triste do que imagino.

Entramos no carro e partimos em viagem. Não interessa o destino, mas a aventura.

Já dentro do carro, ela estica as pernas, a puxar o banco para trás e olhar para mim com aqueles olhos verdes hipnotizantes.

— Qual vai ser o primeiro lugar que vamos conhecer? — pergunta com muita curiosidade, pois não sabe todos os lugares que tenho em mente.

Não respondo e opto por estender o braço e retirar um embrulho que estava guardado desde ontem.

— Antes de partirmos, queria dar-te isso.

— O que é?

— Abre e vê.

Entusiasmada, rasga o papel e os olhos observam com atenção o presente.

— É um diário de viagem? — O tom é uma mistura de pergunta e afirmação.

Um diário marrom de capa dura, similar ao usado por todos que exploram o mundo, está nas suas delicadas mãos que contornam as palavras que escrevi na primeira página.

> *Que as palavras aqui escritas sejam pensamentos teus,*
> *e as frases mostrem sentimentos vividos.*
> *Que cada página seja uma aventura tua*
> *sempre comigo a teu lado.*

> *Viaja comigo*
> *Parte comigo*
> *Explora comigo*

Escreve sobre mim, sobre ti
Sobre nós.
Apenas escreve.
Eternamente teu,
Diogo.

— Como sabes, sempre tive o hábito de escrever pensamentos em cadernos, desde as minhas poesias até letras de música ou apenas frases soltas. Quando estive internado e não conseguia comunicar oralmente tudo que estava na minha cabeça, o Leonardo disse que muitos soldados com TEPT por vezes escreviam aquilo que os perturbava, e foi o que fiz. Durante meses apenas escrevia as vozes que ouvia na minha mente e que estavam a perseguir-me. Como podemos dizer a alguém que dentro da nossa cabeça ouvimos gritos de pessoas mortas sem parecermos malucos? — A mão dela acaricia a minha num gesto de conforto. — Ao escrever no meu diário o que ouvia na minha cabeça, consegui prender essas vozes nas folhas. Por vezes ainda as ouço, mas está a ficar cada vez mais raro. O teu diário será sobre a viagem, para escreveres tudo que estás a sentir. Eu sei que estás nervosa e tens alguns receios que não consegues verbalizar, então escreve aqui.

"Será só teu e eu nunca lerei nada que escrevas. Faz o que quiseres, mas escreve."

Ela atira-se aos meus braços com o diário entre nós, a beijar o meu rosto mil vezes.

— Obrigada. Obrigada por pensar sempre em mim. Obrigada por nunca me fazer sentir fraca. Obrigada por me mostrar que também sofreu. Obrigada por ser meu amigo. Obrigada por me amar.

Ligo o carro e partimos para um destino bem próximo e banal. Às vezes, os locais mais comuns são aqueles que nos fazem mais felizes.

Diogo
30

— *Já posso abrir os olhos?*
— *Ainda não! Estamos quase.*
— *Ouço tantas vozes de crianças. Estou curiosa!*
— Um sorriso se desenha em seu rosto como se soubesse que vai gostar.

Posiciono-a virada para a entrada e beijo aquele lugar especial atrás da orelha, ao mesmo tempo que peço para ela abrir os olhos. Eles se abrem e a boca forma um O de espanto, a esticar-se em seguida num sorriso genuíno de pura felicidade.

— O zoológico! Eu sempre imaginei vir aqui com os gêmeos, mas nunca surgiu uma oportunidade.

— Queria trazer-te aqui porque gostas disto e porque escuto tudo que me dizes, Emília.

Aponto para o cartaz com fotografias de inúmeros animais protegidos pelo zoo e os programas de recuperação de espécies.

— Este zoológico até podia só ter um animal, o fato de você ter lembrado do que gosto é o mais importante.

— Ainda bem.

— Vamos, vamos!

Pago a entrada e começamos a ler o folheto oferecido para decidir o que mais queremos ver.

— Mamíferos em primeiro lugar! — diz de forma extasiada.

Começamos o percurso a pé sem seguirmos o roteiro sugerido. Vamos no nosso ritmo, a descobrir os animais que nos encantam mais e quais gostaríamos de ser.

— Por que a tua escolha é a leoa e não o leão no sentido geral?

— Elas têm mais poder que os leões. Eles ficam deitados mostrando a juba e o rugido enquanto as leoas cuidam das crias, caçam em conjunto e ainda espantam possíveis perigos. Parecem mais frágeis, são menos belas, mas, por dentro, elas são tudo aquilo que ninguém desconfia quando olha.

— E o que são? — pergunto, mas já imagino a resposta.

— Guerreiras e sobreviventes.

Como tu, penso mas não digo, apenas aperto a mão num toque que fala alto. Ela é isso tudo e muito mais.

Continuamos o passeio entre risos, quando visitamos os primatas e temos a oportunidade de pegar um filhote que foi resgatado de um circo. A Emília, timidamente, conversa com o tratador sobre os maus-tratos que ele sofreu e acaba por ser a felizarda.

— Eu devo estar horrível! — diz com um sorriso quando estamos a caminhar, após o chimpanzé ter enrolado os dedos na sua trança.

O restante do dia é passado dentro do zoo com algumas paradas forçadas por mim para ela não ficar excessivamente cansada, mas, ao mesmo tempo, não quero que sinta que estou sempre a pensar na sua condição física.

Depois de muitas fotografias e com a barriga a reclamar de fome, decidimos encerrar a visita.

Por sorte do destino, encontramos um restaurante português quando percorremos uma avenida com inúmeras opções. Sentamo-nos e, após alguns minutos de conversa com os donos, ficamos sozinhos.

— Tem saudades de casa? — pergunta, a colocar a mão sobre a minha.

— Tenho, mas não no sentido de querer voltar. Só sentimos saudades do que é bom, e a minha casa sempre foi um lugar de boas memórias.

— E do que mais você sente falta?

— Depende. Quando estava a trabalhar em lugares onde as pessoas não sabiam o que era a felicidade, sentia falta da alegria que se faz sentir em Nazaré.

Muitos habitantes também não levam uma vida fácil porque são pescadores, mas têm sempre um sorriso no rosto. Às vezes sinto saudades de estar sentado a observar o mar e sentir o cheiro salgado tão característico daquela região. Mas sem dúvida que os meus pais são o elo mais forte com o meu país. Talvez por ser filho único ou ter viajado muito durante anos, tenho uma relação muito próxima com eles, principalmente agora que sei como a vida dos idosos é delicada. Tudo é frágil.

— Acho linda a maneira como vocês agem quando conversam. Você é uma mistura dos dois, alto como o seu pai e tão divertido quanto a sua mãe — fala com sinceridade. Eu sei que ela gosta dos meus pais e tem um carinho especial pela minha mãe, o que me deixa contente.

— E tu tens semelhanças com quem?

— As pessoas sempre disseram que fisicamente eu era a cópia da minha mãe, mas de personalidade não sei direito. Porém, mamãe dizia que eu tinha características da minha tia. Quando estamos magoadas, a única forma de defesa é ferir a pessoa que nos magoou.

Como não quero abordar o passado, mudo o tema para as diferenças culturais entre o Brasil e Portugal. Aproveitamos para ter uma interessante discussão sobre os nomes das pessoas e como a liberdade brasileira provoca algumas originalidades engraçadas com nomes híbridos de inglês e português.

— Aposto que o dono se chama Manuel ou Joaquim — diz ela quando ele caminha em direção à nossa mesa a trazer uma travessa fumegante.

— Fica a saber que nem todos os portugueses têm o mesmo nome. Eu sou Diogo e o meu pai é Fernando.

Cinco minutos depois ela prova o "melhor bacalhau do mundo" com um sorriso de vitória.

Entramos no quarto do hotel, exaustos, porém o nosso corpo está leve. Mesmo razoavelmente próximos da Clínica, eu ligo para a Rafaela, para avisá-la que está tudo bem. Nunca imaginei que a essa altura eu teria que dar satisfação de horário, mas compreendo a preocupação dela. Aproveito e envio algumas fotos que tirei da Emília, a saber que isso irá deixá-la com um sorriso no rosto. A Rafaela também merece descansar e eu quero que ela reduza a preocupação diária com a sobrinha, pois, além de tudo que tem a ocupar-lhe a mente, eu agora estou aqui.

Olho para a Emília a retirar alguma roupa da mala e vejo sinais de cansaço na forma como apoia o corpo à cama. Caminho para perto dela e seguro o seu corpo no meu.

— Estás muito cansada? Eu estou um pouco.

— Eu também. Acho que é mais a falta de hábito do que qualquer outra coisa. — Continua a vasculhar a roupa. — O sol estava forte demais.

— Retira o que precisas para amanhã vestires enquanto eu vou preparar a Jacuzzi para relaxares os músculos, e, antes que a tua cabecinha pense que está relacionado com a tua perna, não, não está. Após um dia como este, precisamos que o corpo relaxe, ou amanhã os músculos estarão a gritar e cada passo será uma maratona.

— Parece um bom plano. Vou agilizar.

Passados poucos minutos, já sem a prótese e com as muletas, ela entra no banheiro só com o roupão fornecido pelo hotel. Na Clínica não existem banheiras e todos os banheiros são adaptados para portadores de deficiência, por isso será uma estreia nossa.

— Uau! É enorme! — exclama com os olhos abertos como faróis.

— Obrigado. Fui abençoado — respondo, a olhar para o meu corpo com apreço, apesar de saber que ela está a referir-se à Jacuzzi e não ao fato de eu estar completamente nu.

— Você não tem cura.

— Um elogio às vezes é bom.

— Tá certo, você é o homem mais sensual do mundo. Sempre que olho para esse corpo, fico sem forças de tão perfeito que é.

— Controla-te, mulher! Não digas com tanta vontade!

Ajudo-a a entrar na banheira e, assim como visto no cinema ou narrado em livros, o meu corpo posiciona-se atrás do dela e compreendo por que este momento surge tantas vezes em cenas de filmes. É indiscutivelmente íntimo e romântico duas pessoas estarem sentadas com os corpos nus.

Ela apoia a cabeça no meu peito e um suspiro foge pelos seus lábios.

— Que delícia! Só agora é que compreendi a saudade que eu tinha de deitar relaxada numa banheira, mas é ainda melhor com alguém lavando meu corpo de forma tão suave. — A voz demonstra o nível de cansaço quando boceja, mas continuo a passar as mãos por todos os cantinhos dela. Cada toque nosso é sempre

CORAÇÕES QUEBRADOS

mais. Vivo dividido entre querer que ela se habitue a mim e, ao mesmo tempo, desejo que cada passar dos meus dedos pela sua pele traga sempre arrepios como se fosse a primeira vez.

Quando a água amorna, saímos da banheira. Afetado pela troca de carícias, sento a Emília na bancada e começo a secar-lhe o corpo com carinho, reparando que os seus olhos estão fixos apenas em mim.

— O que foi?

— Eu sei que já conversamos sobre espelhos e já me convenceu a colocar um no quarto. Já consigo olhar quando estou vestida, para ver se estou bonita quando vamos nos encontrar. Mas este banheiro tem tantos que não há uma parte minha que não fique refletida.

Estou tão à vontade com o meu corpo e, nestes meses que se passaram, temos estado tantas vezes despidos, que nem pensei que o fato de ela estar mais à vontade com a nudez na minha presença não quer dizer que aceitou o próprio reflexo.

— Para mim é ótimo ter tantos espelhos, Emília. Se olhar para aquele — aponto para o que está situado atrás dela —, vejo costas que me fazem lembrar a forma de um violão, e dá vontade de tocar. — O meu dedo desenha uma linha entre o lado externo do seu peito até o quadril, causando um arrepio em todo o seu corpo. — E se olhar para aquele — aponto para o grande que ocupa a parede oposta — vejo o meu corpo moreno, algumas cicatrizes e o efeito que o teu corpo está a ter no meu e que não consigo esconder, não há como. Além disso, vejo uns olhos verdes como esmeraldas, uns lábios rosa e um rosto em tons de vermelho, consequência do vapor e de saberes que os meus olhos gostam de tudo aquilo que está à mostra.

Ela sorri e o seu corpo aproxima-se de mim.

Lentamente seus lábios aproximam-se dos meus.

Delicadamente encontram-se.

Demoradamente tocam-se.

E instintivamente as nossas bocas abrem-se com línguas molhadas que se tocam.

Beijamo-nos pausadamente.

Sem pressa.

Sem ansiedade.

Apenas desejo.

É um beijo de bocas abertas.

As respirações aceleram e puxo o corpo dela para a extremidade da Jacuzzi, abrindo-lhe as pernas. Sem pausar o beijo, os nossos corpos se unem. Cada vez que a penetro, nossas bocas lançam um som como se por segundos aquele fosse o primeiro sopro de vida.

Fazemos amor rodeados de espelhos e, quando com sacrifício abandono a sua boca, elevo o seu rosto e pergunto:

— O que tu vês? Diz-me.
— Vejo... vejo dois corpos.
— Não. O que vês?

Retiro-me quase por completo dela, provocando um som de desagrado mútuo.

— O que tu vês, Emília?
— Vejo...
— O quê?

Ela olha confusa para mim. Aproximo o meu nariz do dela, a roçá-lo devagar. As nossas respirações erráticas entram na boca um do outro.

— O que tu vês? — insisto.

O nariz dela imita o meu e nossos lábios se tocam.

— Vejo amor, Diogo. Muito amor.

Mesmo saciados, não conseguimos que os corpos se afastem e continuamos as trocas de carícias tão opostas ao desespero com que nos consumíamos há minutos. Ela percorre o meu peito com os dedos e eu as suas costas com os meus.

— Obrigada pelo nosso primeiro dia de viagem. Foi perfeito!
— O primeiro de muitos.

Nossas respirações começam a voltar ao ritmo normal e ela fala:

— Cada vez que fazemos amor, eu...
— Tu...
— ... me sinto sexy. Cada vez que você olha para mim como se eu fosse bela, eu acredito. Sempre que diz que me ama, um caquinho partido se cola aos outros que você já uniu. Todas as vezes que explora o meu corpo e diz que fica louco com o meu sabor, meu cheiro ou os sons que faço, já não fico mais envergonhada, mas feliz por saber que eu, e apenas eu, mesmo com tantas imperfeições,

te provoco prazer. Não me sinto fraca ou partida. Nesses momentos eu não sou a Emília que vejo na minha mente, mas me sinto a Emília que você jura que ama. Aquela que você diz que vê sempre que olha para mim.

O rosto dela se levanta do meu peito e ficamos parados a olhar um para o outro sem dizer nada. Coloco a sua mão perto dos meus lábios e beijo a ponta de cada dedo. Em seguida ela beija os meus lábios e volta a passar os dedos no meu corpo até eu adormecer com uma sensação de paz.

Nos cinco dias que se seguiram, visitamos o Teatro Municipal de São Paulo, a Catedral Metropolitana e o MASP, entre diversos outros pontos turísticos. Ela já conhecia alguns, mas mesmo assim os visitamos. Escolhi estar sempre perto da Clínica para o caso de querer voltar, mas ela está bem, verdadeiramente feliz. Claro que, se estivermos muito tempo rodeados por uma multidão, o coração dela acelera porque preocupa-se com esbarrões, tombos, acidentes... ou que alguma pessoa perceba a sua prótese. Esse é o seu maior receio: mostrar que não tem uma perna, não a deficiência em si.

Todas as noites, os nossos corpos, mesmo cansados de percorrerem diferentes locais, querem mais um do outro. A Emília inicia sempre, como se quisesse mostrar o quanto me ama. Talvez seja o fato de, pela primeira vez em anos, sentir que tem alguém ao seu lado que não a julga, ou talvez o motivo seja esta liberdade que sentimos. Não interessa o motivo, desde que tome a iniciativa.

Neste momento estamos no carro em direção a um ponto turístico que me foi sugerido, e mais uma vez ela não sabe. Gosto de ver a sua expressão sempre que descobre o que vamos explorar.

— Estás muito calada — comento quando vejo que ela está com a testa colada na janela e, quando ela não diz o que se passa, toco no seu braço e ela olha para mim. — O que se passa, Emília?

— Tô angustiada — confessa como se tivesse vergonha. — Não queria dizer nada, mas eu nunca gostei de ficar muito tempo dentro de um carro e não quero ser esse tipo de namorada que fica reclamando, quando você faz tudo pensando em mim, mas estou ficando estressada, você dirige muito rápido apesar de não conhecer a estrada. — A Emília joga a cabeça para trás de forma dramática. — E como não consigo ler, pois enjoo... Apenas eu e a minha mãe tínhamos esse problema. O Rafa, a Eva e o meu pai conseguiam ler a viagem inteira e gostavam de esfregar isso na minha cara.

— Já podias ter falado. Mas saiba que eu estou respeitando os limites de velocidade. E, embora eu tenha viajado meio mundo, estar fechado num carro durante horas nunca foi a minha parte favorita. E vou confessar que também sofro do mesmo. Não imaginas as vezes em que vomitei em treinamentos que envolviam algum tipo de visualização concentrada quando viajávamos.

— E como vocês se entretinham?

— Como alguns de nós estávamos a tirar curso de idiomas, treinávamos. Um dizia uma palavra ou expressão e o primeiro a adivinhar ganhava pontos. Eu sei, parece infantil, mas a verdade é que aprendíamos imenso. Um dos meus colegas falava oito línguas com facilidade incrível, enquanto outros tinham mais dificuldades, principalmente na pronúncia.

De repente, ela salta do lugar como se a energia voltasse.

— Tive uma ideia! Em vez de expressões em outra língua, que tal palavras ou expressões diferentes entre o Brasil e Portugal? Em muitas mensagens por celular, nós fomos conhecendo um pouco dessas diferenças. O que acha?

— Por telemóvel! — brinco, já a começar. — Ótima ideia. E que prêmio ganha o vencedor?

Pinça o lábio inferior com os dedos como se estivesse a refletir profundamente sobre o assunto.

— Hum, deixe-me pensar... Já sei! Uma massagem nas costas até o vencedor dizer que está satisfeito.

Retiro a mão do volante e aperto a dela.

— Vamos a isso! Prepara esses dedos porque preciso de uma massagem por todo o corpo. *Todo!* Viu, Emília?

— Ok, tarado, mas começo eu e será fácil: grama.

— É relva. Carro descapotável?

— Conversível. Carona?

— Boleia. Biberão?

— Mamadeira. Van?

— Carrinha. Sanita?

— Privada. Delegacia?

— Esquadra.

CORAÇÕES QUEBRADOS

Enumeramos várias palavras, algumas não sabíamos o que eram e de outras rimos por serem completamente diferentes.

— Esferovite? — Esta vai ser mais complicada.

— Esfero... quê?

— Esferovite! — Volto a repetir.

— Ah, você está jogando sujo. Quero ganhar!

— Esferovite é usado, por exemplo, para proteger materiais. É branco e, se esfregares, desfaz-se parecendo flocos de neve.

— Isopor! Acertei?

— Sim.

— Que diferença! Cadarço?

— Não sei. Dá uma pista.

— O seu é preto.

— É essa a tua pista? Só isso?

Um segredo sobre a Emília: tem espírito competitivo e só entra em um jogo para ganhar.

— Você disse que nós temos direito a apenas uma pista e eu dei a minha. — Encolhe os ombros.

— Desisto. Não faço ideia!

— Cadarço é isso. — Aponta para o próprio tênis.

— Ah, atacador ou cordão. Nunca adivinharia com essa pista.

— Ganhei! Ganhei!

Começa a bater palmas como se tivesse ganhado algo importante. Mulheres.

Fixo o olhar nela, que continua a fazer movimentos de campeã, e mostro que não sei perder.

— Para quem, quando estava a perder, disse que o importante era competir, mudaste rapidamente de opinião — digo um pouco amuado. Verdade sobre os homens: não gostamos de perder, muito menos para uma mulher. Por favor, mulheres do mundo, deixem os homens ganharem sempre, porque há uma parte de nós que nunca cresce. Somos crianças eternas quando se trata de jogos, basta verem como os atletas se comportam quando perdem. Muitos choram, e acredite que não por amor à equipe, mas sim por terem perdido. Como eu disse: crianças.

— Acho que devíamos tocar a música dedicada aos vencedores, o que acha? — pergunta com o intuito de provocar e de espezinhar o coitado do derrotado.

Continuamos a viagem com ela a cantar *We Are the Champions* e a apelidar-me de bebê, até que os seus olhos veem para onde vamos e o rosto se ilumina quando começo a estacionar o carro assim que passamos pelo pórtico da cidade.

— Diogo, é lindo! Campos do Jordão, não acredito que estamos aqui! — Vibra, apertando a minha mão que está pousada na sua perna.

— Espero que tenhas gostado da surpresa, porque a próxima semana será passada aqui.

— Adorei! Que lugar lindo!

— É mesmo. Pensei que as imagens podiam ser ilusão, mas também estou admirado.

Paro o carro e viro-me na sua direção.

— Nem imaginas como fico feliz que tenhas gostado. Quero fazer-te feliz, tão feliz...

— E já faz, muito! Nada poderá estragar estas férias.

Uma sensação estranha passa por mim, mas acredito que foi por causa do cansaço e da tensão da estrada.

Diogo
31

Já se passaram três semanas desde que partimos e nem uma única vez ela pediu para voltar, por isso prolongamos o tempo de estadia. Emília escreve incessantemente no diário e confesso que tenho curiosidade sobre o que tanto rabisca. Nunca lerei em respeito à sua privacidade, conforme prometi. Ao longo deste tempo, temos aproveitado para nos conhecermos melhor. Se você quer conhecer de fato uma pessoa, viaje com ela.

Na Clínica temos três opções de almoço, assim como de jantar, sendo que as nossas escolhas nem sempre são o reflexo daquilo de que gostamos. O cardápio é pensado mais em função do teor nutricional do que do paladar. Então, foi uma surpresa descobrirmos algo tão comum como afinidades gastronômicas. Pequenas descobertas só possíveis com a convivência. E também descobrimos que somos incrivelmente teimosos sobre divisão de contas, o que originou uma discussão há uns dias.

— *Deixa de ser teimosa!*

Atiro as chaves do quarto para o primeiro lugar que os meus olhos veem. Esta discussão começou há vinte minutos e já não aguento dizer o mesmo.

— Deixa você de ser um velho antiquado! — Exaspera-se, colocando as mãos nos quadris naquela pose teimosa clássica que as mulheres fazem.

— Não é questão de ser antiquado, mas tu não vais pagar nada! Fui eu quem te convidou para a viagem, sou eu quem paga tudo! — Cruzo os braços, que é a versão masculina daquela pose.

— Não! Decidimos viajar os dois. Se somos um casal como está sempre falando, dividimos como tal. Além disso, eu tenho muito dinheiro.

— Então estás a jogar na minha cara que és rica? — Tenho a noção de que estou a ser irracional, mas nenhuma discussão existe sem momentos destes.

— Você sabe perfeitamente que não é isso! — grita e atira os braços ao ar. — Deixe de ser cabeça dura, estou falando que tenho dinheiro parado e você está sempre gastando comigo, conosco e até com as pessoas da Clínica. Também quero contribuir!

— E eu já te disse que não! Assunto encerrado.

— Como? Você quer pagar tudo e agora também quer encerrar o assunto? E eu? Eu não decido nada? Sou uma inútil? — Tocou num ponto fraco.

— Emília, já te disse que não vais pagar. Eu ganho em euros, tenho dinheiro suficiente para esta viagem. — Caminho ao seu encontro e passo as mãos nos seus braços num gesto de conforto. — Deixa de ser teimosa e aceita — peço, a olhar para o seu rosto.

Subitamente, afasta-se de mim e começa a dirigir-se ao banheiro.

— Vou tomar uma chuveirada.

— Ok, vamos.

— Não. Pode parar aí, vou sozinha. Sozinha até o final da viagem!

Passadas horas, acordados e deitados de costas um para o outro, não aguentei sentir a distância de quilômetros quando os nossos corpos sentiam o calor mútuo. Emília não conversou mais comigo depois que bateu a porta e, quando tentei explicar que ela estava a ser infantil e imatura, piorei a situação. Virei o corpo e encostei-me a ela, coloquei a mão na sua barriga e puxei-a ainda mais para mim.

— Podemos dividir as despesas. — Espero que ela diga algo, mas durante vários segundos o silêncio se intensifica e começo a movimentar a minha mão pela sua barriga como ela gosta que eu faça. — Desculpa, não queria fazer-te sentir inútil, tu nunca serás isso para mim. — Beijo-lhe o pescoço, mas ela continua muda. — Diz algo, Emília.

Sei que ela está a preparar um discurso mentalmente, a escolher as palavras a dedo.

— Hoje você me fez sentir como se a minha opinião não fosse importante. — Rompe o silêncio e o meu coração com a frase. — Senti vergonha quando no restaurante dispensou o meu cartão na frente do garçom. — As palavras são proferidas quase num sussurro doloroso.

— Desculpa-me. Nunca mais quero fazer-te sentir assim, pelo contrário, tu és muito importante para mim, a pessoa mais importante na minha vida.

Ela se vira para mim e ficamos com os rostos quase encostados, e a minha mão, que anteriormente acariciava a sua barriga, toca o seu rosto.

— És o meu tudo, Emília.

— Eu sei disso. Todos os dias você prova o quanto eu sou importante e também peço desculpas. Sei que exagerei, mas só queria pagar um jantar. Às vezes, são as pequenas coisas que nos dão alegria. Fui injusta, pois sou a namorada mais sortuda e feliz deste mundo, e não devia ter me comportado mal só porque uma vez você agiu erradamente comigo. Estamos ambos aprendendo a nos conhecer.

Ficamos a conversar quase silenciosamente durante diversos minutos e, já mais descontraídos, lembra que a temporada em Campos do Jordão já vai terminar e, quando nota a minha expressão de desconsolo, aproxima o corpo ainda mais do meu e diz que é a sua vez de planejar o próximo destino. Explica que ainda não se sente pronta para voltar.

— E para onde iremos?

— É segredo.

— Tens a noção de que sou eu quem conduz o carro?

— Claro que tenho. Mas vamos aproveitar o restante dos dias que ainda temos aqui sem pensar no maravilhoso destino que guardo em mente.

E foi isso que fizemos.

Durante o restante dos dias em Campos do Jordão, a Emília pagou sempre que desejava e dividimos tudo.

Neste momento estou a organizar as malas e a Emília está a fazer uma colagem no diário. Sempre que tirávamos fotografias ela dizia que tinha saudades de sentir a fotografia em mãos, então, numa manhã em que estava a dormir, antes de virmos para Campos do Jordão, fui comprar uma Polaroid e acho que criei um monstro. São *centenas* de fotografias espalhadas pela cama.

— Tens a noção do tempo que vais precisar para organizar isso tudo? Precisavas mesmo tirar todas as fotografias da mala? — Aponto, a dobrar a roupa. Anos a viver como militar ensinaram-me o poder da organização, algo que a loira ao meu lado não conhece.

Mais um pormenor que aprendemos um sobre o outro.

— Vai ser rápido, mas precisava mesmo de uma fotografia específica para o que tenho em mente — fala sem desviar o olhar do que está a colar.

Já preparados, ela encosta-se ao carro enquanto eu termino de carregar as malas. Em seguida vou ao seu encontro, a posicionar o meu corpo à frente do dela, e os seus braços rodeiam o meu pescoço.

— Qual o próximo destino, princesa?

— Antes de te dizer, eu quero que saiba que este mês está sendo maravilhoso. Acordar todas as manhãs com você ao meu lado, passear por lugares divinos, apreciar cada detalhe pensado com tanto carinho... Todos os dias eu ri e fui feliz, e, mesmo quando discutimos, eu gostei porque foi mais uma descoberta. Não troco esses momentos por nada. Por nada! Por isso, o próximo destino eu escolhi por querer retribuir toda a felicidade destas semanas.

— E o destino é... — Estou bastante curioso por descobrir e o seu rosto se ilumina como se soubesse que eu vou gostar.

— O destino é Ubatuba, mais precisamente a praia de Itamambuca, nacionalmente conhecida pelas suas famosas ondas, perfeitas para os surfistas — diz com tanta alegria que eu quero que a minha felicidade interna seja visível no exterior, mas não posso quando recordo que praia significa pouca roupa e ela não está preparada para isso.

— Não é assim que funciona. O destino tem que ser para os dois, e eu sei que não vais à praia, portanto só estás a fazer isto por mim, mas e tu?

As mãos dela se soltam do meu pescoço, a apanhar o meu rosto.

— Diogo, olhe para mim, acabei de dizer que planejei pensando em você. Pela primeira vez na vida, me deixe sentir como é fazer a pessoa que amamos feliz por colocá-la em primeiro lugar. Não fique pensando em mim e no que vou sentir, eu sei bem o que fiz. Confie em mim. Não estou fazendo isso apenas por você, mas pela nossa felicidade. Se você estiver feliz, eu também estarei.

— Entendi, mas não quero ir surfar sem ti, por isso teremos que encontrar uma solução.

— Quando chegar o momento, vemos isso, agora vamos partir. Estou ansiosa. — Desprende-se do meu corpo e entra no carro.

Já na estrada, aperto a sua perna num agradecimento mudo por ela ter pensado em mim ao escolher o local, apesar de não ser da sua preferência.

Fazemos o percurso em silêncio — estou dirigindo mais devagar —, eu a pensar nas ondas que amo e ela ocupada a trançar e destrançar o cabelo, até que, ao reduzir a velocidade devido à aproximação de um pedágio, ela grita e eu me assusto.

— Para o carro! Para o carro!
— O quê? — pergunto, confuso e preocupado.
— Para o carro!
— O que foi? — Começo a estacionar no acostamento e volto a perguntar o que aconteceu.
— Acho que vi algo naquele lado. — Aponta para um terreno abandonado à beira da estrada e começa a abrir a porta.
— Algo?
— Parecia um animal se arrastando.

Percorremos a curta distância e começamos a ouvir um ganido. Imediatamente percebo que é um cão, e o mais certo é ter sido atropelado. Acelero e encontro o que suspeitei. À nossa frente está um pastor completamente imundo e ferido. A Emília começa a caminhar para ele com lágrimas nos olhos.

— Oh, coitadinho. Diogo, ele está machucado. E agora? O que faremos? — Acredito que este momento esteja a trazer-lhe recordações desagradáveis.
— Não faças nada! Não te aproximes, pois não sabemos se ele pode ter alguma doença, e eu não quero que corras esse risco. Vou ao carro buscar o kit.
— Mas eu entendo de animais. Eu ia ser veterinária.
— Nada de mas, não te aproximes. Ele até pode ser dócil, mas está ferido e por vezes atacam como meio de defesa, e tu sabes bem do risco de infecção que tens devido aos teus problemas. Espera aqui.

— Ainda bem que o encontraram. Embora infeccionados, os ferimentos não eram graves, mas não resistiria se ficasse sozinho por mais alguns dias, apesar de não ter fraturado nada. Podem levá-lo sem maiores preocupações.

Fico confuso com o que o veterinário fala.

— Levá-lo?

— Sim, a sua namorada disse que vocês vão ficar com ele. Por isso, já o vacinei, mediquei... aqui estão os remédios. Ah, ele está livre de parasitas. É bom ver pessoas que se preocupam com animais abandonados, feridos, doentes... — Sorri como se nós fôssemos dois santos, quando eu não tomei decisão alguma. — Ele ainda está com dor, não deixem de dar as medicações.

Olho para a Emília, mas com os óculos de sol não consigo ver sua expressão, contudo o vermelho do seu rosto mostra a culpa de não ter me avisado.

— Emília, não está sol aqui dentro, podes tirar os óculos! — Ela os retira e me lança um olhar mortífero. — Como assim, vamos levar o cão?

— Diogo, querido, perdão. Eu não consegui imaginar o Neruda sozinho. O Dr. Alexandre disse que já não têm espaço na veterinária e teria de o enviar para um abrigo que também está lotado e cujas condições não são as ideais para o nosso sobrevivente.

— Já deste nome ao *nosso* cão? — Estou completamente perdido. — Estiveste vinte minutos dentro do consultório e decidiste ficar com o cão e batizá-lo com o nome de um poeta?

— Sim! — exclama a abrir um sorriso com todo o seu brilho, e eu não consigo zangar-me. — Além disso, ele é tão meigo. Já lambeu até a minha bochecha! — diz como se fosse a maior amiga dele.

Quem já viveu aquele momento em que não é possível perceber de imediato o que aconteceu sabe bem do que estou a falar. E agora estou a viver exatamente um deles.

— Ok. Podemos levar o Neruda.

— Ainda bem que aceitou, pois eu já comprei tudo para ele enquanto você foi abastecer o carro.

— Já sabias que eu ia aceitar. Mas tens a noção de que o Neruda vem para solidificar a nossa relação? Não me podes abandonar, porque ele precisa de nós dois para o educar.

— Nunca te abandonaria, muito menos agora que temos alguém para cuidar.

Brincamos com a situação, mas, ao mesmo tempo, ficamos estáticos a nos comunicar entre olhares. Um dia, se tudo correr bem, teremos alguém que irá depender de nós para crescer. A Emília sabe o quanto desejo ser pai.

CORAÇÕES QUEBRADOS

257

Apesar de ser mais nova do que eu, de nossa relação ainda ser recente e de termos um longo caminho a percorrer, ela sabe que irá acontecer. Eu já disse que quero uma Emilinha a correr livremente e ela disse que queria um Dioguinho para proteger a irmã.

— Bem, vou levar o Neruda para o carro. Consegues carregar aquilo?

— Aponto para as compras que ela fez quando decidiu tudo sozinha.

— Claro.

De volta à estrada, continuamos a falar sobre os cuidados que precisaremos ter com o Neruda por causa das feridas ainda abertas. Como ele é um pastor-alemão, necessita correr todos os dias para gastar energia, por isso será mais um companheiro meu pelas manhãs.

Liguei para o hotel para falar sobre o Neruda. Eles não aceitam animais, mas depois da história triste — carreguei na emoção — que eu contei-lhes, vão abrir uma exceção.

Sem dar por isso, mais um elo nos liga, e nenhum de nós imagina o quão importante ele será para a nossa relação.

Diogo
32

Retiro o cabelo do seu rosto e beijo-lhe a testa.
— Emília, acorda.
— Não quero acordar. Estou dormindo, vai dar uma volta. — Vira o corpo e cobre a cabeça com o lençol.

— Vamos lá, dorminhoca.

— Devia ser ilegal acordar tão cedo! — resmunga completamente ensonada.

— Precisamos ir a um lugar e tem que ser cedo. Eu sei que, se for mais tarde, tu não vais querer. Confia em mim e levanta-te! — Dou-lhe uma palmadinha.

— Tá bem. — Retira o lençol, a revelar o corpo despido, e eu me concentro no destino que tenho planejado, ou não saímos deste quarto.

Enquanto ela vai preparar tudo, fico sentado na poltrona, a fazer carinho nas orelhas do Neruda e a olhar a natureza que nos rodeia.

Chegamos tarde em Ubatuba, mas a tempo de pegarmos aberta a loja onde vou alugar o equipamento de surfe.

— Vejo que uma grande amizade está nascendo — observa.

— Sim, acho que mais uns dias e somos melhores amigos. Isto se ele aprender as regras. Pena tu o estragares com mimos. Eu educo e tu o oposto.

Já sei que vai ser assim com os nossos filhos. Eu serei o guarda mau, mas... tudo bem.

Na manhã seguinte, a dona do hotel — que me revelou ser aficcionada por Pablo Neruda — me deu umas dicas de passeios. Então, pegamos o carro e vamos até a entrada de uma trilha. Caminhamos durante alguns minutos por um terreno irregular e comigo a ser o apoio físico da Emília nas poucas subidas íngremes onde ela tem mais dificuldade. Mesmo com desconforto, ela não se queixa.

À nossa frente, encontra-se uma cachoeira completamente deserta. O poço não é muito fundo e a água é cristalina.

— Trouxe-te até aqui porque nas nossas conversas tu dizias não gostar de mar revolto, mas que sempre nadaste em rios e lagoas, e que a tua grande paixão eram as cachoeiras, onde te banhavas com a tua família.

— Mas isso foi antes do acidente.

— Ei, eu estou aqui contigo. Vamos juntos. Vai ser divertido, a água deve estar fria, eu te esquento.

— Mas nem estou de maiô.

Esqueci de avisar, droga.

— Basta tirares o vestido e ficas perfeita. Vamos.

Pego nela ao colo para descer algumas pedras e começamos a nos despir. Sei que ela quer argumentar, mas não o faz. Sento-a na pedra e retiro a prótese. Eu de boardshort e ela de calcinha e sutiã prontos para mergulhar.

Como a prótese dela é eletrônica, não pode ser molhada; caso fosse a mecânica, poderia nadar com ela, pois treina na piscina da Clínica.

— Preciso de ajuda para andar nas pedras e entrar na água.

— O sonho de qualquer homem é ter uma mulher linda nos braços. Sou muito sortudo — digo, a pegá-la e a caminhar até a água. A cabeça encosta-se ao meu ombro enquanto os braços agarram-me com força.

Começo a entrar na água e um arrepio atinge o meu corpo pela diferença de temperatura, mas rapidamente adapto-me.

— Preparada? — pergunto, e ela agarra-se a mim ainda mais, a negar com a cabeça.

Ficamos assim uns segundos até que ela tenta desprender-se lentamente do meu corpo e o pé toca na água.

— Está gelada — comenta baixinho, e logo se lança no poço e começa a nadar sem dar-se conta, apenas como se fosse a sua natureza.

Estou parado a vê-la completamente livre e fico emocionado quando solta uma gargalhada como se nem percebesse a felicidade que transborda do seu corpo. Os acidentes nem sempre nos roubam a família, um membro do corpo ou quem amamos, mas retiram-nos aqueles momentos que nos faziam felizes. Pequenos detalhes que damos por garantidos no dia a dia. Ver a Emília a nadar é perceber que hoje, neste momento em que estamos os dois sozinhos, ela conseguiu adquirir mais uma coisa que lhe tinha sido roubada naquele fatídico dia.

— Está aí parado olhando a paisagem... ou tem medo de água fria? Vem logo!!! — Atira água com as mãos e eu vou, porque já Homero referia que homem algum consegue resistir ao chamamento das sereias. E eu nem quero ou tenho forças para resistir ao cântico dela.

Nadamos, brincamos, boiamos por entre os rochedos e rimos muito. Os lábios já não têm mais elasticidade para aumentar o sorriso que se estampa em nossos rostos. Duas crianças em corpos de adultos.

— Obrigada. Obrigada. Obrigada. — Beija-me o rosto.

Ela está agarrada a mim, com os braços em volta do meu pescoço e as pernas na minha cintura. Todo o seu corpo está colado ao meu.

— Ainda bem que gostaste — digo, a prolongar o beijo.

E o que começou inocentemente... intensifica-se.

— Temos que parar, não é higiênico e pode aparecer alguém. — Bate na minha mão quando percebe o que quero.

— A sério que a tua primeira preocupação foi a higiene? — pergunto e atiro a cabeça para trás, aos risos.

— Não ria de mim, mas vem mais gente aqui nadar.

— A água está sempre a correr, além disso não seremos os primeiros nem últimos. E se pensarmos nisso nem entrávamos no mar com a quantidade de peixes e animais marinhos que procriam nele. É um festival de sexo lá dentro.

— Ai, Diogo, que nojo.

— Esquece isso. Vamos criar boas memórias desta cachoeira. Para se um dia perguntarem se estivemos em alguma, nós acenarmos o sim e, entre olhares,

CORAÇÕES QUEBRADOS 261

ficarmos a recordar o que aconteceu aqui como algo só nosso. O primeiro dia que nadaste numa cachoeira comigo e como fizemos amor debaixo d'água.

— Como posso negar depois do que você disse? Este destino era para *você* se divertir, só para te ver feliz como também me faz e, logo no primeiro dia, é em mim que pensa. Sempre em mim. Algumas vezes penso que faltam Diogos neste mundo e queria que houvesse mais, pois não aceitarei dividi-lo. Uma parte minha quer que as mulheres o desejem, mas saibam que nunca será real para elas porque é meu, apenas meu. Nunca vou dividi-lo com ninguém. Nunca vou deixar que outra mulher apareça em teus olhos. Apenas eu. Somente eu. Não quero nem imaginar alguém a ter isso que nós temos.

— Não precisas. Serei sempre fiel a ti. Vou estar sempre aqui do teu lado.

O sexo é intenso porém rápido. Sento a Emília no meu colo, meio corpo para fora d'água. O som da cachoeira abafa nossos gritos e gemidos. Esse dia ficará gravado para sempre nas nossas recordações de viagem.

Ainda ofegante, ponho o meu amor sentada numa pedra e digo:

— Agora vamos, preciso surfar.

Emília
33

Estou nervosa. Muito nervosa. Nervosa demais. Sorrio e me esforço para exibir uma expressão de alegria, contudo, dentro de mim, um leão arranha furiosamente o meu coração, abrindo dolorosas feridas.

Está um dia quente e certamente, na praia, ninguém estará de vestido longo. Apesar de o meu não ter alças e ser decotado nas costas, o resto do corpo está completamente tapado, mas vou fingir que eu não reparo nos olhares quando estiver deitada na canga. Vou me concentrar em escrever e fazer minhas colagens. Nunca imaginei que escrever pudesse ajudar tanto. Neste último mês expulsei muitos demônios e dúvidas que assombravam os meus dias.

O carro começa a estacionar e reparo que a praia não está lotada, talvez por ser dia de semana.

— Chegamos!

Ele está superfeliz, e isso é importante.

— Ótimo! — exclamo quando só quero voltar para o nosso hotel e ficar agarrada ao Neruda.

CORAÇÕES QUEBRADOS 263

O lado bom é que o acesso à parte da praia em que ficamos tem pouca areia, sendo o caminho verde mais duro, e por isso consigo percorrê-lo sem grandes dificuldades.

Eu sei que muitas pessoas amputadas mostram a prótese e fazem mil e uma atividades. Tenho orgulho dessas pessoas e espero um dia fazer parte do grupo. Desejo ser alguém que deixou no passado todos os sentimentos negativos e é inspiração para outros jovens, mas sempre que olho para a prótese recordo tudo aquilo que me foi subtraído para sempre, por isso a escondo.

Não é vergonha por ter perdido a perna, apenas não quero me lembrar o tempo todo de quem nunca mais voltará, e é exatamente isso que acontece quando vejo a prótese. Sei que um dia vou olhar para mim como qualquer mulher, só reparando nas pequenas imperfeições, como celulite, estrias, gordurinhas a mais etc.

No caminho pela areia, Diogo me enlaça com o braço e parece que nem estou tocando o chão, pois ele faz todo o esforço. Encontramos um lugar distante da muvuca e arrumamos tudo. Como o meu tom de pele é claro, o Diogo, sempre preocupado e atento, passa protetor em mim, mesmo nos locais onde eu conseguiria espalhar, mas ele diz que é mais que um prazer, é obrigação de namorado, aproveitando para deixar a mão roçar onde não devia. Honestamente, não compreendo como ele consegue estar sempre disposto. Ele fala que a culpa é minha, que o deixo louco, sem imaginar que essas palavras são absorvidas por mim como ar puro.

Se os homens soubessem como um simples *Sou doido por ti* faz maravilhas pela autoestima de uma mulher, e, consequentemente, pela felicidade de um casal, acredito que teriam mais atenção a esse pormenor. Queria dizer a todos os seres humanos para, uma vez por dia, elogiarem a pessoa que amam.

Em seguida, retribuo o gesto.

Ele tem cicatrizes profundas, mas o fato não o incomoda e o admiro por isso. Porém, enquanto cicatrizes numa mulher são vistas como algo feio, nos homens parece ser o oposto. Estamos apenas há dez minutos na praia, e um grupinho de seis amigas já está comentando. Não tiram os olhos do corpo do meu namorado. Parece até que querem vir conversar com ele, e isso me deixa enfurecida e inferiorizada.

Várias gatas de biquíni, quase despidas e com corpos sarados. Sei que ele me ama e que não é o fato de meu corpo não ser perfeito como o delas que o fará trair o que temos. Tenho certeza de que o Diogo é fiel e não se deixa iludir por peitões, uma barriga reta e coxas musculosas e definidas, mas a insegurança bate mais forte e fico observando a diferença entre o meu corpo e o delas, desejando por segundos ser *perfeita* como elas são. As minhas pernas não são definidas, a minha barriga é uma confusão e os meus peitos não são enormes.

— Olha para mim — pede com carinho. Depois de *Confias em mim?*, a frase *Olha para mim* é a mais falada por ele, como se soubesse que o seu olhar sempre reflete a verdade.

— Estou olhando — digo, mas ele segura o meu rosto, obrigando os meus olhos a encontrarem os seus.

— Não quero que comeces a questionar tudo. — Acaricia o meu rosto com os dedos. — Não quero que olhes para as mulheres que estão na praia a imaginar que alguma vez eu preferiria alguma a ti. Haverá sempre mulheres lindas e corpos esculturais, mas nenhuma delas és tu. De que adianta terem corpos que tu pensas que me atraem se eu só tenho apetite por um, o teu? Não te vou mentir e nem dizer que não as vejo ou que não são atraentes, isso qualquer um repara e, sim, são mulheres lindas, mas, repito, elas não são nada comparadas contigo. Não comeces a questionar quem és apenas por elas estarem aqui. Lembra-te de todas as ocasiões em que amei o teu corpo vezes seguidas porque a verdade é que o teu é o único que me satisfaz a todos os níveis. — Beija a minha testa, me envolvendo em seus braços e fazendo com que me sinta mais segura. Ele sabe sempre falar aquilo que eu preciso ouvir.

— Obrigada. Estava precisando de uma dose de Diogo.

— Sempre às ordens. — Beija-me profundamente, sabendo que as seis estão olhando e vão saber que ele é meu. — Agora, fica linda aí sentada a observar o rei a dominar as ondas. — Corre com a prancha em direção ao mar. Diogo mais prancha: uma combinação letal.

— Ficarei tirando fotografias suas, meu Kelly Slater!

Envio um beijo quando ele acena. Meu olhar recai sobre as mulheres que o estavam observando e, em vez de sentimento de inferioridade, sinto-me feliz.

Fico sentada tirando fotos dele. Meu Deus, ele é magnífico! Mas não sou a única a reparar. Talvez, por ter crescido em Nazaré, onde as ondas são gigantescas, ele esteja tão à vontade no mar, como se os dois tivessem uma profunda ligação. Até mesmo os outros surfistas estão com os olhos nele, comentando

CORAÇÕES QUEBRADOS   265

os aéreos. Sinto orgulho do meu homem, pois sei o quanto ama o mar e as saudades que sentia do surfe.

O mar é para ele aquilo que a Lana era para mim: liberdade.

— Oi! — diz uma garota loira com pinta de surfista.

— Oi! — respondo, fechando de imediato o diário e olhando para cima com a mão tapando o rosto por causa do sol.

— Aquele ali é seu namorado, certo? — pergunta, sentando-se a meu lado na canga.

— Sim. Por quê? — questiono. Não me lembro da última vez que alguém puxou conversa do nada.

— Ele é profissional?

— Não, mas cresceu surfando em Nazaré.

— Deveria investir na carreira.

— É apenas um hobby, para desestressar a mente. — Ainda não sei se devo ser mais simpática.

— Cara, meu namorado tá vidrado no teu, e o mais certo é convidar vocês para o nosso luau. — Ri com a própria piada. — Topam? Sou mulher, por isso estou perguntando pra você. Sei que é a gente que decide, mas deixamos que eles acreditem no contrário.

— Ah, não sei. Depois falo com ele.

— Ok! Ah, meu nome é Lúcia, mas todos me chamam de Lu. — Estende a mão e eu a cumprimento.

— Sou a Emília e todos me chamam de Emília mesmo — digo e sorrimos.

— Você não tá com calor, gata? — questiona, olhando o meu vestido.

— Não. Prefiro assim.

Já se passou quase uma hora, e a tal da Lu continua sentada comigo, comentando esporadicamente o que está acontecendo no mar. Eu apenas consigo ver o Diogo fazendo manobras, mas ela comenta com nomes técnicos em inglês que para mim são completamente desconhecidos.

Ele sai do mar com um sorriso no rosto direcionado a mim, até ser interrompido por dois outros surfistas que começam a conversar com ele. Reparo que sorriem e um deles, certamente o namorado da Lu, aponta na nossa direção e o Diogo olha para mim. Noto que o estão convidando para o luau e sei que ele vai aceitar, por isso levanto o polegar e sorrio. Passados uns minutos, a Lúcia vai ao encontro deles explicar que já conversou comigo. O Diogo despede-se e começa a correr, aproximando-se de mim. Finca a prancha na areia e se joga na canga ao meu lado, secando o corpo ao sol.

— Que achaste? — pergunta com curiosidade honesta ainda olhando para o mar.

— Estou sem palavras, e não sou a única. Vejo que tem muitos fãs, mas lembre que sou a número um!

— Devem ter sido os aéreos, minha especialidade. Ou o fato de eu ser de Nazaré. Só pensava se estavas a gostar ou com vontade de ir dormir.

— Amei! Tirei fotos e quero enviar algumas para os seus pais. Ontem enviei duas do Neruda.

Apesar de eu estar afastada da Clínica e do mundo que me rodeava diariamente, me comunico com a mãe dele com certa frequência e continuo falando com a minha tia. Anteontem, confessou que precisava tirar férias porque está complicado passar os dias com o Leonardo por perto.

— E em relação ao luau, tens certeza de que queres ir?

Fica sentado atrás de mim, voltando a passar mais uma camada de protetor nos meus ombros, e eu deixo as mãos salgadas refrescarem a minha pele.

— Sim. No começo fiquei um pouco receosa, mas a Lu até que é simpática. Quando estávamos em Campos do Jordão, também jantamos com alguns casais que estavam hospedados no mesmo hotel. Não será diferente. Espero.

Emília
34

$\mathscr{E}$stou colocando um vestido branco que comprei há uns dias, quando noto que o meu tom de pele está mais moreno e com um brilho especial. As costas estão quase descobertas com um decote tomara que caia. Faço uma trança e prendo um girassol — minha flor preferida — no meio. Olho a minha imagem refletida no espelho e gosto do que vejo.

— Estás... — Diogo entra no quarto e fica parado observando cada detalhe.
— Linda! — Seus olhos prendem os meus no reflexo e ele apoia o ombro na entrada da porta como se estivesse hipnotizado.

— Eu me apaixonei por esse vestido e não resisti. — Fico observando o meu aspecto feliz ao espelho.

— Não é apenas o vestido, é o conjunto da obra. — Subitamente ele começa a olhar à sua volta, como se algo importante tivesse surgido na mente. — Espera aí. Não te mexas. — Sai do quarto apressadamente e fico parada esperando-o voltar.

Ele retorna com uma expressão carinhosa e nervosa.

— Queria dar-te isto numa ocasião especial, mas não consigo aguardar mais. — Meu olhar recai sobre uma caixinha que ele tem nas mãos e meu coração bate aceleradamente, saindo um som de susto dos meus lábios. Ele para como se estivesse decidindo algo e coloca a caixa no bolso. Em seguida pede para eu fechar os olhos e virar o corpo, até que sinto algo frio tocando o meu peito. Olho para o meu reflexo e vejo um coração em ouro.

— Que lindo! — Toco-o com cuidado, pois é muito delicado. É um coração com um design diferente.

— Chama-se Coração de Viana e é em filigrana, uma arte de trabalhar as peças de ouro de forma manual. Apesar de ter cariz religioso, na minha família todas as mulheres receberam um como devoção dos homens.

Ele começa a coçar o pescoço no seu já tradicional gesto de nervoso e eu me viro para o observar, pegando nas suas mãos e colocando-as em meu rosto, pois sei que tocar em mim o acalma.

— O que estou a tentar dizer, e tu já sabes, é que eu sou devoto a ti. Esse coração que tens a teu peito é como o meu: grande, complexo, diferente... precisou de muito trabalho para estar inteiro, porém é frágil. Assim como o meu, esse coração é inteiramente teu. Tu carregas os dois contigo até o dia em que já não os queiras mais. Só espero que esse dia nunca chegue. — Encosta a testa na minha sem largar o meu rosto, e eu agarro o seu corpo. Ficamos respirando o ar um do outro até que as mãos do Diogo descem e tocam os dois corações, o meu e o dourado.

— Este também é inteiramente teu. — Coloco a minha mão sobre a dele. — Nunca foi verdadeiramente de ninguém até saber o que é amar alguém com tanta intensidade que o fez bater pela primeira vez num ritmo diferente.

Ele não diz mais nada, apenas entrelaça os dedos nos meus e partimos ao encontro do grupo. Continuamos em silêncio durante todo o percurso e, já rodeados pelas pessoas, ele beija cada dedo meu, indo para o grupo de homens.

Passamos a noite com todos. Desde o convite, há quase uma semana, que temos saído juntos. As meninas são todas simpáticas e, assim como eu, algumas já se sentiram desprezadas devido ao preconceito. O surfista ainda é muito visto como alguém que não quer nada na vida, intelectualmente incapaz, até drogado. Mas esse preconceito, felizmente, está morrendo.

Alguns homens vão tocando violão e conversando, mas o Diogo apenas escuta, sempre calado. Tirando o momento em que ele me ajudou a sentar, não me tocou mais a noite inteira, mantendo também o silêncio comigo. Ao nosso

CORAÇÕES QUEBRADOS

269

redor, todos estão conversando, e eu fico distraída com o crepitar do fogo e com as meninas falando sobre os nossos namorados e como cada casal se conheceu.

— Então, nós já sabemos muito sobre vocês, mas não conhecemos a história de como se conheceram. O Diogo disse que vive aqui no Brasil desde janeiro, mas pelas suas conversas já se conhecem há mais tempo, né? — Lu puxa a conversa.

Diogo mantém silêncio, abaixando a cabeça e desenhando círculos na areia, e as pessoas olham para mim na expectativa de uma resposta.

— Nós nos conhecemos num chat — respondo.

— Sério? Sempre pensei que só tarados ou gente feia que não conseguia encontrar alguém na vida real se conheciam via chat — comenta Samuel, levando um soco da namorada, que fica com vergonha da asneira que ele acabou de falar.

— Sim, foi... Bem... — Não sei como contar e me atropelo nas próprias palavras.

— A Emília salvou-me — interfere Diogo, fixando o olhar em mim pela primeira vez. — Eu estava internado há muito tempo, após ter sofrido um ataque no Afeganistão. Nesse ataque eu perdi não só os meus irmãos de guerra, mas os meus melhores amigos e a razão para acordar todas as manhãs, até que um dia ela respondeu a uma mensagem que eu tinha enviado e fascinou-me nas primeiras palavras. Já na segunda mensagem... a Emília me mandou à merda. — As pessoas riem, mas ele não, porque sabe o motivo da minha atitude. — Cada conversa com ela era como se o fascínio inicial que eu senti se transformasse em algo mais. Os meses foram passando, assim como os meus sentimentos por ela. Então, de conhecido passei a amigo... até compreender que estava completamente apaixonado, mesmo sem nunca ter ouvido a voz ou visto o rosto. Para mim não importava se era alta ou baixa, magra ou gorda, bonita ou feia, apenas que a amava por ser a melhor pessoa que alguma vez conheci. A mais corajosa, forte e valente. Alguém que, dia após dia, faz-me perceber que nunca vivi de verdade até a ter nos meus braços pela primeira vez. Essa gata é única, especial e *toda* minha.

A intensidade do seu olhar é tão forte que as pessoas compreendem o que acabou de acontecer. Ele volta a retirar o olhar do meu, falando ao ouvido do Samuel e, em seguida, pega no violão.

— Posso? — pergunta, e todos respondem que sim, claro. Sentado à minha frente, ele olha para mim e começa a tocar.

A sua voz rouca canta, em inglês, que nada interessa a não ser a sua amada, e as lágrimas escorrem pelo meu rosto. Canta mais uma parte da música do

Mr. Probz, que diz que a amada é tudo para ele e nada mais interessa porque ela completa por inteiro quem ele é. E finaliza com *Waves*, que a galera ama.

A voz dele ecoa na minha mente e eu tento entender por que está sendo tudo para mim esta noite, ao mesmo tempo que se manteve em silêncio depois de ter me dado o colar. Como ele mudou quando viu a minha expressão de susto ao mostrar-me a caixa.

A música termina e ele se levanta sem explicação, deixando-me sozinha. Sabendo perfeitamente que não consigo me levantar sem que a prótese apareça. Quero gritar, mas não o faço e vejo a sombra do seu corpo desaparecer. Não há lua, toda a claridade vem da fogueira que, a essa altura, é praticamente só brasa.

— Quer ajuda para se levantar? — pergunta Lu, olhando para a minha perna.

— Você reparou?! — pergunto, estupefata.

— Claro, desde aquele dia na praia.

— Mas... mas nunca perguntou ou comentou nada comigo. — Mostro a minha surpresa.

— Você também não perguntou por que uso óculos, pois sabe que, se uso, é porque enxergo mal, como eu sei que, se tem uma prótese, é porque precisa dela para caminhar. — Encolhe os ombros como se fosse normal o que acabou de dizer e eu beijo seu rosto com carinho.

— Ele foi pra lá. — Aponta para o lado oposto pelo que viemos.

Caminho devagar, tropeçando quando encontro um buraco mais fundo, mas não desisto. Apenas com a luz do celular como guia, vou procurando até que vejo, ao longe, o seu corpo sentado e virado para o mar. Tento, meio sem jeito, ficar ao seu lado e ele segura a minha mão para me ajudar. Porém, não diz nada. Nós dois ficamos, mais uma vez, em silêncio. Ele empurrando areia com os dedos e eu olhando o seu rosto.

— Não queria ter te dado o colar. Não queria ter feito a declaração como fiz. Não queria contar à frente de tantas pessoas como eu te vejo. — Respira fundo. — E queria cantar aquela música noutra ocasião.

— Não entendo. Então, por que fez tudo isso? — interrogo. — Não te pedi nada. Não quero que faça o que não deseja.

— Fiz porque, quando estou contigo, não consigo conter os sentimentos. Fiz porque eu prometi que não iria pedir-te em casamento até estarmos preparados para darmos esse passo. Fiz porque contigo eu não sei agir de outra forma a não ser com as minhas emoções. Tu eliminas qualquer razão que existe em mim,

Emília. Quando estou ao teu lado, não me controlo e não sei se alguma vez quero.

— Vira-se para mim. — Tu és a minha destruição e a única que tem o poder de montar cada parte de mim apenas com um olhar. — Acaricia meu rosto com meiguice. — Fiz porque sou louco, Emília, totalmente louco por ti e não quero viver mais um dia sem saber que és minha.

— Mas eu sou e sempre serei tua. — Acaricio o seu rosto com a mesma ternura. — Sempre.

A mão dele agarra o meu pescoço e me beija de forma desesperada e com a delicadeza que só ele sabe ter comigo. A língua explora a minha boca, e o meu corpo se deita na areia a comando do seu. Os nossos corpos se tocam e as suas mãos exploram com cuidado o meu.

— Quero-te sempre tanto — diz, olho no olho, e subindo o meu vestido.

A boca explorando cada canto meu.

Diogo abre a bermuda e me senta em seu colo. Sozinhos na nossa ilha imaginária, o corpo dele entra no meu com um carinho que contrasta com o tormento que sinto emanar dele, como se estivesse em sofrimento.

Movimentamo-nos como se fôssemos apenas uma só pessoa. Os seus olhos nunca deixam os meus e, mesmo quando o prazer é intenso, eu não os fecho. Preciso compreender o que ele quer exprimir. Por que ele está tão angustiado.

Continuamos dançando em movimentos sincronizados, o par perfeito um do outro, e até as respirações estão em sintonia. Somos os únicos sons que importam na escuridão. Não existe mar, areia, estrelas. Não existe vida a não ser nós, entrando e saindo um do outro.

— Eu... eu ia dar-te o anel. — Investe em mim com desespero. — Eu ia pedir-te para seres minha para sempre. Eu ia perguntar se querias ser minha mulher. — Continua dizendo, investindo sem nunca tirar os olhos de mim. Sinto a sua mão procurando algo e, quando tento olhar, ele coloca a outra mão em meu rosto, não permitindo. — Eu... eu ia pedir-te em casamento até ver a tua expressão de medo.

— Eu teria dito que sim — falo com dificuldade entre pensamentos e prazer. — Sim, eu teria dito que sim. Sempre sim. Sou sua, somente sua. Para sempre, Diogo.

O clímax explora todos os meus nervos e, por segundos, fecho os olhos com a invasão das sensações. Ele continua sem diminuir a intensidade e subitamente sinto algo entrando no meu dedo.

Acabei de aceitar me casar com ele.

— Sim, sim, sim — repito, e ele beija a minha boca com tanta paixão que o orgasmo continua explodindo pelo meu corpo como um fogo que queima tudo, até que ele diminui o ritmo, começando a fazer amor comigo de forma lenta, suave e reverente, secando as minhas lágrimas de emoção e deleite.

— Amo-te tanto, Emília.

Diogo entra e sai de mim com lentidão, e as minhas mãos abraçam-no até que o prazer nos assalta novamente e ele fecha os olhos pela primeira vez.

Como o meu destino pode ter mudado em tão pouco tempo? Se alguém me dissesse há uns meses que eu faria amor com o homem da minha vida numa praia, à noite, sem me importar com nada à minha volta, eu daria risada e exclamaria: impossível!

Permanecemos encaixados, acariciando o corpo um do outro e sabendo que essa foi uma das noites mais intensas da nossa vida. Após termos nos amado novamente, fomos para casa sem nos despedirmos, só com o pensamento em passar a noite abraçados. Não me lembro do percurso nem do caminho, apenas de que a porta ainda não tinha sido fechada quando já estávamos atacando o corpo um do outro como se nunca nos cansássemos.

Repetimos, repetimos e repetimos. Que loucura!

Conversamos, rimos, e chorei sempre que ele me venerava com a imensidão de seu amor e de suas palavras. Sempre que ele dizia que eu seria dele para sempre. Em todos os momentos que eu olhava para o anel, a emoção ficava mais forte e eu tinha certeza de que a felicidade havia chegado para nunca mais me abandonar.

Emília
35

*J*á se passaram dois dias e ainda não saímos do quarto, a não ser para levar o Neruda para passear e nos alimentarmos com o básico. O Ipod do Diogo repetiu as nossas músicas preferidas e ele cantou todas ao pé do meu ouvido enquanto fazíamos amor ou nos devorávamos com intensidade primitiva e carnal. Sempre que ele cantava que me dava tudo dele e que amava todas as minhas curvas e imperfeições, ou repetia inúmeras vezes a primeira música que cantara na praia, eu sorria e dizia que ele era o meu par perfeito.

Do banheiro, ouço a porta do quarto sendo destrancada e sorrio, deixando cair a toalha e esperando desesperadamente por ele para ser consumida. E consumi-lo com a mesma intensidade. Porém, o meu sorriso falha quando a porta do banheiro se abre e o rosto dele é o oposto do que eu estava esperando.

— O que aconteceu? — pergunto, preocupada.

— Liefde.

E mais uma vez vou perceber que a vida é imprevisível e que tudo pode mudar num piscar de olhos.

3ª PARTE

Metade de mim é partida, a outra metade é saudade.

OSWALDO MONTENEGRO

Diogo
36

Fazemos a viagem para o hospital num silêncio pesado. A felicidade que brotava do rosto da Emília quando abri a porta do banheiro transformou-se num espelho de dor e aflição no momento em que contei que a Liefde foi internada. Apenas sabemos que está em coma induzido para que o edema cerebral causado por uma queda possa diminuir.

— O Cauê deve estar desesperado — comenta com a cabeça virada para as paisagens que perderam o encanto.

— Por isso quero chegar o mais depressa possível. Neste momento, o Leonardo está a tentar tratar de tudo porque a tua tia não tem condições emocionais, e o Cauê necessita de um amigo.

— A vida é tão injusta. Os dois já sofreram tanto...

Aperto a mão dela num infrutífero gesto de conforto e continuo a conduzir, ao mesmo tempo que a Emília olha o exterior, mas nada vê devido aos pensamentos que a assombram.

Percorremos os corredores até vermos rostos conhecidos.

Rafaela, Cauê, Leonardo e Mariana encontram-se sentados, os ombros caídos a mostrar cansaço e preocupação.

— Perdão pela demora — peço, a puxar o corpo derrotado do Cauê para um abraço e a murmurar que tudo ficará bem. — Alguma novidade?

O Leonardo cochicha algo à Rafaela, desprende-se dela e caminha na nossa direção, mas volta a olhar para trás como se receasse que ela possa partir.

— Desculpem ter encurtado a vossa viagem, mas sei que não me perdoariam se algo acontecesse — explica, a dar mostras de profunda exaustão.

— Não pense nisso agora, Leonardo. Só queremos saber o que aconteceu — diz a Emília, a inclinar o corpo em direção ao meu. Imagino como seja difícil para ele e a Rafaela voltar a um hospital depois de tudo.

— A Liefde estava com os coleguinhas de escola e, segundo a professora, ela adora brincar de esconder... o problema é que o portão de segurança estava aberto e ela subiu uma escadaria de pedra. Quando viu que ninguém a procurava, pediu ajuda, mas a professora não escutou. Então, começou a descer os degraus sozinha, tropeçou e rolou violentamente.

— Jesus!!! — eu e a Emília exclamamos em uníssono.

— Enquanto profissional, o que achas que pode acontecer, Leonardo?

— Não sei. Pode acontecer muita coisa, e as próximas quarenta e oito horas são fundamentais. Neste momento o importante é estabilizar o inchaço no cérebro. Já sabemos que quebrou um braço, mas essa é a menor das nossas preocupações. Passei o dia a conversar com a equipa médica e posso garantir que são excelentes profissionais.

Além de psicólogo, o Leonardo tem um doutorado ligado à parte neuro-lógica: como o cérebro se altera após impactos e acidentes, e como isso modifica os comportamentos, a fala e as emoções.

Os olhos da Emília começam a brilhar e pressinto que vai chorar. Eu e o Leonardo olhamos o seu rosto com preocupação.

— Não, não vou chorar. Não posso quando tenho que ser forte pelo Cauê e pela minha tia. — Dito isso, caminha em direção à Rafaela, a abraçá-la intensamente.

— O sofrimento da Rafaela é compreensível — comenta com os olhos preocupados, enquanto observa a mulher forte sucumbir nos braços da sobrinha. — Somos profissionais, mas também seres humanos, e a relação que ela tem com a Liefde não é igual à que ela tem com as outras crianças.

Corações Quebrados

Essa é a verdade. Nos poucos meses em que vivo no Brasil, descobri que ela cuida da Liefde como se fosse uma filha. Já percebemos que ela só não faz mais porque o Cauê apresenta resistência à ideia de alguém cuidar da irmã. Tenho certeza de que há mais história, mas neste momento não consigo pensar em todos os segredos existentes no grupo.

As horas passam e nós continuamos sentados na expectativa de que alguém surja com boas notícias. Cauê permanece sentado sem falar ou mover qualquer parte do corpo, como se nem estivesse presente, até que a Mariana conversa com ele.

— Vou beber água e trazer algo para comermos. — Ele não fala, apenas continua imóvel, e ela coloca as mãos na sua perna, a acordá-lo do pesadelo onde estava perdido.

— Vai pra casa. — O tom gélido com que fala magoa-a, mas ela não recua.

— De jeito nenhum. Não vou te deixar nesse sofrimento. Estou aqui e daqui não saio. — Olha-o com convicção e levanta-se em seguida. — Bem, eu vou ter que sair para pegar um lanchinho pra gente, mas acho que fui bem clara. — Aponta o dedo e começa a caminhar.

— Se eu fosse tu, não a irritava. — Sento-me ao lado dele, a brincar com a situação.

— Não quero ela aqui — confessa, sempre a olhar para as mãos.

— Os amigos são para *todos* os momentos.

Ficamos quietos alguns minutos até que ele fala:

— Amiga... eu não quero uma amiga. Eu não quero ela aqui. Pra nada!

— É melhor encher essa boca com comida porque vazia só fala besteiras — diz a Mariana, a sentar-se ao lado dele como se nada do que ouviu a tivesse machucado, mas sei que é tudo fachada. Por detrás do fogo que ela mostra ao mundo, está uma mulher com enorme sensibilidade e um carinho todo especial por ele.

No momento em que o Cauê está pronto a responder, um médico entra na sala de espera e todos saltamos das cadeiras como se elas queimassem.

— Boa tarde, desculpem a demora, mas tivemos que fazer mais uns exames e decidimos realizar um pequeno procedimento para diminuir a pressão intracraniana.

Continua a explicar o procedimento sem reparar que nenhum de nós consegue respirar, pois sabemos quais podem ser as consequências. Já no final da explicação, dirige-se ao Leonardo.

— Dr. Tavares, quer assistir na galeria? A cirurgia será observada por nossos alunos e alguns médicos. Seria uma honra ter também um psicólogo.

A Rafaela, que está praticamente sentada no colo do Leonardo, agarra-o com mais força e começam a falar baixinho.

— Não vá embora. Eu preciso... Eu...
— Estou aqui. Vou ficar, Flor. — Pega no seu rosto, a proferir as palavras só para ela, e o médico retira-se, ciente de qual será a resposta.
— Fica comigo? — implora.
— Sim. Nunca te vou deixar. Estou aqui para sempre. Vou ficar aqui contigo e não te vou largar.
— Preciso de alguém comigo. Não consigo passar novamente pela mesma coisa. Não tenho forças para suportar tudo sozinha.
— Nunca mais te deixo — ratifica, a beijá-la na testa, enquanto coloca a mão atrás da cabeça dela até repousar no seu ombro.

O que aconteceu ao relacionamento com o Dr. Pedro?, questiono-me e, pelo olhar da Emília, não sou o único.

E foi assim que começou a nossa espera por notícias que nos trouxessem alento. Nas horas que se seguiram, tentamos conversar sobre alguns temas mais mundanos, mas ninguém tinha capacidade de prolongar a conversa. No meio das perguntas, a viagem que eu e a Emília fizemos criou assunto, porém não referimos o momento mais importante. Na chegada ao hospital tivemos o cuidado de esconder as provas. Esta não é a ocasião de anunciar que ela fez-me o homem mais feliz do mundo apenas com um *sim*.

— Trago uma excelente notícia, a paciente acordou e está perguntando incessantemente pelo irmão. Contudo, também trago alguém que fará perguntas, pura burocracia, porque os dados de identificação da paciente não são consistentes e precisamos de mais informações. — Olha para nós, à espera de uma resposta, enquanto o Cauê vem apressado pelo corredor.

— Eu tenho todos os documentos, mas, como pode imaginar, nesta situação nem me lembrei — explica a Rafaela, que está branca como se todo o sangue houvesse desaparecido do corpo. O médico se retira e ficamos a olhar para ela.

— Tudo bem, Rafaela? — questiono. Mas ela finge que não ouviu.

Nos minutos seguintes, percebo que afinal existe algo mais que a Rafaela não contou sobre os irmãos e que pode alterar muita coisa.

— Não te preocupes, encontraremos uma solução e usaremos os documentos que tens até segunda ordem — argumenta o Leonardo para acalmá-la.

— Estou exausta, mas feliz. Esses dias foram terríveis, mas ainda bem que foi só um susto — diz, enquanto aconchega o corpo ao meu.

Estou sentado na cama, apoiado na cabeceira, e o corpo dela está no meio do meu, com as costas ao meu peito e a cabeça no meu ombro.

— Eu precisava de um banho de banheira, mas, como não temos, esta é a melhor opção para que esses músculos segurem o meu corpo.

— Ficaste viciada em banheira? — brinco, a passar as mãos pelo corpo dela como fazia quando estávamos imersos.

— Tenho saudades de tudo. Da Jacuzzi, da cachoeira, de Campos do Jordão, da galera do surfe... e das nossas noites.

— Por agora só te posso fazer reviver todos os momentos que vivemos a dois. — Começo a passar os dedos pela sua barriga de forma bem lenta. — Mas no futuro vejo muitos banhos de banheira. Será até maior do que todas aquelas em que estivemos. Além disso, faremos muitas viagens onde poderemos nadar em cachoeiras e conhecer mais pessoas.

— Estou gostando dos planos, principalmente o da *nossa* banheira. — Ri, a contornar os músculos das minhas pernas no mesmo ritmo em que as minhas mãos vagueiam pela sua barriga. — Eu tenho uma casa — solta do nada, a apanhar-me de surpresa.

— Como? — pergunto para perceber se ouvi bem.

— Os meus pais, quando estiveram aqui pela última vez, decidiram comprar uma casa neste bairro, apostando que um dia os gêmeos viriam estudar em Campinas e como lugar para a minha tia poder estar perto sempre que eles pudessem vir visitar.

— Nunca me tinhas dito isso quando falamos sobre casas e vivermos juntos.

— Honestamente, já nem me lembrava. Não era minha, mas dos meus pais, e apenas há algumas semanas me lembrei dela. Certamente é a minha tia que tem a documentação. Imagino que precise de muitas obras, no banheiro com certeza, mas o espaço é grande, com um terreno imenso.

— Por que falaste *agora* nela?

— Porque me deu vontade de ir lá.

A cabeça dela, anteriormente repousada no meu ombro, faz um ligeiro movimento e fica virada para o meu rosto.

— Quero que venha comigo para vermos se é um bom lugar para nós. Só depois que viajamos é que entendi que você está certo. Não é saudável vivermos neste quarto. Quero muito um lugar só nosso como prometeu que teríamos. E com Jacuzzi, é claro — diz com cara de sapeca.

— Com certeza! Que tipo de casa gostarias de ter?

— Quero uma casa ampla, com muitas janelas, o nosso quarto pintado com as nossas cores favoritas e as prateleiras decoradas apenas com fotografias nossas e daqueles que amamos. Sonho com um balanço para relaxarmos juntos, um terreno grande para o Neruda correr e para convidarmos amigos para o churrasco que haverá todo santo domingo e... — pausa, sorrindo para mim — no futuro os nossos filhos correrem livremente.

— Que mais?

— Quero que pareça um lar. Não apenas uma casa bonita. Não precisa ser luxuosa, mas que nos represente. Que passe essa nossa paixão pela natureza.

— Tens certeza? — interrogo, a desenhar esse futuro na cabeça.

— Algo que a vida está sempre mostrando é que não temos certezas de nada. Num instante estamos sorrindo e, no momento seguinte, estamos numa cama de hospital. Por isso quero aproveitar essa incerteza para viver feliz. Sei que não vai ser fácil e haverá dias em que terei ataques de pânico com as alterações na minha vida, mas também sei que nesses momentos os mesmos braços, que agora me envolvem, estarão lá para abraçar os meus medos. Quero muito deixar o passado para trás. — A mão com a aliança entrelaça-se à minha num gesto silencioso de compromisso.

Nos quinze dias que se seguiram, a Liefde voltou para a Clínica e, embora ainda esteja fisicamente abalada com o acidente, a sua felicidade dissipa toda a nossa

CORAÇÕES QUEBRADOS

283

preocupação com o seu estado de saúde. Como pensei, o Neruda ficou encantado com a menina dos olhos meigos, e os dois tornaram-se rapidamente bons amigos.

Neste momento ela está a dormir na manta, sob a sombra de uma árvore, sem imaginar que o Leonardo está a usar a sua influência e condição financeira por ela e pela Rafaela. E eu aprendi que nem sempre agir fora da lei significa que somos criminosos, muito menos a Rafaela.

Eu e a Emília estamos melhor do que nunca! Quando anunciamos o noivado, a Rafaela chorou, a explicar que eu era o milagre que pedira a Deus, e que nunca, jamais iria conseguir agradecer por tudo que fiz. Também aproveitamos para visitar a casa que os pais dela compraram, e já vi que terei muito trabalho pela frente para torná-la tudo aquilo que nós dois planejamos nestes dias. Decidida, Emília contratou a pessoa que elaborou o projeto dos estábulos e das cabanas na Clínica. Temos estado diariamente com o André, e a Emília contou-me que a esposa dele foi paciente aqui, assim como a filha continua a ser paciente do Dr. Pedro.

Pouco a pouco tudo está a voltar ao normal, porém hoje estou com um mal-estar terrível. Uma sensação estranha.

Sentados a ver imagens daquilo que queremos que a nossa casa se torne e a conversar sobre os projetos profissionais para o futuro, somos interrompidos pelo toque do celular da Emília.

— É a minha tia. — Atende e levanta-se, a conversar durante poucos segundos.

— O que foi?

— A minha tia e o Leonardo estão com algum tipo de problema burocrático com a documentação e ela me pediu para ir até o cofre buscar. É muito importante.

— Ok. Estarei a te aguardar no carro.

— Diogo.

— Sim.

— O que quer que a minha tia tenha feito, ela é boa pessoa.

— Eu sei, Emília.

— A linha às vezes é tão tênue que... — Fica toda atrapalhada ao tentar defender qualquer *crime* da tia.

— Vai buscar os documentos. Tenho certeza de que tudo ficará bem.

Os minutos passam e ela não aparece. Tento ligar-lhe para perguntar se demorará mais, mas ela não atende.

Saio do carro e percorro os corredores até entrar no escritório da Rafaela e deparar-me com a Emília aos prantos, sentada no chão com pastas espalhadas.

— O que se passa? — questiono, e a mão dela agarra a minha para levantar-se, mas não fala, simplesmente fica imóvel a olhar para o chão. — Diz algo, por favor.

— Ela... ela...

— Ela o quê? O que se passa, Emília?

Continua a olhar para o chão e indica um papel específico para eu pegar.

— Ela não morreu. Ela... ela sobreviveu. Ela... — Lágrimas escorrem como se estivessem a tentar ganhar uma corrida. — A Eva sofreu quase uma semana!!! Oh, meu Deus, como sofreu. — A voz repleta de dor.

A realidade do que acabou de descobrir esmaga o meu espírito. Ela nunca deveria saber o que de fato aconteceu. Os meus braços agarram-na como se quisesse que tivessem poderes para diminuir a angústia que está a sentir.

— Como?! Como eu não sabia disso? Por que nunca me contaram a verdade? — questiona, a encharcar a minha camisa com lágrimas.

— A tua tia não queria que sofresses mais. Ela quis poupar-te de mais dor. Fê-lo por ti. — Tento confortá-la com braços e palavras.

Ficamos agarrados durante minutos, até que ela olha para mim de forma...

— Como sabe que ela decidiu isso? — As mãos dela tremem quando as esfrega e eu mantenho-me em silêncio. — Olha para mim e responde!

— Emília... — começo, mas paro.

— Vou pedir novamente e pela última vez que olhe para mim, pois sei que esses olhos nunca mentem — fala com a voz a vacilar.

— Porque ela contou-me — confesso.

— Há quanto tempo sabe a verdade?

— Desde janeiro. — Tapa a boca com as mãos, e um som idêntico ao de um animal ferido lhe escapa por entre os dedos.

— Deus do céu! Você sabia disso desde o começo da nossa relação e nunca me contou, mesmo quando dizia que entre nós não deveria haver segredos e que a sinceridade era o mais importante. Mesmo sabendo que eu odeio mentiras!

CORAÇÕES QUEBRADOS   285

— Tenha calma. — Tento agarrá-la.

— Não, não me toque. — Empurra as minhas mãos. — Por favor, não me toque. Como você pôde fazer isso comigo, Diogo? Diga, algum dia pensou em me contar?

— Nunca.

— Nunca?! — Reage. — Pediu que eu fosse a sua esposa sabendo que iríamos começar uma vida juntos com uma mentira?

— Nunca te menti, eu apenas não contei algo que só te está a trazer infelicidade. — Tento aproximar-me novamente.

— Infelicidade que *ninguém* devia ter escondido de mim. Eu tinha o direito de saber que a Eva sofreu, que a minha irmãzinha, Diogo, o meu bebê sofreu horrores naquele dia.

— Emília...

— Diga, há algo mais que saiba sobre mim? Por favor, Diogo, diga que não há mais nada ou o meu coração quebra aqui.

— Li a carta que escreveste ao Lucas, mas nunca enviaste. — Vejo a cor desaparecer do seu rosto.

— Oh meu Deus do céu.

— Emília...

— Por isso você sabia dizer exatamente o que eu precisava ouvir. Como as minhas cicatrizes não o enojavam, nem mesmo a falta da perna. Todas as vezes que pediu para me despir em frente de um espelho... — As lágrimas não dão tréguas. — Sabia como me senti depois do que o Lucas me fez e, quando olhou para mim, sabia como tinha que agir. Ai, Deus, você está me quebrando, Diogo.

— Não foi assim, Emília — tento falar, mas ela não me ouve.

— Me diga, riu de mim? — Começa a se afastar até estar encostada à parede.

— Tudo que fiz contigo... tudo que eu disse... tudo aquilo que vivemos... tudo... tudo foi real. Nunca te manipulei e nunca ri de ti. Como poderia, se te amo?

Falo com o tom mais natural possível para que ela compreenda, mas, por dentro, o meu coração está a esmurrar o peito com a força das batidas.

— Eu acreditei em tudo que você me disse quando fui despida pela primeira vez. Em tudo como sendo seu, do *seu* coração.

— Tudo que eu te disse foi do *meu* coração e foi verdade.

— Saia, por favor. Não quero mais ver esse rosto, não quero ouvir essa voz. Vai embora!!! — Explode num choro e deixa-se cair no chão.

— Precisas de tempo para refletir, neste momento as tuas emoções estão a dominar. — Só penso em manter a calma, mas quero correr para ela.

— Não, nunca tive tanta certeza de algo como agora. Não te quero mais na minha vida. Se aprendi alguma coisa é que *eu* tenho poder sobre as minhas decisões, por isso sei que tudo que quero é que desapareça da minha frente... para sempre.

— Até há uns minutos estávamos a planejar a nossa vida em conjunto, e sei que me amas da mesma forma como eu amo-te. O que descobriste não tem nada a ver com o que sentimos um pelo outro.

— Não. Até alguns minutos atrás, eu amei um Diogo e um passado sem nada disto.

— Emília. — Tento novamente falar, mas em vão, pois ela afasta-se mais de mim.

— Não quero que me toque, Diogo. Você não imagina o quanto eu pensei que, apesar de tudo de ruim, eles morreram na hora. Que dor...

— Não acabou até conversarmos e entenderes os motivos.

Volto a aproximar-me, mas ela recua como se realmente a minha presença a afastasse.

— Você sabia que a minha irmã sofreu durante horas nas ferragens, que agonizou por cinco dias no hospital, sabia tudo que o Lucas fez e os meus sentimentos em relação à minha vida. Sabia tanto e usou esse conhecimento sobre a minha baixa autoestima. Ficou comigo para se sentir bem, pois havia alguém ainda mais quebrado do que você. Você tem esse complexo de herói e viu em mim alguém para salvar. Deve ter pensado "deixa-me fazer a amputada feliz".

— Estás a ser injusta. Ouve o teu coração e compreende que tudo que vivemos foi real. Por favor, Emília, escuta a verdade.

Sinto também o meu coração partir e consigo ouvir os cacos do dela espalhados no peito.

— Saia, por favor. — A sua voz é séria. — Terminou.

Os olhos verdes estão embaçados, frios de sentimentos. Não reconheço a mulher à minha frente.

— Se é isso que queres, eu vou, mas não pedirei desculpas por nunca ter dito sobre a tua irmã. Amar significa não fazer a outra pessoa sofrer. Mas, se me for, não voltarei. Pede tempo para pensares, mas não digas que acabou quando eu amo-te mais do que tudo. — Nunca desejei tanto que ela me pedisse para ficar.

— Adeus, Diogo. Acabou. Quero que vá embora.

Isto não é um adeus.
Amo-te. E por amar-te tanto, parto.
Sei que estás a ler esta carta, arrependida por todas as palavras expelidas, mas quero que saibas que não acreditei, mesmo que o ácido delas ainda me queime quando fecho os olhos e relembro o que disseste. Tenho a noção de que tudo que saiu dos teus lábios estava envenenado pela dor, mas isso não me impede de relembrar amargamente.
No momento em que a tua cabeça começar a pensar com lógica, vais compreender que nunca traí a tua confiança. Tudo que fiz foi enquanto homem que ama uma mulher e quer protegê-la. Em momento algum aproveitei-me da tua inocência, e continuo a afirmar que se não descobrisses sobre a Eva, eu não contaria. Em nada pode ser alterado e só te trouxe mais infelicidade e sofrimento, como já está provado.
Parto porque precisas perceber que sempre que discutirmos, e creio eu que acontecerá mais vezes, não podes trazer o teu passado ou comparar-me a alguém que nunca foi merecedor de um único sorriso teu. Se um dia eu começar a acreditar nas tuas palavras, de fato será ótimo. Eu sou o único homem da tua vida, o passado deixa-o arrumado lá atrás e não o carregues contigo. É um peso desnecessário, além de ser injusto estar a escrever esta carta quando tudo que sempre fiz foi amar-te incondicionalmente.
Houve momentos em que quis gritar contigo, dizer o quão errada estavas a ser, mas não o fiz e não quero continuar a viver consciente de que, se algo der errado, tu vais buscar acontecimentos do passado e dizer palavras que em nada representam o nosso relacionamento. Tu vais atacar-me implacavelmente como fizeste hoje.
Vou sair da tua vida até aprenderes a amar-te como eu te amo. Enquanto não conseguires amar o que vês — és tão linda —, nunca acreditarás nas minhas palavras. Não quero continuar a elogiar a mulher da minha vida enquanto souber que ela não encontra verdade no fato de eu considerá-la perfeita. Sim, vejo que te falta parte de uma perna, que o teu corpo tem cicatrizes profundas e a tua autoestima é frágil, mas como posso odiar essas marcas se foram elas que me conduziram até ti? Como posso deixar de beijar as partes que mostram como és real e cheia de vida?
Duvida de todos que conheceste no teu passado, mas nunca duvides do que sinto e fiz por ti. Pode-se fingir muita coisa neste mundo, mas nunca aquilo que nós temos. Tudo, tudo que eu sempre disse foi sincero, fruto de sentimentos que não consegui controlar desde que começamos a conversar no chat. Passados meses continuo sem saber

como explicar a nossa relação, apenas sei que é única e que poucas pessoas têm a sorte que tivemos de olhar um para o outro e saber que juntos completamo-nos apesar de sermos tão diferentes. Ou exatamente por isso. O amor não se explica e talvez seja essa a razão de meio mundo viver à procura do que temos e a outra metade viver infeliz por saber que está ao lado de alguém que não é o seu tudo.

Quando pedi para seres minha, sabia que estava a ir contra o que te escrevi após a nossa primeira noite, pois tinha prometido pedir-te em casamento quando ambos estivéssemos sem o passado agarrado a nós como uma sanguessuga. Não me arrependo de ter te dado o anel, pois nessa noite em que disseste sim, fizeste-me muito feliz. Tu fazes-me feliz. Quero ser o teu marido, mas apenas no dia em que vieres sozinha comigo: sem o Lucas, sem a Lana e sem complexos. Sem medo do teu passado.

Até lá não nos veremos.

Luta por mim se me amas. E a única forma é combateres os demônios que, nos momentos de dor, aparecem ao teu lado.

Não penses que te estou a abandonar ou que me cansei de ti. Uma vez escreveste-me pedindo para não desistir de ti, e o fato de eu estar a partir não significa que desisti. Quero apenas que aprendas que, às vezes, é preciso ficar sem alguém para dar valor à sua importância, e eu preciso ser valorizado. Preciso que a minha voz seja mais alta do que as vozes que ouves na tua cabeça. Essas não gostam de ti como eu.

Emília, tu és um pássaro que um dia quebrou as asas, e eu uma árvore que te deu abrigo. Apoiaste-te e eu confortei-te porque é isso que gosto de fazer, ser protetor, mas os meus troncos também começaram a prender-te, impedindo-te de voares. Quero que voes sozinha, com a certeza de que estarei sempre aqui à tua espera, de braços abertos. E é isso que estou a fazer, a empurrar-te do ninho confortável que criei, sem perceber que precisas conhecer o mundo e enfrentá-lo sozinha. Sem medo de sofrer novamente.

Precisas encarar o desconhecido e ultrapassar os acontecimentos do passado.

Por isso, bate as asas...

Explora.

Não quero viver com metade do que és, quando sempre te amei por inteiro.

Apenas quando (e se) estiveres pronta, volta para mim.

Estarei à tua espera.

Até lá, voa.

Vou para casa.

Emília
37

A *carta está em frangalhos, consequência das noites em que foi a minha única companhia, juntamente com as lágrimas de culpa. Termino de ler, sabendo que* muita coisa já aconteceu desde que o Diogo a escreveu.

Guardo-a com cuidado dentro do diário, e a saudade me consome. Fecho os olhos e visualizo os dele. Concentro-me até o restante do rosto surgir como se fosse real e tenho a sensação de que, ao abrir os olhos, ele estará aqui de volta, com seu sorriso meigo mas brincalhão, os lábios por onde saíam as palavras de adoração e sedução que, nas noites em que nos perdíamos um no outro, ele murmurava ao mesmo tempo que beijava todo o meu corpo. Ou simplesmente o sorriso que via diariamente quando ele não sabia que eu o observava.

Pego no celular e digito:

Emília: Saudades dos momentos em que os nossos corpos estavam nus, sentindo o calor um do outro.

Fecho a porta e tranco a nostalgia no quarto.

Passei por várias fases nos últimos meses. Na noite em que ele partiu, não li a carta porque estava concentrada em sofrer pela Eva. Somente quando fiquei calma e passou o choque, compreendi por que não me contaram *tudo*, entendendo que nunca fora traição, mas sim uma forma de me pouparem de sentir ainda mais dor. A partir desse momento, a emoção inicial deu lugar ao arrependimento, e passei uma semana tentando entrar em contato com ele por telefonemas e mensagens que nunca respondeu.

A segunda semana foi de choro e dúvidas sobre ter finalmente conseguido o que eu mais temia — afastá-lo para sempre —, até que o Leonardo interveio e me mostrou que o Diogo quis que eu entendesse o quanto é urgente deixar de viver com fantasmas. A partir desse dia, comecei a fazer terapia com o Leonardo, e ele me disse que, se eu quisesse ser feliz, teria que seguir até o fim, independentemente do tempo que isso levasse.

O amor me salvou da tristeza, mas a terapia me ajudou a cicatrizar o que compreendi nunca ter superado.

Estou sentada olhando o lago, relembrando tudo.

— Era pouco mais velho do que tu quando a deixei partir — a voz do Leonardo interrompe as minhas recordações.

— E por que não foi atrás? — Continuamos observando o lago.

— Pensava que não era o homem forte que ela via em mim e acreditei no que os outros diziam.

— E o que diziam?

— Que mudar a vida por amor era um desperdício. Há uma cena rápida no filme *Moulin Rouge* em que uma personagem com muita idade diz algo como "Sempre esta obsessão ridícula com o amor". Quando somos novos, cheios de sonhos e com muitas pessoas a dizer que é ridículo, acabamos por acreditar que talvez seja isso, uma obsessão por um sentimento que depois passa.

— Ainda pensa assim?

— Hoje não. Neste momento sei que ridículo foi passar anos longe da única mulher que amei. O problema é que o medo faz-nos ouvir as pessoas que alimentam-se das nossas inseguranças.

— Mas eu não ouvi ninguém e, mesmo assim, errei.

— Ouviste as vozes das tuas colegas de escola quando diziam que não eras normal como elas, ouviste as conversas da tua mãe sobre estar refugiada e longe de pessoas como a melhor forma de prevenção e ouviste o Lucas dizer que precisavas mudar de personalidade para, meses depois, terminar o relacionamento, fazendo-te sentir inapta.

"Escutaste todos durante anos e começaste a acreditar que a felicidade não é eterna, ao mesmo tempo que consolidaste a ideia errada de que ninguém poderia amar-te. De súbito surge um homem que gosta da tua personalidade, venera o chão em que caminhas e olha para ti como se fosses única. O problema é que não conseguiste apagar o que durante anos foi a tua realidade e não acreditas que alguém como o Diogo existe, mas ele é real, e é teu.

"Existe uma ideia romantizada sobre o homem poder tratar mal a mulher, pois é atormentado, basta ler livros ou assistir a filmes. Na maioria das vezes, todas as mulheres adoram esse tipo de protagonista, mas quando é o oposto, uma mulher que está a lutar por ser feliz, com problemas sérios, raramente ela é amada do mesmo modo. Está incutido isso de que a mulher não tem o direito de sofrer ou de estar confusa, pois é chata e ele merecia coisa melhor. Quando o contrário acontece ninguém diz isso. A mulher é proibida de sofrer, mas sofrer também faz bem e é importante para *qualquer* pessoa."

Cala-se e observamos uma pequena ondulação no lago causada pelo cair de uma folha. Tudo que o Leonardo disse é verdade.

— Eu tenho tanta saudade dele. Tanta. Ele não responde as minhas mensagens e não sei como está. Se está sofrendo pelo que fiz ou tentando seguir em frente. Eu sei que ele disse que ia esperar por mim, mas...

Sinto alguém se sentar do outro lado e automaticamente o meu corpo se inclina, sabendo que a minha tia está presente para o abraço maternal que tanta falta me faz.

— Receio que a distância o faça ver outras coisas — confesso.

— O coração, quando encontra na amada o mesmo ritmo, nunca mais muda as suas batidas — filosofa ele, levantando-se em seguida. — O Diogo está em casa, contigo no pensamento e à espera de que o procures quando estiveres pronta. Também está a ser difícil para ele, mais do que imaginas, contudo, às vezes precisamos fazer sacrifícios e o que ele está a fazer é para que no futuro vocês não sofram tanto. Ele sabia que a única forma de tu ficares boa era quando percebesses que ainda tens muita vida para viver.

— Eu quero deixar o passado no passado, mas não sei como. Estou tentando. Mas existem os aniversários, as datas importantes, o dia do acidente...

Como se em quase todas as semanas existisse uma data que me fizesse recordar alguém que partiu.

— Um dia vais perceber o que tens a fazer, até lá estarei aqui para ajudar.

Depois de ter ficado alguns minutos nos braços da minha tia, que esteve o tempo todo apenas escutando, corro para o meu quarto com um plano para ele perceber que não desisti — e nunca desistirei — de lutar.

Emília: Não vou voltar a te pedir que me perdoe, que volte ou que responda as mensagens. Vou lutar para ser a mulher que vê em mim.

Te amo muito. Espere por mim, estou indo ao seu encontro. Mas, antes, só preciso me despedir do meu passado.

Emília: Lembra do nosso primeiro beijo? Pensei que o meu coração fosse saltar pela boca. Estou tocando os meus lábios e recordando o sabor dos seus. Faça o mesmo.

Te amo.

Emília: Tenho saudades de acordar com uma mão prendendo o meu corpo e um nariz tocando o meu pescoço.

Espere por mim.

Emília: Estou nua, olhando o meu corpo no espelho, e sabe o que falta? Um corpo moreno atrás do meu sussurrando que sou linda.

Te amo mais do que ontem.

Emília: Vi a minha tia beijando o Leonardo, mas não estão juntos. Algo de grave aconteceu no passado deles, porém não quero me intrometer se ela não tem vontade de contar.

Ok, não é uma mensagem para relembrar o nosso relacionamento, mas eu precisava contar ao meu melhor amigo.

Sinto saudades das nossas conversas. O que temos é mais do que amor, é cumplicidade, amizade e carinho mútuo.

Te amo tanto que chega a doer.

Emília
38

Abro o diário de viagem que o Diogo me deu e olho para a lista, agora colada numa folha, fixando a atenção no último ponto: 10 — Ser amada pelo que sou. Percebo que foi o primeiro a ser conquistado por mim. Os que eu não risquei nunca foram importantes.

Leio tudo que escrevi durante a viagem e também depois de Diogo partir, pego uma caneta e por baixo da dedicatória dele escrevo a minha.

As palavras escritas neste diário só puderam surgir porque um dia um homem nadou até o fundo escuro e frio do oceano, salvando-me.

Dedico todas as páginas ao único e eterno amor da minha vida.

Eu e você para sempre.

Leia tudo.

Diogo, eu te amo.

Fecho o diário e o coloco numa caixa com o endereço da casa dele. Saio pela porta afora para ir aos correios, sabendo que ele precisa urgentemente ler.

Caminho decidida, quando vejo o Cauê.

— Vai passear?

— Preciso ir aos correios. A correspondência da Clínica só sairá em dois dias e tenho que enviar isto *hoje* para Portugal.

— Mas você não tem consulta com o Leonardo? Estive com ele e ele falou que estava indo falar contigo.

Coloco a mão na testa, tentando encontrar uma solução.

— E agora?

— Posso levar pra você.

— Tem certeza?

— Claro!

— Obrigada, Cauê.

Ele fica vermelho e pega a caixa com o dinheiro da postagem.

— Agora vou correr, ou o Leonardo vai ficar bravo comigo.

— Por que enviaste algo tão pessoal ao Diogo?

— O diário?

— Sim.

— Quero que ele leia todos os meus pensamentos sobre a viagem, o pedido de casamento, as minhas dúvidas e algumas decisões que tomei.

— E isso é importante?

— Sim. Eu sei que até o que não consigo expressar direito ele conseguirá ler nas entrelinhas.

— Pois bem. Agora voltando a ti... por que te zangaste com o Diogo naquela noite?

As sessões são sempre perto do lago e conosco sentados lado a lado como se estivéssemos conversando normalmente.

— Já sabe o motivo, descobri que tinha sido enganada e ataquei porque é a maneira ridícula como ajo quando me sinto ferida ou acuada.

— Esse não foi o motivo, talvez o gatilho, mas pensa por que razão atacaste.

O silêncio volta. Algo que compreendi é que o Leonardo sabe as minhas respostas mesmo antes de eu compreender as suas perguntas.

— Vai parecer uma razão estranha.

— As reações humanas não são estranhas, são complexas. Tudo tem uma razão de ser, precisamos é perceber qual.

— O destino me tirou tudo: os meus pais, irmãos, a Lana, a minha perna e o Lucas. Não economizou quando quis que eu sofresse. Houve dias em que eu já não sabia por quem chorava, se por eles ou por mim. Por isso quis terminar com a minha vida. Hoje sei que seria um erro, mas naquela época eu não encontrava a pulsação do meu corpo. Estava tão infeliz, deprimida. Eram tantas dores físicas, e depois as pessoas me cobrando, querendo que eu caminhasse e voltasse a viver. Eu só pensava: Pra que vida? Caminhar para quem? Para o quê? De repente, surgiu o Diogo, não uma pessoa qualquer, mas ele, trazendo a luz.

— Também levaste luz para ele, acredita.

— Sem saber como, bem lá no fundo, meus ouvidos começaram a escutar um som.

— Que som?

— Começou por um solitário tum... silêncio... tum, e aumentou dia após dia, assim como a regularidade, até ser sempre tum-tum... tum-tum... tum-tum... tum-tum.

— E o que era?

— O meu coração. Afinal, ele ainda batia, mas eu não conseguia ouvi-lo. Uma barreira feita de dor, tanta dor...

— Então foi bom.

— Sim, mas com isso veio a insegurança. Sabe, eu não tinha medo de ser abandonada, até porque, mesmo com a minha autoestima mais fragilizada, sei que era profundamente amada, mas tinha medo do que poderia acontecer.

— Explica melhor.

— É como se eu estivesse sempre com medo. Medo de que alguma coisa grave fosse nos atingir. Os últimos meses foram perfeitos, tinha ao meu lado um homem maravilhoso, o namorado ideal e um amigo único. Acordava e adormecia nos braços de alguém que nunca foi mau comigo ou pediu que mudasse algo em mim. Porém, quando nos roubam praticamente tudo e subitamente recebemos algo maravilhoso, ficamos sempre desconfiados. Aquela velha história, *gato escaldado...* No dia em que descobri sobre a Eva, foi como se todo o meu medo se tornasse realidade. Eu senti que naquele momento os meus receios estavam corretos. Que eu tinha motivo para desconfiar.

CORAÇÕES QUEBRADOS 297

— Que receios?

— Sempre que estou feliz algo ruim acontece.

— O acidente aconteceu dias depois de o Lucas ter te pedido em casamento, e a queda da Liefde e a descoberta sobre a Eva sucederam-se ao pedido do Diogo. A tua reação foi consequência da ligação que a tua mente fez entre experiências traumáticas e o pedido de casamento. A nossa mente é traiçoeira, e nem sempre conseguimos entender os joguinhos que ela faz conosco.

Preciso de um tempo para colocar os meus pensamentos em ordem e ele respeita, permanecendo imóvel até eu assimilar tudo que me disse.

— Por que escondes a perna do mundo? — recomeça.

— Porque não quero que as pessoas olhem e perguntem.

— Aqui na Clínica quase todos os internados e residentes sabem o que te ocorreu e percebem como é cansativo para a pessoa explicar vezes sem conta o motivo de ter perdido um membro. Infelizmente isso vai acontecer por toda a tua vida. Algumas pessoas vão só olhar, outras vão perguntar, e existem sempre os imbecis que não respeitam limites, mas essa não é a verdadeira razão.

— Já que você sabe tudo, me esclareça então o motivo para eu não mostrar a prótese — desafio.

— Porque tu não vês a prótese, mas o que te falta da perna. Não associas isso à deficiência, mas às pessoas que perdeste. Por muito tempo acreditaste que, se não perdesses a perna, o Lucas teria ficado contigo e a tua vida não teria sido tão má. Sei que não o amas, porém o golpe desferido por ele deixou marcas. Acreditas erroneamente que a amputação tirou o que te restava, sem perceberes que foi ela que trouxe o Diogo para a tua vida. Às vezes nós precisamos perder algo que pensávamos ser bom para ganhar o que é verdadeiramente excelente. Tens que olhar para a prótese e ver não todos os sonhos que terminaram, mas os que ainda tens.

Passa as mãos nas minhas costas e, como sempre, vai embora em silêncio.

— Leonardo — chamo quando está distante.

— Sim.

— Por favor, quando conversar com o Diogo, conte tudo que falamos aqui. Quero que ele entenda o porquê de tudo que aconteceu.

Ele sorri.

— Ele entende *tudo*. E muito bem.

Emília
39

Um mês depois...

Estou no balanço fazendo carinho no Neruda. Ele está cansado após a corrida matinal com o Cauê. De repente, fica de orelha em pé, dá um salto do balanço e sai em disparada. Tento segui-lo no meu ritmo mais lento, esforçando-me para ver onde está indo.

— Neruda, aqui! Não foge! Neruda! — grito em vão e consigo imaginar o que o Diogo diria sobre eu mimar e deixar o cachorro fazer o que quer, mas ele é tão meigo que não resisto.

Continuo atrás dele até que percebo para onde foi e fico petrificada.

À minha frente está um cavalo e, pelo porte, percebo que não é um dos animais usados na terapia.

O Diogo recebeu o diário e este cavalo é a prova disso. Tenho certeza.

Um soluço sai da minha boca.

Dois passos são dados.

CORAÇÕES QUEBRADOS

299

Mesmo longe, estendeu seus braços, não para me proteger, mas para me empurrar do ninho.

Fecho e abro as mãos rapidamente.

Abro e fecho os olhos lentamente.

As minhas pernas avançam.

O meu coração dispara.

Os meus lábios tremem.

E a voz dele ecoa: *Voa, Emília!*

Preto como a noite, robusto e alto. Um contraste entre a luz do dia que me acompanha e o oposto da brancura da Lana. Aproximo o meu corpo com confiança, mas não exagerada, sabendo como pode ser o temperamento deles se não conhecem a pessoa. Fico agarrada à cerca, observando um majestoso mangalarga, e estranhamente não choro.

— Posso interromper? — o tom baixo da voz do Cauê me faz desviar o olhar pela primeira vez.

— Claro! Como sabia que eu estava aqui?

— Vi você correndo atrás do Neruda. — Coça o pescoço num gesto nervoso, ao mesmo tempo que uma de suas mãos agarra a cerca.

— Você sabia sobre o cavalo — concluo.

— Sim.

Segundos decorrem e nada acontece.

— Eu queria saber como o Diogo conseguiu comprar um cavalo... se é que comprou... e como... e...

— Isso eu não sei, só sei que ele exigiu um cavalo preto.

Olho para o animal e sorrio.

Continuamos olhando o mangalarga num silêncio agradável.

— Desculpe — começo.

— Pelo quê?

— Por ele estar longe quando você mais carece de um amigo. — Coloco a minha mão sobre a dele, sabendo que não gosta de contato físico, mas eu preciso que compreenda.

— Ele nunca está longe. Se eu precisar de um amigo, ele estará presente... Além disso, entendo que na nossa vida precisamos de alguém que mostre que nos ama, mesmo quando acreditamos que não merecemos — diz de forma tão madura, tão bonita. — É difícil acreditar que somos amados com tanta escuridão dentro de nós, não é? — Começa a caminhar em direção a uma das instalações. — No dia em que decidir montar, vou estar presente. Quero acreditar que, mesmo demorando o tempo que for, somos capazes de encontrar a luz. Mesmo numa caverna tão escura.

E, naquele momento, entendi por que o cavalo é preto.

Emília
40

O tempo voa...

— Olá. Desculpe por eu nunca ter vindo, mas não tinha coragem. Sinto tanta saudade... e quero que saibam que, se eu não penso em vocês todos os dias, não é porque os esqueci, mas por estar vivendo a vida como sei que vocês querem que eu faça. — Passo as mãos pelos nomes deles quando as lágrimas caem. — Ainda fecho os olhos e desejo poder abraçar cada um e dizer que sem vocês a minha vida não é igual, porém é boa. Há dias em que é maravilhosa! O sorriso que me acompanha é tão grande que não sai do meu rosto mesmo durante o sono.

Olho a foto do Rafinha e tento não pensar em como ele estaria agora. Será que ainda... Nunca saberei.

— Mamãe, quando reencontrei a felicidade, senti culpa. Como poderia rir se vocês já não existiam? Entretanto, percebi que vocês existem, aqui. — Aponto para o meu coração. — E sempre ficarão muito bem guardados dentro dele. O meu amor por vocês é infinito, assim como a saudade, porém preciso viver e aproveitar todos os momentos, sabendo como é frágil a nossa existência. Amo cada um de vocês com todas as minhas forças e sei que um dia irei beijar novamente o seu rosto, mãe. Nesse dia vamos fazer uma linda festa no céu, mas preciso viver sem pensar *e se o acidente não tivesse acontecido?*

Retiro o celular do bolso e aponto a tela para eles.

— Mamãe e papai, esta é a fotografia do homem que amo e com quem vou me casar. Eu sei que sabem quem ele é porque foram vocês e os amigos dele que nos uniram, ou assim acredito. Ele é o homem mais lindo que eu já conheci, não por ter um rosto bonito, mas por ter uma alma bondosa e um coração apaixonado. Ele trouxe vida, amor e sorriso para a minha vida. Com ele, aprendi a ser feliz e descobri o que é amar um homem. Obrigada por terem enviado o Diogo. Obrigada por não se esquecerem de mim. Obrigada por me guiarem na vida. Vou trabalhar para ser a mulher que ele acredita que existe em mim.

Uma brisa leve faz rodopiar as folhas e toca o meu rosto como se fossem mãos, e eu continuo contando tudo que vivi com ele.

— Amo cada um e isso nunca vai mudar, mas está na hora de deixá-los ir em paz, não quero que fiquem preocupados comigo. Preciso que descansem.

Coloco as mãos nas fotografias e deixo minhas lágrimas voarem com o vento.

— Adeus, pai. Prometo que farei de tudo para ser feliz como você sempre pedia e irei relembrar todos os abraços. Todos!

Beijo a fotografia dele, engolindo o choro e tentando recordar as vezes em que eu corria para o seu colo. Dói muito, mas tem que ser.

— Adeus, mãe. Obrigada por ter sido uma mãe maravilhosa. Cuida de todos, viu? Você é craque nisso.

Pouso as suas flores favoritas, beijando cada uma, acreditando que, onde quer que ela esteja, vai conseguir sentir o seu perfume.

— Adeus, Rafa, meu fantasminha lindo. Se um dia eu tiver um filho, prometo jogar videogame com ele e contar como você era fera... Que eu conheci o garoto mais fantástico do mundo.

Os meus dedos percorrem o sorriso inocente dele e ganho forças para a última despedida.

— Adeus, Eva. Te amo tanto, minha melhor amiga, irmã, companheira, confidente e cúmplice. Queria poder conversar com você sobre garotos e falar sobre o que é amar um homem. Sinto tanto a sua falta! Você nem imagina. Te amo para todo o sempre. Me perdoa por não ter estado com você nos seus últimos dias de vida. Se eu pudesse tinha passado tudo pra mim. Te amo tanto, mas tanto, Evinha...

O meu corpo treme e respiro profundamente. Caio de joelhos aos prantos até o som preencher o cemitério e o ar faltar em mim.

— Adeus a todos. Vou montar novamente e depois perseguirei implacavelmente a felicidade. Prometo.

— Promete? — pergunto pela terceira vez.

— Prometo! — E, nesse momento, a câmera cai no chão. — É que estou um pouco nervosa.

— Flor, eu filmo.

O Leonardo tira a câmera das mãos trêmulas da minha tia, confirmando se funciona, e levanta o polegar ao mesmo tempo que ela sorri para mim. Está mais nervosa do que eu.

— Quero que filmem tudo. Se eu cair, não parem de filmar!

Vou montar pela primeira vez em muitos anos. Foram duas semanas de preparação física e psicológica. O Leonardo disse que montar só quando eu tivesse dito o adeus que sempre me neguei a dar, por isso também me despedi da Lana.

Estou num estado perpétuo de nervosismo, pois sei que hoje enterrarei para sempre tudo que me perseguia.

Fecho os olhos, respiro fundo e, com a ajuda do Cauê e de um treinador, subo. O Cauê tem sido a minha companhia nessas semanas, sempre me observando com atenção, mesmo que falando pouco.

O meu corpo treme. Queria muito que o Diogo estivesse aqui comigo, mas, de certa forma, eu sei que está. Olho para o coração que ele me deu de presente, beijando-o em seguida e declarando, de forma silenciosa, o meu agradecimento e o meu amor.

Tudo desaparece quando o meu corpo se alinha num movimento tantas vezes repetido com a Lana. Meu coração está acelerado, quase fugindo. Lentamente começamos e lentamente a minha boca se abre num sorriso. Minutos se passam, e o que para alguns é um simples passeio a cavalo, para mim representa muito mais. As lágrimas voltam. Escorrem como se estivessem purificando todos os momentos tristes por que passei. A partir de hoje, não viverei mais com a tristeza do que sofri, mas com a certeza do que consegui ultrapassar. Venci!

— Emília! — A voz da Liefde prende a minha atenção e sorrio. Tudo que consigo fazer é sorrir, mesmo que o meu rosto esteja completamente encharcado.

Lumière aumenta o ritmo a meu comando e sinto o vento bater no rosto, fazendo voar meus cabelos. Num gesto ousado, abro os braços e grito: *Te amo, Diogo. Te amo tanto, tanto. Estou voando. Estou voando*, ouvindo assovios e palmas de todos que estão me vendo, mas as lágrimas são tantas que não consigo ver nada, só sentir.

Estou voando...

Quando, há muitos meses, contei a ele sobre o pior dia da minha vida, Diogo concordou que aquele foi o fundo do poço, mas não revelou que seria meu torcedor número 1. Ele não entrou no poço para me salvar, mas me incentivou e me ensinou a lutar. Quando foi preciso, afastou-se para eu vencer algumas batalhas sozinha.

Desmonto com a ajuda do Cauê e meus braços agarram o seu corpo, bem mais forte do que era meses atrás. Inicialmente fica tenso, mas, pouco a pouco, retribui o abraço e eu digo: "Vai conseguir como eu consegui, e estarei aqui para aplaudir com o mesmo entusiasmo." Então, ele me aperta forte e ficamos unidos por muito tempo até o restante do grupo querer o mesmo abraço.

— Estou tão orgulhosa de você! — As mãos da minha tia seguram o meu rosto. — Estamos felizes e tenho certeza de que toda a nossa família também estava assistindo a esse momento.

Sei que montar o Lumière não foi a cura, mas uma representação da meta que eu precisava atingir. Esses meses de terapia intensiva, aliada à vontade que tenho de estar novamente com o Diogo, foram muito importantes. O amor não eliminou os meus medos, mas me deu força para os enfrentar.

— Leonardo, por favor envie o que filmou para o Diogo. Quero que ele veja tudo. Quero que ele saiba que saí do ninho.

— Acredito que ele será a pessoa mais feliz com esta conquista. Tudo que atingiste foi com muito esforço. Não é fácil erguer um corpo que sofreu tantos golpes, e por muito que sejas amada por um homem como és por ele, primeiro precisavas de aprender a amar-te. — Acaricia o meu ombro. — Feliz por vocês.

O impacto das emoções fez-se sentir, e depois de me despedir de todos e tomar um banho demorado, adormeço sabendo não só que voei. Voei bem alto.

Passeio pela Clínica com o Neruda quando ele, do nada, começa a correr. Vou atrás, mas logo o perco de vista.

— Neruda! Neruda! Neruda! — chamo. — *Que cachorro...*

— O que está acontecendo? — pergunta a Mariana, que está saindo do seu carro novo.

— Estava passeando com o Neruda e, de repente, ele correu feito louco e não sei pra onde foi. O Diogo tinha razão, eu o mimei demais.

— Ai, meu Deus! — exclama, colocando a mão sobre a boca.

— O que foi?!

— Quando eu estava dirigindo, fiquei com a impressão de ter visto ele.

— Como? Na rua? — indaga, e ela faz que sim. — Ele já foi atropelado uma vez. Temos que procurar por ele.

— Vamos nessa!

Entramos apressadamente no carro, nervosas com o que possa acontecer.

— O que você ia fazer lá na Clínica? — questiono, ao mesmo tempo que observo a rua na expectativa de encontrar o meu amigo peludo correndo.

— Queria conversar com o Cauê, ele não responde as minhas mensagens. — A voz deixa transparecer a tristeza.

— Ele teve que ir mais cedo para a escola porque tinha uma prova importante, por isso é que eu estava dando umas voltas com o Neruda, antes do diabinho fugir, como se estivesse seguindo algum trajeto familiar. Mas, voltando ao assunto, há alguma razão para ele não responder?

Sei que estou sendo curiosa, mas o Cauê é uma incógnita.

— Não que eu saiba. Queria entender o que se passa naquela cabeça — confessa. — Acho que a amizade é unilateral.

— Ele precisa de tempo. Só te peço que não desista.

Coloco a mão no seu ombro e ela sorri encabulada. Sei que ela gosta do nosso menino sem imaginar a verdade do seu passado e tudo que viveu.

Continuamos conversando sobre o Cauê, até que vemos a forma esguia do Neruda andando pela calçada. Aproximamos o carro lentamente para não o assustar e peço para ele parar, mas o louco acelera.

Respira fundo, Emília.

Vamos atrás dele, até o momento em que reconheço o caminho e mato a charada: ele está indo para casa.

— Mariana, já sei pra onde ele vai! — Ela fica confusa, mas segue as minhas instruções.

Nos próximos cinco minutos, que mais parecem cinco horas, explico aonde vamos até não poder falar mais porque o nervosismo aumenta.

— Aqui!

A casa, a nossa casa, e não Portugal. Ele nunca esteve do outro lado do oceano.

Saio do carro e confirmo que o portão principal está aberto. A Mariana me deseja boa sorte e diz que ficará esperando por mim, sabendo da importância desse momento. Os meus passos são leves e, após abrir o portão, reparo que o piso, que antes era apenas terra, está preenchido por brita, formando um caminho. Sigo, observando como tudo está diferente, mais limpo e cuidado. A minha cabeça se movimenta de um lado para outro sempre que algo novo é observado.

Quando visitei esse terreno com o Diogo, há muitos meses, foi complicado imaginar como nós dois transformaríamos esse lugar, destruído por tantos anos de abandono. Lembro-me do André dizendo que ficaria lindo.

De repente, paro e a respiração fica presa na goela. As minhas mãos seguram o rosto quando a boca faz um O de espanto. À minha frente está a casa dos nossos sonhos. Não é grande, mas do tamanho ideal para vivermos. Pintada em tons de azul e branco, com inúmeras janelas e uma porta grande que a torna convidativa.

É igual à da minha imaginação.

Percorro a área externa, observando cada detalhe. Janelas e mais janelas surgem na minha visão. Depois de anos fechada, preciso dessa liberdade

CORAÇÕES QUEBRADOS 307

que uma janela traz. Caminho até encontrar a varanda, onde há um balanço idêntico ao que existe na Clínica, margeado por confortáveis poltronas.

Quero passar noites e noites apenas sentado contigo ao meu lado, balançando. Memórias das promessas dele assaltam a minha mente ao mesmo tempo que abro a porta e entro. As cores que tínhamos escolhido iluminam a casa ainda despida de mobiliário. Piso castanho-claro como a terra em que caminhamos, e paredes azuis como o mar que ele adora. As minhas mãos acariciam as paredes e vou percorrendo cada cantinho com atenção. Tudo que ele sempre fez foi por nós, por mim, e esta casa é mais uma prova do homem que ele é. Tenho certeza de que foi tudo pintado por ele.

Vou descobrindo, deixando o nosso quarto para o fim.

Quando planejamos a casa, eu pedi que tivesse uma cor que nos fizesse felizes, mas terminávamos sem decidir qual. Deslizo a porta para o lado e, mais uma vez, ele conseguiu retirar todo o ar contido em mim. Verde. O nosso quarto está pintado com o tom exato dos meus olhos, e não consigo parar de sorrir. Além da pintura, é o único cômodo que está mobiliado. Uma cama gigante ocupa o centro do quarto, com uma colcha branca e muitas almofadas em variados tons de verde. Na parede, um mosaico de fotografias ganha vida. Aproximo-me e observo cada uma com cuidado. Nós dois ou simplesmente um de nós ocupa cada espaço e sempre com a felicidade estampada no rosto. Entro no banheiro e os meus olhos aumentam de tamanho quando veem uma enorme Jacuzzi.

A casa onde viveremos será o nosso merecido paraíso, Emília.

Volto para o quarto, notando o cuidado que ele teve em adaptar algumas partes da casa às necessidades físicas de deslocamento que tenho ou que poderei ter com o decorrer dos anos, e fico ainda mais emocionada.

Eu, sempre em primeiro lugar.

Quando estou quase saindo do quarto, algo prende o meu olhar. O meu diário! O meu diário?! Como assim? Está aberto na última página, e uma fotografia minha montando o Lumière está colada nela. Ele estava lá! Ele viu tudo! Por isso o Neruda sabia o percurso. Como não desconfiei?

Entusiasmada, percorro a casa com pressa, preciso dizer EU TE AMO!!!

Ouço um barulho lá fora e fico toda arrepiada.

Saio de casa com rapidez e um baita sorriso no rosto.

— Diogo! Diogo! — chamo até compreender que não é ele. — Mariana? — questiono, e logo o Cauê aparece.

— Oi — diz timidamente.

— Onde está o Diogo?

Emília
41

Cem, noventa e nove, noventa e oito, noventa e sete...
— É aqui, menina. Basta descer a rua que o número estará marcado na porta, ô pá.
— Obrigada.
Noventa e seis, noventa e cinco, noventa e quatro...
— Deixe-me dar-lhe o meu cartão. Caso precise dos meus serviços, basta ligar para esse número.
Noventa e três, noventa e dois, noventa e um...
— Obrigada. Vou guardar.
Desço a rua estreita e continuo contando mentalmente.
Noventa, oitenta e nove, oitenta e oito...
De repente, uma casa branca com o número 468 surge.
As minhas mãos estão muito suadas e o meu coração, aceleradíssimo. Seco as mãos num lenço, aliso a saia e toco o colar. Respiro fundo, conto mais uns números e bato à porta com o mesmo ritmo descompassado dos meus batimentos cardíacos.
Tum-tum... tum-tum-tum... tum-tum...

Tum-tum... tum-tum-tum... tum-tum...

Ao fundo, ouço uma voz, "Já vai. É só um minuto", e o nervosismo já instalado triplica. A porta é aberta e ele quadruplica.

Tum-tum-tum-tum...

— Emília? — pergunta a Isabel, como se não acreditasse no que os seus olhos estão vendo.

— Oi — digo, sem jeito. O meu rosto ruboriza e ficamos as duas olhando uma para a outra, percebendo a estranheza da situação.

— Oh minha querida, entra, entra. — Abana a cabeça como se tentasse sair do transe e o sorriso aparece.

Sigo o seu pequeno corpo pela casa e os meus olhos ficam presos a uma parede. Fotografias e mais fotografias emolduradas, como se mostrassem a história dele.

— Sempre agarrado a alguma coisa — comenta, e reparo que em quase todas as fotos ele tem uma bola, um violão ou uma prancha de surfe debaixo do braço. Em todas o sorriso que tanto amo prende a minha atenção. Nossa, como quero voltar a ver esse sorriso, mescla do garoto brincalhão e do homem sedutor, que pisca o olho sabendo o que provoca em mim.

— Amo demais o seu filho — comento com o olhar fixo no mural.

— E ele também te ama — diz, apertando a minha mão com carinho. Desprendo o olhar e continuo.

— Está um dia tão lindo, que tal aproveitarmos o jardim? É pequeno, mas é o meu recanto para descansar ou para fugir do marido quando ele está a ver algum jogo na televisão.

As palavras não se formam e apenas aceno com a cabeça, concordando. Imediatamente lembro as vezes em que mamãe dizia que não era educado abanar a cabeça.

— Sim, pode ser. Posso deixar minha mala ali? — Aponto para um canto.

— Sim, querida, deixa onde quiseres. Depois levamos para o vosso quarto.

Nosso quarto...

Já sentadas e com um copo de refresco nas mãos, fico observando as flores que decoram os vários vasos espalhados. Assim como a nossa casa no Brasil, a casa dos pais do Diogo não é enorme, mas com certeza um lar.

— É muito calmo. Compreendo por que a senhora gosta de estar aqui — comento, bebendo mais um pouco.

CORAÇÕES QUEBRADOS   311

— Pois, mas acredito que não viajaste durante horas intermináveis para ver um pequeno jardim quando o da vossa casa é maior e mais bonito. — A forma genuína como o diz faz com que me engasgue com a bebida.

— Viu o nosso jardim?

— Emília, achas que o meu filho, após dizer que estava a preparar uma surpresa para a noiva dele, não iria mostrar-me tudo? Sou mãe, claro que tinha que ver! Se bem que tivemos algumas discussões e ele disse que eu era uma chata por opinar na decoração, mas fazer o quê, ele não compreende que dentro do azul existem diversos tons!

Indubitavelmente, penso, rindo com ela.

Ficamos falando mais alguns minutos sobre jardins e as flores de que gostamos, até ela mudar de assunto, porque eu não consigo perguntar diretamente o que quero. Estou nervosa.

— Ele não está cá — comenta, e o meu coração talvez tenha parado. Ao ver a minha expressão, continua: — Foi com o pai passar dois dias em alto--mar. Há anos que eles não vão, e os colegas do meu marido chatearam-no tanto que...

Quando é que vou estar com ele? Quando poderei dizer tudo que ensaiei durante as dez horas de viagem? Quando? Quando?

— Se quiseres, eu tento avisar que...

— Não, não — interrompo. Porém, não sei bem o que fazer. Havia imaginado chegar aqui e encontrá-lo em casa. Sei lá, tinha fantasiado um reencontro apoteótico.

— Filha, quando ele te vir...

— É... eu... — Simplesmente não sei o que dizer.

— Agora nós vamos aproveitar estes dois dias para conversar sobre tudo. Vou poder mostrar-te todas as fotos do Diogo e narrar a história de cada uma até não aguentares mais. Vou mostrar-te algumas partes de Nazaré e, muito vaidosa, vou apresentar-te às pessoas como a noiva do meu filho. Tens a noção de que a notícia de ele estar noivo partiu diversos corações? Ainda bem, nenhuma delas era ideal para ele.

Ri com a maldade que só uma mãe consegue ter quando não gosta das mulheres que rodeiam o filho.

Observo um rosto feliz e relembro o motivo pelo qual o Diogo viajou de volta para Portugal tão apressadamente.

— Como a senhora está? — Seguro as mãos dela entre as minhas. Quero poder consolá-la um pouco como tantas vezes o meu homem fez comigo.

— Estou bem. Não queria que o Diogo soubesse, mas eu conheço o meu marido e sei que não ia aguentar tudo sozinho. — Os olhos ficam brilhantes, porém as lágrimas não descem.

Há alguns dias, depois de notar que o Diogo não estava na nossa casa, perguntei ao Cauê e ele explicou que a dona Isabel se submeteu a uma mamografia, sem comentar nada com o filho. Entretanto, ele reparou que algo estava errado numa conversa em que o pai não conseguiu esconder a preocupação e acabou desabafando. No dia seguinte, ele entrou no primeiro avião e veio ficar com a família, não imaginando que, alguns dias depois, eu ia descobrir a nossa casa.

— Tem certeza?

— Sim, querida. A biópsia tardou um pouco, mas o resultado deu negativo. — Sorri, ao mesmo tempo que continuamos de mãos dadas como se fizéssemos isso há anos. — Sabes, o meu único receio era fazer sofrer o meu marido. Eu sabia que o Diogo tinha em ti uma companheira para o acarinhar se fosse necessário, mas e o meu amor, quem poderia dizer-lhe que tudo iria ficar bem?

E finalmente as lágrimas caem e eu as seco por ela, inclinando-me e beijando o seu rosto.

— Por isso sempre apoiei o relacionamento do meu filho consigo. Quando há muitos meses ele ligou a perguntar onde estavam os cadernos com os poemas dele e conduziu em seguida só para os vir buscar, eu soube que tu eras especial. *Eras a tal.*

Retira as mãos das minhas, apanhando o meu rosto.

— Ouve com atenção, o que eu tenho com o pai do Diogo é isso, um amor tão forte que fazemos tudo um pelo outro. Somos as peças corretas que se encaixam perfeitamente. Tudo que vivemos é intenso, a dor e a alegria, e não conseguimos imaginar um futuro sem a nossa metade. Vocês serão assim, e quando tiverem a nossa idade vão olhar para trás e saber que o momento em que decidiram ser amigos foi a melhor coisa que aconteceu na vossa vida.

A noite chegou e com ela o cansaço da viagem e das emoções contidas em mim. Beijo o rosto da dona Isabel e entro no quarto do Diogo. Masculino, organizado e sereno. Pintado em tons de azul, como seria de esperar.

Os meus olhos percorrem todo o quarto e encontro apenas três fotografias. Duas na parede e uma na mesinha ao lado da cama. A primeira o apresenta com pouco mais de vinte anos sorrindo com amigos, os que perderam a vida no Afeganistão, e sei que esta foto é para relembrar que um dia foram todos felizes. A segunda me faz dar uma gargalhada e tapo a boca para a mãe dele não pensar que sou louca. Uma criança sem os dois dentes da frente, um braço engessado e um dedo no nariz sorri inocentemente para a câmera. Com certeza foi colocada ali pela matriarca para fazê-lo sorrir todas as vezes em que a tristeza tentar invadir.

Na surrada mesinha está uma fotografia de nós dois, tirada na cama, em Ubatuba. Consigo ver o brilho da transpiração da nossa pele. O meu cabelo está despenteado e o meu olhar ainda apresenta vestígios de prazer. Foi na manhã seguinte ao pedido de casamento.

Não dormimos naquela noite.

"Quero guardar este momento para sempre. Poder olhar para a foto e saber que foi tirada na noite em que aceitaste ser minha. Quando for velhinho vou ter inveja deste dia, pois duvido que consiga fazer-te transpirar deste modo, só se for a aquecer-te os pés com uma mantinha."

Antes, eu não gostava da palavra "minha". O Lucas a pronunciava com pretensões de domínio sobre as minhas opiniões e atos. Com o Diogo eu passei a amar a palavra quando ele a explicou para mim: "És minha para eu amar, proteger, cuidar."

Adormeço com a fotografia nas mãos, as recordações na memória, o desejo de vê-lo no coração e o plano em ação. Na manhã seguinte, acordo preparada.

— Dona Isabel, queria pedir um favor à senhora. Precisa ser hoje.

— Antes de tudo, vamos acabar com esse negócio de dona e senhora, ora pois. O que precisas? — Quando eu digo, ela sorri.

Estou descobrindo Nazaré, e a cidade é como as fotografias que eu tinha visto. Até a brisa é exatamente como ele explicou: quente e salgada. Quase todas as casas são brancas e as ruas, estreitas.

À medida que vamos passando, pessoas que estão nas janelas nos cumprimentam, e compreendo que ele tenha saudades de um lugar onde os sorrisos são uma constante.

Peixeiras vendendo frutos do mar fresquinhos com roupas tradicionais da região. Usam sete saias bem coloridas e têm vozes fortes e líricas. São tantos turistas e gente indo para a praia que é quase impossível encontrar um lugar vazio.

Pequenas lojas com lembranças acabam por ser a minha tentação. Compro postais, uma sombrinha, ímãs de geladeira, vestuário tradicional, chaveiro, enquanto vou comendo tremoços que são vendidos em camelôs.

— Por que elas usam sete saias, Isabel? — pergunto, sentada no mirante mais alto da região, observando o mar.

— Há diversas lendas, mas para mim está relacionado com o mar, como tudo aqui. As mulheres dos pescadores ficavam a esperar por eles na praia, enquanto os barcos aguardavam o raso no mar para atracarem, o que acontece de sete em sete ondas. As nazarenas contavam esse número pelas saias para assim não se enganarem até os barcos dos maridos chegarem.

— A senhora já, perdão, você já ficou...

— Queres que eu te conte a minha história com o Fernando? — interrompe-me com serenidade.

— Sim.

— Prepara-te, pois não foi fácil.

Quando à noite voltamos para casa, um calor aconchega o meu peito por ter a sorte de ter sido presenteada com alguém como a mãe do Diogo.

Volto a dormir na cama dele, coberta pelo seu cheiro e pedindo para ser a última noite em que durmo sem os seus braços prendendo o meu corpo.

Emília
42

Fico mais tempo que o necessário olhando o meu reflexo no espelho, imaginando a reação dele quando me vir.
— Posso entrar?

— Sim, claro, Isabel. — Aliso o tecido e olho para o meu corpo uma última vez, colocando o coração sobre a roupa.

— Estás linda. — Beija o meu rosto com carinho e segura as minhas mãos. — Mas, e infelizmente, tenho uma notícia para dar.

— Ele vai ficar mais dias com os colegas?

— Não! Matava o Fernando se ele não dormisse comigo hoje. — Ri, sentando-se na cama. — O Diogo aproveitou que as ondas estavam perfeitas para ir surfar com os amigos. Eles descobriram que ele estava cá e convidaram-no, por isso ele só deve chegar mais tarde.

O meu cérebro processa toda a informação e decido algo.

— Sabe em que praia ele está?

— Sim. Aliás, o Fernando estava a me contar que…

— Pode me levar lá? — interrompo de imediato. — Isabel, não aguento mais ficar longe dele. Sinto que são sinais. Tenho que ser eu a ir atrás do seu filho.

— Tens certeza? Vai estar muita gente naquela praia. Muitos turistas, muitos surfistas e...

— Eu sei, mas também acredito que, no momento em que ele olhar para mim, o resto não importará. Os olhares, as vozes, o exterior já não serão importantes. As pessoas que me amam são as únicas que ouço e vejo.

Talvez esse discurso não seja totalmente falso. A cada dia que passa, compreendo que todas as pessoas, independentemente do seu aspecto, são criticadas por outras. Faz parte do ser humano ter esse comportamento e preciso aprender a lidar com isso.

Pouco antes de partirmos em direção à praia, o pai do Diogo entra em casa. Se eu tivesse aqui minha máquina, tirava uma fotografia para registrar a sua expressão cômica. Ele me agarra, abraçando com muito carinho. Minhas pernas ficam penduradas no ar, pois ele é alto, altíssimo e, quando vi aquele homem alto como uma torre se abaixar para beijar a esposa, fiquei com um sorriso bobo pela imagem amorosa dos dois.

Após o longo abraço e a explicação rápida da Isabel, saímos os três.

— Chegamos! — avisa Isabel com ar de genuína felicidade, e eu saio do carro.

Tum-tum... cem... Tum-tum... noventa e nove.

Tum-tum... noventa e oito... Tum-tum... noventa e sete.

Encontro quem procuro de prancha fincada na areia, com a parte superior da roupa de surfe abaixada até o umbigo, expondo o peito e os cabelos molhados com uma postura descontraída.

Meus olhos vagueiam pelo seu corpo, com saudades. Está maior, talvez devido ao tamanho das ondas ou às horas de trabalho na reconstrução da casa. Os braços estão cruzados, parecendo gigantes, e o olhar está atento à conversa dos amigos. A cabeça se inclina para trás e ri, fazendo a região abdominal se contrair. Aquela parte do corpo que passei horas explorando e que nunca me cansarei de redescobrir. *A abstinência falando mais alto,* penso comigo mesma.

Não, não é isso. Ele atrai o meu desejo como mais ninguém. O meu corpo, ao ver o dele, reconhece todo o prazer que já viveu. E, insaciável, quer mais. *Muito mais,* a voz murmura na minha mente.

CORAÇÕES QUEBRADOS

Meus olhos não se desprendem dele na esperança de que me veja. Quero encarar a primeira emoção que pintará o rosto do meu grande amor. Sei que os amigos estão me olhando, mas nada me interessa. O que os outros falam ou comentam sobre mim já não me atinge. Só ele, apenas ele tem o poder de tocar o meu coração, e sei que ama tudo em mim: as partes quebradas e as inteiras; a metade com medo e a outra, corajosa. O meu lado belo e o lado que aprendi a admirar.

Ele me ama integralmente, sem nunca ver metades ou partes quebradas.

Ele é meu, apenas meu, eternamente meu!

Estou aqui... 3

Olha para mim... 2

Voei até você... 1

A cabeça do Diogo vira para a esquerda, curioso com o motivo de os colegas estarem olhando para cima, e os seus olhos capturam os meus. A boca se abre de espanto e eu sorrio.

Ele começa a correr!

Diogo
43

É uma alucinação, só pode. Quando um homem experimenta um calor intenso, as miragens surgem. Ela é o meu desejo, a imagem que se repete como um raio numa tempestade: brilhante. Quando sorri, eu sei que é real. Ela está aqui.

Começo a correr desenfreadamente, totalmente surdo para as vozes dos meus amigos que entoam frases de encorajamento. Eles sabem quem ela é. *A Minha Emília.*

O choque de vê-la é ultrapassado pela imagem que tenho diante de mim. Com o cabelo trançado de lado, um girassol na orelha, descalça e com um vestido azul que termina acima do joelho, está a Emília a mostrar a prótese pela primeira vez em público, como se quisesse dizer-me que todos os fantasmas sumiram. Que me ama.

Pressinto olhares curiosos e fixos nela, mas tudo que vejo é a mulher mais bela que existe. A minha garganta fecha e tenho dificuldade em respirar. Todo o oxigénio sumiu do meu corpo e os meus olhos começam a ficar enevoados pela emoção, mas não consigo conter-me com a visão da mulher à minha frente que deixou os medos de lado para mostrar o quanto me ama.

CORAÇÕES QUEBRADOS

Quando já estou bem perto dela, vejo um sorriso enorme e a mão levantar-se. Aumento a velocidade até estar encostado ao seu corpo.

O meu nariz quase toca o dela.

Os nossos peitos sobem e descem no mesmo ritmo, a sentir a respiração mútua.

Com os polegares, seco as duas únicas lágrimas de felicidade do meu amor, enquanto falo com ela pelo olhar e ouço tudo que me diz sem sair som dos seus lábios. A cabeça faz que sim, que está aqui, quando lê a pergunta que a minha mente repete: *É real?*

Expiro com força, encosto as nossas testas e o meu nariz acaricia o dela num gesto meigo.

É verdade.

No momento em que tenta umedecer os lábios com a língua, não resisto e beijo-a. As nossas bocas se abrem simultaneamente e as línguas não perdem tempo com apresentações, pois já conhecem a dança tantas vezes repetida.

Podemos consumir alguém com um beijo? Podemos!!!

Mãos agarram o meu cabelo como se quisessem ter certeza de que estamos juntos, e eu sinto o mesmo desespero.

O mundo externo não existe, só eu e ela.

Num movimento tantas vezes ensaiado, pego com cuidado a perna com a prótese e, em seguida, a outra, a cruzá-las nas minhas costas. Começo a caminhar em direção a uma cabana onde guardamos o material de surfe, sem nunca descolar os lábios dos dela. Sem pensar em quem está a nos ver.

Não me recordo como abri e fechei a porta, apenas sei que estou a retirar com pressa a minha roupa de borracha, enquanto a observo despir-se com a mesma velocidade.

Praticamente nus, olhamos um para o outro, ela sorri para mim, e eu não resisto e faço o mesmo. Pouso a mão no seu rosto e vejo-a fechar os olhos por meros instantes, até levantar a sua e imitar o gesto, para, em seguida, roçar o nariz no meu.

Palavras não são ditas quando o meu corpo rígido toca o dela, até encostá-la na parede, completamente alinhada comigo. Tiro sua calcinha sem nunca desviar o olhar. Sem nunca pararmos de falar em silêncio.

Tórax com tórax, sentindo o bater mútuo de corações exatamente ritmados. Ela expira o sopro da vida quando o seu corpo recebe o meu dentro de si.

Lentamente, movimento-me dentro dela, sem nunca fechar os olhos. Sem nunca parar de encará-la. Sem conseguir tirar o sorriso do rosto.

O corpo da Emília sobe e desce vagarosamente sobre mim, a segurar-se nos meus ombros, e também ela está hipnotizada.

Somos como as ondas deste mar, recuamos apenas para voltarmos com ainda mais força.

As nossas testas se tocam quando as sensações são fortes demais, e as nossas bocas se unem mais uma vez para darmos um ao outro o som do nosso prazer quando os meus movimentos dentro do seu corpo aceleram como os galopes de um puro-sangue.

A Emília morde o meu ombro e já não tenho como me segurar. Perco-me no pulsar do êxtase através de um som rouco que ecoa na entulhada cabana.

As minhas pernas perdem a força, e com cuidado descemos. Coloco toalhas de praia no chão e ficamos deitados a olhar o rosto um do outro. Continuamos sem falar, apenas a nos acariciarmos, como fazemos sempre após nos perdermos intimamente. As minhas mãos passeiam pelas suas costas, as dela navegam pelo meu peito e a sua cabeça descansa sobre mim. Assim ficamos por uns vinte minutos, a matar saudades, a apreciar o cheiro, o sabor um do outro. Pouco a pouco os toques de relaxamento e carinho passam a ser mais ousados e, minutos depois, estamos novamente perdidos um no outro.

Lentamente fazemos amor na posição mais simples e num ritmo mais suave. O meu corpo movimenta-se profundamente sobre o dela e a minha boca beija seus olhos.

— Te amo eternamente! — As primeiras palavras ouvidas.

— Amo-te para sempre — digo, enquanto acaricio o seu rosto e ela fecha os olhos quando o prazer faz os nossos corpos vibrarem.

Como ela ainda está debaixo de mim, pego na sua mão para beijar-lhe os dedos, quando algo prende a minha atenção.

— O que é isto? — A minha pergunta tira a Emília de um leve cochilo.

— Oi... é... bem... o homem que amo me disse que eu precisava voar, não ter medo da vida e do futuro. — Aponta para a tatuagem de um pássaro no seu pulso. — Mas também me explicou que ele é o meu porto seguro, o lugar onde posso ficar, sabendo que estou protegida de tudo. — Aponta para o outro pulso onde a tatuagem de uma árvore marca a sua pele. — O pássaro e a árvore somos eu e você. São os meus dois braços que não estão sempre juntos, pois cada um tem

CORAÇÕES QUEBRADOS   321

a sua própria função, mas quando dou as mãos... — une as palmas das mãos — eles se tocam e o pássaro encontra refúgio na árvore.

Pego nos pulsos dela e beijo castamente cada um.

— O que o homem que te ama esqueceu-se de dizer é que a árvore precisa do pássaro. Sem ele a sua vida é triste. A árvore quer que o pássaro voe sem medo, mas volte sempre para descansar nos galhos e contar as novidades sobre o mundo.

As emoções estão no limite e tremo quando ela beija o meu peito no lugar do coração.

— O pássaro esteve longe tempo demais e agora quer ficar protegido nos galhos e contar tudo que viveu. Esse mesmo pássaro quer que um dia os galhos sejam grandes e fortes para proteger mais pássaros. — Coloca o dedo no ombro. — Quero tudo com você e um dia quero te dar o que mais sonha. — Começo então a acariciar a sua barriga e imaginar o nosso futuro. Pois acredito que podemos ter tudo.

Ficamos agarrados durante minutos até ela apanhar o meu rosto com as suas mãozinhas e começar a falar.

— Diogo, meu amor, meu amigo e minha luz de esperança, quero estar de mãos dadas com você, sentada no balanço que colocou na nossa casa. — Beijo os seus lábios delicadamente e ela sorri. — Quero, num futuro longínquo, ver as nossas rugas causadas pelas gargalhadas que partilhamos ao longo de décadas. Quero olhar nossas mãos enrugadas e ver o brilho das nossas alianças, sabendo que representam todos os momentos em que fomos um do outro. — Um soluço emocionado escapa-lhe. — Quero poder observar o ouro das alianças e saber que estivemos sempre juntos, na alegria e na tristeza. Nas nossas noites de amor e no nascimento dos nossos filhos. Quero dar o meu último suspiro sabendo que vivi uma vida de amor ao lado do meu melhor amigo e saber que passei a vida toda me esforçando para ser a mulher que ele ajudou a reconstruir. — Um queixo delicado treme e ela respira fundo para poder continuar. — Mais do que o meu último suspiro, quero que você nunca se arrependa de me amar a cada batida dos nossos corações. Farei de tudo para não fugir ou te magoar quando eu tiver medo. Você me trouxe vida, luz e amor, e, no meio da escuridão, conseguiu pegar todas as partes quebradas do meu coração e colar pacientemente cada uma. Mas... tenho só mais um último pedido a fazer.

— Qual?

4ª PARTE

Metade de mim é amor e a outra metade também.

OSWALDO MONTENEGRO

Diogo
44

— Estás a dar-me tonturas, Diogo! — exclama a minha mãe.

— E a mim também — resmunga o papai.

— Desculpem, estou nervoso. — Abro um botão da camisa, pois sinto-me a sufocar, para, logo em seguida, as mãos da minha mãe voltarem a fechá-lo.

— Não tens por que estar nervoso. É só mais um dia na vossa vida.

Compreendo o que a minha mãe está a dizer. O fato de querer casar não significa que eu valorize o dia em si, mas o que representa. Muitas pessoas organizam casamentos opulentos para convidados que mal conhecem. Não quero isso. Este dia será passado apenas com os que presenciaram a luta que eu e a Emília travamos com as nossas dores e medos. O percurso que fizemos enquanto casal. Só eles percebem o que significa a nossa união. Quando eu proferir as palavras que memorizei, não será porque o meu casamento é um passo natural na relação. Não. Casar com a Emília é a minha forma de oficializar o meu desejo de amar, proteger e cuidar dela como eu sempre prometi, sabendo que ela fará o mesmo por mim.

Não fazia sentido uma cerimônia com convidados que não viveram a nossa luta, as nossas dificuldades e o nosso imenso amor.

Conosco tudo é espontâneo, real e puro. Talvez para outros casais o pedido de casamento perfeito deveria ser com uma taça de Dom Pérignon em cristal Baccarat, um anel de diamantes e um homem de joelhos. O meu pedido pode não ter sido planejado, mas que emoção real é? Quando a vi no espelho com o vestido branco, a sorrir, não resisti. Saber que ela aprendeu a olhar-se com felicidade abalou-me. Foram tantas as vezes que a vi fugir do próprio reflexo, mas ali, naquele momento, naquele espelho, eu sabia que ela enxergava o que eu sempre vi: uma mulher espetacular.

Por isso, este dia é só nosso.

A porta se abre e o Leonardo entra.

— Pronto? — questiona ao mesmo tempo que os meus pais saem do quarto.

— Sim. Um pouco nervoso, mas deve ser normal — respondo, a saltar e a esticar o pescoço para aliviar o nervosismo.

Ele caminha até mim e coloca o braço no meu ombro.

— Estou muito orgulhoso de ti. — Batemos com as mãos nas costas e o abraço é dado com força. Foram inúmeras conversas, pesadelos e noites de confissões aterradoras. — Agora vai lá pra fora esperar pela mulher que amas. Ela está linda!

— A mais linda de todas! — respondo, e nem me importo de parecer um bobo apaixonado, pois é assim que me sinto.

— Vocês são o exemplo de que a vida tão rápido tira como dá. Nunca se esqueçam disso e vivam o dia a dia a dar o melhor que há em vocês.

Um, dois, três.
Aqui vou eu!

Emília
45

*Vozes, conversas, risadas.
Mãos, carícias, sorrisos.
Rafaela, Isabel, Liefde.*

Estou rodeada por todos que amo e sinto que sou amada.

Caminharei ao encontro do homem que viu o melhor em mim e esperou pacientemente no fundo do túnel até eu encontrar a saída.

— Lindaaa! — exclama a minha tia atrás de mim e envolve o meu corpo com os braços, pousando o queixo no meu ombro.

Olhando o nosso reflexo no espelho, sorrio e ela elogia silenciosamente a minha aparência.

O meu vestido branco, todo rendado, simples e elegante, com uma surpresa para o Diogo. Comprei pensando nele.

— Estou tão feliz! Nervosa, muito nervosa, mas feliz — digo, continuando a observar o meu vestido.

— Será sempre assim com vocês. Não existe homem neste mundo capaz de fazer você feliz como ele.

Viro o corpo e abraço-a como há muito não fazia.

— Obrigada. Nunca terei palavras para agradecer tudo que fez por mim. Mesmo sofrendo as mesmas perdas que eu, você nunca quebrou. Te amo mais do que algum dia poderei mostrar. Eu devo muito a minha felicidade a você e nunca esquecerei o que fez por mim. — Beijo o seu rosto emocionado. — Um dia farei o mesmo por você. Um dia serei eu felicitando tudo de bom que ainda virá, porque não existe neste mundo pessoa que mereça amor como você.

A voz da Isabel interrompe as emoções que já quase provocavam lágrimas.

— Trago algo a pedido do meu filho. — Coloca uma caixa e um cartão nas minhas mãos.

— Mas… mas nós combinamos uma cerimônia sem presentes.

— Vê primeiro o que é e depois lê a carta. Há presentes que são apenas sentimentos.

As três saem em silêncio e eu abro a caixinha, ficando arrepiada.

Retiro o presente e começo a ler a carta que ele me escreveu.

Emília,

Hoje vais fazer-me novamente o homem mais feliz do universo. É a terceira vez que sinto que todos os homens do mundo invejam a minha felicidade. A primeira foi quando aceitaste ser a minha namorada, a segunda foi naquela noite em que o teu sim retirou-me o ar… e hoje, quando disseres "Aceito", eu sei que o meu sorriso será imenso. Contudo, este dia não é só nosso, estarão presentes as pessoas fundamentais e as quais fazem parte da nossa jornada de vida. Por isso ofereço-te, da melhor forma que consigo, a tua família. Quero que eles estejam contigo quando caminhares para mim. Preciso saber que a cada passo teu na minha direção, os teus pais e irmãos estarão a acompanhar-te, e até a Lana. Em certa medida, o teu pai estará a tocar o teu braço enquanto caminhas para mim.

Quando pedi para seres minha, disse-te que faria sempre tudo para seres feliz. Estou a tentar.

Amo-te.

Não me faças esperar muito.

Somente teu,

Diogo.

Coloco a pulseira com cinco pequenos corações, fecho os olhos, e algo em mim diz que eles estão comigo.

Abro a porta e… *voo.*

Diogo
46

Observo as mesmas lanternas de vidro, que sempre estiveram presas nas árvores, hoje decoradas com flores. O caminho, anteriormente verde, está multicolorido, forrado com pétalas de rosas. Lampiões com velas dão um aspecto de jardim encantado... Jardim do Paraíso.

Simples e perfeito.

Risos cessam as minhas divagações e percorro as cores no chão até os meus olhos encontrarem uma silhueta arredondada a caminhar cuidadosamente, como foi instruída, enquanto atira mais pétalas.

— Estou fazendo tudo que a vó Isabel pediu — diz alto, e rio. Impossível não ficar encantado com a doçura da Liefde, que passou o dia a exibir o seu vestido de princesa.

Quando as flores terminam, corre para os braços do irmão e narra alto como ela foi importante para a festa. Porém, não é a Liefde que rouba o meu sorriso, esse solta-se quando vejo a Emília a caminhar para mim com um sorriso gêmeo ao meu. Num gesto peculiar, levanta o braço que carrega o buquê e mostra a pulseira, enquanto os lábios dizem silenciosamente *Obrigada*.

O meu coração bate descontroladamente.

As minhas mãos transpiram.

A respiração altera-se a cada passo dela na minha direção.

E eis que, lenta, vagarosa e demoradamente ela desprende-se da Rafaela e a sua mão agarra a minha com força.

Diante de nós estão as seis pessoas mais importantes da minha vida: os meus pais, Rafaela, Leonardo, Cauê e Liefde. Expomos os nossos receios e promessas. Não é apenas um casamento, é uma declaração de tudo que aprendemos sobre nós mesmos: quem fomos após os acidentes e como, juntos, entre lágrimas, gritos e sofrimento, criamos a melhor versão de quem somos. Não ficamos perfeitos. Não nos recuperamos totalmente, mas caminhamos nessa direção.

— Diogo. — Os olhos dela pedem que os meus fiquem amarrados a tudo que vai dizer. — Prometo não deixar que a escuridão se aproxime e prometo que, nos dias em que a tristeza ou a saudade se abater sobre mim, lembrarei todas as razões para sorrir. Se, mesmo assim, eu não conseguir, irei te pedir que me mostre como sou amada. — As mãos que seguram as minhas tremem. — Prometo olhar todos os dias para o espelho e dizer que sou uma mulher normal. Prometo não me esconder do mundo com saias longas e não me sentir inferiorizada ao lado de outras mulheres. Não irei trazer o passado para as nossas brigas nem magoar você com as minhas palavras brutas. Vou trabalhar para ser sempre a melhor amiga, melhor amante, esposa e mãe. Prometo apoiar todos os sonhos que você tiver, ajudá-lo a sonhar novos e partir em inéditas aventuras. Prometo amor na saúde, mas, e principalmente, prometo estar sempre junto se um dia a doença tocar o nosso futuro. Irei trabalhar diariamente para que o nosso lar seja marcado por respeito, felicidade e amor. Quero tornar este dia inesquecível para nós. Prometo… prometo…

A emoção se sobrepõe e aproveito para falar, pois ela não consegue mais.

— Era uma vez uma mulher chamada Emília que, certa manhã, contou-me a sua história, a terminar na parte em que narra o seu pior dia, pois acreditava que não havia mais motivos para sorrir… para viver.

Coloco as mãos dela no meu peito e cubro-as com as minhas, a querer que me sinta. Engulo em seco e sigo em frente.

— O homem que escutou essa história também estava quebrado e, no caminho, conseguia ouvir os cacos chacoalharem no seu corpo. Por isso ele não se mexia, não sabia o que fazer com o próprio futuro. Tinha receio do som dos pedaços

CORAÇÕES QUEBRADOS

partidos. Não queria lembrar-se de tudo que perdeu. O que os dois não tinham percebido é que sempre houve razões para respirar. — Inclino a cabeça e olhamos para as pessoas presentes. — A vida não é justa. Nem sempre é fácil, e por vezes somos perseguidos pelos acontecimentos que pensamos terem mudado definitivamente quem somos. Acordar dói e dormir é impossível. Tudo que conhecemos é sofrimento, mas, existe sempre um mas, quando pensamos que nada de bom poderia surgir, a vida percebeu o erro que cometeu e uniu as duas pessoas com quem foi tão cruel.

"Emília, sei que não sorriremos todos os dias e também sei que no nosso futuro haverá dias menos bons, contudo, e diante de todos que bem-queremos, prometo amar-te todos os dias, mesmo quando estivermos zangados. Irei puxar-te sempre para a luz e mostrar-te o quanto és importante para mim. Já velhinhos, ficarei contigo em frente a um espelho e direi que continuas a mulher mais linda que já vi. Prometo fazer-te esquecer tudo que um dia te magoou e estimar-te ao longo da vida. Nunca te farei duvidar da pessoa maravilhosa que és. Serei sempre teu amigo, namorado, marido dedicado e, em breve, um pai afetuoso. Prometo nunca desistir de ti. — Paro para respirar e secar as nossas lágrimas. — Por fim, eu prometo amar-te até o meu último sopro nesta vida. O meu coração outrora quebrado é teu, apenas teu.

"Amo-te hoje e amar-te-ei sempre. És o meu tudo."

Num ímpeto, ela atira-se ao meu corpo, e lábios salgados pelas lágrimas capturam os meus. As minhas mãos ganham vida e apanham o seu rosto, enquanto aprofundam o beijo. Quando nem isso é suficiente, elas percorrem-lhe o corpo e o puxam para mim. Beijamo-nos demoradamente, a esquecer todo o resto.

Lenta e dolorosamente, a minha boca separa-se da dela, a soprar pequenos beijos pelo seu rosto… nariz, olhos e testa. Num último e casto beijo nos seus lábios, ficamos a saborear as emoções que transparecem nos nossos semblantes. À nossa volta os rostos estão comovidos. Os meus pais, por perceberem que sou feliz, e isso basta-lhes; a Rafaela, por saber que a Emília deixou a escuridão, e o Leonardo, por compreender que não pode desperdiçar uma segunda chance com a mulher que ama.

Finalmente, os meus olhos param no Cauê, na esperança de que ele tenha lido nas entrelinhas que o nosso passado pode ter nos marcado, porém não pode condicionar o nosso futuro. Temos direito à felicidade.

Não me recordo do que aconteceu no restante da cerimônia, nem das conversas que tive depois de oficialmente nos tornarmos marido e mulher. Os beijos e os abraços; os brindes e o bolo ficaram em segundo plano enquanto tudo que eu e a Emília fizemos foi sorrir até o final.

Com o brilho das velas, vemos que estamos sozinhos no *nosso* lugar. O nosso balanço.

Levanto-me da cadeira e estendo-lhe a mão.

— Dança comigo, esposa. — O rosto da Emília ilumina-se num sorriso e a mão com a aliança pousa na minha.

— Sim, meu marido. — Sacudo a cabeça a rir por ainda não acreditar.

A música de Ray LaMontagne começa e o corpo dela molda-se ao meu.

— Estás linda, amor da minha vida. A minha memória, um dia, poderá esquecer-se de muitos momentos, apagar acidentalmente outros, mas tu vestida de branco a caminhar para mim nunca será esquecido.

As minhas mãos percorrem as costas desnudas do vestido que tanto me encantou, enquanto desenham uma linha e sentem a pele se arrepiar ao meu toque. Que este meu efeito nela nunca passe.

Abaixo a cabeça, a colar a boca ao seu ouvido, e começo a cantarolar com o cantor: como é bom tê-la nos meus braços para sempre. Quero associar este lugar aos momentos onde fomos mais felizes. Aqui dançamos e cantamos nas três ocasiões em que o nosso relacionamento alterou-se. Hoje não poderia ser diferente.

— Não há lugar no mundo melhor que nesses braços. — E eles apertam--na possessivamente enquanto a sua cabeça repousa em mim sem preocupações.

Continuamos a dançar, a cantar as músicas da nossa história. Conversamos, rimos e relembramos como tudo começou, a reafirmarmos que não imaginaríamos encontrar o amor num chat em que precisávamos desabafar sobre o nosso inferno real.

Ah, e beijamo-nos muito.

De mãos dadas caminhamos em direção ao local da nossa primeira vez. Emília disse que, antes de partirmos em lua-de-mel, queria passar a nossa primeira noite como casal no mesmo lugar onde começou a abandonar muitos medos.

CORAÇÕES QUEBRADOS

333

Seria de esperar que eu não estivesse agitado como da outra vez em que estive aqui com ela, mas estou. Sei que muitas pessoas dizem o mesmo, mas, quando perdi tanto, vi tanta destruição, dor e maldade no mundo, estar aqui, ao lado de alguém que me capturou sem eu perceber, traz sempre a dúvida de que possa ser mais uma brincadeira traiçoeira do destino. Por isso, todas as vezes que o meu corpo entra no dela, é a confirmação de que isto é real. É meu.

Pego a minha esposa no colo antes de entrarmos.

— Diogo, o que está fazendo?! — grita, a sorrir e agarrar-se ao meu pescoço. — Não me deixe cair, seu louco.

— É tradição pegar a esposa antes de entrar no quarto. Dizem que dá sorte ao casal. — Passo o meu nariz naquele lugar que tanto amo no seu pescoço e ficamos espantados com a decoração.

— Está lindo, Diogo! — exclama, eufórica, e devagar desprende-se de mim, a observar tudo.

— Desta vez não fui eu. Quem organizou tudo foram a tua tia e a minha mãe.

Honestamente, pouco importa a decoração, apenas a Emília basta para iluminar este pequeno espaço.

— Que vergonha. Fico imaginando as duas decorando, sabendo o que vai acontecer aqui. — O rosto fica vermelho, e sorrimos. Não conseguimos parar de sorrir.

— Primeiro, a tua tia apanhou-me a sair do teu quarto na primeira noite que fiquei lá e ela soube que eu nunca mais dormi no meu. Em segundo, quando estiveste em Portugal, os meus pais "desapareceram" durante três dias, e nunca te perguntaste por quê? Eles sabiam que depois do nosso reencontro iríamos necessitar de muito tempo juntos, como agora.

Puxo-a para mim, e o clima de brincadeira cessa.

— Posso? — pergunta, a apontar para a minha roupa.

Palavras desaparecem do cérebro e apenas confirmo com um pequeno movimento de cabeça, pois já sei o que irá acontecer.

Abre cada botão com cuidado, a passar a mão em cada músculo que expõe, e o meu corpo enrijece. Solta o último botão, a abrir a camisa, e um sopro ecoa no pequeno espaço.

— Diogo! O que é isso? — pergunta e passa a mão pelas linhas pretas.

— Quando nos reencontramos, mostraste as tatuagens da árvore e do pássaro. Abalaste ainda mais o meu mundo quando marcaste em ti o que somos um para o outro e depois disseste que tinhas um pedido a fazer. Pediste que eu olhasse para ti e visse também um abrigo onde posso ficar protegido. Inicialmente foi complicado assimilar isso. Passei a vida inteira a proteger e cuidar, sempre me vi assim: protetor. Só depois, ao relembrar com atenção o relacionamento dos meus pais e pensar em nós, compreendi que um casamento é isso, proteção mútua. Somos iguais a receber e dar abrigo. Não existe o fraco e o forte. Por isso, assim como tu, decidi marcar para sempre no meu corpo a tua importância. Cuida de mim, Emília.

A mão dela percorre a tatuagem que contorna uma das minhas maiores cicatrizes no peito, perto do lugar do coração. Ela se aproxima e lê, a perceber o significado e que escolhi escrever no seu idioma favorito.

Je protège mon amour
et mon amour prend soin de moi*

— Nós... — Beija a minha tatuagem com lábios em chamas. — Nós temos tantas marcas que não pedimos. Os nossos corpos são reflexo de cicatrizes que nunca pudemos escolher e que assinalam a nossa aparência para o mundo exterior. Somos julgados por essas. — Aponta para as linhas esbranquiçadas que mapeiam o meu tronco. — Porém, as pintadas de preto são nossas. São a verdadeira representação de quem somos. Quando vejo as que escolhi, esqueço todas as outras que também serão eternas. — Passa os dedos delicados novamente sobre as palavras. — Porque estas não são *dor*, mas sim *amor*. Obrigada por permitir que eu te proteja da mesma forma como você faz comigo.

Os homens nascem para serem fortes, para serem os guardiões, mas um casamento são cedências e compromissos que visam à harmonia e à felicidade. *O amor tem a ver com a pessoa que você ama.* As minhas mãos seguram o seu rosto com reverência e os meus polegares acariciam as maçãs do seu rosto.

— Deixa-me mostrar-te como te amo. Vira-te, por favor. — Ela assente.

O vestido expõe as costas, por isso começo a beijá-las desde o pescoço, a percorrer a linha da coluna com o dedo à medida que os meus lábios seguem esse caminho. Pequenos suspiros se soltam dela, contudo, hoje temos tempo, e vou gastá-lo a amá-la lentamente.

---

*Eu protejo o meu amor e o meu amor cuida de mim

CORAÇÕES QUEBRADOS

As minhas mãos capturam as alças e deixam-nas escorregar pelos braços até o vestido estar no chão. Volto-a para mim, tiro as proteções para os seios, beijo-lhe a garganta e os mamilos. Perco-me na sua barriga. Ajoelho-me e desço ainda mais, a retirar em simultâneo a última peça de roupa.

As mãos prendem o meu cabelo, e a minha viagem continua na exploração de cada canto seu.

Passado *muuuito* tempo, já deitados na cama, o meu corpo alinha-se com o dela e os nossos rostos ficam próximos. Beijo os seus lábios e, pela primeira vez como marido e mulher, eu penetro a minha amada. Ela prende o meu rosto e, num sopro, diz:

— Amo-te, Diogo.

— Te amo, Emília.

— Para sempre.

— Para sempre.

EPÍLOGO

Diogo & Emília

Alguns finais são felizes recomeços

Estou cansado.
Com dores.
Meu corpo queima.
Minha mente está a explodir.
Gritos.
Súplicas.
"Mãe..."
"Para!"
"Alguém me ajuda!"
"Me salva."
"Me salva."
"Papai, me ajuda!"
"Papai, me ajuda!"

CORAÇÕES QUEBRADOS

Imediatamente fecho o caderno, mesmo consciente de que ela vai ler no final do dia, e corro para os salvar.

— O que se passa?

— Papai, tem um monstro querendo comer as nossas barrigas — diz o meu filho entre risos. — Um monstro muito feio e mau — continua e ri ainda mais quando o "monstro" aumenta o ataque.

— O que devo fazer? — pergunto falsamente preocupado, caindo na manta ao lado deles.

— Acabe com o monstro, papai, ataque! — Parto para cima do ser medonho com fúria.

— Não, papai! Não é assim que se faz! — Minha filha se atira para as minhas costas e tenta me separar da Emília que, entretanto, começou a rir alto.

— Então não era para atacar? — Finjo desconhecimento, enquanto continuo a beijar a minha esposa. — Hum, que monstro cheiroso. Ai, que monstro saboroso.

— Não com beijinhos, papai! — exclama a minha princesa, a cruzar os braços e amuar.

Com quase quatro anos a Mel é uma fotocópia da Emília. Loira, angelical, com os olhos mais verdes que já vi e dotada de personalidade forte. Como todos os pais que amam os filhos, eu a acho perfeita, salvo pelos momentos em que se queixa das manifestações de carinho que eu e a Emília trocamos. Sim, está nessa fase em que tem ciúmes dos pais. O Paulo, com cinco, é bem alto para a idade. Uma criança calma e serena. O oposto da irmã, por quem ele tem um fortíssimo sentimento de proteção.

— Que pena que não é assim que se ataca, pois eu ia fazer o mesmo contigo. — Acaricio o cabelo dela e Mel se aconchega em mim.

— Tá bom. — Revira os olhos como se estivesse a ceder. — Pode ser, papai. — O rosto se ilumina num sorriso puro quando começo a beijar as suas bochechas. — Sou um monstro muito mau, papai. Preciso de muitos beijinhos!

E nas horas seguintes continuamos a brincar, rir e aproveitar o sol agradável que se faz sentir, até os dois anjos adormecerem vencidos pelo cansaço, a dar uma oportunidade para eu e a Emília também relaxarmos.

Ficamos em silêncio, deitados na manta, apenas com os braços a se tocarem de leve e os dedos mindinhos entrelaçados. Passados estes anos todos ainda nos tocamos sempre que podemos e valorizamos tudo que temos, conscientes de como pode ser efêmero.

— Estou sorrindo — diz baixinho como se não quisesse que eu ouvisse. Como se estivesse a relembrar algo.

— Estás sorrindo?

— Sim. Há quase sete anos recebi um poema num chat. Não conhecia o homem que o enviou, mas nesse poema ele disse que estaria comigo observando a lua até o dia em que juntos sorriríamos para o sol.

— E o que lhe disseste?

— Disse para ele ir à merda. — Envergonhada, cobre o rosto com a mão e solta uma gargalhada.

— E depois? — Sonolento, pressinto o seu rosto virar na minha direção, mas continuo a olhar para o teto... para a luz.

— Com poesia e paciência, ele limpou toda a terra que cobria o meu corpo e o sol tocou em mim. Fui precisando dele entre sílabas, apaixonando-me em versos e amando-o nas estrofes. — Todos os meus dedos agarram a sua mão já adormecida, e ficamos assim até a Mel e o Paulo acordarem.

Não precisamos de palavras quando os nossos corações falam entre si.

— *Parabéns!!!* — gritamos em uníssono.

— Obrigada. — O rosto adolescente e ainda inocente da Liefde fica corado.

— Parabéns, minha princesa. — Uma caixa com pulseiras coloridas pousa nas suas mãos.

— Obrigada, meu herói. — Braços agarram o corpo modificado do Cauê.

Com vinte e três anos já não é o mesmo garoto que há cinco saiu do país. Após tudo que aconteceu com a Liefde e o seu processo de adoção, muito dolorosamente, ele partiu para Portugal com o apoio do Leonardo.

Só eles sabem o que de fato aconteceu. Todos os segredos que modificaram e ainda modificarão vidas.

O Cauê precisou viver a vida dele. Voou sozinho até o dia em que decidiu voltar para resolver algo do seu passado. Os olhos dele caçam a Mariana, que, depois de tudo que aconteceu, começou a fazer parte desta família de coração.

Acredito que a história deles partirá corações e será dolorosa por tudo que ele viveu.

CORAÇÕES QUEBRADOS   339

Meus filhos correm desenfreadamente com outras crianças atrás do louco do Neruda. Desde que nasceram estão em contato com pacientes da Clínica e conseguem ver que existem pessoas com peculiaridades. Tanto o Paulo como a Mel já questionaram a Emília sobre a perna dela, e explicamos naturalmente como aconteceu e que infelizmente os tios e avós partiram mais cedo para o céu. Queremos que eles percebam todas as cores que a vida tem. Nessa noite, nosso filho se agarrou à Emília e disse que ela era a mãe mais linda de todas.

— Por momentos pensei que não viriam.

O Leonardo se aproxima, batendo com a mão nas minhas costas. Ainda paro duas vezes para olhar, sempre que ele surge à minha frente sem estar vestido como se quisesse impressionar. Tudo que ele e a Rafaela confessaram foi destruidor e alterou eternamente a vida do meu amigo.

— As crianças estavam exaustas. Ontem chegamos tarde e hoje elas quiseram brincar no jardim.

Numa noite como tantas, a Emília me pediu para nunca nos estagnarmos. O medo de eu me cansar da rotina e privar os filhos de viver era algo que a consumia, então decidimos que viajaríamos o máximo que pudéssemos, nem que fossem distâncias curtas. Todos os anos vamos a Portugal no verão europeu, visitamos Ubatuba cerca de três a quatro vezes para eu surfar com o Paulinho, que, modéstia bem à parte, é extraordinário como o pai. A Mel é exímia em castelos de areia e a Emília bronzeia o corpo que eu elogio sempre que ela o mostra em público, mesmo que algumas pessoas olhem enviesado e não compreendam que ela é perfeita. Durante estes sete anos, ela melhorou muito e hoje, também com a ajuda da idade, está mais segura de si.

— Prontos para voltarem ao trabalho?

Tanto eu como a Emília trabalhamos na Clínica. Eu abri, com muitas dificuldades impostas pela burocracia, um programa de apoio e proteção a vítimas de bullying, assim como um curso todo especial de defesa pessoal específico para as mulheres, após alguns casos de abuso sexual que abalaram a comunidade. A Emília também trabalha com vítimas de abuso sexual, mas só crianças e através da equoterapia. O Lumière, com a sua cor negra, é um raio de luz que ilumina a vida dos miúdos.

— Claro!

Continuamos a conversar sobre trabalho e a reviver estes anos que se passaram. Fui pai duas vezes e temos estado a tentar uma terceira, mas sem sucesso. Contudo, estamos tão gratos pelo que nos tem sido dado, que não nos entristecemos. Ser pai sempre foi o meu sonho e, se é que é possível, passei a amar ainda mais a Emília e o seu corpo após o nascimento das duas razões para eu acordar todos os dias e dar o melhor de mim.

Nesta nossa jornada, também acompanhamos o sofrimento do casal Leonardo e Rafaela, e a Emília apoiou a tia num dos piores momentos da vida dela. Tanto ele como eu somos bons amigos, e ao longo dos anos a amizade só cresceu.

Dizemos adeus quando os meus filhos surgem cobertos de lama.

— Vamos embora, seus danados. Já disse que não podem ficar esfregando o corpo na terra — fala a Emília numa voz séria, porém a expressão facial é o oposto. Ela adora que os nossos filhos amem a natureza tanto quanto ela. Acredito que, se ninguém estivesse a olhar, faria o mesmo.

— Mas mamãe, o Neruda estava fazendo isso com a língua de fora e sorrindo. O Paulo disse que ia ser divertido! — Como sempre ela faz tudinho que o irmão manda, isso quando não coloca a culpa no cachorro!

— E foi — diz o meu filho calmamente. A calma dele às vezes me assusta, pois sei que está sempre relacionada com alguma encrenca. Nessas ocasiões, a Emília relembra as minhas histórias de infância e eu o compreendo, *tal pai, tal filho.*

Corro com os dois pela casa, abro a mangueira e rapidamente já estão pelados. A felicidade são estes pequenos instantes de simplicidade e riso límpido. Estes momentos em que rimos e brincamos em família compensam todos os dias em que a Emília fica mais horas na Clínica a cavalgar com o Lumière porque alguma situação com um paciente foi dolorosa demais, ou as vezes em que preciso correr para mitigar a raiva que sinto quando ouço como o ser humano pode ser tão cruel com o seu semelhante.

Seco os dois e eles correm atrás da mãe para que os vista. Aproveito para ligar aos meus pais e conversar um pouco. Eles virão passar as férias conosco e eu não poderia estar mais feliz, porque a minha mãe mima a Emília como a filha que sempre desejou ter.

Passado algum tempo, estranho o silêncio que se faz sentir e procuro as minhas duas pestes, então paro com a imagem diante de mim.

O corpo da Emília balança lentamente, a ninar os sonhos dos nossos filhos que estão deitados no seu colo. Devagar, sento-me no balanço e ajeito a Mel sem a acordar. Instintivamente, o seu pequeno corpo molda-se ao meu e respiro o seu cheiro de pureza.

CORAÇÕES QUEBRADOS

— Leste tudo? — sussurro.

— Li.

Há muitos anos fizemos promessas um ao outro, e ao longo destes anos temo-nos esforçado por cumpri-las. Não foi por casarmos e aceitarmos o nosso passado que tudo ficou como na ficção, perfeito, porém a nossa vida é maravilhosa na sua perfeita imperfeição.

Um dos presentes de casamento do Leonardo foi um caderno de capa dura, espécie de diário, no qual ele disse que deveríamos reescrever tudo que vivemos com ambas as perspectivas para, sempre que precisássemos, relembrar o que enfrentamos. Para nunca mais irmos para o túnel escuro. O que inicialmente começou por ser um reconto da nossa história, passou a rotina. Nele escrevemos os acontecimentos mais importantes, assim como a história de quem nos rodeia. Ao ler o que o outro escreve compreendemos melhor certas situações. Por vezes é mais fácil escrever e deixar a pessoa ler dias depois, quando as emoções já não estão tão proeminentes.

Ler como a Emília saiu da depressão é a melhor parte, porque não foi de um dia para o outro, isso é fantasia.

— Diogo, imagine se alguém lesse a nossa história. O que acha que aconteceria?

— Dependeria muito de quem a lesse. Haveria pessoas que iriam amar, outras não, e talvez algumas desistissem no primeiro capítulo. Uns torceriam pela nossa felicidade por perceberem o quanto precisávamos dela, outros achariam que teve muito sofrimento ou que um de nós errou desnecessariamente. Certamente muitos perguntariam por que surgem outras pessoas quando a história é sobre os *nossos* Corações Quebrados, e aí a gente explicaria que todos que nos rodeiam atingem a nossa vida. Se o Leonardo e a Rafaela não tivessem uma história, talvez a nossa nunca existisse e o futuro da Liefde e do Cauê fosse terrivelmente mais trágico. Algumas mulheres iriam apaixonar-se por mim e pedir um igual. — Sorrio e ela abana a cabeça. Passados todos esses anos, ela ainda ri com as minhas brincadeiras e as minhas piadinhas infames. — Outras iriam ler e rever momentos das suas vidas. Talvez começassem a olhar para as pessoas que são diferentes no exterior, conscientes de que aqui — coloco a mão no peito da minha filha — bate da mesma forma, e que nem sempre os mais belos são os mais bonitos. E tu?

— Se eu pudesse, diria a todos que a vida não é perfeita. Há dias em que não queremos levantar o corpo da cama porque a alma dói, a depressão é real e nos faz desejar coisas terríveis. Pediria assim, para quem conhece alguém com depressão: ame ainda mais essa pessoa, mesmo quando parecer que não está ajudando. Diria que mesmo na escuridão o sol brilha sempre, só precisamos acreditar que a noite terminará e, quando a manhã surgir, ele, com certeza, estará aguardando você. Quando menos esperamos... a felicidade surge. — Olha para o pulso e sorri.

Para cada filho a Emília desenhou mais um pássaro no pulso, a voar ao lado do seu. Quando a minha mão traça lentamente todos os pássaros que protejo, algo acontece.

Um...

Dois...

Três...

Quatro.

A mesma mão que delineou o quarto pássaro agarra o rosto da Emília e eu lhe dou um beijo, a permanecer com as nossas testas encostadas e sentir a vida que entra e sai das nossas bocas.

Com os nossos dois filhos no colo e uma sementinha na barriga da Emília, observo o verde dos seus olhos e recordo as palavras que ouvi há muitos anos.

O maior prêmio é sempre aquele conquistado com mais esforço.

E sorrio.

NOTA DA AUTORA

Corações Quebrados é dedicado à minha avó Emília. A inspiração máxima para criar a personagem. Alguém que mostrou que a deficiência não é a principal característica de uma pessoa. Não mesmo.

Quando resolvi, em 2014, escrever esta história, o meu objetivo nunca foi mostrar como devemos curar a depressão ou apresentar tipos de tratamento. Não. Eu decidi escrever um romance onde desejo humanizar as personagens. Onde você, leitor, entra no corpo delas e pensa *"E se fosse comigo?"*.

Onde deixamos julgamentos fáceis e abrimos o coração.

Onde estendemos a mão e tentamos ajudar da melhor forma que sabemos.

Que a partir desta leitura possam ver com outros olhos todas as Emílias do mundo e que o humor do Diogo vos faça compreender a importância de rirmos, inclusive de nós mesmos.

Corações Quebrados foi a primeira história que partilhei com leitores, por isso o meu agradecimento especial vai para todas as meninas que, desde 2014, usam #SouQuebrada com orgulho. A todas que pediram que esta história fosse partilhada por mais pessoas. Este livro vai com todo carinho para vocês.

Agradeço o meu pequeno grupo de leitoras críticas, que me ajuda a crescer com honestidade, a minha agente Luciana Villas-Boas por acreditar nas minhas obras e a todos os profissionais da Editora Valentina por terem apostado numa série onde eu falo sobre assuntos sérios com uma enorme dose de amor.

Obrigada,
Sofia Silva